U0135447

目　録

Table of Contents

《儀 禮》研 究

吳廷華《儀禮》筆法研究探論 *

李洛旻

【摘　要】《儀禮》嚮稱難讀。傳統以分節、繪圖、釋例爲治禮之法。三法之外，歷代禮家對《儀禮》筆法每有關注，卻未成系統。清代禮學大家吳廷華（1682—1755）著《儀禮章句》，其書於分節繪圖釋例三途，用力均篤，被譽爲"學禮者階梯"。吳書關注《儀禮》筆法，作經者的行文鋪排、遣辭用字，每加析説，見解獨到。本文舉吳氏《章句》對《儀禮》筆法之意見凡十類，包括《儀禮》中的變文、行文語序、提示語、預陳其書、書有見無、省文、互文、相兼乃備、特定的虛詞等，各據例證。由於筆法每與禮例及禮意往往相須而成，吳氏對《儀禮》筆法的意見，與鄭、賈注疏互有異同，詮解出與注疏不同的禮經文本。藉此説明《儀禮》筆法應立爲專門之學，爲研治禮經之重要方法。

【關鍵詞】禮學　儀禮　吳廷華　儀禮章句　釋例

一、前　　言

吳廷華（1682—1755），精於《三禮》之學，乾隆初受方苞舉薦，至三禮館修纂《三禮義疏》。先後著有《三禮疑義》及《儀禮章句》，尤以後者名世，影響深邃。四庫館臣稱："其書以張爾岐《儀禮句讀》過於墨守鄭《注》，王文

---

* 本文爲中國國家社科基金一般項目"元明清通禮著述源流與詮釋研究"（19BZX048）部份成果，謹此致謝。

清《儀禮分節句讀》以句讀爲主，箋注失之太略，因折衷先儒，以補二書所未及。每篇之中，分其節次。每節之内，析其句讀。其訓釋多本鄭賈箋疏，亦間採他説，附案以發明之。"①吳書踵繼張爾岐、王文清之書而作，在有清一代具有重要地位。當代學者鄧聲國就嘗謂其書與張氏《句讀》及王氏《分節句讀》並"充當著'學禮者階梯'（筆者按：此爲吳壽祺《叙》語）的學術角色，對推動和促進禮經學研究的深入，起到了較大的影響"②。他又指其書在清代《儀禮》文獻屬"章句體"，其體式内容著重"明確句讀，劃分章句，在分析解説全文的基礎上，分章概括大意，闡述思想内容（即義理）"③。由此可見，在清代《儀禮》學中，吳書"明章句、分章段"的特點予人較深刻印象。陳澧（1810—1882）《東塾讀書記》歸納讀《儀禮》三法，一曰分節、一曰繪圖、一曰釋例，謂掌此三法者，則《儀禮》不難讀矣。東漢以降，禮家歷以此三途治經，代有著述，漸成專門之學。就吳氏《章句》而論，其書於分節、繪圖、釋例均用力甚深。分節者，《章句》將《儀禮》諸篇按儀節標分章次，其下又再別爲節次，統理儀節綱領，層次井然，極具系統，乃《儀禮》分節學的上乘作品。此外，《章句》内大量標示南北左右等方位，即其繪圖之學；書中歸納禮例，發前人所未發，即其釋例之學。全書箋注簡扼明確，無怪乎爲"學禮者之階梯"。

　　分節、繪圖、釋例以外，《儀禮》筆法也成爲禮家解經的重要方法。所謂"《儀禮》筆法"，即指禮經撰著者的行文舖排、遣辭用字之法。在經學視野下，經典每被假定爲聖人所作，尤其那些被認定由周公、孔子撰作或編定的典籍。要確切詮解聖作原意，必須鈎沉其設經之法。古禮繁縟，牽涉行禮人物衆多，撰作《儀禮》者運用各種筆法，如語序、省文、互見、變文、虛字等，要而不煩地陳述禮典全貌，同時準確地向行禮者傳達每個步驟和禮容，更甚藉以展示禮例與禮意。《儀禮》筆法屬於經文之例，作者設經舖排之法，與傳統釋例之學探索登降周旋儀軌之例者，看似相近，卻是旨趣殊別。歷代禮家對《儀禮》筆法各有不同程度的關注和研究，例如賈公彦《儀禮疏》有許多提及經文"省文"、"文不具"之處，日本學者高橋忠彦有

---

① 永瑢等《欽定四庫全書總目》卷二十，《文淵閣四庫全書》本，上海：上海古籍出版社 1987 年版，第二十七頁上。
② 鄧聲國《吳廷華〈儀禮〉學研究淺析》，載於《井岡山大學學報（社會科學版）》第 35 卷第 1 期（2014 年），第 80 頁。
③ 鄧聲國《清代〈儀禮〉文獻研究》，上海：上海古籍出版社 2006 年版，第 268 頁。

專文討論①。禮家詮釋《儀禮》作文筆法，互有異同，不乏歧義。論説散見各自著述，不成系統，學界亦鮮有關注，尚未列爲專門之學。吳廷華《儀禮章句》在分節、繪圖、釋例三途外，就禮書筆法頗有著墨，宜乎細加辨析。以下就《章句》内容，歸納所説明《儀禮》筆法凡十項，標識顯例，闡述其義，並參照禮家異同，揭櫫吳氏對《儀禮》筆法的研究及觀點。

二、《儀禮章句》所見《儀禮》筆法

（一）變文

《儀禮章句》有各種對《儀禮》行文變文的説明。約可分爲三類，分別是因禮義而變文、因行事而變文及因名義相通而變文。

因禮義而變文者，《聘禮》云："聘禮，君與卿圖事，遂命使者。"《章句》云："大聘使卿，變卿言使者，以所事名之，重聘事也。"②《聘禮》大聘用卿，故此經文先言"與卿圖事"。接云"遂命使者"，吳氏認爲使者就是前句的"卿"。經文由卿變言使者，是源於以聘事的名義爲稱，以示重聘事之故。鄭玄之義則不同，檢其注云："謀聘，故及可使者。"③鄭玄未視"遂命使者"爲卿的變文。他認爲君命使者，其使者包括擔任正賓的卿及從聘的介。《章句》詮釋此"命使者"爲卿之變言，可見吳氏認爲君所命者，只有卿一人而已。然後，《聘禮》下文又云："厥明，賓朝服。"《章句》又辨其變文筆法云："變使者言賓，尊異之。"④復檢鄭注云："使者謂之賓，尊之也。"⑤其説近似。仔細辨之，吳氏強調的是變言，是貫通上文自"遂命使者"以下俱言"使者"如"使者再拜稽首"、"使者朝服"、"使者受書"等，直至出行之日又變使者而稱爲"賓"。所以其先言"卿"，因重聘事而變言"使者"，復因出行日尊

① 高橋忠彦《〈儀禮疏〉〈周禮疏〉に於ける省文について》，載於《中哲文學會報》第八輯（1983 年 6 月），第 39—58 頁。

② 吳廷華《儀禮章句》卷八，哈佛燕京圖書館藏清乾隆甲寅年（1794）刻本，第一頁上。（本文所據《儀禮章句》，除特別注明外，一律依據此本。）

③ 鄭玄注，賈公彥疏《儀禮注疏》，《十三經注疏》本（據嘉慶二十年南昌府學本縮印），臺北：藝文印書館 2001 年版，卷十九，第一頁下（總頁 226）。（本文所引用之《十三經注疏》，除特別注明外，一律依據此本。）

④ 吳廷華《儀禮章句》卷八，第二頁上。

⑤ 鄭玄注，賈公彥疏《儀禮注疏》卷十九，第五頁上（總頁 228）。

異之又再變言"賓"。此即因禮義而變文之例。

因行事而變文者,《士昏禮》親迎日"女次,純衣纁袡;立于房中,南面",壻入"奠鴈,再拜稽首。降出,婦從"。《章句》云:"變女言婦,已受贄而從之也。"①《儀禮》内常有稱謂轉換的情況,如《士昏禮》壻親迎婦時,云"主人不降送",主人是指女家之父。下文緊接至壻家大門,云"主人揖婦以入",其主人則是指壻。主人因場景不同而指稱有别,是其容易辨識之例。但上揭一例,變女而稱爲婦,吴氏指出其轉折之儀節在於壻奠迎婦之贄,乃是根據某一儀節而變言之例。因奠鴈而變稱婦,未奠鴈則不得有婦稱,成婦之義存乎其遣詞之間。

因名義相通而變文者,《燕禮》:"主人北面盥,坐取觚。……主人筵前獻賓。賓西階上拜,筵前受爵。"此文"筵前受爵"一語的"爵",其器實爲觚。《章句》云:"觚亦曰爵,散文通也。"②吴氏認爲觚與爵,於散文相通,故可以變其文。經云"筵前受爵",鄭注云:"賓既拜,前受觚。"③鄭玄注解互文可見,經所謂"爵"即"觚"明矣。《儀禮》言酒器,一般依其所用器名入文。如《士昏禮》同牢食畢而酳,用爵,則行文"洗爵"、"受爵"、"卒爵"均稱"爵"。納采醴賓、舅姑醴婦用觶,則其行文俱稱"觶"。《燕禮》主人獻賓不用爵,改用觚,鄭注云:"獻不用爵,辟正主也。"④燕禮是君臣飲酒禮,國君不自爲主人,而立宰夫爲主人,代爲與賓獻酬,故燕禮之主人非正主。賈疏據此解説用觚之義,云:"此宰夫爲主人,非正主,故用觚,對《鄉飲酒》《鄉射》是正主,皆用爵。"⑤又《鄉飲酒禮·記》、《鄉射禮·記》俱云"獻用爵",證獻酒以用爵爲正。由此可見,燕禮因辟正主而變換其器,改爵用觚,僅易其器而已。若據獻酬之義,飲酒禮仍以爵爲正,故可以變觚而言爵。

(二) 行文語序

對於《儀禮》行文遣詞的語序,吴氏《章句》每有分析。語序之外,儀節書寫位置的安排,亦會注明。

---

① 吴廷華《儀禮章句》卷二,第四頁上、第四頁下。
② 吴廷華《儀禮章句》卷六,第三頁下。
③ 鄭玄注,賈公彦疏《儀禮注疏》卷十四,第九頁下(總頁 162)。
④ 鄭玄注,賈公彦疏《儀禮注疏》卷十四,第九頁上(總頁 162)。
⑤ 鄭玄注,賈公彦疏《儀禮注疏》卷十四,第九頁上(總頁 162)。

　　説明用語語序之義者,《士昏禮》記婦廟見之法,云:"婦出,祝闔牖户。"《章句》云:"廟無事則閉。神尚幽也。先牖後户,闔之次第也。啟則先户後牖矣。"①吳氏之説實參考賈公彦疏語,賈云:"先言牖後言户者,先闔牖,後閉户,故爲文然也。"②古書中兩者連言,或言"户牖",或言"牖户",語序不定。但若檢諸《儀禮》,兩者連言只有兩種情況。一是"户牖之間",如《士昏禮》"席于户牖之間"、《覲禮》"設依于户牖之間"。户牖之間是賓之尊位,爲禮家所慣稱。此位又或稱爲"户西",據户定位,故語序以"户"居前。另一種情況,就是廟中行禮完畢,有司"闔牖户",如《士虞禮》"贊闔牖户"③、《特牲饋食禮》"佐食闔牖户"④及此《士昏禮》之例等,語序均以"牖"居前。根據賈公彦和吳廷華的説法,經言"牖户"乃係作者依據行禮完成後户牖關閉的次第,寫定經文語序。吳氏更順其例反推行禮之前開啟户牖,其次序理應倒轉,先户而後牖。吳氏雖參考賈疏,但他從《儀禮》筆法推致行事之例,足見在他的眼中,筆法每有蘊藏禮例,兩者往往互通。

　　説明行文次序之義者,《鄉飲酒禮》:"主人獻工,工左瑟,一人拜,不興,受爵。"《章句》云:"此先言瑟者,以歌者無事,此則有左瑟之事也。"⑤工奏樂後,主人獻工,《儀禮》特云"工左瑟,一人拜"。若按禮經行文順次,似是以瑟工先受獻,歌者從之。吳氏之見,《儀禮》作者之所以置瑟在前,是由於"歌者無事",反之瑟工則有"左瑟之事",因此特意如此安排行文次序。檢鄭玄注解,並無是説。究其因由,乃源於鄭玄與吳廷華詮解經義有所不同。上文"工四人,二瑟,瑟先",鄭玄云:"瑟先者,將入,序在前也。"⑥吳氏的理解卻是:"樂貴人聲,瑟先者,尊歌者,爲之先道也,坐則歌先。"⑦吳氏認爲"瑟先"是尊歌者之表現,目的是引導歌者。工入升後,亦當歌者先坐,瑟者後坐。所以,吳氏又云:"坐者先歌後瑟,獻亦如之。"⑧吳氏説法源自《欽定儀禮義疏》,彼謂:"夫經所謂瑟先者,謂其入之序,不謂其獻之次也。樂貴

---

① 吳廷華《儀禮章句》卷二,第十頁上。
② 鄭玄注,賈公彦疏《儀禮注疏》卷六,第二頁下(總頁 59)。
③ 鄭玄注,賈公彦疏《儀禮注疏》卷四十二,第十五頁上(總頁 500)。
④ 鄭玄注,賈公彦疏《儀禮注疏》卷四十六,第九頁上(總頁 547)。
⑤ 吳廷華《儀禮章句》卷四,第七頁下、第八頁上。
⑥ 鄭玄注,賈公彦疏《儀禮注疏》卷九,第八頁上(總頁 91)。
⑦ 吳廷華《儀禮章句》卷四,第七頁下。
⑧ 吳廷華《儀禮章句》卷四,第七頁下。

人聲,先歌者宜矣。"①總之,依鄭氏之説,工四人入和升皆先瑟後歌,順其次序,則此處言"工左瑟"實無不妥。但若依《章句》之説,歌者比瑟者尊貴,坐與獻理應先歌後瑟,那麼"主人獻工,工左瑟"的語序,便容易令人誤解,故以"歌者無事"説解。

(三) 提示語

爲了向行禮者準確傳遞行禮步驟,《儀禮》内一些文句乃作爲提示語形式出現②。《章句》内特别説明爲提示語者,多爲經文重言、複言之例。

例如《鄉射禮》云:"司馬命獲者執旌以負侯。獲者適侯,執旌負侯而俟。"下文上射下射升堂就位後,獲者由負侯行至乏位,經於此又云:"獲者執旌,許諾聲不絶,以至于乏,坐。"《章句》即言:"本執旌,重言之者,嫌不執也。"③經文重複説"執旌",目的是提示獲者在負侯位置移至乏時,必需執旌,不得遺留在侯位。下文獲者指示弟子取矢,又重複説"獲者執旌,許諾聲不絶"④,按吳説同樣是"嫌不執"的提示語。有趣的是,若比對《鄉射禮》與《大射儀》二禮,兩者同爲射法,前者有"執旌"提示語,後者則無。《鄉射》是州長射法,士禮兼官,因此負侯與獲者爲同一人。《大射儀》爲諸侯射法,每侯的負侯與獲者分爲二人擔任。《大射儀》云:"負侯者皆適侯,執旌負侯而俟。"⑤下文負侯者執旌而到乏位,將旌授予獲者時云"負侯皆許諾以宫……及乏聲止,授獲者",此處未有像《鄉射禮》重言"執旌"以作提示,《章句》就解釋"不言'執旌',下言'授獲者'可知"⑥。讀者可從下文"授獲者"而得知負侯者執旌而行至乏位,但對於負侯者,卻没有任何提示要執旌之語。下拾矢一節亦如是,當《鄉射禮》再次重言"獲者執旌,許諾聲不絶"提示此處要執旌,《大射儀》只言"負侯許諾如初"⑦,並無任何提示語。究其因由,蓋以《大射儀》之負侯者較《鄉射》之獲者熟於禮儀故也。《大射

---

① 乾隆詔編《欽定儀禮義疏》卷六,《文淵閣四庫全書》第 106 册,上海:上海古籍出版社 1987 年版,第五五頁下。
② 例如《儀禮》中的"左執"就是一種提示語,而非禮例。詳見李洛旻《〈儀禮〉"左執"考》,載於《能仁學報》第 15 期"禮學專號"(2016—2017 年度),第 1—12 頁。
③ 吳廷華《儀禮章句》卷五,第九頁下、第十頁下。
④ 吳廷華《儀禮章句》卷五,第十一頁下。
⑤ 吳廷華《儀禮章句》卷七,第十三頁上、第十三頁下。
⑥ 吳廷華《儀禮章句》卷七,第十四頁上。
⑦ 吳廷華《儀禮章句》卷七,第十五頁上。

儀》之負侯,以服不擔任,服不爲大司馬之屬。按《周禮》職云:"射則贊張侯,以旌居乏而待獲。"①服不爲下士,專任侯及乏之事,不用提示可也。至於《鄉射禮》士射法,獲者不可能以士充任,故《章句》於該篇云"獲者,有司,服不氏之屬"②,賈疏亦云:"《鄉射》直云'司馬命負侯',不言官者,大夫士家無服不氏,家臣爲之故也。"③以家臣充任獲者,必不如《大射儀》服不般諳熟侯、乏相關禮儀,是以撰者在《鄉射禮》篇特書"執旌"爲之提醒。

　　另一種提示語之例,《大射儀》第二番射後,司馬升命取矢畢,文云"司馬降,釋弓如初",然後下文又云"司馬釋弓,反位,而後卿大夫升就席",《章句》云:"即上命取矢畢之反位也。復言之者,爲卿大夫升節。"④《大射儀》在此行文重複説司馬"反位",吳氏認爲其目的在於指出"反位"是"卿大夫升節"。換言之,司馬進行"反位"的一刻,卿大夫就要升堂。吳氏指出,《儀禮》作者重複書寫"司馬釋弓反位",表達了當時是卿大夫升堂之"節",這種"節"就是給卿大夫的提示語,提示至該儀節(司馬釋弓反位),他們就要有所行動(升堂)。這種"節"的説明,在吳廷華《章句》之中有不少例子,都是作爲提示作用。例如《有司徹》主人獻兄弟,"兄弟之長升,拜受爵",然後其餘兄弟緊接升而受爵。經下文又特言"升受爵,其薦脅設于其位",《章句》云:"再言升受爵,爲設薦之節,謂每升則薦也。"⑤作者重複書寫"升受爵",是爲了標明各兄弟升堂受獻之際,即有司薦脅在其位之"節"。"升受爵"是作爲提示語的形式呈現。相反,鄭玄理解與吳氏不同。鄭玄不認爲"升受爵"是提示設薦之節,他説"辯獻乃薦"⑥,明確指出所有兄弟受獻畢,才逐一設薦,與《章句》謂"每升則薦"迥別。鄭玄繼而云:"既云辯矣,復言'升受爵'者,爲衆兄弟言也,衆兄弟升不拜受爵。"⑦鄭氏認爲重複書寫"升受爵",是相對兄弟之長"升拜受爵"而言,表示衆兄弟受爵不拜,與兄弟長之禮有差別。由此可見,不同禮家對《儀禮》筆法的理解,也會有所不同。

---

① 鄭玄注,賈公彥疏《周禮注疏》卷三十,第二十二頁下(總頁 464)。
② 吳廷華《儀禮章句》卷五,第八頁上。
③ 鄭玄注,賈公彥疏《周禮注疏》卷三十,第二十頁下(總頁 463)。
④ 吳廷華《儀禮章句》卷七,第二十頁上。
⑤ 吳廷華《儀禮章句》卷十七,第十二頁上。
⑥ 鄭玄注,賈公彥疏《儀禮注疏》卷五十,第四頁上(總頁 597)。
⑦ 鄭玄注,賈公彥疏《儀禮注疏》卷五十,第四頁上(總頁 597)。

（四）預陳其事

根據吳氏之分析，《儀禮》内有預陳其事的筆法。雖先言其事，但實探下文而言。《章句》内每加標示説明。

因總言其禮而預陳其事之例，如《鄉射禮》司馬獻獲者，文云："司馬洗爵，升實之，以降獻獲者于侯，薦脯醢，設折俎。俎與薦皆三祭。"《章句》云："設之于位，此將設，未設也。"①根據文意，由"司馬洗爵"到"皆三祭"數句，乃總言司馬獻獲者之流程，下文復有詳細儀節的陳述："獲者負侯，北面拜受爵，司馬西面拜送爵。獲者執爵，使人執其薦與俎從之，適右个，設薦俎。獲者南面坐，左執爵，祭脯醢，執爵興，取肺，坐，祭，遂祭酒，興。適左个中亦如之。"據此，獲者至右个時方"設薦俎"，所以上文所謂"薦脯醢，設折俎"者，爲預陳其事，實質未設也。

時亦因同類而連言，其實亦爲預言其陳設之例。如《大射儀》射禮當日設酒尊，先言設兩方壺、兩玄酒、兩圜尊，接書"又尊于大侯之乏東北，兩壺獻酒"。《章句》云："此獻三獲者及隸僕之屬之尊也。時尚未設，因上設尊而類及之爾。下設洗同。"②此兩壺"獻酒"是獻獲者之尊，此時尚未設置，只是因同是酒尊之類，故連類於此。設獲者之洗情況相同，文云："設洗于阼階東南，罍水在東，篚在洗面南陳。設膳篚在其北西面。又設洗于獲者之尊西北，水在洗北，篚在南，東陳。"③先言設阼階東南之洗及篚等，因獲者之洗、篚同類故在此連言，當時並未設置，乃預陳其事而已。直至下文獻獲者時云："司宫尊侯于服不之東北，兩獻酒東面南上，皆加勺。設洗于尊西北，篚在南，東肆。"《章句》云："此及洗即上設于大侯之乏者，至是乃設之。"④纔正式設獲者之尊和洗篚。據吳氏此例，預先設置的尊與後來纔陳設獲者的"兩獻尊"，以及預設的洗與後設獲者的洗，作者書寫之法均有其共通點，即以一"又"字分隔，以别其前設後設，故云"又尊于大侯之乏東北，兩壺獻酒"及"又設洗于獲者之尊西北"，其"又"字暗示了陳設時間的差别，有探下而言之義。

（五）書有以見無

禮典之儀節繁複，《儀禮》作者在記録、陳述整個禮典内容時，或詳或

---

① 吳廷華《儀禮章句》卷五，第十九頁上。
② 吳廷華《儀禮章句》卷七，第三頁下。
③ 吳廷華《儀禮章句》卷七，第三頁下、第四頁上。
④ 吳廷華《儀禮章句》卷七，第二十三頁下。

略，必然有所選擇。當中有特書某一人之儀節，以示其餘無是儀之書法。《章句》內亦每有標明。

舉例而言，《鄉飲酒禮》有獻樂工之儀，獻必洗爵，經文云"大師則爲之洗"，《章句》云："大師，工之長，四人中或有之。爲之洗，明其餘不洗也。"①按吳氏之説，經文特言大師"爲之洗"，表示了其他樂工不洗。所謂不洗，並非不洗爵，乃不由主人（獻者）親自爲其洗爵，而由他人代之。吳氏在《燕禮》篇內有更詳細的説明，《燕禮》云："卒歌，主人洗升。"《章句》云："洗而獻工者，太師則爲之洗。……餘則不親洗。"又云："疏謂不辨太師與群工，皆洗。《鄉飲酒·記》不洗者不祭。此眾工皆祭，故知皆洗。竊案：洗者，親洗。不洗者，不親洗，有代之洗者，故皆祭也。疏誤。"②吳氏依據《鄉飲酒禮·記》所記"不洗者不祭"的禮例，推出眾工既祭酒，則必洗爵而受獻，並以此駁斥賈疏之説。又《大射儀》："主人洗，升實爵，獻工。"③大射亦明確寫明主人洗爵而獻工，則亦是"爲之洗"，故《章句》便云："不言爲之洗，亦洗也。"④上所引《鄉飲酒禮》言"大師則爲之洗"、《燕禮》言"主人洗升"、《大射儀》言"主人洗，升實爵，獻工"，均言主人洗而不言眾工不洗，都是書有以見無之法。書其爲大師洗，以見其餘不親洗之義。《儀禮》作者在《鄉射禮》則不用此法，其記獻眾工之禮云："主人取爵于上篚獻工，大師則爲之洗。……眾工不拜受爵，祭飲……不洗。"⑤按上述"不洗者不祭"之例，眾工有祭酒，則必然有洗爵之儀。因此"不洗"者只有解作"不親洗"，方合禮例。數篇記述獻眾工之禮，僅在此言"不洗"，《章句》云："大師之外，皆不親洗，特于此見之。"⑥吳氏指出《儀禮》作者特於此篇見主人不爲眾工親洗之義。

透過吳氏《章句》的分説，這種"書有以見無"之法並見於《儀禮》多處。如《燕禮》主人獻士，文云："主人洗，升獻士于西階上，士長升拜受觶。士坐祭立飲，不拜既爵，其他不拜，坐祭立飲。"鄭玄注云："他謂眾士也。"我們看賈疏對這段文字的理解，他説："上云士長，明此士長之外皆眾士也。知亦

① 吳廷華《儀禮章句》卷四，第八頁上。
② 吳廷華《儀禮章句》卷六，第九頁下。
③ 吳廷華《儀禮章句》卷七，第十頁下。
④ 吳廷華《儀禮章句》卷七，第十頁下。
⑤ 吳廷華《儀禮章句》卷五，第六頁上。
⑥ 吳廷華《儀禮章句》卷五，第六頁上。

升受爵者,以其士尊於笙之長,笙之長尚受爵於階上,明士得升堂受爵也。言不拜者,以其士長得拜,明衆士不拜也。"①按賈公彦的説法,士長與衆士均升堂受主人獻酒,士長與衆士禮儀之差,僅在於拜與不拜,而不在升堂與否。吴廷華對這段文字的寫法有不同理解,《章句》云:"曰士長升,見其他不升。"②吴廷華根據經文特言"士長升"的寫法,推出衆士不升受爵,與賈公彦理解不一。按,賈氏認爲衆士俱升堂受爵的理據,在於獻笙之長之禮,笙長亦在階上受爵。笙卑於士,因此衆士應須升堂受爵。然而,獻笙長是獻工,樂工之間應自爲尊卑差降,不宜與獻士之禮混爲一談。再者,《燕禮》記獻笙者"一人拜,盡階不升堂受爵"③,亦未升堂。因此,賈氏之説未必成立,反而吴氏之解較爲合理。此儀節《大射儀》亦與《燕禮》文字幾同,在吴氏眼中也是運用了"書有以見無"的筆法。

(六) 省文

與上類相似,《儀禮》作者因應不同情況,在描寫、陳述儀節行進時,每有省略不書之法。賈公彦研究禮經省文,用力甚深,今人高橋忠彦亦嘗撰文討論賈疏中所見有關《儀禮》省文的分析。吴氏《章句》也大量標識其間省文之處,以下舉隅説明。

有因常理而省文者,如《士冠禮》"朝服緇帶素韠",《章句》云:"《儀禮》言服不言佩,文省。"④君子無故玉不去身,服常設佩,故經省文不言佩,但有佩可知,是其常理。《士冠禮》加冠前陳設"贊者奠纚、笄、櫛于筵南端",《章句》云:"第言三物,則篋簞在房矣。笄兼安髮固冠者在篋之物,俱應置此,經文省耳。"⑤按吴氏之説,設在筵南端者不只"纚、笄、櫛"三者,其他預先放在房篋中的固冠用品,應一併取出置於筵南。三加冠所用固冠用品俱取出,此依常理可知。《士冠禮》上文云:"緇布冠缺項;青組纓屬于缺;緇纚,廣終幅,長六尺;皮弁笄;爵弁笄;緇組紘,纁邊;同篋。"《章句》云:"組纓、緇纚、兩笄、組紘,並貯一器以待事也。"⑥然則,組纓、組紘即爲作者省略

---

① 鄭玄注,賈公彦疏《儀禮注疏》卷十五,第十一頁下(總頁 175)。
② 吴廷華《儀禮章句》卷六,第十一頁下。
③ 吴廷華《儀禮章句》卷六,第十頁上。
④ 吴廷華《儀禮章句》卷一,第一頁下。
⑤ 吴廷華《儀禮章句》卷一,第六頁下。
⑥ 吴廷華《儀禮章句》卷一,第五頁上。

不言的固冠之物。此亦依常理而省文之例。其他如《鄉射禮》"袒,執弓",《章句》云:"弓,張弓,不言決遂可知。"①又"主人堂東,皆釋弓矢,襲",《章句》又云:"不言脱決遂可知。"②又《大射儀》"司射入于次,搢三挾一个",《章句》云:"不言弓可知。"③下經又云"釋弓于堂西",《章句》云:"第言釋弓,省文。"④釋弓並連脱決遂,襲,爲一整套既定動作,俱不言而依常理可知。

　　有書其代表而省其餘之例。如《大射儀》獻諸有司,文云:"司馬師受虛爵,洗,獻僕人與巾車、獲者。"⑤僅言獻僕人、巾車與獲者三者,但其實其餘張侯設物之有司,均在受獻之列,作者省其文而已。鄭賈已有説,鄭注云:"不言量人者,自後及先可知。"賈疏:"案上張侯之時,先言量人,後言巾車,君射之時乃有隸僕人埽侯道。受獻先言隸僕人,後言巾車,是自後以及先。隸僕尚得獻,明量人在巾車之先,得獻可知。"⑥按鄭、賈之説,作者所省略不言者,惟量人而已。《章句》則云:"此二侯之獲者。不言負侯,負侯亦可云獲者也。"又云:"不言量人及工人士、梓人,文省。"⑦按大射三侯,大侯由服不氏任負侯者及獲者,其餘二侯的負侯及獲者則由服不氏之徒充任。此所獻者即指其餘參侯、干侯之獲者。吳氏認爲兩侯的負侯者,應亦受獻。參、干二侯的負侯與獲者同官,故此《儀禮》作者書"獻獲者",實包含了負侯者而言。此外上文張侯設物,有工人士、梓人,吳氏亦認爲二者當在受獻之列。故此,作者省略不書者,共有參、干二侯之負侯,以及工人士和梓人。吳氏説法與鄭、賈稍別。

　　有因上文已詳而省文之例。如《燕禮》"公命小臣辭,賓升成拜",《章句》解云:"凡下拜,或將拜未拜,或拜而未畢拜,聞命即升拜,禮俱未成也。故升而成拜,其未畢拜者,復再拜稽首,與未拜者同。後兩升拜亦應言成,文不具耳。"⑧吳氏先言升成拜之義,復指下文作者兩次書寫"升拜",都應該是"升成拜",因此文已言"成"而下文省略,下文云:"賓下拜,小臣辭,賓

① 吳廷華《儀禮章句》卷五,第十七頁下。
② 吳廷華《儀禮章句》卷五,第二十頁下。
③ 吳廷華《儀禮章句》卷七,第十二頁下。
④ 吳廷華《儀禮章句》卷七,第十九頁下。
⑤ 鄭玄注,賈公彦疏《儀禮注疏》卷十八,第十頁下(總頁215)。
⑥ 鄭玄注,賈公彦疏《儀禮注疏》卷十八,第十頁下至第十一頁上(總頁215—216)。
⑦ 吳廷華《儀禮章句》卷七,第二十三頁上。
⑧ 吳廷華《儀禮章句》卷六,第六頁下、第七頁上。

升再拜稽首。……賓進受虛爵……下拜,小臣辭,賓升再拜稽首。"①此文兩
"賓升再拜稽首",依吳氏之見,均省去"成"字。若按鄭、賈之説,則又不同。
鄭玄云:"不言成拜者,爲拜故下,實未拜也。"賈疏云:"若堂下未拜之間,聞
命則升,升乃再拜稽首,則不得言升成拜,以其堂下未拜。"②鄭賈認爲所謂
"賓下拜"者,在下未始拜時已聞小臣之命而復升堂上,實質未行拜禮,故在
堂上逕行再拜稽首。這種情況,則不得言"成拜"。比較兩説,吳氏對理解
爲作者省文之筆法,鄭、賈則據禮儀形式解之,互見歧義。

有因上篇已詳而省文之例。如《大射儀》:"公坐取大夫所媵觶興,以酬
賓。賓降西階下再拜稽首,小臣正辭。"《章句》云:"不言公命可知。"③吳氏
指此處小臣正辭,實有公命其辭之儀,只是文省不言而已。省文的原因,乃
由於上篇已有所書,此不複言。上篇《燕禮》相應之儀節云"公命小臣辭",
因此《大射儀》同一儀節,省去"公命"不言。

《儀禮》全書省文之例多樣,吳氏根據自己對經文的詮釋,對作者省文
之處每加標注,以展示作者書寫時詳略之法。限於篇幅,未能枚舉。

(七) 整段儀節省略

《儀禮》內有大量重複相同的儀節,爲使陳述簡明,作者往往有將整段
儀節省略之法,並以"如初"、"如前"等形式表達。吳氏就《儀禮》這些寫
法,往往加以具體説明其所重複禮儀的起始點。

舉如《士冠禮》:"若不吉則筮遠日,如初儀。"《章句》便云:"初,'筮人
執筴'以下。"④冠禮筮日,若第一次占筮不吉,則立即再筮一次,以"遠日"
爲期筮其吉凶,重複一次筮日步驟。然讀禮者未必能辨識"初儀"的範圍,
因此吳氏就具體爲之説明,指出"初儀"是由"筮人執筴"開始以下諸儀,即
執筴"抽上韇",進受主人命而筮,一直至卒筮書卦示主人,並且旅占告吉等
各個環節。

再舉《士昏禮》爲例,親迎翌日的婦饋食舅姑一節,其文云:"無魚腊,無
稷,並南上,其他如取女禮。"所謂其他如取女禮者,鄭注云:"如取婦禮,同

---

① 吳廷華《儀禮章句》卷六,第七頁上。
② 鄭玄注,賈公彥疏《儀禮注疏》卷十四,第十五頁下(總頁 165)。
③ 吳廷華《儀禮章句》卷七,第八頁上。
④ 吳廷華《儀禮章句》卷一,第一頁下。

牢時。"①《章句》沿用了鄭注，云"謂同牢饌"，並進一步云："此云如取女，則在室凡儀節皆如之矣。其異者經特明之。"②據吳氏之説，即指除了食舅姑時俎豆陳設一如同牢禮之外，其食儀並一皆如室中同牢之禮，包括"祭薦黍稷肺"、"贊爾黍授肺脊"、"食以湇醬"、"祭舉、食舉"、"三飯卒食"、"贊洗爵酌酳"若干儀節。吳氏又强調"其異者經特明之"，包括"婦贊成祭"而非由贊者助祭、"卒食一酳無從"而不像同牢時三酳且有肝從。這種書寫之法，吳氏於他處曾明其例云"言者異，如者同"③，意指經云"如"者即其禮儀相同；而特書者，則爲其儀節相異而須特加説明者。

（八）斟酌用語，探知禮儀

禮經作者遣詞用字，往往能透露出許多禮儀明細。吳氏在解讀《儀禮》時，往往斟酌經文用字，並更具體地説明禮儀。

斟酌一字以見全局，如《士冠禮》冠前，賓降盥手，"賓降，主人降，賓辭，主人對"。盥手完畢，經文便云"主人升，復初位"，《章句》就説："主人言復，見賓之不然。"④經下文則接云"賓筵前坐，正纚"，是以主人"復"一字，即展示了主人復其位而賓不復其位，其整體之節清晰可見。

斟酌一字以見前後動儀，又如《大射儀》："大史實八算于中，橫委其餘于中西，興，共而俟。"大史實八算時不言坐立，《章句》則云"曰興，則坐實算也"⑤，吳氏根據"委其餘于中西"後特言"興"，推定"實算"之儀乃跪坐進行。

（九）互文、相兼乃備

《儀禮》內大量互文及相兼乃具之法。所謂互文或相兼乃備者，賈公彦有較清晰的解釋，《鄉射禮》疏云："凡言互文者各舉一事，一事自周，是互文。此據一邊禮，一邊禮不備，文相續乃備，故云'互相備'。"⑥所謂"互相

---

① 鄭玄注，賈公彦疏《儀禮注疏》卷五，第十一頁下（總頁54）。
② 吳廷華《儀禮章句》卷二，第八頁上。
③ 吳廷華《儀禮章句》卷一，第十頁上。
④ 吳廷華《儀禮章句》卷一，第六頁下。
⑤ 吳廷華《儀禮章句》卷七，第十七頁上，第十七頁下。
⑥ 鄭玄注，賈公彦疏《儀禮注疏》卷十三，第二頁下（總頁143）。《既夕禮》賈疏也有相近説法，見鄭玄注，賈公彦疏《儀禮注疏》卷三十九，第七頁下（總頁464）。

備”,即所謂“相兼乃備”。《儀禮》內的相關文例,吳氏亦加以説明。

　　互文之例,《鄉飲酒禮》二人舉觶爲無算爵始,賓和介受二人之觶,二人觶奠於薦左,“賓辭,坐取觶以興”而“介坐,受以興”①。觶由二人奠於薦左而賓介坐取受其觶於地,一言取觶,一言受,純粹是字面上的不同,取觶於地的動作是完全一致。對於這種寫法,鄭玄理解爲尊卑之別,鄭云:“賓言取,介言受,尊卑異。今文曰賓受。”②從鄭注可知,今文本《儀禮》賓與介均言“受”,但鄭玄認爲一言取,一言受,這樣的寫法纔能突出尊卑之差,賈公彥更申鄭説,云:“尊者得卑者物言取,是以《家語》云:‘定公假馬於季氏,孔子曰:君於臣有取無假。’故賓尊言取,介卑言受也。”③然而,吳氏顯然不認同鄭賈的理解,《章句》云:“賓言取,介言受,互文也。”④一取一受,只是互文,而不是尊卑之差。吳氏之意,即謂賓言取,其實有“受觶”之意;介言“受”,其實非親手授受,而是“取”於薦左。《特牲饋食禮》“興取肺”,《章句》云:“曰取,則不授也。”⑤正是其義。取、受互文見義,吳氏詮解作者的筆法如此。

　　《儀禮》作者設經,每據相兼乃備之法,其完整意義各設一邊,讀者需要併合兩處或以上經文,相兼並觀,方能理解其完整的意義。吳氏《章句》內,也有鈎沉此法之例。如《燕禮》言衆行禮者面位時,文云:“公降,立于阼階之東南,南鄉,爾卿,卿西面北上;爾大夫,大夫皆少進。”鄭注云:“爾,近也,移也,揖而移之近之也。”⑥吳氏詮解此文筆法時,比對《大射儀》相似段落,就説:“爾,近,謂揖之使近也。《大射儀》言揖,此言爾,相兼乃備也。”⑦檢《大射儀》相應文字云:“小臣師詔揖諸公御大夫。”又云:“揖大夫,大夫皆少進。”⑧正是《燕禮》作“爾”,《大射儀》作“揖”。吳氏認爲兩者相兼乃備,正合鄭玄注解“揖而移之近之”之義。但鄭氏未有注明《燕禮》“爾”與《大射儀》“揖”的關係。賈疏申説鄭注,則提出“變揖言爾”的筆法,他説:“變

---

① 吳廷華《儀禮章句》卷四,第十一頁上。
② 鄭玄注,賈公彥疏《儀禮注疏》卷十,第三頁上(總頁 100)。
③ 鄭玄注,賈公彥疏《儀禮注疏》卷十,第三頁下(總頁 100)。
④ 吳廷華《儀禮章句》卷四,第十一頁上。
⑤ 吳廷華《儀禮章句》卷十五,第九頁上。
⑥ 鄭玄注,賈公彥疏《儀禮注疏》卷十四,第六頁上—第六頁下(總頁 160)。
⑦ 吳廷華《儀禮章句》卷六,第一頁下。
⑧ 吳廷華《儀禮章句》卷七,第四頁下。

掮言爾者,爾訓近也,移也,卿大夫得掮移近中庭也。"①然而,賈疏雖明確指出此處是"變掮言爾",但其理據實完全來自鄭注"掮而移之近之"一語,並不像吳氏依據與《大射儀》"掮"字相兼乃備的《儀禮》書法,提出《燕禮》此文雖言"爾"但實有"掮"義的實質證明。

(十) 虚字

《儀禮》內的虚字,鄭、賈每多注意,吳氏《章句》內對於書中某些虚字,亦嘗標明其義,説明作者遣詞與儀節行進的關係。

例如"遂"字,經常出現於《儀禮》,吳氏《章句》內有就此字總言其義者,亦有就不同禮義而具體説解,其解説多方。總言其義者,賈公彦《周禮疏》和《儀禮疏》內常説"因事曰遂"②,吳廷華亦有言此者,如《鄉射禮》"賓及衆賓遂從之",《章句》云:"因事曰遂。"③似襲用賈疏之語。又或言"因事之辭"者,其義相同,《聘禮》"遂命使者",《章句》云:"遂者,因事之辭。"④此語則出自郭璞,《爾雅·釋言》"對,遂也",邢疏引郭云"遂者,因事之辭"者是也⑤。與此相近者,有"繼事之辭",《士冠禮》:"遂以摯見于鄉大夫、鄉先生。"《章句》云:"遂,繼事之辭。"⑥此解僅見《穀梁傳》,桓公八年云:"遂逆王后于紀。……遂,繼事之辭。"⑦可見吳氏《章句》解經文"遂"字之義,博採郭璞、賈公彦、《穀梁傳》等説。所謂"因事曰遂",個別禮節時究竟是繼何事而言"遂",《章句》亦時加辨明,《鄉射禮》"遂命三耦拾取矢",《章句》

---

① 鄭玄注,賈公彦疏《儀禮注疏》卷十四,第三頁下(總頁160)。
② 分別見於《周禮疏》卷十九《小宗伯》、卷二十二《冢人》、卷二十四《菙氏》、卷二十五《占夢》;《儀禮疏》卷二《士昏禮》、卷四《鄉飲酒禮》、卷十二《士喪禮》。按:"因事曰遂"一説,並非賈氏首創,《左傳》昭公二十年"齊侯疥遂痁",杜注云:"因事曰遂。"(見杜預集解,孔穎達等正義《春秋左傳正義》卷四十九,第十頁上〔總頁856〕。)《尚書·康王之誥》:"遂誥諸侯,作《康王之誥》。"僞孔《傳》云:"因事曰遂。"見僞孔安國傳,孔穎達等正義《尚書正義》卷十九,第一頁上(總頁288)。
③ 吳廷華《儀禮章句》卷五,第二頁上。
④ 吳廷華《儀禮章句》卷八,第一頁上。
⑤ 見郭璞注,邢昺疏《爾雅注疏》卷三,第十六頁上(總頁44)。按:"因事之辭",亦見《毛詩正義》,《毛詩·大雅·江漢》"對揚王休",毛傳用《爾雅》義云:"對,遂。"故孔氏《正義》云:"以對爲遂者,以爲因事之辭。"(見毛亨傳,鄭玄箋,孔穎達等正義《毛詩正義》卷十八之四,第十八頁下〔總頁687〕。)
⑥ 吳廷華《儀禮章句》卷一,第九頁上。
⑦ 范甯注,楊士勛疏《春秋穀梁傳注疏》卷四,第二頁下(總頁36)。

云："遂者,方比耦于三耦之西,因告之也。"①因其繼比三耦之事,便直接在其位命三耦"拾取矢",故言"遂",值得注意的是,吳氏分節,以比耦爲一節之結,"遂命三耦拾取矢"爲另一節之始,二者分隔,故"遂"字亦有連結兩段文字的功能,表示命取矢的儀節,是緊接上節"比耦"後而行。其他就每個儀節中的"遂"字作具體解說之例,如《燕禮》"賓升席坐,祭酒,遂奠于薦東",《章句》云："遂者,因坐而奠,不北面也。"②又《鄉飲酒禮》介酢主人時"主人坐祭,遂飲,卒爵,興",《章句》云："凡言遂者,其禮畧。"③專與上文相對而言。《公食大夫禮》："公食大夫之禮,使大夫戒……賓不拜送,遂從之。"《章句》："'遂從之',則本日戒也。"④帶出"遂"字有同日行禮之義。因篇幅所限,不逐一分析。

　　"不"字在《儀禮》每爲禮家重視,《章句》亦不例外,對《儀禮》作者運用"不"字的地方,每有説明。例如《鄉飲酒禮》獻工節,工"不興受爵",《章句》便云："凡言不,殺禮也。"⑤此處言"不"是與上文主賓正獻時相對,展示"殺禮"的地方,因此獻工下文又云"工飲不拜既爵,授主人爵",《章句》云："禮殺","衆工則不拜受爵。"《章句》又云："禮又殺。"⑥是見其"不"字之義。又如《鄉射禮》"主人釋服,乃息司正,無介,不殺",《章句》："凡言不,見其簡。"⑦故下文息司正之禮"迎于門外不拜,入,升不拜至,不拜洗"⑧,其"不"字均簡其禮之意。《燕禮》"主人坐祭,不啐酒",《章句》云："凡不者,皆辟正主。"⑨辟正主者,燕禮由宰夫代公爲主人,故宰夫非正主,因此禮有減省。下文"不拜酒,不告旨,遂卒爵興,坐奠爵拜,執爵興,主人不崇酒"⑩,諸"不"字俱表示因"辟正主"而不行之儀。由此可見,吳氏解《儀禮》的"不"字,均就特定禮儀而論,或與上文禮儀有所相對,或因某些原因而減省禮儀。檢賈公彦《儀禮疏》對《儀禮》的"不"字曾經提出,書中許多"不"字

---

① 吳廷華《儀禮章句》卷五,第十二頁上。
② 吳廷華《儀禮章句》卷六,第五頁下。
③ 吳廷華《儀禮章句》卷四,第六頁上。
④ 吳廷華《儀禮章句》卷九,第一頁上。
⑤ 吳廷華《儀禮章句》卷四,第八頁上。
⑥ 吳廷華《儀禮章句》卷四,第八頁上。
⑦ 吳廷華《儀禮章句》卷五,第二十四頁下。
⑧ 吳廷華《儀禮章句》卷五,第二十四頁下。
⑨ 吳廷華《儀禮章句》卷六,第四頁下。
⑩ 吳廷華《儀禮章句》卷六,第四頁下。

都涉及士與大夫禮之間的等差。他說：

> 凡士言"不"者，對大夫以上爲之。此士言"不諏日"，《少牢》大夫諏日。《士喪禮》"月半不殷奠"，則大夫已上殷奠，如此之類皆是也。①

賈公彥說禮，特重士與大夫之間的分野，因有此說②。但檢吳氏《章句》則完全不採用賈氏這種觀點。他所討論的"不"字筆法，只牽涉上下禮儀的詳略，及因特殊情況而減省禮儀的情況。

《儀禮》運用"乃"字之義，吳氏之前，鄭、賈已具其說。《大射儀》："公拜受爵，乃奏《肆夏》。"鄭注云："言'乃'者，其節異于賓。"賈疏云："言異者，賓及庭奏，此君受爵乃奏，是其節異故也。云'乃'者，緩辭。"③按賈氏"緩辭"之說出自《公羊》，宣公三年云："郊牛之口傷，改卜牛，牛死，乃不郊，猶三望。其言之何？緩也。"何休注云："辭間容之，故爲緩。"④是以"乃"字爲"緩辭"。在於《儀禮》中用乃字爲"緩辭"者衆，上引《大射儀》則公拜受爵後，緩其奏樂，大概受爵與奏樂之間稍作緩和。若根據賈疏，"乃"字甚至有易日之意。《特牲饋食禮》云："筮尸如求日之儀。……乃宿尸。"賈疏云："宿尸云'乃'，'乃'是緩辭，則與筮尸別日矣。"⑤根據"乃"字推斷筮尸與戒尸分別兩日行之。然而，吳氏《章句》並未採納賈疏"緩辭"之說，但對"乃"字之義也有相應說明。即就上引《特牲饋食禮》"乃宿尸"而言，《章句》就說："乃宿之者，尊之不敢苟也。"⑥不像賈公彥般將"乃"字視爲別日，他只說"尊之不敢苟"，但具體如何"尊"而不苟，未有說明。又《既夕禮·記》云"乃行禱于五祀，乃卒"，《章句》又解"乃"字云："言'乃'，見其養之慎重也。"⑦吳氏指《儀禮》作者書"乃"字，以示此禮之慎重，換言之，行禮者於此節亦宜加倍敬慎。《特牲》的"乃"是"尊之"，《既夕·記》之

---

① 鄭玄注，賈公彥疏《儀禮注疏》卷四十四，第一頁下（總頁519）。賈疏《士喪禮》亦有相近說法，見《儀禮注疏》卷三十七，第十五頁上（總頁440）。
② 詳見李洛旻《賈公彥〈儀禮疏〉研究》，臺北：萬卷樓2017年版，第82—92頁。
③ 鄭玄注，賈公彥疏《儀禮注疏》卷十七，第二頁上（總頁196）。
④ 何休注，徐彥疏《春秋公羊傳注疏》卷十五，第六頁下（總頁190）。
⑤ 鄭玄注，賈公彥疏《儀禮注疏》卷四十四，第五頁上（總頁521）。
⑥ 吳廷華《儀禮章句》卷十五，第二頁上。
⑦ 吳廷華《儀禮章句》卷十三，第十一頁下。

“乃”具“慎重”之義，可見吳氏認爲“乃”字包含其敬慎之禮義，與賈氏“緩辭”説不同。

三、結　　論

吳廷華《儀禮章句》以析分章節，折衷注疏聞名於世，對當時推動《儀禮》的學習與研究，有重大貢獻，被譽爲“學禮者之階梯”。分節外，吳書對另外兩種研讀《儀禮》之法——繪圖和釋例，均用力甚篤。然而，三法以外，吳廷華對《儀禮》設經作文之筆法頗予關注，在《章句》大量相關説明，見解獨到，其成就不容忽視。

本文嘗試鈎沉吳氏對《儀禮》筆法的意見，分類考述，別爲十項，包括《儀禮》中的變文、行文語序、提示語、預陳其書、書有見無、省文、互文、相兼乃備、特定的實詞、虛詞等，各據例證，參校禮家意見，揭櫫吳氏對《儀禮》文本的深刻認識。此外，亦可探知他與鄭玄、賈公彥論見的異同。《章句》對《儀禮》筆法的詮解有不少啟發自鄭、賈注疏之例，若觀諸文本所例，其歧義佔多。吳書解經，雖多採掇注疏，或因襲其文、或化用其義，若駁斥者亦每有清楚説明。若就《儀禮》筆法之分析而言，吳氏則較少採用注疏，其往往逕出己意，鮮作駁議，若不細意比勘，難以察知。據此，吳氏對鄭、賈注疏吸收的程度，透過本文分析，我們或能有更確切的認識。四庫館臣所謂其書“多本鄭、賈箋疏”者，實值得我們再復深究。

禮家如何理解《儀禮》作者筆法，直接影響儀節及禮義的詮釋，未可輕置。本文舉例，證諸吳氏與鄭、賈對禮經筆法的歧義，學禮者會循之閱讀到迥然不同的禮儀文本，對禮典的想像也有所出入。可是《儀禮》筆法之研究，歷代禮家各有散論，卻未列爲專門之學。曹元弼曾提出禮經文例之讀法，云：“聖人作經，莫不有立言之法。……古之明者解經，莫不精究其立言之法……故治禮者必以全經互求，以各類各篇互求，以各章各句互求，而後辭達義明，萬貫千條，較若畫一。”①透過本文析論，冀能導出《儀禮》筆法在禮學研究上的重要性，即使在當代視野下，未必再視經典爲聖人撰述，研究禮經筆法，亦可以有助對《儀禮》禮典儀節、以至其叙事手法的再發掘。況

① 曹元弼著，周洪校點《禮經學》，北京：北京大學出版社 2012 年版，第 30 頁。

且,吳廷華固然在《儀禮》筆法研究上有其重要成就,惟與吳氏同期的各種
《儀禮》著作如他曾參與編纂的《欽定儀禮義疏》,張爾岐的《儀禮鄭注句
讀》和王文清的《儀禮分節句讀》,以至後來胡培翬的鉅著《儀禮正義》、曹
元弼的《禮經校釋》,諸家對《儀禮》筆法的研究,亦應予以關注。

（作者單位：香港都會大學人文社會科學院）

On Wu Tinghua's Analysis of
the writing style of *Yili*

Lee Lok Man

Yili 儀禮(Book of Etiquette and Ceremonial) is considered a Confucians classic difficult to read. Scholars have adopted three basic methods of interpretation: (1) to break the texts into paragraphs; (2) to illustrate the ceremonies; (3) to explain the etiquette rules. In addition, scholars of different historical periods have also researched unsystematically on the writing style of *Yili*. This article examines Qing-dynasty scholar Wu Tinghua's 吳廷華(1682 – 1755) annotations to the writing techniques of *Yili* in his *Yili zhang ju* 儀禮章句 (Analysis of the Book of Etiquette and Rites), including textual variation, words' sequence, hint, pre-narration, indicating the hidden, omission, intratextuality, use of specific function words, etc. Because the writing techniques of *Yili* are related to the moral meanings of the etiquettes and their rules, the differences among Wu Tinghua's, Zheng Xuen's 鄭玄 and Jia Gongyan's 賈公彦 annotations project a diversity of the actual performances of the etiquettes.

Keywords: ritual studies, *Yili*, Wu Tinghua, *Yili zhang ju*, etiquette

徵引書目

1. 毛亨傳,鄭玄箋,孔穎達等正義:《毛詩正義》,縮印嘉慶二十年(1815)南昌府學本, 臺北:藝文印書館,2001 年版。 *Mao shi zhengyi* (*Commentaries and Sub-commentaries on Mao Shi*). Annotated by Mao Heng and Zheng Xuan, Sub-commented by Kong Yingda. 1815 Jiaqing edition. Taipei:Yee Wen Publishing, 2001.

2. 永瑢等:《欽定四庫全書總目》,《文淵閣四庫全書》本,上海:上海古籍出版社,1987 年版。Yong Rong. *Qinding siku quanshu zongmu* (*The General Catalogue and introduction of Siku Quanshu compiled by the Emperor*). Wenyuan ge siku quanshu Edition. Shanghai:Shanghai Classics Publishing House, 1987.

3. 何休注;徐彥疏:《春秋公羊傳注疏》,縮印嘉慶二十年(1815)南昌府學本,臺北:藝 文印書館,2001 年版。*Chunqiu gong yang chuan zhu shu* (*Commentaries and Sub-commentaries on Chunqiu Gongyang Chuan*). Annotated by He Xiu, Sub-commented by Xu Yan. 1815 Jiaqing edition. Taipei:Yee Wen Publishing, 2001.

4. 吳廷華:《儀禮章句》,哈佛燕京圖書館藏清乾隆甲寅年(1974)刻本。Wu Tinghua. *Yi li zhangju*. Qianlong 1974 edition collected by The Harvard-Yenching Library.

5. 李洛旻:《〈儀禮〉"左執"考》,《能仁學報》第 15 期"禮學專號"(2016—2017 年度), 頁 1—12。Lee Lok Man. "*Yi li zuo zhi kao*" (*A Study on the phrase "Zuo zhi" in Yi Li*). *Nengren xuebao* (*Neng Yan Journal*) 15 (2016‑2017).

6. 李洛旻:《賈公彥〈儀禮疏〉研究》,臺北:萬卷樓,2017 年版。Lee Lok Man. *Jia gongyan yi li shu yan jiu* (*A Research on Jia Gongyan's sub-commentaries on Yi Li*). Taipei:Wan juan lou, 2017.

7. 杜預集解,孔穎達等正義:《春秋左傳正義》,縮印嘉慶二十年(1815)南昌府學本, 臺北:藝文印書館,2001 年版。*Chunqiu zuo chuan zhengyi* (*Commentaries and Sub-commentaries on Chunqiu Zuo Chuan*). Annotated by Du Yu, Sub-commented by Kong Yingda. 1815 Jiaqing edition. Taipei:Yee Wen Publishing, 2001.

8. 范甯注,楊士勛疏:《春秋穀梁傳注疏》,縮印嘉慶二十年(1815)南昌府學本,臺北: 藝文印書館,2001 年版。*Chunqiu gu liang chuan zhu shu* (*Commentaries and Sub-commentaries on Chunqiu Gu Liang Chuan*). Annotated by Fan Ning, Sub-commented by Yang Shixun. 1815 Jiaqing edition. Taipei:Yee Wen Publishing, 2001.

9. 高橋忠彥:《〈儀禮疏〉〈周禮疏〉に於ける省文について》,《中哲文學會報》第 8 輯 (1983 年 6 月),第 39—58 頁。Takahashi Tadahiko. "*A study on the text omissions of Yi Li and Zhou Li's sub-commentaries*". Zhong zhe wenxue huibao (Journal of Chinese Philosophy and Literature). 8 (Jun.1983):pp.39‑58.

10. 乾隆詔編:《欽定儀禮義疏》,《文淵閣四庫全書》第 106 冊,上海:上海古籍出版社, 1987 年版。*Qin ding yi li yi shu* (*Explanations of Yi Li compiled by the Emperor*). Edited by Qian Long. Wenyuan ge siku quanshu Edition. Shanghai:Shanghai Classics Publishing House, 1987.

11. 偽孔安國傳,孔穎達等正義:《尚書正義》,縮印嘉慶二十年(1815)南昌府學本,臺北：藝文印書館,2001 年版。*Shangshu zhengyi（Commentaries and Sub-commentaries on Shangshu）*. Annotated by wei Kong Anguo, Sub-commented by Kong Yingda. 1815 Jiaqing edition. Taipei：Yee Wen Publishing, 2001.

12. 曹元弼著,周洪校點：《禮經學》,北京：北京大學出版社,2012 年版。Cao Yuanbi. *Li jing xue（Academic research on Yi Li）*. Punctuated and collated by Zhou Hong. Beijing：Peking University Press, 2012.

13. 郭璞注,邢昺疏：《爾雅注疏》,縮印嘉慶二十年(1815)南昌府學本,臺北：藝文印書館,2001 年版。*Er ya zhu shu（Commentaries and Sub-commentaries on Er Ya）*. Annotated by Guo Pu, Sub-commented by Xing Bing. 1815 Jiaqing edition. Taipei：Yee Wen Publishing, 2001.

14. 鄧聲國：《吳廷華〈儀禮〉學研究淺析》,《井岡山大學學報(社會科學版)》第 35 卷第 1 期(2014 年),頁 80—85。Deng Shengguo. "*Wu Tinghua yi li xue yanjiu qian xi*"（*An introduction of Hu Tinghua's research on Yi li*）. Jinggang shan daxue xuebao：Shehui kexue ban（Journal of Jinggangshan University：Social Science Edition）. 35.1（2014）：pp.80－85.

15. 鄧聲國：《清代〈儀禮〉文獻研究》,上海：上海古籍出版社,2006 年版。Deng Shengguo. *Qing dai yi li wenxian yanjiu（A Research on Yi Li's documentaries in Qing Dynasty）*. Shanghai：Shanghai Classics Publishing House, 2006.

16. 鄭玄注,賈公彦疏：《周禮注疏》,縮印嘉慶二十年(1815)南昌府學本,臺北：藝文印書館,2001 年版。*Zhou li zhu shu（Commentaries and Sub-commentaries on Zhou Li）*. Annotated by Zheng Xuan, Sub-commented by Jia Gongyan. 1815 Jiaqing edition. Taipei：Yee Wen Publishing, 2001.

17. 鄭玄注;賈公彦疏：《儀禮注疏》,縮印嘉慶二十年(1815)南昌府學本,臺北：藝文印書館,2001 年版 *Yi li zhu shu（Commentaries and Sub-commentaries on Yi Li）*. Annotated by Zheng Xuan, Sub-commented by Jia Gongyan. 1815 Jiaqing edition. Taipei：Yee Wen Publishing, 2001.

清代文學流派研究

被折疊的詞史段落：康熙末至乾隆初的浙西詞派與浙西詞壇*

陳水雲

【摘　要】從康熙末到乾隆初這一段時間，在以往的詞史叙述中往往被忽略掉了，而這一時段正是浙西詞派影響擴大、厲鶚詞壇地位逐漸上升的時期。朱彝尊退出詞壇之後，柯煜、杜詔、樓儼等接續其思想，或刊刻南宋詞籍，或參與詞書修纂，或組織詩詞唱和，在京師和江南壯大了浙派的聲勢，在浙西桐鄉、平湖、海寧、海鹽、錢塘等地更出現了浙派第二、三代傳人，這時徐逢吉、吳焯、厲鶚逐漸嶄露頭角，先後在杭州、揚州、天津組織了多次詩詞唱和，成爲浙西詞派的主盟者，厲鶚在乾隆初更以其清婉深秀的風格引領一時風尚，得到了南北詞壇的一致推崇。

【關鍵詞】康熙末乾隆初　浙西詞派　浙西詞壇　厲鶚

自清代中葉以來，人們對於浙西詞派的認知，都是從朱彝尊到厲鶚，再而王昶、吳錫麒、郭麐，再而後吳中七子，如蔣敦復説“浙派詞，竹垞開其端，樊榭振其緒，頻伽暢其風”①，流派發展脈絡似乎非常清晰。這一叙述方式，也影響到晚清民國的許多詞學著作，如陳廷焯《白雨齋詞話》、劉毓盤《詞史》、吳梅《詞學通論》、龍榆生《中國韻文史》、王易《詞曲史》等。但是，在各時段主要人物之間還是有比較多的時間空白，被後來的歷史叙述者給一筆帶過或一筆抹去，因爲這些特殊時段尚未出現引領一時風尚的詞壇領

---

*　本文是“海峽兩岸中華詞學發展史（1949—2018）”（18BZW080）的階段性成果之一。
①　蔣敦復《芬陀利室詞話》卷一，唐圭璋編《詞話叢編》，北京：中華書局 1986 年版，第 3636 頁。

袖,活躍在這些時段數量衆多的詞人或詞人群體也因之被歷史叙述者在不經意中給抹去了,或爲了突出主要領袖而被有意地略去,我們稱這些被歷史叙述者忽略的詞史段落爲"被折疊的詞史段落"。

嚴迪昌先生在《清詞史》中提到朱彝尊在康熙三十一年以後"不復倚聲"①,但從這一年(1692)到厲鶚逐漸主盟詞壇(1725—1734),有四十多年時間,其間詞壇格局及變化軌跡是怎麽樣的? 過去認爲,從朱彝尊到厲鶚是一個必然的結果,但厲鶚與朱彝尊並没有直接交集的時間和地點,他是怎樣接受了朱彝尊的詞學思想的,這是當前學界避而不言的話題,這是一段在過去研究中被折疊起來的詞史段落,如果將這一時段詞壇格局及變化軌跡弄清楚了,將有助於瞭解浙派何以壯大,並影響南北,成爲清代中葉詞壇最有影響的詞派。而且通過這一詞史段落的簡略梳理,也能大致勾勒出浙西詞派從康熙末到乾隆初的傳承譜系。

一、代際遞嬗:康熙末年的浙西詞派

過去,人們對於浙西詞派關注較多的是《浙西六家詞》,這本詞集刊刻在康熙十八年(1679),其實,在這之後,浙派詞人仍然有詞集刊刻行世,如朱彝尊《蕃錦集》《茶煙閣體物集》、汪森《桐扣詞》《月河詞》、邵瑛《情田詞》、柯煜《月中簫譜》《小丹丘詞》《攝影詞》等,雖然朱彝尊在康熙三十一年歸田後"不復倚聲",但當初和他一起相唱和、編《詞綜》的詞友——汪森(1653—1726)、龔翔麟(1658—1733)、柯煜(1666—1736)等依然有詞學活動。

先説汪森,他在康熙三十年(1691)曾擴編《詞綜》爲三十六卷,共補録自唐至元詞作 410 首;康熙四十三年(1704)在廣西任職期間輯成《粵西詩載》二十四卷附録詞一卷,雖僅爲 44 首(宋人 25 首,明人 19 首),實開粵西詞輯録之先河,後來況周頤《粵西詞見》、曾德垂《粵西詞載》即是踵繼其後的粵西詞彙編。作爲清初著名的藏書家,汪森還在朱彝尊指導下編選了《明詞綜》一書,此書未能刊刻,一直藏在汪氏裘杼樓,直到嘉慶年間爲王昶

---

① 嚴迪昌《清詞史》,北京:人民文學出版社 2011 年版,第 247 頁。

所訪獲，擴編爲今本《明詞綜》①。次説龔翔麟，他是《浙西六家詞》的刊刻者，其時年僅 21 歲，壯歲後爲官，奔波四方，作詞甚少，直到晚年歸田，始居杭州田家灣，後遷居横河沈氏之所，名所居曰“玉玲瓏閣”，與海寧查氏兄弟嗣璉、嗣瑮往來密切。他的詞有《浙西六家詞》本《紅藕莊詞》三卷，晚年有《田居詩稿》十卷續編三卷。他也是康熙時期有名的藏書家，熱衷於金石書畫收藏，每得名跡必招同好共賞，曾刊刻《玉玲瓏閣叢書》，在詞籍方面則翻刻過《山中白雲詞》，並有意將邵瑛《情田詞》與《浙西六家詞》合刻爲“浙西七家詞”。特別是他翻刻《山中白雲詞》對於康熙初期詞風的轉變貢獻極大，先著説：“四十年前（指康熙十六年），海内以詞名家者，指屈可數，其時皆取途北宋，以少游、美成爲宗，迨《山中白雲詞》晚出人間，長短句爲之一變，又皆掃除穢豔，問津姜、史。”②

　　嘉善柯氏是著名的詞學世家，“以風雅世濟其美”③，金一平《柳洲詞派》一書指出：“柯氏詞人已是柳洲詞派後進，又匯入初起的浙西詞派，成爲浙派前期詞人。”④像柯崇樸曾參與《詞綜》的編纂，又會同浙西詞人周篔合纂《樂章考索》，柯煜則協助朱彝尊刊行《絶妙好詞》，對推動康熙中期詞壇尊南宋、尚醇雅貢獻其大。柯崇樸有《振雅堂詞》，朱彝尊作序爲之表彰，柯氏子弟有合刻《柯氏四子詞》（包括南陔《房露詞》、斗威《蓉笙詞》、緯昭《月波詞》、惕聞《青翻詞》）。柯煜更是浙西詞派的活躍人物，爲康熙末年著名的“浙西四子”之一，被沈樹本推爲“海内詞人之冠”⑤，他不但在康熙三十五年（1696）參加了由長洲詩人顧嗣立在京師組織的詩社文會，而且還在康熙五十年（1711）前後參加了湖州詩人組織的雙溪唱和（原作《竹溪唱和》），這些活動的參與者很多在填詞方面是卓有成就的，如參加小秀野堂唱和的查嗣瑮、孫致彌，參加雙溪唱和的沈樹本、沈炳震、沈炳巽、厲鶚等。

　　不過，在康熙後期第二代詞人已經成爲浙派主力，一部分是在京浙籍詩人或詞人承續了浙派詞統，另一部分是朱彝尊的追隨者在京師參與官修詞書《歷代詩餘》、《欽定詞譜》。

---

① 陳水雲《〈明詞綜〉編纂考》，載於《文獻》第 5 期（2014 年），第 162—166 頁。

② 先著《若庵集詞序》，程庭：《若庵集》“詩餘”，清康熙刊本。

③ 沈樹本《攝影詞序》，柯煜：《小丹丘詞攝影詞》，清康熙刊本。

④ 金一平《柳洲詞派——一個獨特的江南文人群體》，上海：同濟大學出版社 2002 年版，第 232 頁。

⑤ 沈樹本《攝影詞序》，柯煜：《小丹丘詞攝影詞》，清康熙刊本。

　　活躍在這一時期的"浙西四子",因爲地域風尚的緣故,普遍接受了朱彝尊的詞學觀念。所謂"浙西四子"是康熙癸酉、甲戌間(1693—1694)在京師從事詩詞唱和的嘉善柯煜、平湖陸奎勳、海寧楊守知、歸安沈樹本的合稱。陸奎勳(1665—1740),字聚猴,號坡星,浙江平湖人。康熙六十年(1721)進士。爲著名詞人陸棻從子,自言:"少時亦好倚聲,雖於白石老仙暨玉田、草窗之屬心識其妙,而性不耐沉思,按譜强填,去之轉遠,中年竟爾輟筆。此由天分所限,不容以人力爭也。"①故其作品有《陸堂詩集》、《陸堂文集》、《陸堂詩學》等,未見詞集傳世。楊守知(1669—1739 後),字次也,號致軒,一號晚研,浙江海寧人。康熙三十九年(1700)進士。曾從查嗣璉(慎行)、查容、查浦(嗣瑮)諸人遊,有《致軒詩鈔》附詞,《全清詞》輯有 33首。沈樹本(1671—1743),字厚餘,一字曼真,號樹堂、輪翁,浙江歸安人。康熙五十一年(1712)進士。有詩集《輪翁詩略》、《曼真詩略》、詞集《玉玲瓏山閣集》等。他講到自己在康熙三十二年(1693)與柯煜相遇於京師,"推襟送抱,如逢故人"②,"品茶鬥酒,時時過從"③,故論詞亦極推朱彝尊:"世之言詞者,但奉《花庵》、《草堂》爲科律……惟小長蘆朱先生窺見白石、玉田壺奥,其詞獨步一時,罕見儔匹。"④

　　作爲官修詞書的參與者,杜詔和樓儼在填詞上都曾受到朱彝尊的影響,但他們早期卻分別有過拜師顧貞觀、孫致彌學詞的經歷,這在一定程度上影響到他們的創作觀念。

　　杜詔(1666—1736),字紫綸,號雲川,自號蓉湖詞隱,別號浣花詞客,江蘇無錫人。康熙四十四年(1705)參與迎駕惠山,以進《迎鸞詞》而獲嘉勉,詔入内廷供職,次年充任《歷代詩餘》館,後又參與《欽定詞譜》修纂,並爲曹刻《山中白雲詞》作序,推崇浙西詞派尊南宋、尚醇雅的詞學觀。他自稱:"少好填詞,每爲吾師(顧貞觀)所矜許,後遇竹垞先生,復竊聞其緒論,乃摩娑白石、梅溪之間,詞體爲之稍變。"⑤沈樹本談到他詩風、文風和詞風的這一變化時也説:"吾友杜五雲川,詩則香山,文則歐陽子,而詞則晏小山也。十年來,詩近杜,文近韓,詞亦直逼清真,當與白石、梅溪抗行。雖竹垞復

---

① 陸奎勳《范密居詩餘序》,范邅:《范密居詩餘》,清雍正十一年范全仁刻本。
② 沈樹本《攝影詞序》,柯煜:《小丹丘詞攝影詞》,清康熙刊本。
③ 柯煜《玉玲瓏山閣集序》,沈樹本:《玉玲瓏山閣集》,清康熙刊本。
④ 沈樹本《雲川閣集詞序》,杜詔:《雲川閣集詞》,清雍正間刻本。
⑤ 杜詔《彈指詞序》,顧貞觀:《彈指詞》,陳乃乾輯:《清名家詞》本。

生,莫或過之矣。"①樓儼(1669—1745),字敬思,號西浦,浙江義烏人。早歲曾向沈皡日、孫致彌等詞壇名宿學習作詞之法,致力於南宋,自謂:"二十年前(康熙三十九年前),問作詞之法於柘西先生(沈皡日)。……庚子(康熙五十九年)暢月,昭潭舟中讀玉田詞,若有所得,因憶師言,並記於此。"②又曰:"往余在都下,謁松坪先生(孫致彌)於古藤書屋,首問作詞之法,先生教以當學樂笑翁(張炎)。"③"甲申(康熙四十三年),儼留京師,爲松坪先生校刊《詞鵠》。"④沈皡日、孫致彌都是和朱彝尊相唱和的詞友,論詞標榜南宋,宗尚姜、張,嚴於詞律,以醇雅爲旨歸,以朱彝尊爲師自然是樓儼詞學的祈向所在,他的詞學研究也得到朱彝尊的直接指教,他是康熙四十五年(1706)纔開始拜師朱彝尊的:"丙戌(1706)秋杪,在雲間輯《詞譜》,吾師竹垞先生命搜宋人《建康》、《臨安》二志,必多未見之詞,會以匆匆赴北,不果。"⑤因此,當他在康熙四十八年(1709)奉詔纂修《詞譜》,自然地把浙西詞派觀念帶入了這部官修詞書中。王昶説:"康熙己丑(1709),詔修《詞譜》,被薦與杜紫綸同館纂修,辨析體制,考訂源流,曾駁正宜興萬氏《詞律》百有餘條,最中窾要。"⑥從杜詔、樓儼詞風的轉變看,他們都有一個先向其他詞人學習再轉而受朱彝尊思想影響的過程。

　　值得一提的是,杜詔還是康熙末年東南詩壇的主盟者。據張梁回憶,他在康熙五十二年(1713)入都,與陳聶恒、杜詔、顧衡文結交,以詞相唱和,並訂結"玉東詞社"。雍正元年(1723)杜詔與沈樹本遊虎丘淡香樓,約東南詩壇名流35人聚首賦詩,次年結集爲《淡香新詠》。雍正四年(1726)杜詔過訪張氏幻花庵,擬仿龔翔麟刻《浙西六家詞》之體例,合刊張梁、張維煦、陳聶恒、杜詔、顧衡文、繆謨諸家詞,儼然有承續"浙西六家詞"創作傳統的意味。更有意思的是,杜詔詞集《雲川閣詞》刊刻,爲序者有顧貞觀、陳廷敬、樓儼、沈樹本、張梁,題辭者爲宋犖、陳聶恒、鄒兆升,題跋者爲沈樹本、徐葆光、張梁,除了年長者顧貞觀、陳廷敬、宋犖,其他作者都屬於杜詔同輩

① 沈樹本《雲川詞評》,杜詔:《雲川閣集詞》,清雍正間刻本。
② 樓儼《書〈山中白雲詞〉後》,《洗硯齋集》,屈興國編《詞話叢編二編》,杭州:浙江古籍出版社2012年版,第745頁。
③ 樓儼《杕左堂詞集序》,孫致彌《杕左堂集》,清乾隆間刻本。
④ 樓儼《宋詞四聲二十八調考略》,《洗硯齋集》,屈興國編《詞話叢編二編》,第724頁。
⑤ 樓儼《書西湖十景詞後》,《洗硯齋集》,屈興國編《詞話叢編二編》,第756頁。
⑥ 王昶《蒲褐山房詩話新編》,濟南:齊魯書社1988年版,第12頁。

詞人,有的是浙西詞派的第二代詞人,他們一致提到杜詔的師承和旨趣——"歸於風雅,有白石之清勁,梅溪之清逸,方之竹垞,實有過之無不及也"①;"沈浸濃郁,務去陳言,正如仇仁近評玉田詞所云'意度超玄,律呂協事,當與白石老仙相鼓吹'"②。史承謙更是明確地將杜詔作爲康熙末至雍正年間的詞壇主持:"太息騷壇,幾經消歇,憑誰主持? 算杵香人去,吟情未杳;《浣花》集在,秀句堪師。……曾聞花雨填詞,定不愧當年杜牧之。問阻風中酒,心情何似? 薰香摘豔,懷抱誰知?"(《沁園春》"寄杜雲川太史")樓儼雖籍屬義烏,但自少即轉徙雲間,所來往者爲繆謨、張梁等當地詞人。"西浦(樓儼)寓居申浦,與繆雪莊(謨)、張幻花(梁)以詞唱和,兩君極道其工。"③繆謨、張梁在康熙末年又都是和杜詔來往密切的詞友,當樓儼到京師入館纂修《詞譜》,結識杜詔,自然在思想與感情上非常投合,經常在一起切磋詞藝。"相與尋宮數調,擬一洗《嘯餘》、《圖譜》之陋。因得讀其所撰詞卷,蓋擷南北宋之秀而自成一家者也。"④儘管《詞譜》修成後,大家各奔東西,有的返回江南,有的爲官兩廣,但只要有機會相聚,就會彼此懷念舊友,如雍正四年(1726)杜詔過訪繆謨處,張梁、杜詔分別作詞懷念遠在廣東的故友樓儼,可見感情之深厚。樓儼晚年去職,以父母葬於青浦,故仍回居松江,所交者多爲浙西詞人。所以,我們認爲,是杜詔、樓儼把京師、無錫、松江等地詞人群體溝通起來,他們也成爲浙西詞派在康熙末年影響大江南北的重要推手。

二、地域群體: 康熙末至乾隆初的浙西詞壇

這一時期在浙西本土也有爲數不少的詞人群體,而且他們大部分是以家族的形態出現的,這些世家大族有的以藏書豐富而知名,有的以園林美景而稱勝,有的則熱衷於組織詩社文會,他們是秀水汪氏、平湖陸氏、張氏、海寧查氏、海鹽張氏、錢塘吳氏和趙氏,等等。

秀水是浙西詞派的發源地,參加編纂《詞綜》的汪森,出生桐鄉,遷居秀

---

① 沈樹本《雲川詞跋》,杜詔:《雲川閣集詞》,清雍正間刻本。
② 張梁《雲川詞跋》,杜詔《雲川閣集詞》,清雍正間刻本。
③ 王昶《蒲褐山房詩話新編》,濟南:齊魯書社 1988 年版,第 12 頁。
④ 樓儼《浣花詞序》,《洗硯齋集》,屈興國編《詞話叢編二編》,第 766 頁。

水，爲徽商後裔，其兄文桂、其弟文柏皆有詞集傳世。這是一個比較典型的藏書世家，據載其家有藏書達萬卷之多。在他們影響下，子孫亦雅好藏書，熱衷填詞，如森之孫汪上堉（1702—1746）有《息園詞》，汪筠（1715—1779）有《玉葉詞》，上堉之子汪仲紛（1724—1753）有《懷新詞》，汪孟絹（1727—1770）有《理冰詞》，他們在創作和思想上都是傳承來自汪森的浙西詞統，是浙西詞派在雍正、乾隆時期的第二代或第三代傳人，相關論述可參見拙撰《汪森的詞學及其家族傳承》①、蘇揚劍《清代秀水汪氏家族與文學研究》（南京大學 2012 年度碩士學位論文）。還需補充的是汪森外孫朱芳靄（1721—1786）也是第二代浙派詞人的重要代表，他是朱彝尊的族孫，浙江桐鄉人，乾隆十八年（1753）、乾隆三十二年（1767）曾兩遊揚州，與葉之溶、全祖望、金農、杭世駿、趙昱、王昶等交往密切，有《小長蘆漁唱》四卷。

　　平湖在明末清初文風鼎盛，詩詞唱和頻繁，先後有東湖唱和、洛如吟社。"蓋吾邑自陸雅坪閣學始爲東湖唱和集，其後陸君漁滄舉洛如吟社，觴詠之集盛於一時。"②這裏所説陸雅坪指的是順治末康熙初著名詞人陸葇，陸漁滄指的是康熙後期著名詩人陸載昆。雅坪少時即與同好結爲"當湖七子"，他們是陸埜、陸葇、沈皞日、趙沺、陸世楷、沈隆峴、陸來章，其中陸埜爲朱彝尊表叔，陸世楷、陸葇爲朱彝尊表兄弟，沈皞日是朱彝尊在南京瞻園一起唱和的詞友。他們大多熱衷填詞，如陸埜《曠庵詞》、陸葇《雅坪詞譜》、陸世楷《種玉亭詞》、沈皞日《柘西精舍詞》、趙沺《紅豆詞》，詞風上也比較接近朱彝尊，亦即以南宋爲宗。"蓋爾時金風亭長主盟詞壇，流風所煽，有不期然而然者。"③東湖唱和由陸葇在康熙二十三年（1684）主持，這是第一代浙派平湖詞人，第二代浙派平湖詞人就是上文提到的洛如吟社參與者，據朱彝尊《靜志居詩話》，這個詩社是由陸奎勳、陸載昆叔侄共同主持的，《洛如詩鈔》亦爲朱彝尊所選定，可見其祈尚所在。前文説過，陸奎勳爲陸葇之侄，康熙六十年（1721）進士。載昆，字伯紀，號漁滄，爲奎勳從子。圍繞陸奎勳、陸載昆形成了第二代浙派平湖詞人，包括陸葇之婿沈季友和張培源，陸奎勳之子陸綸（漁鄉），張培源之子張雲錦（龍威），以及同里詞人陸培

① 陳水雲《汪森的詞學及其家族傳承》，載於《求是學刊》第 6 期（2014 年），第 127—133 頁。
② 王大經《味雪齋詩鈔序》，陸惟鎏《平湖經籍志》卷三十，求是齋 1941 年刻本。
③ 陸維釗《曠庵詞跋》，《文瀾學報》第 2 卷第 2、3 期。

（南香）、陸天錫（畏蒼）、葉之溶（笠亭）、張奕樞（今涪）等。沈季友（1652—
1698），字客子，平湖人。康熙二十六年（1687）副榜貢生。有《回紅詞》。張
雲錦（1704—1769），字龍威，號鐵珊，又號藝舫，嘗與厲鶚唱和，有《紅蘭閣
詞》，厲鶚爲之作序。陸培（1686—1752），字翼風，號南香，一作南薌，雍正
二年（1724）進士，爲洛如吟社主力成員，曾與厲鶚、杭世駿以詩唱和，有《白
蕉詞》。陸綸（1691—1761），字曆才，號漁鄉，康熙五十六年（1717）舉人，經
常與陸培唱和，有《莞爾詞》。陸天錫字畏蒼，號青棠，乾隆三年（1738）舉
人，有《古香詩稿》附詞。張銘信說：“吾鄉工詞，輩有名家，今且萃於陸氏，
南香大令（陸培）、漁鄉秘書（陸綸），其最著也。踵起者爲其小阮青棠（陸
天錫）。”①葉之溶（1681—？），字笠亭，工詩詞、駢散文，亦能畫。少從陸莱
遊，入洛如詩社，乾隆元年（1736）舉博學鴻詞試被放。有《小石林長短句》。
張奕樞（1691—？），字掖西，號今涪，一號芳莊，晚號漁村老叟，有《月在軒琴
趣》，曾刊刻過《白石道人歌曲》。

　　海寧在明末清初亦是浙西地區的文化重鎮，科舉發達，人文蔚興，湧現
過大量的仕宦世家，比如陳氏、楊氏、沈氏，查氏則以文學成就顯赫一時。
最著者在明清之際有查繼佐（1601—1676）、查培繼（1615—1692），繼佐以
博學聞名於時，編有《罪惟錄》、撰有《敬業堂詩集》；培繼則刊刻有著名的
《詞學全書》，自著有《玉海堂集》。當時，和他們交往密切的同里詩人陸嘉
淑（1619—1689），也是一位在順、康詞壇頗爲活躍的海寧詞人，所與唱和者
爲曹溶、毛先舒、朱彝尊、沈皞日、王士禎、王士禄等，有《辛齋遺稿》附詞一
卷。在康熙末、雍正初則有查容（1636—1685）、查嗣璉（1650—1727）、查嗣
瑮（1652—1733）、查嗣庭（1664—1727），他們是朱彝尊的中表兄弟，查容字
韜荒，號漸江，以布衣終生，有《浣花詞》。嗣璉，字夏重，後改名慎行，字悔
餘，號他山，晚號初白老人，康熙四十二年（1703）進士，有《餘波詞》；嗣瑮字
德伊，號查浦，康熙三十九年（1700）進士，有《查浦詩鈔》附詞；嗣庭字潤木，
號橫浦，康熙四十五（1706）年進士，有《晴川閣詩》。因捲入雍正四年
（1726）科場案而病死獄中。當時，和他們一起唱和的還有同里詞人楊守
知。阮元《兩浙輶軒錄》卷十：“海寧詩派，自陸辛齋、朱岷左父子（嘉征、爾
邁）、查韜荒爲國初眉目，至初白、查浦兄弟以五七字冠冕一時。致軒從諸

---

① 張信銘《青棠詞跋》，載周慶雲《歷代兩浙詞人小傳》卷八，杭州：浙江古籍出版社 2012 年版，第
　169 頁。

人遊，雖別自成家，而淵源可考。"①他們是浙派從第一代過渡到第二代的關鍵人物，像查嗣瑮的兒子查學即與厲鶚有往來。嗣瑮有三子，曰基、曰學、曰開，均有詩詞傳世，爲《榴齋詩詞鈔》、《硯北詩草》、《吾匏亭詩詞鈔》，其中查學有詞集《半緣詞》，厲鶚爲之作跋，稱其善學南宋，爲浙西詞派後起之秀："使竹垞翁復起，必曰浙西六家一派，近又在横漲橋邊矣。"②據相關專家研究，海寧查氏系出安徽休寧，後派分南查（居海寧）、北查（居天津）兩支，南北兩系來往較爲密切，南查崧繼—慎行一系較發達，以科舉而爲官者多；北查日乾—爲仁一系較繁盛，以經商而知名③。日乾有三子，曰爲仁、爲義、爲禮，亦皆能詩作詞，有《蔗塘未定稿》、《集堂詩草》、《銅鼓堂遺稿》等。爲仁（1693—1749）字心穀，號蓮坡，曾與厲鶚合箋《絶妙好詞》，有《押簾詞》一卷；爲禮又名禮（1716—1783），字恂叔，號儉堂，乾隆元年舉博學鴻詞，有《銅鼓堂詞》三卷，《銅鼓堂詞話》一卷。

　　海鹽在明末清初也是浙西地區人文之淵藪，當時詩壇最活躍的人物是彭孫貽、彭孫遹兄弟。彭孫貽（1615—1673），字仲謀，號羿仙，明貢生，有《茗齋詩餘》二卷。彭孫遹（1631—1700），字駿孫，號羨門，別號金粟山人，爲孫貽伯父之子。順治十六年（1659）進士，康熙十八年（1679）試博學鴻詞，擢爲一等第一。尤工填詞，與王士禎齊名，世稱"彭王"，有《延露詞》、《金粟詞》、《金粟詞話》等。彭孫遹早年喜爲側豔之詞，晚年由於身份變化，在京爲官多年，詞風轉向雅正。在順治、康熙時期，海鹽最有名的文化家族是涉園張氏，據有關學者研究，海鹽彭氏與張氏爲世交，彭孫貽、彭孫遹曾與張惟赤、張皓有過唱和④。涉園張氏是一個以築園和藏書而知名的文化世家，張惟赤、張皓父子對於涉園的建設和修繕功不可没。張惟赤（1615—1676），字侗孩，號螺浮，順治十二年（1655）進士。張皓（1640—1709），號小白，又號皛亭，康熙十年（1671）舉人。"海鹽張螺浮給諫惟赤既倦仕宦，引疾歸田。即城南三里之老屋，拓而充之，顏曰涉園。邑志所稱烏夜村故址者是也。池亭林木之勝，甲於東南。皛亭公暨箕穀公，皆秉承先志，未躋通顯，遽辭簪紱，先後歸隱，增葺故園，林泉臺榭，極

---

① 阮元《兩浙輶軒録》卷十，杭州：浙江古籍出版社 2012 年版，第 755 頁。

② 厲鶚《半緣詞序》，查學《半緣詞》，乾隆刻本。

③ 陳玉蘭、項姝珍《天津查氏水西莊詩人群的文化心態及雅集内涵》，載於《浙江師範大學學報》第 1 期（2013 年），第 106—112 頁。

④ 余祖坤《彭孫遹行年考略》，載於《中國韻文學刊》第 2 期（2008 年），第 99—108 頁。

一時之勝；嘯歌之暇，率族中子弟讀書其中。"①涉園優美的風景也吸引了龔鼎孳、冒襄、葉燮、彭孫貽等名流前來遊覽，它更爲張氏子弟提供了良好的學習環境。

張脂次子張芳湄（1665—1730），號葭士，康熙丁卯（1687）拔貢。晚居涉園，徜徉自得，不與户外事，率族人讀書其中。芳湄有子多人，曰宗松、宗柟、宗橒、載華，他們像祖父輩一樣熱衷藏書，而指導他們讀書作文的是許昂霄。昂霄（1680—1751），字誦蔚，一字蒿廬，海寧人，康熙五十年歲貢生。有《陽坡山人詞》。他特別推崇朱彝尊的詞學，編有《晴雪雅詞》、《詞綜偶評》、《詞韻考略》等，其思想屬於浙西詞派一脈。嘗云："國朝詞客，指不勝屈，然體制精整，無過於秀水先生。"②因其學問淵博，負聲浙西。"海鹽張氏慕其名，延之涉園，訓其二子宗橒、載華。"③他不但教授張氏子弟爲古文制藝，還指導他們作詩填詞。許昂霄教授他們填詞的底本有二，一是朱彝尊、汪森編的《詞綜》，一是其自編的《晴雪雅詞》。張載華說："余自束髮，喜學爲詞，而按譜倚聲，未能即通其故。蒿廬夫子於課讀之暇，謂詞肇於唐，盛於宋，接武於金元。唐詞具載《花間集》，宋詞散見於花庵、草窗兩編。金元詞罕覯選本，唯《詞綜》一書，竹垞先生博采唐宋，迄于金元，搜羅廣而選擇精，舍是無從入之方也。乃漸次評點，授余讀之。"④又張柯說："花溪許蒿廬先生，館涉園者十餘年，先兄思岩（宗橒）受業焉，詩古文外兼及填詞。先生乃就插架所有者，分類標舉，薈萃成帙，自唐宋迄金元，選詞若干首，名《晴雪雅詞》。意不過爲初學津逮，然評騭精當，選擇簡嚴，思岩兄間附按語，詮次而甄録之，所謂珙璧夜光，洵可寶也。"⑤因此，張氏子弟亦精於詞，尤以張宗橒爲長，有《藕村詞存》和《詞林紀事》。陸光宗說："（張宗橒）詞旨清麗，無纖佻靡曼之習，得力於南宋諸家。於本朝竹垞、羨門、樊謝諸先輩無多讓焉。"⑥而且受許氏的影響，張氏子弟對於朱彝尊也特別推崇，如張宗柟說："本朝詩餘突過明代，顧唯竹垞太史直接南宋諸公，讀集中緒論，妙旨獨得，

① 楊秉初《兩浙輶軒録補遺》卷一，杭州：浙江古籍出版社 2012 年版，第 4223 頁。
② 許昂霄《詞韻考略》，載張宗橒《詞林紀事》附録，成都：成都古籍書店 1982 年版，第 8 頁。
③ 無名氏《題記》，許昂霄《晴雪雅詞偶評》，葛渭君編《詞話叢編補編》，北京：中華書局 2013 年版，第 970 頁。
④ 張載華《詞綜偶評跋》，唐圭璋編《詞話叢編》第 2 册，第 1579 頁。
⑤ 張柯《晴雪雅詞序》，葛渭君編《詞話叢編補編》第 2 册，第 969 頁。
⑥ 張宗橒《藕村詞存》，清嘉慶二十二年陸光宗養桐書屋刻本。

宜《江湖載酒》諸集，冠絕古今也。”①

　　錢塘、仁和皆爲杭州屬縣，這裏在明末清初曾有著名的“西泠十子”，他們是陸圻、柴紹炳、沈謙、陳廷會、毛先舒、孫治、張綱孫、丁澎、虞黄昊、吳百朋等。“西泠十子”在詞學上是追隨雲間派的，也就是説西泠派實際上是雲間派的支脈。“自雲間陳卧子（子龍）先生司李山陰，差知復古，後如西泠十子皆奉司李之餘緒。”②像《西泠詞選》、《草堂嗣響》、《古今詞彙》都是推尊雲間派的，徐逢吉講到他初爲詞與洪昇、沈豐垣唱和，“彼皆尚《花庵》、《草堂》餘習”③。但到了康熙末年，西泠詞風發生蜕變，陸進、陸次雲漸而轉向追蹤朱彝尊，作爲西泠後十子成員的吳允嘉（1655—?）、徐逢吉（1659—1740）等，儘管有過師從張綱孫、孫治、陳廷會、毛先舒等的經歷，但寫詩填詞大都轉向宗法宋詩和南宋詞。

　　當時主盟西泠詩壇的是吳焯、吳城父子和趙昱、趙信兄弟。袁枚説：“升平日久，海内殷富，商人士大夫慕古人顧阿瑛、徐良夫之風，蓄積書史，廣開壇坫。……杭州有趙氏公千之小山堂、吳氏尺鳧之瓶花齋。名流宴詠，殆無虚日。”④吳焯（1676—1733），字尺鳧，别字繡穀，又號蟬花居士，晚號繡谷老人。幼時曾從彭孫遹、朱彝尊論詞，“嘗取宋末諸家爲矩矱”⑤，有《藥園詩稿》二卷。吳城（1701—1772），字敦復，號甌亭，爲監生，曾組織“南屏詩社”。有《甌亭小稿》、《雲蠖齋詩話》，今皆不存。趙昱（1689—1747），字功千，號谷林；趙信（1701—1765），字辰垣，號意林；兄弟以詩鳴於時，時人稱爲“二林”。昱有《愛日堂集》十六卷内附詞一卷，信有《秀硯齋吟稿》傳世。據有關學者研究，瓶花齋建於康熙四十一或四十二年間（1702—1703），吳焯把它作爲彙集藏書和詩詞唱和的重要場所⑥。“武林吳氏號詩藪，亭子倚花名繡穀。雅集當時多勝流，豪吟遍日尚耆宿。”⑦趙氏小山堂也是杭州著名的藏書樓，據《杭州府志》載：“（趙昱）讀書自娛，築春草園，饒池館之勝，擁異書數萬卷。藏書之所名小山堂。”吳氏父子與趙氏兄弟不但

① 王士禛著、張宗柟纂集《帶經堂詩話》卷二十八，北京：人民文學出版社 1998 年版，第 813 頁。
② 王昶《湖海詩傳》卷三十八，清同治四年（1865）亦西齋刻本。
③ 徐逢吉《秋林琴雅序》，厲鶚《秋林琴雅詞》，康熙六十一年刻本。
④ 袁枚《隨園詩話》卷三，北京：人民文學出版社 1960 年版，第 92 頁。
⑤ 吳焯《秋林琴雅題辭》，厲鶚《樊榭山房集》，上海：上海古籍出版社 1992 年版，第 880 頁。
⑥ 鄭幸《錢塘吳氏與瓶花齋書事考述》，載於《浙江學刊》第 1 期（2017 年），第 122—129 頁。
⑦ 吳顥《國朝杭郡詩輯》卷十四“吳焯”條引魏之琇詩，清同治十三年刻本。

在藏書上互通有無，而且還一起組織詩詞唱和。如雍正元年至二年
（1723—1724），吳焯、厲鶚、趙昱、趙信、沈嘉轍、符曾、陳芝光等七人，共賦
得《南宋雜事詩》701 首。這些作者多是能作詞的，他們有關詞的唱和也頗
爲頻繁，厲鶚説：“僕少時索居湖山，抱佗傺之悲，每當初鶯新雁，望遠懷人，
羅綺如雲，芳菲似雪，輒不自已，佇興爲之，有三數関。而徐丈紫山、陳君楞
山、吳君尺鳬轉相唱酬，紙墨遂多。”①像吳焯有《玲瓏簾詞》、符曾有《春鳬
詞稿》、厲鶚有《秋林琴雅》、陳章有《竹香詞》、陳皋有《對鷗閣漫話》。

此外，嘉定張大受、華亭繆謨、婁縣張梁、周本在填詞上也是傾向於浙
西派的。張大受（1660—1723），字日容，嘉定人，世居吳郡匠門，故號匠門。
康熙二十九年（1690）舉人，四十八年（1709）進士，有《匠門書屋文集》。大
受受知於汪琬、韓菼、朱彝尊，有詩云：“堯峰許領東南僑，吏部容先弟子行。
更感白頭朱檢討，苦將塵劍拭光芒。”（《秋夜雜書》）特別是朱彝尊歸里之
後，兩人來往尤爲密切，《匠門書屋集》中載有不少倆人交往的詩詞。據《匠
門書屋集》所附詞集《侶蛮遺音》，知其所來往者有王士禎、朱彝尊、徐釚、高
士奇等長者，也有陸奎勳、趙昱、杜詔、陳聶恒、查慎行、繆謨等同輩詞人。
其實，毗鄰嘉興的松江地區在康熙中後期也深受浙西詞風影響，當時最重
要的詞人是焦袁熹。袁熹（1660—1735），字廣期，號南浦，康熙三十五年
（1696）舉鄉試第十三名，後兩應會試不第，遂以雙親年邁不復應試，其詞學
宗尚“未脱浙西派窠臼”②，有《此木軒直寄詞》。師從袁熹的張梁和繆謨，
在創作宗尚上是趨向於浙西一路的。張梁（1683—1754），字大木，亦字奕
山，號幻花居士，康熙五十二年進士，江蘇婁縣人。有《幻花庵詞》。繆謨
（1691？—1765），字丕文，亦字虞皋，號雪莊，江蘇婁縣人。康熙三十三年
補諸生，與張梁、張照（張梁從子）合稱“焦村三鳳”。有《雪莊詞》。乾隆
《婁縣誌》卷二十五：“謨詩文清麗，尤長於樂府，論者比之姜白石。”又廖景
文《古檀詩話》云：“先生尤長於詞曲，館幻花先生家，賓主極歡，垂數十
年……芋村（張夢鼇，爲張梁之子）又取《雪莊詞》、陸九文煒《西霞詞》合
刊，以表師友遺稿。”③周本，字心涵，一字莘賢，江蘇婁縣人，與張梁、繆謨同
爲焦袁熹弟子。

---

① 厲鶚《張今涪紅螺詞序》，《樊榭山房集》卷四，第 753 頁。
② 馬興榮等主編《中國詞學大辭典》，杭州：浙江教育出版社 1996 年版，第 212 頁。
③ 轉自鄧長風《七位明清上海戲曲家生平鈎沉》，《上海研究論叢》第 1 輯，第 130 頁。

三、活動空間：浙派詞人的詩詞交往與唱和

自朱彝尊在康熙三十一年離京，尤侗、徐釚、顧貞觀等亦先後返歸江南，曾經熱鬧喧囂的京師詞壇逐漸沉寂下來。田同之説："自鄒、彭、王、宋、曹、陳、丁、徐，以及浙西六家後，爲者寥寥，論者亦寡，行見倚聲一道，訛謬相沿，漸棻而漸熄矣！"①但這裡講的只是京師詞壇狀況，至於江南詞壇則因新生代的崛起呈現出前承後繼的格局。

（一）浙派詞人在京師的活動

在康熙末年的京師詩壇，有兩批影響比較大的創作群體，一是康熙三十五年前後在宣南顧嗣立寓所的小秀野草堂唱和，二是康熙四十八年前後在京師的江南詞人組織的玉東詞社。

先説顧嗣立（1665—1724）的小秀野草堂唱和。小秀野草堂實由秀野草堂而來，秀野草堂是顧嗣立在家鄉蘇州的一處園林，建成於康熙二十七年（1688），爲顧嗣立舉行詩酒文會之所，被浙派詩人朱彝尊稱爲"學人才士著作之地"②。小秀野草堂是顧嗣立在京城的寓所，康熙三十五年（1696）他赴京參加會試，賃居宣武門外上斜街，命所居爲"小秀野草堂"，由海寧詩人查嗣瑮爲其題署，鴻臚寺卿禹之鼎繪爲《小秀野圖》。他説：

> 家居卜築秀野草堂，五架三間，傍花映竹，幾作忘世之想。今春復理裝北上，雖呻吟驟背，而醉歡睡興，無日不在夢寐中也。入都後，於宣武門西三忠祠内僦屋數椽，推窗北望，雉堞雲横，草深院落，頗覺蕭疏可愛。因屬海寧查二德尹顏之曰"小秀野"。漫賦四絕，望諸君子屬和焉。（《自題小秀野四絕（并序）》）③

先是顧氏自題絕句四首於《小秀野圖》之後，詩傳輦下，一時屬而和者

---

① 田同之《西圃詞話序》，《西圃詞話》，唐圭璋編《詞話叢編》第 2 册，第 1443 頁。
② 朱彝尊《秀野堂記》，《曝書亭集》卷六十六，王利民等輯《曝書亭全集》，長春：吉林文史出版社 2009 年版，第 654 頁。
③ 王儉編注《小秀野唱和詩》，太原：三晉出版社 2012 年版，第 1 頁。

達百餘人。據《小秀野詩集》、《閒邱先生自定年譜》知，直接參與唱和的有王士禎、姜宸英、孫致彌、岳端、張雲章、劉輝祖等 25 人，其中尤侗、王士禎、柯煜、查嗣瑮等是著名的詞人，除了年長者尤侗、王士禎、孫致彌，這些詞人多是追隨朱彝尊的，是康熙中後期浙西詞派的重要成員。

像小秀野草堂唱和這樣的行動應該還有不少，如康熙三十二年（1693）狄億招姜宸英、孔尚任、湯右曾、汪文升、查嗣瑮、查慎行、沈季友、吳暻、王東發、沈樹本、柯煜、陳寶璐、袁啟旭、蔣景祁、沈天寶、顧嗣立、陸季昭等上元觀燈，有詩記其事；又如宗室詩人岳端、文昭也在自己邸宅開展過類似唱和活動，參加者有姜宸英、王式丹、查慎行、顧貞觀、蔣景祁、朱襄、張大受、沈季友、戴名世、陶煊、錢名世、柯煜、龐塏、杜詔等江南文人。

不過上述活動的參加者並不純粹以詞爲主，相對説來在康熙四十六年至康熙五十四年編纂《歷代詩餘》、《欽定詞譜》、《欽定曲譜》期間，倒是聚集了一批詞人和曲家，在編書之餘不免會有些唱和行爲。如杜詔在京師期間曾與友共遊淥水亭、擁青亭、分霭亭等，賦有《滿江紅》、《點絳唇》、《柳梢青》、《桃園憶故人》等，在《歷代詩餘》編纂告峻之際還專門填有《鶯啼序》一詞，談到他與同館諸人唱和之樂：“減字添聲，倩誰共理，恰相逢舊雨。喜仍對、幾樹經梨，一樽同唱金縷。盡摩挲、鶯箋象筆，笑依約、燕簾鶯户。似桃花，重過劉郎，怎忘前度。”在此期間，陳聶恒、杜詔、張梁、顧衡文等還結爲玉東詞社，因相關材料不存，現已無法考證詞社活動及作品，但仍然可以看到張梁、杜詔、顧衡文相關唱和存於各自詞集，如杜詔有《玲瓏玉》“雪夜，搗石榴子汁，置花瓷中。俄而成冰，色殊豔，梁汾先生命制《紅冰詞》，同秋山、奕山作”，張梁有同調《玲瓏玉》“和杜五庶常紫綸《紅冰詞》，雪夜濾石榴子汁所成”；杜詔有《玉京秋》“七夕，怡園餞陳秋田之官長寧，與張匠門前輩，暨汪晉賢、吳寶崖、浦副工、吳臨源、葉蘆村、樓敬思、張珠岩、奕山同賦”，張梁有同調《玉京秋》“七夕，同人小集怡園，送陳秋田之官長寧。陳名聶恒，庚辰進士，著有《栩園詞》”，張大受亦有同調《玉京秋》“七夕送秋田知長寧縣”；張梁有《傾杯樂》“人日，紫綸、倚平集珠岩兄寓齋，分賦，限甲字”，杜詔有同調《傾杯樂》“人日，集珠岩岸舫齋，與奕山、倚平同賦”；顧衡文、杜詔有關於讀宋詞的同調《宴清都》，顧序曰：“燈下讀宋詞感賦，同紫綸作。”詞云：“舊曲尋遍。西風緊、簫聲雲外吹斷。分箋刻燭，聽歌點屬，故情多減。……今宵月黑燈紅，故人相對，愁緒難剪。霓裳歇拍，伊涼換譜，玉京愁怨。”杜詔序曰：“燈下讀宋詞感賦，和倚平韻。”詞云：“暈碧裁紅遍。吟箋上、教人無限腸斷。春風巷陌、春衫意態，恁時銷減。……憐渠兩鬢飄蕭，滿襟悽楚，心緒如剪。清琴再撫，清商再理，曲中幽怨。"張梁在讀了他們的唱和之作後也賦了兩首同調《宴清都》，其一曰："天涯斷梗相逢，翠樽同把，銀燭頻剪。"這幾首詞都傾吐了他們在京師的孤獨，以及相逢後的珍重之情，還有相互之間的心靈慰藉。當然，在詞曲館校訂《詞譜》的同仁也是杜詔相與唱和的重要群體，"始開局於蓮花灣，繼同寓棗香書屋，相與尋宮數調，靡間朝夕"[1]，如杜詔有《鳳凰臺上憶吹簫》"春暮，蓮灣同王雲岡、吳勘初、樓敬思、紅椒上人賦"，吳景果有《剔銀燈》"與杜雲川同宿蓮灣作"；杜詔更以《花雨填詞圖》乞題內廷諸先生，孫致彌有《題杜紫綸花雨填詞圖》，顧嗣立有《題同年杜雲川花雨填詞圖二絕》，張大受有題杜紫綸花雨填詞圖《踏莎行》一首，俞穎園有題花雨填詞圖《夢江南》二闋等。康熙五十四年（1715）《詞譜》修訂完畢，杜詔還特地賦有《鶯啼序》一詞，以紀其盛，序曰："校刊《詞譜》事竣，因寄呈宮詹先生暨同館吳七雲、王雲岡、楊匯南、儲禮執、吳勘初、樓敬思、楊乘萬。"

應該說，從康熙四十六年到五十四年修纂《歷代詩餘》《欽定詞譜》，還有杜詔、樓儼、張梁、顧衡文等在京師的交往與唱和，使京師詞壇的填詞活動出現了一個小小的高潮。

（二）浙西詞人在本土的活動

當時，在江南，在浙西，大小不同的詩詞唱和也頗爲頻繁，較有影響的是上文提及的雙溪唱和、洛如吟社、淡香新詠等，於詞而言雖未有大型唱和詞結集，但三五人的唱和亦不曾間斷過。如沈樹本有《哨遍》"同張錦龍、汪子錫、鄭彥升、孫驤千、母舅吳臨原、聲諤、姪瑤岑湖上分體作"；張梁有《壺中天》"雍正甲辰，卜居朱家角外地人，得席氏廢園，少加修葺，用叔暘自題玉林韻"，焦袁熹、繆謨、周本、戴昱、杜詔等均有同調《壺中天》"和幻花移居朱家角"；而張梁、繆謨、周本、戴昱作爲詞友更有大量的聯句聯吟，如《十八香》"十一月十二夜風漪草堂聯句"，《小庭花》"三日五飲花下"聯句，《減字木蘭花》"雪夜聯句"，《壺中天》"丁未八月廿九日賞桂聯句"，《天香》"九月二日飲花下，與雪莊、心涵各賦一闋"，《壺中天》"和心涵二月十七夜對月，懷雪莊"，《蝶戀花》"清明前一日，和心涵"等。

---

[1]　樓儼《雲川閣集詞序》，杜詔《雲川閣集詞》，清雍正間刻本。

在葉之溶、陸培、張奕樞詞集中也記錄了不少平湖詞人的行蹤,如葉之溶有《隔蓮浦》“六月廿四日集淮左水閣”,《雨中花慢》“小春,同人集子敬別業,席上有贈”,《喜遷鶯》“送坡星父子公車”,《南浦》“送陸南香入都,用玉田春水韻”,《渡江雲》“送陸魚倉之括蒼”,《尉遲杯》“次答陸曆才見寄”,《綺羅香》“櫻桃,和曆才”,《西子妝》“榴花,和曆才”,《少年游》“和友人西湖十景”,《滿路花》“雅集藝蘭書屋看牡丹”;陸培有《雪獅兒》“小石林書詠獅詞索和”,《賀新涼》“婁紅姚平山以五月藤花吟郵寄索和,填詞應之”,《貂裘換酒》“廨西席上,賦贈楊孝廉薇中,即用孝廉韻,同葉待堂笠亭,暨家寧嗜”,《玉人歌》“沙虎,和蜜香先生”,《南浦》“癸卯秋仲入都,芸蘆張君用其家玉田春水一調,首唱贈行,同人屬和,共得若干首,依韻贈答,不勝珠玉滿前之媿云”,《柳梢青》“八月十五夜,曆才過飲寓齋,待月池内,用黑蝶齋插柳詞四章韻賦示,率爾奉酬”等;而在陸綸現存作品中也有同調《西子妝》“白蕉爲余點閱小草,兼贈《月下笛》一闋,詞以答之”,《柳梢青》“八月十五夜白蕉招飲寓齋,檢閱《黑蝶》、《紅藕》詞。待月不出,即用《黑蝶》韻寫意”,只是像葉之溶集中提到的《尉遲杯》“次答陸曆才見寄”、《綺羅香》“櫻桃,和曆才”、《西子妝》“榴花,和曆才”等,在今存陸綸作品中已不可見,但這些作品皆表明他們的唱和活動是比較頻繁的。再如張奕樞集中也有《買陂塘》“沈表兄肅度,自號小黑蝶,築老著堂庵,躬耕種菜,有古風人之意。劉丈待廬填詞寄贈,屬予和之,即次元韻”,《綺羅香》“送陸舍人曆才倅梧州,即次都門送別原韻”,《滿庭芳》“將有南徐之行,辭別白蕉主人”、《疏影》“陸丈南香移家北墅,填此寄意,時辛酉臘月二十六日也”等;張雲錦集中有《貂裘換酒》“次韻酬今涪叔”,《玉燭新》“和南台徐丈雪夜藝舫話舊韻”,《夢揚州》“送南台徐丈返錫山,即和留別韻”,《渡江雲》“送魚滄先生之東甌幕”,《傳言玉女》“次韻南香先生養鹽詞五闋”,《滿江紅》“蘆花,和今涪叔”,《百字令》“用東坡韻柬南香先生”、“再疊柬今涪叔”等;上述這些詞作大多是記錄其家族内部詞人之間唱和的,亦可見出其時家族内部唱和之風的興盛和濃厚。

我們認爲,厲鶚作爲一位詞壇新秀得到大家認可,是在康熙六十一年《秋林琴雅》刊行以後,當時杭州地區詩詞活動的主要引領者爲後西泠十子。其中,爲《秋林琴雅》題辭排在第一、二位的就是徐逢吉和吳允嘉,而《秋林琴雅》中記錄最多的唱和者也是徐逢吉。

徐逢吉(1655—1740),原名昌薇,字紫凝,一字子凝,後更名逢吉,字紫山,亦作紫珊,錢塘人。有《春暉詞》,今不存,《全清詞》輯有 24 首。集中就存有不少和厲鶚唱和的作品,如兩人集中都有《齊天樂》(《如此江山》)"吳山望隔江殘雪",《東白堂詞選中》收有徐逢吉《白苧》,厲鶚讀後,"愛其婉麗,依韻和之";厲鶚集中有《喜遷鶯》"初夏",徐逢吉有《喜遷鶯》"初夏寄遠";徐逢吉有《點絳唇》"同樊榭作",厲鶚有同調《點絳唇》"次韻答紫山見寄"。徐逢吉爲康熙年間浙西地區的詩壇主將,與清初許多著名的詩人有交往,如陳恭尹有《口占送徐紫凝》《次韻答徐紫凝》、趙時敏有《秋日送徐紫凝至粵西》、華岩有《同徐紫山、吳石倉石筍峰看秋色》、柳溥有《夏日買舟湖濱訪徐紫凝前輩》、張暘有《閒居柬徐紫山先生詩》等。在厲鶚詞集中記載其與徐逢吉交往與唱和的作品則更多,如《少年游》"春日訪紫山同坐學士橋望湖"、《玲瓏四犯》"南屏和徐紫山韻"、《金縷曲》"白燕和紫山韻"、《綺羅香》"送紫山之秣陵和留別韻"、《綺羅香》"壬寅春分,約徐丈紫山同賦",等等。

在徐逢吉之外,吳焯也是與厲鶚唱和較多的長輩詞人,在吳焯《玲瓏簾詞》中記有《摸魚兒》"樊榭歸行吳淞江,即景有作。時余至蘭陵,中途相錯,因依韻倚聲和之",《掃花遊》"和樊榭積雨孤懷。身客淮南,旅中無曆,不知是春盡日",《雪獅兒》"竹垞先生賦貓詞二篇,吾友樊榭廣爲三作,皆徵事實,斐然可誦。爰仿其體,二家所有者不引焉,凡四首"等;厲鶚《樊榭山房集》中也載有《思佳客》"吳中作和繡谷",《水龍吟》"梅雨初霽,湖上山水浮動,涼氣沁人股骨,尺鳧買舟,約余輩數人緣孤山,掠蘇堤,入西林橋,以泊於里湖,時意林鼓琴,敬身作小篆數幅,樂城觸碧簫勸客,予與尺鳧各賦此曲,極暮乃罷去",《點絳唇》"燈夕同宋杏洲、周少穆集吳尺鳧瓶花齋",《摸魚子》"簡吳尺鳧"等。

至於陳撰、趙昱、趙信、符曾等,則是厲鶚的同齡人,相互交流或唱和的機會更多於徐逢吉和吳焯,因爲上述四人詞集今皆不存,茲錄厲鶚集中反映他們交流或唱和情況如後。如《玲瓏四犯》"惲正叔西湖泛月圖,爲陳玉幾賦",《尾犯》"坐趙谷林西池,泊花檻看新種青蘆,悠然動江湖之興",《聲聲慢》"題符幼魯風雪歸舟圖",《瑞鶴仙》"賦聖幾齋中牡丹,名藕絲霓裳,來自亳州",《點絳唇》"題授衣讀書稻田隅圖",《清平樂》"陳楞山松泉試茗圖",《翻香令》"題趙意田倚樓圖",《瑞鶴仙》"詠菊爲楞山生日效蔣竹山體",《西子妝》"同符幼魯、趙谷林、意田西池納涼",《摸魚兒》"七夕雨中集小山堂分得漸字",《清平樂》"宿符聖基秋聲館同幼魯作"等,這些作品忠實地記録了厲鶚與他們的遊蹤乃至詩詞活動。

因爲這樣的原因,徐逢吉、吳焯、厲鶚被認爲是康熙末乾隆初西泠詞壇的三大主將,趙虹《梅邊琴泛詞序》云:"近時詞人亦惟浙西六家爲最,余友復有徐紫山、吳繡谷、厲樊榭諸君子,各張一軍,主持風雅,遂使倚聲之士靡不奉浙西爲指歸,何其盛歟!"①

(三)浙派詞人在兩廣、揚州、天津

值得注意的是,浙派詞人活動空間並不局限於京師和江南,他們或因爲官,或因謀生,或因遊歷,還到過雲貴或兩廣,因此,在其作品中也記録有他們在這些地區的活動。

浙派詞人較早到過兩廣的是朱彝尊,然後有汪森、沈皥日到廣西爲官,沈皥日在康熙二十三年任廣西柳州來賓縣令,後轉天河縣,至三十四年轉任天津衛同知,期間有《柳慶集》結集,陸萊爲之序;汪森在康熙三十一年授廣西桂林通判,直至四十三年纔離開廣西,期間輯有《粵西通載》。其實,朱彝尊自京師返回家鄉後,也曾到過廣東訪問老友梁佩蘭等。

在康熙後期至廣西任職的還有陳聶恒、樓儼等,陳聶恒先是至四川長寧,後轉至廣西荔浦,雍正元年(1723)前後調回禮部任職,在陳氏赴任之前,查慎行、查嗣瑮、張大受曾作詩填詞以送行。樓儼在《欽定詞譜》成書之後,獲授廣西桂林靈川知縣,後升任廣州理猺同知、廣州知府、廣東按察使,直至雍正七年纔返回京城,他的詞大多寫其在兩廣的所見所知所感。平湖詞人陸綸在雍正九年出任梧州同知,乾隆初年轉升永州知府、梧州知府,任間與遊歷至此的戴文燈多所唱和。自謂:"余學武壽陵,少喜爲倚聲……顧重來梧嶺,僕僕塵土,同調無人,撫弦鮮和……吳興戴歐亭孝廉定省來粵……方以其學之精進無已,而於詞之工妙入神,即曰並駕姜、張可也……乃辱問序於余,則我亦聊以我之所得於詞者告之。"②今《甜雪詞》中有《渡江雲》"櫓聲,次陸使君",《高陽臺》"陸使君獎許和詞,瑶章惠我,依韻奉酬",《多麗》"萍廬落成,適陸使君以新譜滄江寫意賡張蜕岩韻見寄,和以寓懷"等。

在清代,揚州和天津是京杭大運河的南北樞紐,是江南人士北上和南

---

① 趙虹:《梅邊琴泛詞序》,王昶:《湖海文傳》卷三十二,同治五年經訓堂刻本。
② 陸綸:《甜雪詞序》,戴文燈:《甜雪詞》,清乾隆刻本。

下的必經要地。杭世駿説："夫津門之與韓江,各樹麾幢,皆余夙昔所致師
摩壘之處。南船北馬,遊處略同。"①因此,這兩個地方都留有浙西詞人活動
的蹤跡,而且還開展過頗具規模的詩詞唱和活動。

　　乾隆初年揚州地區有著名的邗江吟社,參與人員有馬曰琯兄弟、張四
科、程夢星、張世進、方士庶兄弟、陳章兄弟、全祖望、厲鶚、姚世鈺、閔華、
樓錡、陸鍾輝等,而浙籍詩人或詞人陳章、全祖望、厲鶚、杭世駿等在康熙
末雍正初就和揚州徽商或本土詩人有過交往,並賦詩填詞相贈,如雍正三
年厲鶚始遊廣陵,有《菩薩蠻》"馬佩兮梅花卷子寓騎省之戚征予賦
此",至乾隆八年(1743)的韓江吟社將這一地區的詩詞活動推向高潮,
並前後持續了近五六年時間,有《韓江雅集》十二卷刊行。據相關學者
統計,韓江吟社有關詞的唱和活動就有 48 次之多,參與唱和者有 20 多
人,可見其活動之頻繁。"韓江吟社是典型的浙西派詞社,吟社的社集
詞作技巧成熟,同時又注入了真情實感,在詞史上代表了浙西派創作的
巔峰。"②

　　其實,天津水西莊唱和也是以浙派詞人爲主力的,唱和活動的組織者
是查日乾、查爲仁父子。"當雍、乾之際……揚州有馬氏之玲瓏山館,杭
州有趙氏之小山堂,皆與水西莊並擅一時之勝,至數海内詩人,爲人所交
口稱頌者必推天津查氏。"③因北查、南查系出同宗,南查往來水西莊甚爲
頻繁,像查嗣韓、查慎行、查升、查嗣瑮都曾到訪過水西莊,而來自浙西地
區的陳皋、汪沆、厲鶚、符曾、萬光泰、汪西顥、杭世駿、吳廷華等也曾於此
駐足。浙派詩人在水西莊的詞學活動有兩點值得一提,一是厲鶚與查爲
仁合箋《絕妙好詞》,對浙派詞學觀念進行了再一次的發揚;二是查爲仁
將他們唱和之作結集爲《擬樂府補題》,收錄了厲鶚、陸培、閔華、張奕樞、
陳皋、張雲錦、吳廷采、樓錡、萬光泰、查爲仁等 10 人詠物唱和詞作五調五
題 41 首,天津水西莊詩詞唱和又把浙西詞派的創作和影響上推到一個新
境界。

　　雖然在兩廣未能產生大的影響,但揚州和天津卻成爲乾隆時期浙派詞
人的兩大重鎮。

_____

① 杭世駿《吾盡吾意齋詩序》,《道古堂集》卷十一,清乾隆四十一年(1776)刻本。
② 萬柳《清代詞社研究》,鄭州:中州古籍出版社 2011 年版,第 94 頁。
③ 徐世昌《大清畿輔先哲傳》卷二十,北京:北京古籍出版社 1993 年版,第 640 頁。

四、浙西詞派創作的尚雅傾向：
詠物詞大盛與日常生活化

　　無論是與朱彝尊有直接交往的汪森、龔翔麟、柯煜，還是受知於朱彝尊的張大受、杜詔、樓儼，以及徐逢吉、吳焯、厲鶚，無論是在京師唱和的浙派詞人，還是在浙西本土唱和的詞人群體，還有揚州、天津兩地的浙籍詞人，他們都一致認同朱彝尊宗南宋尚醇雅的創作主張。

　　朱彝尊曾説"小令當法汴京以前，慢詞則取諸南渡"[1]，又説"南唐北宋惟小令爲工，若慢詞至南宋始極其變"[2]，對於南宋詞評價尤高，認爲"詞至南宋始極其工"。受這一思想影響，康熙末年的浙派詞人都比較喜歡南宋詞，並一致推許南宋詞汰去了北宋的浮豔與粗鄙。

　　　　詞莫高於南宋，若稼軒之豪，石帚之雅，玉田之清，皆詞苑第一流也。（柯煜《東齋詞序》）

　　　　北宋之詞，能事未盡。匪獨銅將軍鐵綽板唱"大江東去"，不免粗豪，即十七八女郎唱"楊柳岸、曉風殘月"，尚嫌子直少味。南渡後，姜堯章、張叔夏輩出，諧聲選字，微婉頓挫，常含不盡之意於言外，然後詞之能事始盡。（沈樹本《雲川閣集詞序》）

　　　　自秦娥之憶始開，洎蘭畹之填滋盛。蘇、辛豪邁，未許當行；周、柳穠纖，難稱大雅。苟非白石，孰推正始之宗？乃奏紅牙，盡得風流之妙。（林緒光《白蕉詞序》）

　　　　詞於詩同源而殊體，風騷五七字之外，另有此境，而精微詣極，惟南渡德祐、景炎間斯爲特絶，吾杭若姜白石、張玉田、周草窗、史梅溪、仇山村諸君所作皆是也。（陳撰《秋林琴雅序》）

　　　　詞之興肇於唐，廣於五季，盛於北宋，而最盛於南渡以後。南渡諸家，稼軒、石湖諸人倡其始，草窗、玉田諸人要其終，而必以白石爲之宗。（萬光泰《吾盡吾意齋樂府叙》引陳皋語）

---

① 朱彝尊《水村琴趣序》，《曝書亭集》卷四十，王利民等輯《曝書亭全集》，第 455 頁。
② 朱彝尊《書東田詞卷後》，《曝書亭集》卷五十三，王利民等輯《曝書亭全集》，第 555 頁。

長短句權輿於唐，盛於北宋，至南渡而極工。當日江湖諸人，自劉後村梅花公案後，改業爲之，蓋並五七言之精力，專攻於此，宜其空前絕後，爲不可及也。（厲鶚《半緣詞跋》）

從以上幾則材料可以看出，他們對南宋詞的推崇主要在其格調之"雅"，正如陳撰所說："詞學精微，要歸於雅。"①甕熺說："夫昔賢論詞，雅正爲宗。"②厲鶚也說："詞之爲體，委曲嘽緩，非緯之以雅，鮮有不與波俱靡而失其正矣。"③因此，他們不但推崇南宋典雅詞人，而且對追蹤南宋的浙西詞人也予以較高評價，如柯煜稱魏允劄"剗除豪氣，一歸清雅，未嘗規規焉步趨石帚、玉田，而風神意度自與之肖"④，沈樹本稱杜詔後期所爲詞是"攀白石而提玉田者也"⑤，厲鶚稱吳焯之詞"紆徐幽邃，惝恍綿麗，使人有清真再生之想"⑥。

這一主張不僅僅是理論上的倡導，更落實到具體的行動上，他們或翻刻姜夔、張炎詞集，或箋注《絕妙好詞》，或是評點《詞綜》，或是考訂詞譜詞韻，將朱彝尊的相關思想作了進一步的發揚。關於姜、張詞集的刊刻及箋注《絕妙好詞》、評點《詞綜》的情況，筆者在《清代詞學思想流變》一書中有比較詳細的討論，茲不贅述，需要補充的是，這些姜、張詞集的刊刻者如龔翔麟、曹炳曾，《絕妙好詞》的箋注者如厲鶚、查爲仁，《詞綜》的評點者許昂霄，都是雍乾時期重要的浙派詞人，他們通過詞集序跋或點評的方式進一步強化了朱彝尊宗姜張、尚醇雅的思想。如杜詔爲曹炳曾刻《山中白雲詞》作序："詞盛於北宋，至南宋乃極其工。姜堯章最爲傑出，宗之者史達祖、高觀國、盧祖皋、吳文英、蔣捷、周密、陳允平諸名家，皆具夔之一體，而張炎叔夏庶幾全體具矣！"又陳撰自跋《白石詞》刊本謂："南宋詞人，浙東西特盛。若岳蕭之、盧申之、張功甫、張叔夏、史邦卿、吳君特、孫季蕃、高賓王、王聖與、尹惟曉、周公謹、仇仁近及家西麓先生，先後輩出。而審音之精，要以白石爲諧極。"樓儼不但學詞法於《山中白雲詞》，而且撰爲《白雲詞韻考略》，

① 陳撰《琢春詞序》，江丙炎《琢春詞》，清乾隆刻本。
② 甕熺《秋林琴雅詞序》，厲鶚《秋林琴雅詞》，清康熙六十一年刻本。
③ 厲鶚《群雅集序》，《樊榭山房文集》卷四，第754頁。
④ 柯煜《東齋詞序》，魏允劄《東齋詞略》，清康熙刻本。
⑤ 沈樹本《雲川閣集詞序》，杜詔《雲川閣集詞》，清雍正刻本。
⑥ 厲鶚《玲瓏簾詞序》，吳焯《玲瓏簾詞》，清雍正刻本。

以爲今人填詞之指南。這一行爲在許昂霄身上亦有鮮明體現,他專門爲《山中白雲詞》作過評點,又藉朱彝尊《詞綜》以示兩宋詞人之作法,並因服膺朱彝尊用韻之嚴,而撰有《詞韻考略》①,韻部分合依據《花間》《尊前》及朱彝尊《江湖載酒集》爲多,體現了其推尊姜張、宗法浙派的尚雅理念。

　　這一時期浙派詞人對於姜、張、朱彝尊的推崇,還表現在創作上尤多詠物之作。據有關學者分析,在張炎心目中,相對於離情、節序、祝壽等,詠物是最能集中體現雅詞寫法的題材,它不但能滿足典雅詞人的雅玩心態,而且更能砥礪詞藝,"從切律到字句,從用典到命意,從抒情到風格,詠物都多有講究"②。詞在晚明以寫豔爲主,兼及抒懷,到了清初漸多詠物、懷古、寫實之篇,而把詠物之風推向極盛的是以朱彝尊爲代表的浙西詞派。"竹垞以南宋爲極詣,其《詞綜》率人録一二首,尤多詠物之作。"③值得注意的是,康熙十八年朱彝尊赴京參加博學鴻詞科,攜帶了一本《樂府補題》,由蔣景祁鐫刻以行,掀起了一場擬《樂府補題》的唱和之風。香港學者姚道生先生據《全清詞》"順康卷"及補編統計,共得和作者45家,和作152首④,嚴迪昌先生認爲從康熙二十至三十年間擬和之作者應該有近百人之多,還爲之評價説:"一代詞風因之啟變。"⑤這一評價有兩層意思,第一層是説詠物之風由此大盛,誠如謝章鋌所云"至今日浙派盛行,專以詠物爲能事"⑥。第二層是説朱彝尊改變了《樂府補題》托物寄懷的主旨,"在實際續補吟唱中則不斷淡化其時尚存有的家國之恨、身世之感"⑦,讓它成了一種不帶情感色彩、超脱於物之形、著眼於物之神的賦物之作。清初詠物之風的繁盛以追和《樂府補題》和擬作《樂府後補題》爲標誌,前者謹依原調原題原韻(爲《天香·龍涎香》、《水龍吟·白蓮》、《摸魚兒·蓴》、《桂枝香·蟹》、《齊天樂·蟬》),後者别創爲《尾犯·筍》、《催雪·珍珠蘭》、《惜秋華·牽牛花》、《留客住·鷓鴣》、《瑣窗寒·倭盆》,前者以參加博學弘詞科的應試詞人爲主(包括陳維崧、朱彝尊、尤侗、李良年、陸次雲、陸葇、毛際可、毛奇齡、蔣景祁、徐釚等,共45人,152首),後者則爲純粹的浙派詞人之唱和(包括陸葇、

---

① 據江合友《明清詞譜史》所附"明清詞韻文獻叙録",《詞韻考略》當作於雍正末乾隆初。

② 姚道生《殘蟬身世香蓴興:〈樂府補題〉研究》,南京:鳳凰出版社2018年版,第88—89頁。

③ 陳鋭《褒碧齋詞話》,唐圭璋編《詞話叢編》第五册,第4200頁。

④ 姚道生《殘蟬身世香蓴興:〈樂府補題〉研究》,第322頁。

⑤ 嚴迪昌《清詞史》,第247頁。

⑥ 謝章鋌《賭棋山莊詞話》卷五,唐圭璋編《詞話叢編》第四册,第3387頁。

⑦ 嚴迪昌《清詞史》,第241頁。

曹貞吉、李良年、李符、沈皞日、沈岸登、邵瑸、龔翔麟，共8家35首），前者在主題上既有寄慨之篇，也有純粹詠物之作，後者則著眼於發揮《樂府補題》所傳遞之雅趣，追求藝術上的新穎別致。對於此一現象，劉東海《順康詞壇群體步韻唱和研究》、姚道生《殘蟬身世香尊興：〈樂府補題〉研究》等有比較深入的討論，而本文將要討論的是乾隆初年由厲鶚等人組織發起的《擬樂府補題》唱和。

據李桂芹介紹，《擬樂府補題》凡一卷，由厲鶚、陸培、張雲錦、張奕樞、陳皋、閔華、吳廷采、萬光泰、樓錡、查爲仁10人唱和結集而成，共五調五題41首，分別爲：《天香·賦薛鏡》8首、《水龍吟·賦漳蘭》7首、《摸魚兒·賦芡》8首、《齊天樂·賦絡緯》10首、《桂枝香·賦銀魚》8首。另外，吳廷采、樓錡僅參加過《齊天樂·賦絡緯》唱和。由查爲仁於乾隆十三年刊行。很顯然，《擬樂府補題》是康熙十七年以來《樂府補題》大唱和行爲的承續，像陸培、厲鶚、葉之溶、張奕樞、戴文燈、朱芳靄等，也都有追和《樂府補題》之作，而《擬樂府補題》唱和在乾隆初年的出現也是一種順理成章之事。該集重在追求字面典雅，博徵故實，體物入微，巧構形似之言，展揚了浙西詞派的詞學主旨①。如《水龍吟·賦漳蘭》：

> 海帆吹送瓊姿，一番又拆秋前信。雲衣嫋嫋，冰心的的，高情占盡。著意扶持，青瓷架小，素甌茶嫩。向風亭水檻，炎光不到，搴香夢，今纔準。　　可惜幽芳易近。有誰知、楚天閑恨。逢迎只許，靈均水佩，湘娥煙鬢。驛荔程遙，蠻花種杳，不堪重問。試山空露下，瑤琴獨按、寫深林韻。（厲鶚）
>
> 天南載到芳蘭，炎窗只博幽人賞。黃虀斗淺，熟梅雨細，客愁搖盪。劍葉茸茸，冰姿濯濯，一庭疏爽。羨郎官握遍，美人搴後，涼風透，仙留長。　　海闊江空波浪，想靈均、孤魂來往。春暉無分，赤輪正午，亭亭直上。故國煙消，他鄉韻冷，不愁秋瘴。待繁英落盡，柔心尚吐，向琴臺傍。（張奕樞）
>
> 三湘睡足依稀，炎窗卻值花開候。年年海上，茶船載到，競攜磁斗。魚子飄香，珍珠綴雪，並消長晝。算根移荔浦，葉分榕徑，天南暑，

何曾有。　　心事靈均孰剖？化啼痕、傷春依舊。吟餘夢去,相思無限,瑶樂應奏。瘴雨蠻風,煙濃露重,不禁消瘦。問苑堂護取,江皋佩冷,到來年否？(張雲錦)

芳香吹遍漂榆,海門又報洋帆卸。輸他伴載,糖霜荔顆,幾番評價。綠玉叢深,紫綃莖茁,買栽長夏。向房櫳曲處,瑣窗伍畔,微馨逗風來乍。　　漫説移根易化,笑逾淮、桔奴休訝。冰弦自理,同心夢好,循陔共把。借取生綃,還須淡墨,仲姬添畫。悵風亭客遠,缸花坐對,永清秋夜。(查爲仁)

　　無論是厲鶚之原唱,還是張奕樞、張雲錦、查爲仁之和作,上片均擬形,下片重寫神,擬形描寫漳蘭的"雲衣嫋嫋,冰心的的","劍葉茸茸,冰姿濯濯","魚子飄香,珍珠綴雪","綠玉叢深,紫綃莖茁";傳神則化用"靈均水佩,湘娥煙鬢","故國煙消,他鄉韻冷","苑堂護取,江皋佩冷","還須淡墨,仲姬添畫"等典故。"透過詠物來展現詞人的閒雅品味、鑒賞識力,以及才情筆力,務求詠物'細意熨貼',而不在乎寄託之有無。"①據葉修成考證,這次唱和由厲鶚首端發唱,陸培、閔華、張奕樞等10人賡和,厲鶚《續樂府補題》至遲作於乾隆六年,彼時他並未到過水西莊,張雲錦的唱和之作也不晚於乾隆八年,其他詞人的和作應該作於乾隆六年至乾隆十三年之間②,這正是厲鶚領袖詞壇、聲譽日隆之時,可見其對雍乾詞風的引領作用。"浙西詞人藉《補題》的追和與模擬,開拓出詠物詞的醇雅之境,建立了一時的典範,後人詠物,不能視若無睹;他們也藉著唱和建立起詞人之間的群體網路與師承關係,成就了浙西詞派。"③當然,追和與擬作《樂府補題》只是康熙末至乾隆初浙西詞派詠物之風大盛的一個側面,其實,當時詞人詞集中隨處可見詠物的印跡,或狀一方之景,或詠一時之花,不勝彌舉。誠如謝章鋌所説:"(近人詞集)開卷必有詠物之篇,亦必和《樂府補題》數闋,若以此示人,使知吾詞宗南宋,吾固朱、厲之嫡冢也。"④

① 姚道生《殘蟬身世香尊興:〈樂府補題〉研究》,第 367 頁。
② 參見葉修成《紫芥掇實:水西莊查氏家族文化研究》,天津:天津古籍出版社 2017 年版,第 176 頁。又見項姝珍《天津查氏水西莊雅集研究》,金華:浙江師範大學碩士論文,2013 年,第 38—39 頁。
③ 姚道生《殘蟬身世香尊興:〈樂府補題〉研究》,第 370 頁。
④ 謝章鋌《賭棋山莊詞話》續編卷五,唐圭璋編《詞話叢編》第四册,第 3569 頁。

在濃厚的詠物之風背後，隱現著盛世環境下文人生活和心態的變化，他們没有了朱彝尊那樣"南北漂零"、寄人籬下的生活閱歷，自然也就没有了像朱彝尊等人那樣"老去填詞，一半是、空中傳恨"的人生感慨，更多是朋友之間的你來我往，或是個人獨處的感時賦懷，或是出行外地的所見所感，對於生活的感受没有什麼大起大落的生命體驗，也就没有了詞人個體與所處環境之間的内在緊張，展現給讀者的基本上是一幅幅普通尋常的日常生活圖景。兹舉沈樹本、楊守知、杜詔、樓儼、吳焯、陸培、葉之溶等作品爲例説明之。如沈樹本《玉玲瓏山閣詞》：

> 《浪淘沙》"將入都，寄鄭彦升四首"；《鷓鴣天》"峴山送别鄭彦升"；《唐多令》"元夜飲毛建平齋頭，醉後同遊燈市"；《唐多令》"同汪子錫、吳臨原母舅、瑶岑姪，放鶴亭觀梅"；《江城子》"夜泊五陵頭聞吳歌"；《滿江紅》"登下菰城"。

楊守知《致軒詩鈔》附詞：

> 《如夢令》"懷友"；《長相思》"旅邸步韻"；《眼兒媚》"東湖賞荷"；《滿江紅》"和方遇安扇頭九日登高韻"；《醉春風》"馬厰看桃花"；《花犯》"石塘看牡丹"；《解佩令》"舟中看月"；《南樓令》"午日泛舟"；《好事近》"九日登高"；《摸魚兒》"閨中聞砧"；《減字木蘭花》"題壁和越溪女子宛雲"。

杜詔《雲川閣集詞》：

> 《雨中花》"同侯粲辰、華子山小飲花前作"；《百字令》"簡顧梁汾先生，時積書岩牡丹盛開"；《水調歌頭》"放舟五湖，同華滄江先生賦"；《南浦》"約友看豐臺芍藥不果"；《探春》"宋漫堂先生以靈岩玄墓看梅詩垂示，欲和未能也。雪霽泛舟石湖，見梅花卻賦"；《點絳唇》"夜泊黃埠墩，和顧倚平"；《更漏子》"游虞山拂水，時夜將半"。

樓儼《簑笠軒僅存稿》附詞：

《賀新涼》“將之都門,留別靈川諸父老子弟,借用迦陵詞韻”;《青玉案》“珠江道中”;《蝶戀花》“廣東柳丁”;《南鄉子》“英石研山”;《南浦月》“舟抵桂林,計別此間已十閱月矣。萬里王程,往來無恙,所過山川歷歷在目,因成小令數闋以志之”;《長亭怨慢》“別周緯蒼”;《好事近》“留別同里諸子”;《清平樂》“錢塘重九”;《南樓令》“西江道中寄艮庭”;《好事近》“度嶺”、“庚嶺梅花”、“煎茗”、“焚香”、“滌硯”、“觀畫”;《洞仙歌》“過清遠峽”。

吳焯《玲瓏簾詞》:

《簇水》“冷泉亭觀水”;《江城梅花引》“喜杜林先生至自天都,即送還虞山”;《壽樓春》“蘿軒先生白雲山房,面對蓮華峰,蒼翠供幾上,爲度此曲”;《沁園春》“看雲”、“朱櫻”、“玉蔥”、“蓮瓣”;《八聲甘州》“送玉筍先生之虞山,是余初歸後”;《摸魚兒》“樊榭歸行吳淞江,即景有作。時余至蘭陵,中途相錯,因依韻倚聲和之”;《祝英臺近》“觀夜潮”;《倦尋芳》“太湖暴雨,白煙萬卷,隨風掃去,電光照出墨雲中晴雲,蒼翠如畫,真奇景也。是夜舟宿白龍橋”;《行香子》“與客言吳中舊遊,兼訂西湖之會”;《琵琶仙》“補華樓聽錢德協琵琶”。

陸培《白蕉詞》:

《曲遊春》“寶峰探梅”;《摸魚兒》“題荻雪村莊”;《百字令》“束滬城張春山”;《木蘭花慢》“過朱翁子墓”;《解連環》“西甯題便面麗人”;《玲瓏四犯》“過松在,訪德衛和尚不值”;《瑤花》“徐品珊采藥圖”;《金縷曲》“挽雲間姚赤珮”;《雪獅兒》“小石林書詠獅詞索和”;《念奴嬌》“叔氏赤城出示伯祖金溪公《九畹詞》,因題卷後”;《絳都春》“讀先君子百豔詩,泚然感泣,謹識紙尾”;《柳梢青》“貧民出示種菜圖,喜其寄情閑無,填此贈之”;《摸魚兒》“爲姚平山題尊人息園先生畫册”;《桂枝香》“送沈介軒赴江左學使者幕”;《貂裘換酒》“廨西席上,賦贈楊孝廉薇中,即用孝廉詞韻”。

葉之溶《小石林長短句》:

《玲瓏玉》"元墓山冒雨探梅"；《念奴嬌》"遊靈岩"；《陌上花》"虎山酒肆"；《六么令》"游支硎山"；《鶯啼序》"姚平山過訪，以尊人畫册索題，即贈"；《探春》"曉起對雪"；《行香子》"贈呂運使雨村先生"；《玉樓春》"戲贈陸淮左納姬"；《沁園春》"送沈方舟之邗江"；《齊天樂》"送邵蒼馭之任歙邑"；《浪淘沙》"詠獨立美人"。

以上只是擷取諸家集中部分作品，但通過其詞題亦可瞭解作品所寫之大概，這些作品很少有宏大的叙事，也不見個體對於社會的具體態度，只是言及生活行蹤、詩畫品題、友朋酬酢、山水遊歷、片刻心緒等，誠如金應珪所説"連章累篇，義不出乎花鳥；感物指事，理不外乎應酬"①，它反映了生活在盛世升平環境下文人士大夫的閒情逸致，已見不出清初詩壇對社會的關切和批判精神。他們將自己的目光轉向了日常生活，追求物質上的享樂和精神上的愉悦，關於文學表達的主題也發生了變化，即由内向外的轉移，重視外在物質給予創作主體帶來的感官享受，因此，在過去比較重視的窮而後工之理念漸被燕惰逸樂的思想所取代。亦如吳錫麒所説："昔詞人遭逢末造，撫銅駝而泣下，驚白雁之飛來。滄海波荒，冬青樹冷。殘山剩水，摹圖畫而難工；斷井頹垣，覓釵鈿而不見。溺人必笑，秋士能悲。離黍之思既深，夢梁之感斯托。……今則承平多暇，逸興遄飛，浮大白以高吟，付小紅而低唱。十里之珠簾卷起，二分之明月催來。縱禪榻鬢絲，不無惆悵；而酒旗歌扇，別有因緣。唱買陂塘隨地，皆堪詞隱；吹亞觱篥知音，同是國工。"②在他們看來，詞就是產生在山明水淨、舞榭樓臺、繡幌佳人、絲竹笙簫的環境下，"蓋其道以歡欣閒適爲主，追風雅之末軌，暢人心之欲言"。杭世駿説："風日既佳，魚鳥可玩。水邊竹所有其地，舞裙歌扇有其人，香爐茗碗有其供。有洞簫組瑟淒戾宛轉之音，有畫屏銀燭、藏鈎賭酒之樂，有登高望遠、懷人感舊之情，有上如抗、下如墜、抑鬱不得泄、駘蕩不得返之趣。吾故曰：'非其地，非其人，不可以爲詞，强而爲詞，詞亦似詩。'"③這一段話形象地概括了浙派詞人在日常生活中所表現出來的雅玩心態和審美追求。但長期以來，受常州詞派思想的影響，人們對浙派詞人的這一創作傾向多持

① 金應珪《詞選後序》，張惠言編選、劉崇德點校《詞選》，保定：河北大學出版社 2006 年版，第111 頁。
② 吳錫麒《仿樂府補題唱和詞序》，《有正味齋駢體文》卷八，清道光二十年刻本。
③ 杭世駿《吾盡吾意齋樂府叙》，陳皋《吾盡吾意齋樂府》，清乾隆間刊本。

批評之聲,其實它正表徵著在盛世環境下人們社會心態和審美趣味的重要
轉向。

五、康熙末乾隆初的浙派譜系與
新一代詞壇領袖的崛起

　　通過以上叙述和分析,大致可以勾勒出康熙末至乾隆初前後約四五十
年間浙西詞派的流派譜系。一支是由與朱彝尊有直接交往的汪森、龔翔
麟、柯煜傳承而來,一支是由受朱彝尊直接影響的杜詔、樓儼、張大受等傳
承而來,還有一支則是由生活在浙西地區的本土及周邊詞人構成的,它包
括歸安的沈樹本、平湖的陸培、海寧的查嗣瑮、海鹽的許昂霄、杭州的吳焯
等,這三大支系的浙派詞人共同構成了浙西詞派在康熙末至乾隆初的興盛
格局。從杜詔、樓儼一系可以看出朱彝尊對其他地區的輻射和影響,從浙
西本土一系則可看出浙派的發展壯大,已出現了第二代、第三代傳人,其中
由平湖陸氏、沈氏組織的雙溪唱和,杭州吳焯父子、趙昱兄弟開展的"南宋
雜事詩"題詠活動,對於凝集浙派詞人起到了重要的推動作用。
　　我們認爲厲鶚作爲新一代詞壇領袖,有一個逐步形成的過程。康熙六
十一年(1722)《秋林琴雅》的結集,徐逢吉、吳允嘉、吳焯、符曾等爲之題辭,
標誌著其時詞壇對厲鶚的認可;雍正二年(1724),他參加了《南宋雜事詩》
唱和,這時還只是西泠詩壇衆多成員之一員;雍正七年(1729)吳焯《玲瓏簾
詞》刊行,請厲鶚作序,表明了他詞壇地位的正式確立。是年五月,馬曰琯、
馬曰璐建街南書屋成,厲鶚爲之《題秋玉佩兮街南書屋十二首》,一般説來,
被人請爲新成之樓宇題額或題詩、題辭是一種對被請者身份的尊崇。其
時,厲鶚在揚州和杭州兩地詩壇已有了很高的聲譽,如張雲錦記自己雍正
八年寓於西湖昭慶山房,"長老嘖嘖稱錢塘孝廉厲君太鴻不置口"[1]。雍正
十年(1732)以後,厲鶚在詞壇地位越來越高,如他作《論詞絶句》十二首品
評詞史,論及清初朱彝尊、嚴繩孫、萬樹三家詞,以他們作爲清初東南詞壇
的重要代表,並表示試圖糅合三家之長的創作取向,已經顯示出作爲一位
詞壇領袖的包融氣度。雍正十一年(1733)九月,吳焯去世後,厲鶚儼然成

---

① 張雲錦《樊榭厲君墓表》,《蘭玉堂文集》卷四,清乾隆間刊本。

了江南詞壇的領軍人物。特別是在乾隆四年（1739）徐逢吉去世後，他把自己從康熙五十三年至乾隆四年的作品結集爲《樊榭山房集》前集，意味著一個舊時段的結束，也標誌著一個新時期的開始。

　　厲鶚能從衆多浙西詞人中脫穎而出，是以他清婉深幽的創作特色而爲當時詞壇所認可。趙信對其《秋林琴雅》有這樣一段評語：“淡而彌永，清而不膚，渲染而多姿，雕刻而不病格，節奏精微，輒多弦外之響，是謂以無累之神，合有道之器者。”①指出他的詞看似清淺而意旨雋永，講究雕琢卻不見斧鑿痕跡，這一審美效果的形成，正得力於其超塵脫俗的襟懷和格高韻勝的審美追求。甕熺説：“先生幽居道古，翛然清遠，詩文之外，鋭意於詞。嘗病倚聲家冶蕩者失之靡，豪健者失之肆，因約情斂體，深秀綿邈，興至思集，輒自比之孫氏一弦，柳家雙鎖，要以自寫胸抱，非求悦衆耳也。”②因此，他的創作有一種超越世俗的幽雋冷峭的特色，王初桐説：“其詞生香異色，無半點煙火氣，清真雅正，超然神解。”③徐逢吉談到自己讀了厲鶚《高陽臺》“題華秋嶽横琴小像”一詞後的感受是：“如入空山，如聞流泉，真沐浴於白石、梅溪而出之者。”④厲鶚也常常以這樣的審美標準品評其詞友詞作，如評張其錦（龍威）云：“其詞清婉深秀，擯去凡近。”⑤評吳焯（尺鳬）詞云：“紆徐幽邃，懨悦綿麗，使人有清真再生之想。”⑥評陸培（南香）詞云：“清麗閑婉，使人意消。”⑦評江昉等人詞云：“遠而文，淡而秀，纏綿而不失其正，騁雅人之能事。”⑧評張奕樞詞云：“今涪詞淡沲平遠，有重湖小樹之思焉；芊眠綺靡，有暈碧渲紅之趣焉；屈曲連瑣，有魚灣蟹埗之觀焉。”⑨

　　據夏飄飄研究，乾隆七年以後是厲鶚的人生巔峰期，最能凸顯他在詩壇的領袖地位⑩。他先後參與組織了南屏詩社、邗江雅集、沽上題襟等大型的詩詞唱和活動，已經是以浙西詞派新一代領袖的身份主持風雅。時人有

① 厲鶚《秋林琴雅》，《樊榭山房集·集外詞》，第882頁。
② 厲鶚《樊榭山房集外詞》卷五，《厲鶚集》，杭州：浙江古籍出版社，2015年版，第740頁。
③ 王初桐《小嫏嬛詞話》卷三，《詞話叢編二編》，第1109頁。
④ 厲鶚《秋林琴雅》，《樊榭山房集·文集》，第879頁。
⑤ 厲鶚《紅蘭閣詞序》，《樊榭山房集·文集》卷四，第752頁。
⑥ 厲鶚《吳尺鳬玲瓏簾詞序》，《樊榭山房集·文集》卷四，第754頁。
⑦ 厲鶚《陸南香白蕉詞序》，《樊榭山房集·文集》卷四，第752頁。
⑧ 厲鶚《群雅詞集序》，《樊榭山房集·文集》卷四，第755頁。
⑨ 厲鶚《張今涪紅螺詞序》，《樊榭山房集·文集》卷四，第754頁。
⑩ 夏飄飄《厲鶚與康乾詩壇》，北京：社會科學文獻出版社，2020年，第143頁。

詩贊曰："驚才一代愧齊名,力遜培風運海鯤。"(杭世駿《羊城旅館聞厲樊榭二兄凶問不勝哀悵哭之以詩》其一)"邗江詩社迭爲賓,憑仗君扶大雅輪。"(陳章《哭太鴻十二絕》其十)"文傳淮海人爭羨,詩著湘潭世共推。"(胡應瑞《挽辭》)①到晚清,謝章鋌講到厲鶚影響時説:"雍正、乾隆間,詞學奉樊榭爲赤幟,家白石而户梅溪矣!"②

六、結 語

長期以來,人們對於浙西詞派的發展衍變,多停留在對個別領袖人物的理解和認知上,好像它就是由這幾位名家串連起來的,忽略了作爲一個流派所表現出來的群體性特徵。其實,在第一代領袖朱彝尊和第二代領袖厲鶚之間,存在著一個個數量非常龐大的浙派詞人群體,這些詞人群體在地域上以浙西本土,包括杭州、嘉興、湖州等爲中心,以家族與師承爲紐帶,輻射到吳中、松江、無錫等地,還通過當時的交通樞紐——揚州和天津,向北延伸,與京師詞壇相銜結,對京師詞壇形成一定的影響,也爲北方詞壇不斷輸送新的浙派種子。

不過,我們也應該看到,浙西詞派在初起之時,本來是一個在野的詞派。後來,因爲朱彝尊參加博學宏詞科,爲了迎合清朝統治者的審美趣味,提出了詞宜歌詠盛世升平的創作主張,逐漸向官方審美意識靠攏。這一在野文人與統治意識的結盟,在杜詔、樓儼那裡達到高潮,他們一方面通過進詩獻賦的方式獲得來自朝廷的嘉勉和任用,另一方面又通過編纂《歷代詩餘》《欽定詞譜》的方式以回應上層統治者的審美關切,將政治教化理念落實到文學創作和詞籍編纂上。然而,在浙西本土,無論是晚年返鄉後到吳中和張梁、繆謨唱和的杜詔,還是在杭州與趙氏、吳氏結社唱和的厲鶚,他們對政治明顯存有一種疏離的態度,創作上以詩詞唱和的方式交流感情,内容上則以詠物、題畫爲主,絕少涉及到社會現實問題。因此,他們的創作更多關注對詞律詞韻的推敲,對遣辭用字的講究,對清空騷雅的追求。

---

① 厲鶚《樊榭山房集》附錄二"挽辭",第 1731、1732、1734 頁。
② 謝章鋌《賭棋山莊詞話》卷十一,唐圭璋編《詞話叢編》第四册,第 3458 頁。

　　浙西詞派的這一審美轉向，正是在浙西本土詞人群體中生長起來的，屬鶚的出現也是一種歷史的必然，他用自己的創作把雍正、乾隆時期這一審美追求演繹到最佳境界。

　　　　　　　　　　　　　　　　（作者單位：武漢大學文學院）

A Folded Fragment of the History of *Ci*: The Western Zhejiang School and Its Circle from the Late Kangxi to the Early Qianlong Period of Qing

Chen Shuiyun

The period from the Late Kangxi to the Early Qianlong Period of Qing has often been omitted in the narratives of the history of *ci*. However, this is the period when the Western Zhejiang School's influence expanded and Li E's 厲鶚 fame rose in the *ci* circle. After Zhu Yizun's 朱彝尊 withdrawal from the circle, Ke Yu 柯煜, Du Zhao 杜詔, and Lou Yan 樓儼 continued his thoughts by publishing collections of *ci* of the Southern Song dynasty and organizing *ci* recitations, which strengthened the Zhejiang School's influence in Beijing and Jiangnan. There even appeared a second or third generation of *ci* writers in Tongxiang, Pinghu, Haining, Haiyan, and Qiantang in the Western Zhejiang. Xu Fengji 徐逢吉, Wu Zhuo 吳焯, and Li E emerged to organize multiple *ci* recitations in Hangzhou, Yangzhou, and Tianjin, and they became the major figures of the Western Zhejiang School. Li E's delicate and graceful style was particularly appreciated by both northern and southern *ci* circles in the early Qianlong period of Qing.

Keywords: late Kangxi period, early Qianlong period, *ci*, Western Zhejiang School, Li E

徵引書目

1. 王士禎著，張宗柟纂集：《帶經堂詩話》，北京：人民文學出版社，1998 年版。Wang Shizhen. *Daijingtang shihua* (*Notes on Poetry in Daijingtang*). Edited by Zhang Zongnan. Beijing：People's Literature Publishing House，1998.

2. 王昶著，周維德輯校：《蒲褐山房詩話新編》，濟南：齊魯書社，1988 年版。Wang Chang. *Puheshanfang shihua xinbian* (*Newly Revised Notes on Poetry in Puheshangfang*). Edited and collated by Zhou Weide. Jinan：Qilu Press，1988.

3. 王儉編注：《小秀野唱和詩》，太原：三晉出版社，2012 年版。*Xiaoxiuye changhe shi* (*Poetry Responsories in Xiaoxiuye*). Edited and annotated by Wang Jian. Taiyuan：Sanjin Publishing House，2012.

4. 朱彝尊著，王利民等輯校：《曝書亭全集》，長春：吉林文史出版社，2009 年版。Zhu Yizun. *Pushuting quanji* (*The Complete Works in Pushuting*). Edited and collated by Wang Liming，etc. Changchun：Jilin wenshi chuban she，2009.

5. 吳志達主編：《中華大典·文學典·明清文學分典》，南京：鳳凰出版社，2000 年版。 *Zhonghua dadian-Wenxue dian-Mingqing wenxue fendian* (*Chinese Classics-Literary Classics-Literary Classics of Ming and Qing Dynasties*). Edited by Wu Zhida. Nanjing：Phoenix Press，2000.

6. 吳錫麒：《有正味齋駢體文》，清道光二十年（1840）刻本。Wu Xilin. *Youzhengweizhai pianti wen* (*The Collection of Parallel Proses in Youzhengweizhai*). Block-printed edition. The 20 year of Daoguang(1840)，Qing Dynasty.

7. 李桂芹：《〈擬樂府補題〉初探——兼論中期浙西詞派》，《河南師範大學學報》2011 年第 4 期（2011 年 6 月），頁 173—176。Li Guiqin. "Ni yuefu buti chutan- Jianlun zhongqi zhexi cipai" (A Preliminary Study to *Simulation of Yuefu Supplements*：Concurrently Discussing Western Zhejiang Ci School in the Middle Period). *Henan shifan daxue xuebao* (*Journal of Henan Normal University*) 4(Jun. 2011)：pp.173 - 176.

8. 杜詔：《雲川閣集詞》，清雍正刻本。Du Zhao. *Yunchuangeji Ci* (*The Collection of Ci in Yunchuange*). Block-printed edition in the years of Yongzheng，Qing Dynasty.

9. 屈興國編：《詞話叢編二編》，杭州：浙江古籍出版社，2012 年版。*Cihua congbian erbian* (*The Second Collection of Remarks on Ci*). Edited by Qu Xingguo. Hangzhou：Zhejiang Classics Publishing House，2012.

10. 杭世駿：《道古堂集》，清乾隆四十一年（1776）刻本。Hang Shijun. *Daogutang ji* (*The Works in Daogutang*). Block-printed edition. The 41st year of Qianlong(1776)，Qing Dynasty.

11. 姚道生：《殘蟬身世香蓴興：〈樂府補題〉研究》，南京：鳳凰出版社，2018 年版。Yao Daosheng. *Canchan shenshi xiangchun xing* (*The Dying Cicada and Water Shield Are Used to Convey the Sense of Life Experience: Research on Yuefu Supplements*). Nanjing：Phoenix Press，2018.

12. 查學：《半緣詞》，清乾隆刻本。Zha Xue. *Banyuan Ci*. Block-printed edition in the

years of Qianlong, Qing Dynasty.

13. 柯煜:《小丹丘詞 攝影詞》,清康熙刊本。Ke Yu. *Xiaodanqiu Ci- Xieying Ci*. Block-printed edition in the years of Kangxi, Qing Dynasty.

14. 唐圭璋編:《詞話叢編》,北京:中華書局,1986 年版。*Cihua congbian* (*Collection of Remarks on Ci*). Edited by Tang Guizhang. Beijing: Zhonghua Book Company, 1986.

15. 夏飄飄:《厲鶚與康乾詩壇》,北京:社會科學文獻出版社,2020 年。Xia Piaopiao. *Li E yu kangqian shitan* (*Li E and the Kang-Qian Parnassus*). Beijing: Social Sciences Academic Press(CHINA), 2020.

16. 張宗橚:《藕村詞存》,清嘉慶二十二年(1817)刻本。Zhang Zongsu. *Oucun Ci Cun*. Block-printed edition. The 22nd year of Jiaqing(1817), Qing Dynasty.

17. 萬柳:《清代詞社研究》,鄭州:中州古籍出版社,2011 年版。Wan Liu. *Qingdai cishe yanjiu* (*Research on Ci-Societies in Qing Dynasty*). Zhengzhou: Zhongzhou Classics Publishing House, 2011.

18. 葉修成:《紫芥掇實:水西莊查氏家族文化研究》,天津:天津古籍出版社,2017 年版。Ye Xiucheng. *Zijieduoshi: Shixizhuang zhashi jiazu wenhua yanjiu* (*Zijieduoshi: A Study on Culture of the Zha-Family in Shuixi Garden*). Beijing: People's Literature Publishing House, 2011.

19. 葛渭君編:《詞話叢編補編》,北京:中華書局,2013 年版。*Cihua congbian bubian* (*Supplement to Collection of Remarks on Ci*). Edited by Ge Weijun. Beijing: Zhonghua Book Company, 2013.

20. 厲鶚:《秋林琴雅詞》,清康熙六十一年(1722)刻本。Li E. *Qiulinqinya Ci*. Block-printed edition. The 61st year of Kangxi(1722), Qing Dynasty.

21. 厲鶚著,董兆熊注,陳九思標校:《樊榭山房集》,上海:上海古籍出版社,2012 年版。Li E. *Fanxie shanfang ji* (*The Collection in Fanxieshanfang*). Annotated by Dong Zhaoxiong, punctuated and collated by Chen Jiusi. Shanghai: Shanghai Classics Publishing House, 2012.

22. 嚴迪昌:《清詞史》,北京:人民文學出版社,2011 年版。Yan Dichang. *Qing ci shi* (*History of Ci in Qing Dynasty*). Beijing: People's Literature Publishing House, 2011.

康邸：桐城派的一個文學空間*

葉當前

【摘　要】乾隆朝永恩襲爵康親王二十餘年間，劉大櫆及其門下弟子與康邸師友僚吏優遊園林，詩文酬唱，盛極一時。康邸成爲前期桐城派的重要文學空間，永恩、徐琰、甘運源、朱孝純等一批康邸文人被列入桐城派，康邸的桐城情結在父子之間傳承延續。以永恩爲代表的一批旗籍文人身份高貴卻清貧勤儉、情趣高雅，與劉大櫆、姚鼐人生理想與處世風格若合符契，讓長期漂泊北京、偃蹇坎坷的劉、姚得到物質上的支持、精神上的鼓勵與身份上的尊重，幫助桐城派在早期艱難發展中找到一條新路。

【關鍵詞】康邸　桐城派　旗籍文人　文學空間　永恩

劉聲木《桐城文學淵源考》卷三"專記師事或私淑劉大櫆諸人"，其中禮恭親王爲滿洲皇族，朱孝純兄弟三人、甘運源、徐琰等五人爲漢軍旗人，是劉大櫆在北京期間親授指導的弟子。包括姚鼐在内的一批劉門弟子與禮恭親王永恩關係密切，或爲幕僚，或爲師友，共聚康邸，優遊菉潃園，賦詩作畫，在乾隆朝繁盛一時，康邸因此成爲早期桐城派重要文學空間，在桐城文學淵源與桐城派發展史上有一定意義。然傳統桐城派研究側重學案式的師承淵源分析，未從空間維度關注桐城派的發展。現以永恩及其幕僚汪松的交遊爲立足點，考察考證康邸文人的文學活動，考辨他們與桐城文學圈的關係，試圖爲桐城派文學空間研究發掘新路。

---

* 基金項目：國家社科基金項目"桐城派《文選》評點研究"（19BZW063）。

一、康邸文學空間概況

康邸即禮恭親王永恩的府邸。永恩與桐城文學頗有淵源,《桐城文學
淵源考》録入"卷三補遺"。姚鼐《禮恭親王家傳》簡要記載了永恩生平:永
恩卒於嘉慶十年(1805)二月十九日,享年七十九歲,推知其生年爲雍正五
年(1727),又載永恩於乾隆十七年(1752)襲康親王爵,乾隆四十三年
(1778)復號禮親王①。

康邸交遊酬唱活動主要集中在永恩復號之前的康親王時期,活動地點
主要在菉漪園,或逢牡丹盛開、或值佳節來臨、或遇新雨初晴等,永恩都會
邀集諸人,以分韻、限韻、和韻、同題詠物寫景、賦得等形式寫作菉漪園及其
風景爲主要題材的詩作。永恩《誠正堂稿》詩文數次致意"白社"結交,並留
存有《中秋前二日宴集菉漪園》《菉漪園中秋宴集》《菉漪園牡丹盛開即席
分韻(并引)》《重九日漪園雅集分韻》《詠漪園冬青(和諸坐客韻)》《漪園
雅集(和道淵韻)》等詩,透露其交遊資訊。如卷一《漪園雅集》(和矐仙弟
韻)曰:"春和正明媚,堪追會稽源。舉觴赴流水,流水花留痕。"②可見永恩
追仿蘭亭雅集的主觀意圖,亦可推測雅集之盛;又有《菉漪園閑詠二十首》
記尊聖閣、蕙蒓堂、蘭亭書屋、蘭亭、清音閣、竹深處、清流激湍、南池、雲縠
堂、滿窗月、雲根幽徑、北池、芝蘭室、碧梧臺、二酉山房、畫廊、霞綺洞、會心
自遠、挹翠樓、曠達無際等菉漪園中景致。二十餘年間,康邸彙聚一批與桐
城派前期文人密切相關的墨客僚屬,開展豐富多彩的文藝活動,已成爲桐
城文人在北京的重要文學空間。

永恩的師友僚吏是康邸文人圈的主體。乾隆戊戌(1778)仲春永恩命
汪松編輯《菉漪園懷舊集》,懷念昔日康邸文友,蘭亭主人永恩序於前,略評
七位故人,憶及師友僚屬舊遊之情,不勝感慨,希望康邸文人借此集以不
朽。其序略云:

> 在昔涵齋副軍供奉闕庭最久,畫品得古人最深,嘗自云平生十五

---

① 姚鼐著,劉季高標校《惜抱軒詩文集》,上海:上海古籍出版社 1992 年版,第 306—307 頁。
② 永恩《誠正堂稿》,《清代詩文集彙編》(第 361 册),上海:上海古籍出版社 2009 年版,第 89 頁。

到天臺，蓋得山水之助，因成超絕之名；夔倫學士仁廟近侍，學問淵博，澄心研擇；大展教諭苦心力學，至老不衰，而廣文一席，不無馮唐老矣之歎；護衛子厚謹身供職，文理優贍；筠城孝廉少年才儁，惜其三河丰韻，竟同弱柳之殘。是五人者，皆吾邸中之人也。若羅山先生者，余年十四而從學文焉，乃以蒲濤名宿，旅寄京華，素與沈宗伯確士爲布衣之交，而慷慨磊落，曠達不羈，然終於賢書，所謂人之生也，各有命歟？稿皆散逸，因未多錄；羽仙先生乃先王之上客，爲余蒙訓之師，工詩善畫，而棲神凝寂，尤深於明心見性之學焉。今此數公俱已物故，人琴之感，何可言耶？余既恐其遺詩湮滅，蘊而莫傳，而蒼岩又惓惓故舊之情，乞加選錄，因命錄所存若干首，匯爲一編。雖隙駟不留，尺波云謝，而秋菊春蘭，精英可擷，其風雅用耀將來，深思作者之難，竊附闡幽之義，庶吾邸舊遊之所，藉以不朽者，其在斯編歟？①

序中提及朱倫瀚（涵齋）、吳久成（大展）、吳孝登（夔倫）、黃德溥（子厚）、賈虞龍（筠成）、陳浮梅（蘿山）、廖雲鶴（羽仙）等七位文人，在旗人文學史上都有一定地位，以永恩爲聯結點，互相之間均有交往。汪松原跋介紹了這批文人康邸雅聚的盛況：

> 王無聲色之娛，惟吟詠是好。是時列在賓從者，則有朱副軍倫瀚、吳學士孝登、洪員外德元、吳教諭久成，年皆耄耋矣，趨陪左右，討論詩書，而護衛黃德溥與松同侍筆硯，後來賈孝廉虞龍年二十餘，詩才警敏，王愛之，亦間令侍坐。每當花月雨雪之辰，授簡分題，眾方繹思間，而王詩已就，文不加點。詩後至者，咸罰觴，往往沾醉。朱副軍固善繪事，指墨與高且園侍郎相頡頏；吳學士、洪員外俱抱養生術以自高，有時論道抵牾，則割席分坐，眾爲之鼓掌；吳教諭、黃護衛俱健啖若廉將軍；賈孝廉狂飲若畢吏部；然皆與松善。副軍與學士俱逮事仁廟，每坐石臨流，談故事靡靡可聽，使人忘倦。②

永恩以旗籍文人墨客爲主體，時常邀集劉大櫆、姚鼐等才俊，或論詩書、或

---

① 永恩、汪松編選《菉漪園懷舊集》，富察恩豐輯《八旗叢書》抄本，卷首。
② 永恩、汪松編選《菉漪園懷舊集》，卷末。

講故事、或繪圖、或論道、或談術,優遊蘭亭書屋,曲水流觴,風度各異,既效竹林七賢的超越,又擬蘭亭雅士的清高,在獨立的小天地中,遊賞園林,寄興文藝,暢叙幽情,客觀上推動了桐城詩文的傳播。

　　永恩重視文人之間的君子之交,其《送子穎之任序》對文人遊處有自己的理解:“文者,心之聲;友者,道之合。其聲同者,其道合也。同也者,所見所聞皆有乳水之投;合也者,相語相談自有臭蘭之味。是以古君子交遊四海,無非兄弟;雖異姓異方,莫不相得而如魚水。”像建安七子、竹林七賢、李杜、王孟、韓柳、郊島、蘇黃、何李王李等,均是合道同心的典範,故永恩反覆致意康邸昔日遊處之盛:“余自弱冠時得昆山先生之教,聞謝香祖、劉耕南諸公之論。彼時有汪蒼岩、吳大展、甘氏昆仲與朱家父子三人者,亦庶乎一時之同心者也。”然生死離合,在所難免,故人離世,才俊仕任,二十餘年的雅集,一旦風流雲散,便有白社難開之歎①。身爲皇族宗室的親王,由衷感歎文藝活動的興盛衰替,可類推桐城文學初期傳播繁衍的艱難,桐城派文人借康邸擴展自己的文學空間,實屬桐城派發展史上的幸事。

二、老一輩康邸文人被納入桐城派

　　康邸主人禮恭親王永恩及其老師徐琰尊劉大櫆爲師,朱倫瀚的三個兒子朱孝純、朱孝升、朱孝全皆師從劉大櫆,這些與康邸關係密切的文人因而都被收入《桐城派文學淵源考》,成爲桐城派前期重要作家。

　　永恩被列入桐城派。永恩對劉大櫆“終身執弟子禮甚恭”②,《桐城文學淵源考》小傳曰:“恭親王永恩,字□□、號□□□,謚□禮,與劉大櫆、朱孝純講習議論,爲學日益精勵;詩、古文皆得師承,其論文亦以義法爲要;詩以清遠澹約爲宗,以指作繪皆有生氣,名盛一時,撰《誠正堂集》□卷。”③缺文不見姚氏《禮恭親王家傳》,現據《誠正堂集》《清史稿》等予以補録:永恩,字惠周,號蘭亭主人,謚“恭”。有《誠正堂稿》詩八卷,附《誠正堂詞稿》一卷、《誠正堂文稿》不分卷、《誠正堂時藝》不分卷。《誠正堂稿》卷首有

---

① 永恩《誠正堂稿》,第 300 頁。
② 昭槤撰,何英芳點校《嘯亭雜録》,北京:中華書局 1980 年版,第 49 頁。
③ 劉聲木《桐城文學淵源·撰述考》,合肥:黃山書社 1989 年版,第 152 頁。

"乾隆十八年癸酉歲嘉平臘吉東海友人徐琰昆山甫謹撰序""朱倫瀚敬識"
"乾隆十九年歲在甲戌二月上浣之吉吳孝登謹跋""乾隆十八年十二月洪
德元序"。徐琰、朱倫瀚、吳孝登、洪德元均爲漢軍旗人，都是康邸座客。
作爲被桐城派接納的成員，永恩的著述及其詩文交往充實了桐城派文
學史。

　　徐琰亦入桐城派譜系。徐琰，一作徐炎，字伯鈺，號昆山，隸漢軍正藍
旗，東海人，雍正庚戌進士，官吏部郎中。徐炎是永恩的老師，其《誠正堂
稿·序》曰："自乾隆壬戌歲秋八月，朱邸敦聘主西席。"①汪松《菉漪園懷舊
集跋》亦記二人師生關係，曰："王師昆山徐先生嘗偶攜松作於邸中，王見之
喜。"②永恩與徐氏詩文往來，以"徐昆山先生"尊稱，《誠正堂稿》有《讀徐昆
山先生詠物效顰詩書後》《途中寄徐昆山先生》《和徐昆山先生晚過西苑
（原韻）》《留別昆山先生》等。徐炎與劉大櫆有交往，劉氏《徐昆山文序》記
其於雍正三年（1725）結識徐氏，曰："余性喜爲辭章，昆山亦舍是無以爲好。
余於今之號爲能文者多所稱許，而昆山獨少可多怪。然昆山嘗手鈔余所爲
經義及詩歌古文，積爲巨册，雖古經史諸子百家之書，經余之評論標録，昆
山必繕寫藏之。"③以其對劉大櫆的尊重與推崇，劉聲木將其録入《桐城文學
淵源考》卷三，謂其"私淑"劉大櫆，在桐城派發展史上有一席之地。

　　朱倫瀚父子與桐城派淵源深厚。朱倫瀚（1680—1760），字涵齋，又字
亦軒，號一三，先世山東歷城人，隸漢軍正紅旗。有編年詩集《閑青堂詩集》
十卷，卷首有"乾隆二十二年歲在丁丑春二月朔東海徐琰題"序、乾隆三十
九年桐城姚鼐序、乾隆戊戌三月鉛山蔣士銓撰序、海寧查祥的"朱齋涵先生
像"并贊；卷末附録狀志碑銘三首，分別爲程晉芳《誥授光禄大夫正黃旗漢
軍副都統涵齋朱公行狀》、姚鼐《副都統朱公墓志銘》（并序）及劉大櫆《誥
封光禄大夫正黃旗漢軍副都統朱公神道碑銘》（有序）。僅看題跋及行狀碑
銘等的作者，可見朱倫瀚與乾隆朝桐城派文人有所交往；《嘯亭雜録》"劉大
櫆"條載其舉博學鴻詞科被黜後："居京邸，其弟館於明太傅家，先生惡其權
貴，乃避居朱都統淪瀚宅，破壁頹垣，藹如也。"④朱氏有子五人，三人從劉大
櫆受學，其中朱孝純與姚鼐、程晉芳等桐城派古文家爲莫逆之交，朱倫瀚與

① 永恩《誠正堂稿》，第 80 頁。
② 永恩、汪松編：《菉漪園懷舊集》，卷末。
③ 劉大櫆著，吳孟復標點《劉大櫆集》，上海：上海古籍出版社 1990 年版，第 51—52 頁。
④ 昭槤撰，何英芳點校《嘯亭雜録》，第 49 頁。

桐城派諸家的密切關係由此可見一斑。程晉芳謂朱氏"古文則全近南豐、紫陽，期於達意而止"①，可見其古文淵源於曾鞏和朱熹，與桐城派古文家學行推尊程朱、文章重視唐宋八大家的祈向有相通之處，故若置朱倫瀚於桐城文學淵源之列，也是可以的。

　　朱倫瀚長期爲康邸僚屬，與永恩爲忘年之交。永恩《挽朱副軍涵齋》詩序曰："涵齋副軍，老成鄭重，爲世所推，雖爲余府僚屬，廿載以來，實爲吾忘年之老友。"②朱氏《閑青堂詩集》卷十"丁丑戊寅詩"有 1757、1758 年重陽節前後賦《重陽菉漪園登高侍宴紀勝》《重陽後二日再宴疊韻》《菉漪園西樓登高應教》《重陽次日和同人韻》《九日菉漪園登高應教三首》《詠紅鸚鵡應教》等抒寫與永恩及同人遊處；朱氏工畫，所畫"愛蓮亭圖""東林圖""西林圖""桃源春曉圖""白鹿洞圖""玉簾泉圖""萬年佛刹圖""萬松秋嶺圖""雙澗觀瀾圖""斷橋積雪圖""寒岩夕照圖"等等，都得到永恩題詩，初步統計，《誠正堂稿》題朱涵齋所繪圖畫的詩多達 25 首；永恩或發掘朱倫瀚圖畫的性理蘊含，或摹寫圖畫的風物景致，畫以啟詩，詩以傳畫，相得益彰；丁丑（1757）季秋，朱倫瀚爲永恩畫天台山十二幅風景圖，永恩爲每圖題詩，並作序，題爲《朱涵齋天台山諸景圖詩小序》：

　　　　涵齋朱君自云昔十五度到天臺，因各景而記略之。時丁丑季秋，偶與余清談，論及天臺山名勝，遂爲余按景爲圖，共十二幅，觀其變幻奇麗，飄然世外之況，令人起望遠之思，身遊象外而不知也。名山名境，而加以老手圖之，不勝歎全璧之美。故不愧拙陋，因每圖爲詩，以記之云。③

朱倫瀚作爲康邸一員，學得永恩敬重。朱氏去世，永恩以七古《悲風歌》與五排各一首以挽之，在日後詩文中，亦反覆致意對朱氏的思念之情。朱氏與永恩的文藝切磋，可以算作乾隆年間桐城派的文藝活動，應作爲桐城派發展史的有機組成部分。

---

① 朱倫瀚《閑青堂詩集》，《清代詩文集彙編》（第 247 册），上海：上海古籍出版社 2009 年版，第 676 頁。
② 永恩《誠正堂稿》，第 262 頁。
③ 永恩《誠正堂稿》，第 305 頁。

三、康邸青年文人延續文學空間

以 1764 年爲界，一批康邸故人相繼去世；劉大櫆早已離京，姚鼐南北奔走，疲於科場，終入仕途，朱孝純外任蜀地；悠遊詠懷被送、寄、懷、哭替代。1778 年，永恩復號禮親王之際編纂《萘滿園懷舊集》，是對康王階段文人交遊活動的總結，師友僚屬爲主體的康邸文人圈終將成爲歷史。但桐城派的康邸文學空間在汪松、甘運源、朱孝純等一批青年人身上得到延續。

汪松是溝通康邸文人與桐城派作家的重要人物。《萘滿園懷舊集》的編輯人汪松蒼岩，是陪侍永恩時間最長的文吏，乾隆癸酉（1753）夏永恩襲爵次日即被召爲記室。從乾隆丁丑（1757）至癸未（1763），七年之間，康邸黃德溥、洪德元、吳久成、朱倫瀚、賈虞龍、吳孝登先後去世，都是汪松協助永恩料理後事，他説：“此數人者，生叨錫賚，死蒙賵奠，營護其喪，矜恤其家，皆松承王命董其事，撫棺而哭之。”①可見，汪松是康邸文人圈的重要參與者與見證人。

汪松與劉大櫆善，《梧門詩話》曰：“襄平汪蒼岩松以詩名，與劉耕南、盛青嶹善，早年稿即劉、盛二君手訂也。”②汪松與劉大櫆弟子朱孝純關係亦密切，頻繁互贈詩作，汪氏《寄朱子潁》抒寫離思之苦曰：“思君不可即，東望潞河遥。把酒情何極，攤書日易消。綠苔滋晚雨，清夢枕寒潮。料得多幽趣，踟躕未許招。”“索居恒閉户，日日對愁霖。四壁渾難立，三杯不易尋。晚花依檻暝，細月帶雲沉。遠夢醒殘漏，陰蚩伴苦吟。”③朱孝純《海愚詩鈔》寫給汪松的詩有《汪蒼岩養疾西郊暇日過訪遂同飲村肆步望長堤亭榭得詩三首》《題蒼岩雨秋草堂》《殘月和汪蒼岩》《向汪蒼岩索筆》《寄汪蒼岩》《再寄汪蒼岩》等。

甘運源是桐城派前期重要作家。汪松、顧邦英等五人詩合編《海沱集》，刻於 1752 年，五人中的甘運源被收録到《桐城文學淵源考》卷三：

① 永恩、汪松編選《萘滿園懷舊集》，卷末。
② 法式善著，張寅彭、强迪藝編校《梧門詩話合校》，南京：鳳凰出版社 2005 年版，第 374 頁。
③ 鐵保輯，趙志輝校點補《熙朝雅頌集》，瀋陽：遼寧大學出版社 1992 年版，第 1525 頁。

　　　甘運源，字道淵，號嘯岩，漢軍正藍旗人，官象岡司巡檢，師事劉大
櫆，工詩、文、詞，其詩上宗“七子”，渾厚遒勁，得其神，不效其體，有唐
人風，大櫆甚稱賞之，爲旗籍文士之冠，兼工書畫、篆刻及篆隸八分，與
汪松蒼岩、顧邦英洛耆、王麟書及弟運瀚子灝五人之詩合刊爲《海沱
集》□卷。

　　　[補遺]甘運源，別號十三山外史，詩多警句，宏亮可誦，工行、楷
書，篆隸、八分，俱有古法，又工山水，尤善刻印，撰《嘯岩詩存》□卷。①

甘運源生平材料非常豐富，永恩《甘道淵誄》（並序）、昭槤《嘯亭雜録》卷九
“甘嘯岩”條、鐵保《甘道淵傳》等勾勒了其生平。黎簡《甘巡司道淵老人挽
詩四首》原注“甘君以乙卯冬卒於英德象岡司署”②，知甘運源卒於乾隆六
十年（1795）；又黎簡乙卯年《閏月初旬寄懷象岡道淵老人》詩有“今年公入
七十七，閏月春遲三月三”句，可推斷甘運源享年七十七歲，故其生年爲
1719 年。《八旗藝文編目》著録其文集《長江萬里集》《西域集》《嘯岩詩
存》三種，《熙朝雅頌集》分三卷選其詩 197 首，《晚晴簃詩匯》有詩話一則評
其詩。身爲康邸一份子的甘運源又是桐城派前期作家，其文學成就自然豐
富了桐城派文學史。

　　康邸年青文人之間的交遊有不少户外活動，從顧邦英《覃立齋侍禦招
遊翠微山同蒼岩、在田賦》《與王泗徵夜酌偶話京江舊遊慨然有作》、甘運源
《徐昆山、汪蒼岩、顧洛耆、王四徵、夏寶梁同拜先忠果公墓賦此志感》《再至
房山攜酒酹賈閬仙墓同汪、顧二君飲醉題祠壁》《春日登窰臺眺望》（同遊者
吳昆崖、汪蒼岩、顧洛耆暨余兄弟五人共賦此詩）、甘運瀚《春日同吳昆崖、
汪蒼岩、顧洛耆、家兄道淵窰臺登眺》、汪松《春日同顧洛耆、王泗徵攜酒城
南寺中酹寶孝廉殯即飲野店感成》等詩可窺一斑。户外活動與園林公宴頗
不一樣，筵席上的彬彬禮節變成了山水之趣，詩文創作也更加自由，遊聚方
式的變化在一定程度上促進了文風的轉變。1754—1755 年中秋，姚鼐、王
文治、朱孝純相聚地點分别是黑窰廠與陶然亭，三位年輕人風華正茂，置酒
暢談，擊節詠歌，盛傳都門，與當時都下游集之風有很大的關係。

　　被列入桐城派的朱孝純則經歷了康邸文人的風流雲散，並將這個文學

① 劉聲木《桐城文學淵源考·撰述考》，第 145 頁。
② 黎簡撰，梁守中校輯《五百四峰堂詩鈔》，廣州：中山大學出版社 2000 年版，第 396 頁。

空間深深烙在記憶當中。由於有父親、老師的引領，在年輕時便得以經常參與禮恭親王文人圈交遊唱酬，所賦《箓漪園雜詠》八首分別描寫蕙蓀堂、蘭亭書屋、蘭亭、清音閣、竹深處、清流激湍、雲轂堂、滿月窗等風景，又有《箓漪園西樓登高》《箓漪園清流激湍閣中分韻》《題箓漪園紅鸚鵡畫册》《九日登高憶箓漪園》等篇什述寫重陽節箓漪園登高情景，可見箓漪園之遊給朱孝純留下了深刻印象，其本人亦與禮恭親王結下了深厚友誼。日後朱孝純任兩淮鹽運使期間重建揚州梅花書院，邀姚鼐主講，朱氏作爲桐城派及門弟子，爲桐城派薪火傳承作出了努力，其主持的詩酒悠遊之會亦可見康邸文學空間的影響與延續。

康邸成爲一個空間符號，是文人交遊往來的紐帶。朱子穎、甘運源爲劉大櫆弟子，賈筠城爲康邸客，顧洛耆、劉虛白、王泗征、吳在田等日後與禮恭親王、朱子穎等均有詩文或繪畫交流。康邸僚吏師友中這些年青人結成的圈子，慷慨酬唱，促進桐城文學不斷發展。

四、康邸的桐城情結

康邸文人各自分散後，永恩念念不忘劉大櫆、姚鼐、朱孝純與甘道淵等桐城派文人，康邸文學空間下的桐城派記憶綿遠悠長。

1764 年永恩送朱孝純之任時在贈別序中感歎康邸文人四人離世，兩人遠赴，惟汪松蒼岩一人陪侍而已，曰："詎意二十年間，子灝、大展、涵齋、子貞皆相繼而故，今之所謂知音者，其三人乎？而道淵又遠在天津，則朝夕與共者，惟蒼岩與子穎耳。奈子穎今又仕矣。"[1]送人入仕本是興高采烈之事，理應有一番激勵的話語，永恩卻更在意朋友的別離，渴求與氣味相投、魚水相得的君子文人朝夕相處，流露出無可奈何的惜別之情。

乾隆四十二年丁酉（1777）劉大櫆八十歲時，永恩《與劉海峰先生書》曰："惟念者，余昔在弱冠，聞先生之名，得先生之教，四十餘年，雖夢寐不忘也。方今者，涵齋已故，唯道淵日共相談，尚足自豪。近者聞夢轂有何遜之名，廣陵梅院子穎得景宗之席，揚州貴人，此皆吾輩中，庶可稱雄者，躍身南

---

[1] 永恩《誠正堂稿》，第 300 頁。

望,正自無涯。"①此時,姚鼐主揚州梅花書院,朱孝純在揚州任鹽運使,王文治早已去任歸鄉,昔日京城三位意氣風發的年輕好友成爲一時名流,再聚揚州,廣延名士,優遊平山堂、金山、焦山等揚州名勝,桐城文學傳播中心已由北京轉至揚州,永恩祝賀之情與懷念之意溢於言表。

1788 年,甘道淵七十歲出任英德象岡,永恩作《送甘道淵之象岡任序》相送,曰:"惟道淵甘子,自弱冠爲余故友,五十年來,去來如一日。……奈君七十之年,而作五斗折腰,同輩故相慶而相憐也。……想耕南先生昔日同德同心,今如夢影焉。"②字裏行間,對劉大櫆的敬仰之情念念不忘。

1796 年,永恩與姚鼐書,復念昔日之遊。《與姚夢穀書》:"憶昔在京漪園把臂,此日觀之,實如華胥往騁。數年之中,海峰先生已作古人,去歲道淵又復逝矣。爲念者夢樓、夢穀二故人。"③永恩反覆念昔懷舊,生活在昔日的回憶當中,可見康邸文學空間深遠持久的影響。

永恩致念桐城派文人而不忘,逐漸積累出一份桐城情結,亦與其擅長文藝、不好奢華的君子氣質有關。永恩雖襲封王爵,卻並無高高在上的派頭,而是暇日則以筆墨娛情,以論文賦詩相高,其"識趣高卓,拔出流俗",擅長指畫,"生平遇人甚厚,而己常致不給,尤以持籌計得失爲鄙,曰:'吾雖貧而忝居王位,忍言利乎?'"④其子昭槤亦記:"先恭王襲爵垂五十年,其勤儉如一日,不好侈華,所食淡泊,出處有恒,雖盛夏不去冠冕。"⑤這種勤儉恭謹、不好奢華、清貧儒雅、禮賢下士的君子風度,拉近了與劉大櫆、姚鼐的身份距離。康邸文人風流雲散之後,永恩府邸依然不乏桐城文士出入,可窺其對桐城士人的信賴情結。

1796 年永恩作《與姚夢穀書》,慨歎邸內再也没有姚鼐之才者,而能相談釋懷者推桐城吳貽詠父子,曰:"乙卯春種芝吳庶常見星還第,皆令人不得已之思耳。今有吳賢書日同吾子與程隆吉二君,每共相談,尚可釋一日之放。"⑥種芝即吳貽詠(1736—1806),字惠連,號種芝,1783 年 48 歲中舉人,1793 年 58 歲中進士,可謂大器晚成。其《芸暉館詩集》卷首有"乾隆五

---

① 永恩《誠正堂稿》,第 293 頁。
② 永恩《誠正堂稿》,第 306 頁。
③ 永恩《誠正堂稿》,第 293 頁。
④ 姚鼐著,劉季高標校《惜抱軒詩文集》,上海:上海古籍出版社 1992 年版,第 307 頁。
⑤ 昭槤撰,何英芳點校《嘯亭雜録》,第 41 頁。
⑥ 永恩《誠正堂稿》,第 293 頁。

十九年歲次甲寅秋七月下浣禮親王子昭槤"序,卷下有《題禮邸克勒馬圖》,昭槤《蕙蓀堂爐存草》亦有《謝吳種芝太史贈黃秋浦篆書〈豳風屏幅〉》《元夕後一夕同程蓉江先生、吳種芝太史、史作霖茂才觀煙火》等詩,其與永恩父子交誼有跡可尋。吳賢書應指吳貽詠之子吳賡枚(1759—1825),字登虞,一作敦虞,號春麓,1789 年中舉,1799 年中進士。出入禮府,與昭槤交最契,《嘯亭雜錄》"吳春麓語"條:"吳春麓禦史賡枚,桐城人。中嘉慶己未進士。性忠愨,頗以理學自命。與余交最篤。"①《蕙蓀堂爐存草》有《和吳春麓太史謝贈晉帖走筆奉酬元韻》《題吳春麓太史〈灞陵校獵圖小照〉》《吳春麓太史借觀〈五代史〉詩以報之》《送吳春麓祠部兄弟歸里》《答吳春麓侍禦》等詩記載了昭槤與吳氏以詩文書畫互相切磋的交遊經歷。賡枚子吳孫琨出任巴州時,昭槤亦賦《送吳司馬孫琨之巴州任》餞行,禮親王與桐城吳家世交之情由此可窺。吳賡枚深得姚鼐弟子鮑桂星敬重,鮑氏又是昭槤府邸常客,賡枚子吳孫琨、孫珽亦師事鮑氏受古文法,入《桐城文學淵源考》卷三。康邸文人世代相交,百川匯海,最終聚集於桐城文派的脈絡可辨,夲結可尋。

禮恭親王兒子昭槤撰《嘯亭雜錄》,以筆記的方式記下了不少珍貴材料,與桐城派密切相關的條目有"劉海峰""程魚門""甘嘯岩""姚姬傳之正""先恭王之正""姚姬傳先生""姚姬傳文集""姚姬傳集"等。其中論姚鼐條目,推尊桐城古文,糾正姚氏考證訛謬,漢學考證與桐城宋學之爭已有顯現,說明桐城派在劉大櫆、姚鼐、恭親王、朱孝純等人的努力下已達到一個高峰。

五、康邸在桐城派發展史上的意義

康邸門客與清代幕客有相似之處,但相異點也很突出。首先,康府邸客多是親王僚吏或家庭教師,指導王族子孫學習,幫助親王處理日常事務,如護衛府宅、處理喪葬、管理王府衣食起居等,等級還是非常森嚴的;清代幕客多是地方大員聘請的知名學者,協助官員從事大型學術活動,相當於學術技術帶頭人組建的學術團隊,主賓之間關係平等。其次,康府邸客文

---

① 昭槤撰,何英芳點校《嘯亭雜錄》,第 36 頁。

化活動主要是詩文酬贈、書畫品題與園林遊賞,娛情審美是主旋律;尚小明總結"康熙中期至嘉慶末期遊幕學人文事方面的主要活動"有四項,分别是"修書、著書、校書""詩酒唱和""襄閱試卷""佐理翰墨"①,除詩酒唱和有較强的娛情性外,其他各項均爲嚴肅的學術活動。再次,康府邸客在親王召集下,不定期雅集,像是高端沙龍,門客多數爲旗人,多少有點戰國時期養士的味道;劉大櫆、姚鼐等漢族文人以才學出入康邸,倍受尊崇,則又不同於門客幕僚。震鈞《天咫偶聞》曰:"蓋王邸延師,敬禮出士大夫上。如紅蘭主人、問亭將軍、怡賢王皆以好士聞。履邸之於閻百詩,果邸之於方望溪,慎邸之於李眉山、鄭板橋,禮邸之於姚姬傳爲尤著。"②這樣的待遇無疑提高了姚鼐的身份地位,可推斷姚氏出入康邸與學人入幕謀生計還是有很大區别的;尚小明剖析學人遊幕的原因時指出:"遊幕學人大多爲家境貧寒或科舉受挫者",是一批"主要靠書本知識爲生而缺乏其他技能的士人,由於通往仕途之路受阻而成爲無組織的社會'自由流動資源'。"他們遊幕首先是解決"自己以及家庭的衣食問題",幕府聘養這些人在客觀上促進了國家穩定③;故從主賓意圖看,親王邸客與幕主幕客組織活動的目的意圖是不相同的。

劉大櫆、姚鼐等桐城派早期文人没有參加遊幕,而是融入康邸文人圈,估計與他們人格志向有一定關係。康邸文人多數是旗人,身份高貴,擅長詩文繪畫,興趣高雅;能飲酒,會騎射,性格豪邁;雖清貧,卻皆緩急可恃。這種身份高貴卻清貧勤儉、情趣高雅且能以文章道誼相期的人格特徵,與劉大櫆、姚鼐人生理想與處世風格若合符契,讓長期漂泊北京、偃蹇坎坷的劉、姚得到物質上的支持、精神上的鼓勵與身份上的尊重,最終幫助桐城派在早期艱難發展中找到一條新路。

非常有意味的是,姚鼐撰寫劉大櫆八十壽序時,揚州鹽業經濟發達,文學藝術繁榮,王士禛、孔尚任、盧見曾、鄭燮等文學家、藝術家與政壇墨客多次在虹橋、平山堂雅集,賦詩作畫,生成許多新的文化符號。身在揚州的姚鼐得鹽運使支持,政治上有保障,經濟上無憂慮,文化上有氛圍,在詩畫之外另辟古文一路尋宗立派,可謂恰逢其時。回顧一下,不難看出,康邸文人

①　尚小明《學人遊幕與清代學術》,北京:社會科學文獻出版社1999年版,第35—39頁。
②　震鈞《天咫偶聞》,北京:北京古籍出版社1982年版,第66頁。
③　尚小明《學人遊幕與清代學術》,北京:社會科學文獻出版社1999年版,第41—42頁。

是桐城派傳播傳承的重要一脈，正是有這一批旗籍文人的幫助支持，乃至身體力行，增强了桐城派代表人物劉、姚的信心，拓展了桐城派的發展空間，尤其是推動了桐城派與旗人的交遊。故康邸文學空間在桐城文學淵源史上的意義由此可見。

（作者單位：安慶師範大學人文學院）

Prince Kang's Mansion: A Literary Space for the Tongcheng School

Ye Dangqian

Liu Dakui 劉大櫆 and his disciples befriended Yong'en 永恩, Prince Kang and his fellows in the latter's twenty years of holding the hereditary title during the reign of Emperor Qianlong of Qing. They held various literary activities in Prince Kang's Mansion which became literary space for the early stage of the Tongcheng School 桐城派. Men of letters associated to Prince Kang's Mansion such as Yong'en, Xu Yan 徐琰, Gan Yunyan 甘運源, Zhu Xiaochun 朱孝純 were also considered members of the Tongcheng School, and the bond passed down to its next generation. Yong'en was a representative of the Manchurian bannermen of nobility whose intended frugal life of elegance and the arts echoed Liu Dakui's and Yao Nai's 姚鼐 ideal way of life. Yong'en's material and spiritual supports not only endowed Liu and Yao sojourning in Beijing with respect but also helped the Tongcheng School find a new path amidst early difficulties.

Keywords: Prince Kang's Mansion, Tongcheng School, banner writers, literary space, Yong'en

徵引書目

1. 永恩、汪松編選：《蒹漪園懷舊集》，富察恩豐輯《八旗叢書》抄本。Yong En, Wang Song edited. *Luyiyuan huaijiu ji* (*The Collected Writings from Luyiyuan*). Fu cha en feng ji "baqi congshu" chaoben.

2. 永恩：《誠正堂稿》，《清代詩文集彙編》（第 361 冊），上海：上海古籍出版社，2009 年版。Yong En. *Chengzhengtang gao* (*History of the Hall of Sincere Rightness*). *Qingdai shiwenji huibian* (*Anthology of Qing dynasty poetry and literature, Book 361*). Shanghai：Shanghai classics Publishing House, 2009.

3. 朱倫瀚：《閑青堂詩集》，《清代詩文集彙編》（第 247 冊），上海：上海古籍出版社，2009 年版。Zhu Lunhan. *Xianqingtang shiji* (*The Collected poems from Xianqingtang*). *Qingdai shiwenji huibian* (*Anthology of Qing dynasty poetry and literature, Book 247*). Shanghai：Shanghai classics Publishing House, 2009.

4. 尚小明：《學人遊幕與清代學術》，北京：社會科學文獻出版社，1999 年版。Shang xiaoming. *Xueren youmu yu qingdai xueshu* (*Scholars who travelled among staff and Qing dynasty scholarship*). Beijing：Social Sciences Academic Press (China), 1999.

5. 法式善著，張寅彭、強迪藝編校：《梧門詩話合校》，南京：鳳凰出版社，2005 年版。Fa Shishan. *Wumen shihua he jiao* (*Wumen's Remarks on Poetry*). Edited by Zhang Yinpeng, Qiang Diyi. Nanjing：Fenghuang chuban she, 2005.

6. 姚鼐著，劉季高標校：《惜抱軒詩文集》，上海：上海古籍出版社，1992 年版。Yao Nai. *Xibaoxuan shiwenji* (*The Collected Poetry and Prose of Xibaoxua*). Annotated by Liu Jigao. Shanghai：Shanghai classics Publishing House, 1992.

7. 昭槤撰，何英芳點校：《嘯亭雜錄》，北京：中華書局，1980 年版。Zhao lian. *Xiaoting zalu* (*Miscellaneous Collection of the Xiao Pavilion*). Annotated by He Yingfang. Beijing：Zhonghua Book Company, 1980.

8. 劉大櫆著，吳孟復標點：《劉大櫆集》，上海：上海古籍出版社，1990 年版。Liu Dakui, *Liu Dakui ji* (*The Collected works of Liu Dakui*). Annotated by Wu Mengfu. Shanghai：Shanghai classics Publishing House, 1990.

9. 劉聲木：《桐城文學淵源考·撰述考》，合肥：黃山書社，1989 年版。Liu Shengmu. *Tongcheng wenxue yuanyuan kao·zhuanshu kao* (*Genealogical and bibliographical study of Tongcheng*). Hefei：Huangshan shushe,1989.

10. 震鈞：《天咫偶聞》，北京：北京古籍出版社，1982 年版。Zhen Jun. *Tianzhi ouwen* (*Things Heard by Chance in the Capital*). Beijing：Beijing gu ji chuban she, 1982.

11. 黎簡撰，梁守中校輯：《五百四峰堂詩鈔》，廣州：中山大學出版社，2000 年版。Li Jian. *Wubai si feng tang shichao* (*Transcribed Poetry from the Hall of Five-hundred and Four Peaks*). Edited by Liang Shouzhong. Guangzhou：Sux Yat-Sex University Press, 2000.

12. 鐵保輯，趙志輝校點補：《熙朝雅頌集》，瀋陽：遼寧大學出版社，1992 年版。Tie Bao. *Xi chao ya song ji* (*Collected Odes of the Current Dynasty*). Annotated by Zhao Zhihui. Shenyang：Liaoning University Press, 1990.

湖湘派與同光體之離合

張　煜

【摘　要】本文試圖展示湖湘派與同光體作爲晚清政治立場接近的最大的兩個古典詩派,在詩學與交往方面的種種離合。湖湘派可以追溯到明末清初王夫之論詩重緣情綺靡。嘉道間湖湘詩人鄧顯鶴與宋詩派多有交往,但並無意稱雄詩壇。以王闓運爲代表的湖湘派,是界於宋詩派與同光體之間的最大的一個詩派。同光體詩人中,如陳三立等,與湖湘派詩人多有交往。湖湘派詩人中,較早如鄧繹,晚學如陳銳、程頌萬等,作詩亦多受宋詩派影響。在新文化運動的洪流面前,這兩個古典詩派由於文化命運的相似,共鳴多於異見。

【關鍵詞】同光體　湖湘派　王夫之　王闓運　陳三立

湖湘派可以説是在同光體出現前,與之緊鄰的最大的一個詩派。同光體的代表人物如陳衍(1856—1937)等,在標榜同光體的宗宋主張的同時,正是以反對漢魏六朝派的擬古詩,出現在世人面前的。但其實這兩個詩派間有著緊密的聯繫,在當時都具有很大的影響力,似乎並不可以簡單地用孰高孰低來下一斷語。理清他們之間的關係,顯然對於我們更好地理解宋詩派與同光體,以及近代詩史,有著重要的作用和意義。

一、船山詩學: 湖湘派之濫觴

湖湘詩派取法《楚辭》與《文選》,其代表人物是湖南王闓運(1833—

1916），其遠源則直可追溯到明末清初的抗清義士王夫之（1619—1692）。王夫之的詩學思想，在他的《品詩三種》及《薑齋詩話》中，都有集中的體現。王夫之論詩力標漢魏，注重真性情，情景交融，而對於世所推崇的杜甫的詩史及重學問、重議論的宋詩，都評價不高。如他在《古詩評選》中，曾評陸機詩：“詩入理語惟西晉人爲劇。理亦非能爲西晉人累，彼自累耳。詩源情，理源性，斯二者豈分輒反駕者哉？不因自得，則花鳥禽魚累情尤甚，不徒理也。”①又評張載詩：“議論入詩，自成背戾。蓋詩立風旨以生議論，故說詩者於興觀群怨而皆可。若先爲之論，則言未窮而意已先竭。在我已竭，而欲以生人之心，必不任矣。”②又如評謝朓詩：“‘天際識歸舟，雲間辨江樹’，隱然一含情凝眺之人，呼之欲出，從此寫景，乃爲活景。故人胸中無丘壑，眼底無性情，雖讀盡天下書，不能道一句。司馬長卿謂：讀千首賦便能作賦。自是英雄欺人。”③除性情外，他注重詩人寫眼前真實情景，並稱之爲“現量”。在《薑齋詩話》卷下中，他認爲：“身之所歷，目之所見，是鐵門限。”“‘長河落日圓’，初無定景；‘隔水問樵夫’，初非想得。則禪家所謂‘現量’也。”④“情、景名爲二，而實不可離。神於詩者，妙合無垠。巧者則有情中景，景中情。”⑤

　　明人尊唐詩，推李杜，但王夫之對於杜甫夔州以後詩及詩史之譽痛斥有加，可謂迥異於時人。如他評《古詩四首》中的《上山采蘼蕪》：“杜子美仿之作《石壕吏》，亦將酷肖，而每於刻畫處猶以逼寫見真，終覺於史有餘，於詩不足。論者乃以‘詩史’譽杜，見駝則恨馬背之不腫，是則名爲可憐憫者。”⑥又評庾信《擬詠懷》詩：“凡杜之所爲，趨新而僻，尚健而野，過清而寒，務縱橫而莽者，皆在此出。至於‘只是走踆踆’‘朱門酒肉臭’‘老大清晨梳白頭’‘賢者是兄愚者弟’，一切枯菅敗荻之音，公然爲政於騷壇，而詩亡盡矣。”“如可窮六合互萬世匯而一之於詩，則言天不必《易》，言王不必《書》，權衡王道不必《春秋》，旁通不必《爾雅》，斷獄不必律，敷陳不必箋奏，傳經不必注疏，彈劾不必章案，問罪不必符檄，稱述不必記序，但一詩而

① 張國星校點王夫之《古詩評選》，北京：文化藝術出版社 1997 年版，第 91 頁。
② 王夫之《古詩評選》，第 189 頁。
③ 王夫之《古詩評選》，第 245 頁。
④ 收於丁福寶編《清詩話》，上海：上海古籍出版社 1999 年版，第 9 頁。
⑤ 丁福寶編《清詩話》，第 11 頁。
⑥ 王夫之《古詩評選》，第 146 頁。

已足。"①又《唐詩評選》評李白《登高丘而望遠海》:"後人稱杜陵爲詩史,乃不知此九十一字中有一部開元天寶本紀在内,俗子非出像則不省,幾欲賣陳壽《三國志》以雇説書人打匭鼓誇赤壁鏖兵,可悲可笑,大都如此。"②又評杜甫《漫成》:"杜又有一種門面攤子句,往往取驚俗目,如'水流心不競,雲在意俱遲',裝名理爲腔殼;如'致君堯舜上,再使風俗淳',擺忠孝爲局面。皆此老人品、心術、學問、器量大敗闕處。或加以不虞之譽,則紫之奪朱,其來久矣。"③又在《明詩評選》中,稱"作長行者,捨白則杜,而歌行掃地矣。即欲仿唐人,無亦青蓮爲勝。青蓮、少陵,是古今雅俗一大分界。"④"詩以道性情,道性之情也。性中儘有天德王道、事功節義、禮樂文章,卻分派與《易》《書》《禮》《春秋》去,彼不能代詩而言性之情,詩亦不能代彼也。決破此疆界,自杜甫始。桎梏人情,以掩性之光輝,風雅罪魁,非杜其誰邪?"⑤批評杜詩其實很大程度上就是在批評宋詩。

而對於宋詩學問化、議論化的批評,則如《古詩評選》:"嘗謂天下書皆有益而無損,下至酒坊帳册,亦可因之以識人姓字,其能令人趨入於不通者,惟類書耳。《事文類聚》《白孔六帖》《天中記》《潛確類書》《世説新語》《月令》《廣義》一流惡書,案頭不幸而有此,真如虐鬼纏人。"⑥又評江淹詩:"詩固不以奇理爲高,唐宋人於理求奇,有議論而無歌詠,則胡不廢詩而著論辨也?雅士感人,初不恃此,猶禪家之賤評唱。"⑦《唐詩評選》評杜甫詩:"詩有必有影射而作者,如供奉《遠别離》,使無所爲,則成囈語,其源自左徒《天問》、平子《四愁》來;亦有無爲而作者,如右丞《終南山》作,非有所爲,豈可不以此詠終南也? 宋人不知比賦,句句爲之牽合,乃章惇一派舞文,陷人機智。"⑧又評李商隱《藥轉》詩:"義山詩寓意俱遠,以麗句影出,實自楚辭來。宋初諸人得其衣被,遂使'西昆'與'香奩'並目,當於此等篇什,了不解其意謂。"⑨《明詩評選》中批宋詩:"除卻比擬鑽研,心中元無風雅,故埋

---

① 王夫之《古詩評選》,第290—291頁。

② 王夫之《唐詩評選》,上海:上海古籍出版社2011年版,第22頁。

③ 王夫之《唐詩評選》,第125頁。

④ 王夫之《明詩評選》,北京:文化藝術出版社1997年版,第71頁。

⑤ 王夫之《明詩評選》,第243頁。

⑥ 王夫之《古詩評選》,第65—66頁。

⑦ 王夫之《古詩評選》,第262頁。

⑧ 王夫之《唐詩評選》,第123頁。

⑨ 王夫之《唐詩評選》,第219頁。

頭則有，迎眸則無，借説則有，正説則無。……靠古人成語，人間較量，東支西補而已，宋人詩最爲詩蠹在此。"①又認爲作詩與意無關："詩之深遠廣大，與夫舍舊趨新也，俱不在意。唐人以意爲古詩，宋人以意爲律詩、絶句，而詩遂亡。如以意，則直須贊《易》、陳《書》，無待詩也。"②

　　又《薑齋詩話》卷下云："若韓退之以險韻、奇字、古句、方言矜其餖輠之巧，巧誠巧矣，而於心情興會，一無所涉，適可爲酒令而已。黄魯直、米元章益墮此障中。"③"人譏'西昆體'爲獺祭魚，蘇子瞻、黄魯直亦獺耳！彼所祭者，肥油江豚；此所祭者，吹沙跳浪之鱨鯊也。除卻書本子，則更無詩。"④"《離騷》雖多引喻，而直言處亦無所諱。宋人騎兩頭馬，欲博忠直之名，又畏禍及，多作影子語巧相彈射，然以此受禍者不少，既示人以可疑之端，則雖無所誹誚，亦可加以羅織。觀蘇子瞻烏臺詩案，其遠謫窮荒，誠自取之矣。"⑤瞭解王夫之的詩學思想，無疑可以幫助我們更好地判斷湖湘派論詩與宋詩派的異同。有意思的是，後來的同光體認爲湖湘派優孟衣冠，而王夫之同樣也認爲宋詩只知抄書，相同的是都認爲好的詩歌要能寫出真性情來。王夫之的詩學思想在當時獨樹一幟，這和他不滿於明代中期以來的前後七子詩必盛唐以及明末竟陵詩派有著很大關系。

　　嘉道間的湖湘詩人鄧顯鶴（1777—1851），因屢試不第，遂立志整理鄉邦文獻，編有《沅湘耆舊集》《船山遺書》等，詩學上導源於魏晉，又主張兼采唐宋，且與宋詩派人物多有交往，取法明顯比其後的王闓運要來得更廣，是湖湘派尊崇的前輩詩人⑥。歐陽紹洛於道光戊子（1828）爲其《南村草堂詩鈔》所作序言中，稱"其學無不窺，而性情之真至敦厚，足與古籍相發明"⑦。其詩歌早年學古，則如《雜詩》所云："我境古已歷，我懷古已攄。當其下筆時，焉能與古殊。"⑧兼取唐宋，則如："浸淫及漢魏，一線相綿亘。三唐集大

---

① 王夫之《明詩評選》，第 254 頁。
② 王夫之《明詩評選》，第 361 頁。
③ 王夫之《薑齋詩話》，丁福寶《清詩話》第 14 頁。
④ 丁福寶《清詩話》，第 17 頁。
⑤ 丁福寶《清詩話》，第 18 頁。
⑥ 參葛春蕃《鄧顯鶴的詩學觀及其昭示的近代詩歌新走向》，載於《船山學刊》第 2 期（2010 年），第 40—43 頁。
⑦ 鄧顯鶴《南村草堂詩鈔·歐序》，長沙：岳麓書社 2008 年版，第 5 頁。
⑧ 鄧顯鶴《南村草堂詩鈔》卷二，第 22 頁。

成,作者數難更。勃興先李杜,繼起有韓孟。於宋得蘇黃,縱響於紹聖。"①
又如《與譚桐生孝廉書》:"大作根柢磐固,包孕深厚。堅質處似杜,崛强處
似韓,樸老生硬又近山谷,能事盡矣,復何所加。"②其詩集中如《銅鼓歌同春
湖中丞作》(卷八)、《靜娛室八詠,爲春湖中丞賦》(卷十二),皆爲當時書畫
家與收藏家李宗瀚(1769—1831)所作,其中考訂文物,鋪陳學問,已開宋
調。又如"或言方書性冷滯,宿痼多食非所堪。自哂肝腸冰雪窟,胸中冷暖
吾自諳"之寫食蟹③,《同韻和賓谷中丞齒落見贈》(卷十四),也全是宋詩風
格。而如《季女病小愈有作並序》其二之:"忽報昏眸轉,旋看涙頰盈。計窮
拌一死,念絶轉重生。漸覺能趺坐,猶疑是强撐。咎休終莫定,鴉鵲總虚
驚。"④則清新白描,真情宛然。難能可貴的是,鄧顯鶴作爲一代湘學宗師,
並没有門派之見,與宋詩派詩人多有交往與題詠。與程恩澤(1785—1837)
則有《北湖懷古和程春海恩澤學使作》《呈春海學使即次見示步嚴麗生學淦
明府元韻》《柱春海學使寄贈訂交詩,次韻仰答,兼簡麗生》(卷十六)等詩。
程恩澤《程侍郎遺集》⑤中亦多與之唱酬之作,如卷二《訂交詩贈鄧湘皋同
年學博》《題湘皋哲兄雲渠茂才聽雨山房圖》《賀湘皋移居》等,當作於道光
六年(1826)程任湖南學政之時。鄧又作有《何子貞紹基試舉人於長沙,余
時方權郡博,朝夕過從,叩其所學,邃如也……》(卷十七),《魯念莪崧壽黔江
話別圖,遵義鄭子尹筆也》(卷二十一)等。何紹基(1799—1873)爲湖南人,
在當時是宋詩派的重要詩人,程恩澤的門生。《東洲草堂詩集》中收有《留
別鄧湘皋丈》(卷三)、《南村耦耕圖爲湘皋丈作》《鄧湘皋丈六十壽詩》(卷
五)、《鄧湘皋丈見示沅湘耆舊集並得知湘中故人近狀感歎有作》(卷九)等
詩⑥。總的説來,鄧顯鶴顯然把更多精力傾注在整理鄉邦文獻方面,而並無
意於稱雄當時詩壇。

　　另一位同時代的湖南詩人魏源(1794—1857),陳衍《石遺室詩話》更是
直接將他歸入宋詩派早期人物。"道咸以來,何子貞紹基、祁春圃寯藻、魏默

①《賓谷中丞見詩,即依韻答贈,復次來韻奉酬,並寄硯東》,鄧顯鶴《南村草堂詩鈔》卷十,第
　　146 頁。
② 鄧顯鶴《南村草堂文鈔》卷十,長沙:岳麓書社 2008 年版,第 192 頁。
③《謝芝亭太守惠蟹,兼簡吳春麓侍御、趙琴士紹祖徵君、周伯恬儀暐、桂丹盟超萬孝廉》,鄧顯鶴
　　《南村草堂詩鈔》卷十三,第 205 頁。
④ 鄧顯鶴《南村草堂詩鈔》卷十二,第 184 頁。
⑤ 程恩澤《程侍郎遺集》,《續四庫全書》第 1511 册,上海:上海古籍出版社 2002 年版。
⑥ 何紹基《東洲草堂詩集》,上海:上海古籍出版社 2006 年版。

深源、曾滌生國藩、歐陽䃌東輅、鄭子尹珍、莫子偲友芝諸老始喜言宋詩。何、鄭、莫皆出程春海侍郎恩澤門下。湘鄉詩文字皆私淑江西。洞庭以南,言聲韻之學者,稍改故步。而王壬秋闓運則爲《騷》《選》、盛唐如故。"① "前清詩學,道光以來一大關捩。略別兩派:一派爲清蒼幽峭。……魏默深源之《清夜齋稿》稍足羽翼,而才氣所溢,時出入於他派。此一派近日以鄭海藏爲魁壘。"② 魏源詩風豪邁,林昌彝《射鷹樓詩話》稱他的詩"雖粗服亂頭,不加修飾,而氣韻天然,非時髦所能躡步也"。③ 其集中如《普陀觀潮行》《錢塘觀潮行》《秦淮燈船引》《金焦行》④諸詩,皆雄篇巨制,氣勢磅礴。又如《澳門花園聽夷女洋琴歌》《香港島觀海市歌》《京口琴娘曲》等⑤,亦皆描摩新鮮事物,光怪陸離,而又内懷鬱憤,憂國憂民,非時人可及。

二、湖湘派與同光體詩人之交往

以王闓運爲代表的湖湘派,可以説是介於宋詩派與同光體之間的最大的一個詩派。據王代功《湘綺府君年譜》卷一,咸豐元年(1851),王闓運與龍汝霖、李壽蓉、鄧輔綸、鄧繹結成"蘭林詞社":

> 鄧丈彌之尤工五言,每有所作,不取唐宋歌行近體。先是湖南有六名士之目,謂翰林何子貞、進士魏默深、舉人楊性農、生員鄒叔績、監生楊子卿、童生劉霞仙諸先生,風流文采,傾動一時。李丈(壽蓉)乃目"蘭林詞社"諸人爲"湘中五子"以敵之,自相標榜,誇耀於人,以爲湖南文學盡在是矣。後以語曾文正公國藩,時羅忠節公澤南在曾幕中,居恒講論,以道學爲歸,尤惡文人浮薄。一日,李丈於曾所言五子近狀,羅公於睡中驚起,問曰:"有《近思録》耶?"李聞言勃然,曾公笑解之。⑥

① 陳衍《石遺室詩話》卷一,《陳衍詩論合集》,福州:福建人民出版社1999年版,第6頁。
② 陳衍《石遺室詩話》卷三,《陳衍詩論合集》,第37頁。
③ 林昌彝《射鷹樓詩話》卷二,上海:上海古籍出版社1988年版,第36頁。
④ 魏源《魏源集·七言古詩》,北京:中華書局1976年版,第724、725、726、728頁。
⑤ 魏源《魏源集·七言古詩》,第739、740、741頁。
⑥ 王代功《湘綺府君年譜》,《北京圖書館藏珍本年譜叢刊》,第178册,北京:北京圖書館出版社1999年版,第117—118頁。

可見當這些年輕人剛剛登上詩壇時，正是宋詩派與理學盛行之時。而王闓運《答蔡吉六詩并序》中，提到"平湖張侍郎（金鏞）提學湖南……學使獨論吉六詩，以爲湘人士文章，如高髻雲鬟，美而非時"，王在詩中寫到："楚人從來好高髻，孤標絶世今無鄰。昭陽新妆趙飛燕，亦是宮中第一人。此時明艷誰能數，與君相思不相妒。"①則對於湖湘派的復古傾向與不同時俗，更有著幾分自豪與得意。

有關湖湘派的詩學思想以及與宋詩派、同光體的關係，學界已有一些研究，如蕭曉陽《湖湘詩派研究》之《湖湘詩派與宋詩派》②、馬衛中與劉誠的《從湖湘派的興衰看王闓運的詩壇地位》③、胡曉明與趙厚均《王闓運與同光體的詩學取向》④、胡迎建《陳三立與湖湘詩派》⑤等。據楊萌芽《古典詩歌的最後守望——清末民初宋詩派文人群體研究》，"宗宋詩風在光緒初年一度低迷"⑥，而那時正是湖湘詩派的活躍期。雖然同光體諸家對於湖湘派的評價普遍不高，但湖湘派在清代詩壇各種宗唐祧宋的詩派外獨樹一幟，標舉漢魏、盛唐，以"詩緣情"作爲論詩基點，其魄力與詩藝，並不可以簡單以"擬古"兩字抹殺之。以王闓運而言，集中若《圓明園詞》之驚才絶艷，已足令一般同光體詩人措手。湖湘派，在某種意義上，實踐了王夫之早先提出的詩學思想。

當這些年輕人剛剛登上詩壇時，可以説並沒有引起宋詩派詩人們多少的關注。王闓運集中有《寄莫五丈友芝》《莫子偲丈挽詩二十韻》詩（《詩》卷八），表達了他對這位宋詩派前輩的敬意。王闓運交往最多的宋詩派詩人毫無疑問是曾國藩，但曾的詩集中如今僅存有一首《酬王壬秋徐州見贈之作》⑦，作於同治十年（1871）。王闓運因爲年壽較長，此後交往較多的還是同光體的詩人們。如他與袁昶曾有贈答，作有《答贈袁章京昶一首。袁

---

① 王闓運《湘綺樓詩文集》，《詩》卷四，長沙：岳麓書社 1996 年版，第 1271—1272 頁。
② 蕭曉陽《湖湘詩派研究》，北京：人民文學出版社 2008 年版，第 341—350 頁。
③ 馬衛中、劉誠《從湖湘派的興衰看王闓運的詩壇地位》，載於《文學遺產》第 5 期（1999 年），第 74—82 頁。
④ 胡曉明、趙厚均《王闓運與同光體的詩學取向》，載於《浙江大學學報》第 3 期（2008 年），第 72—80 頁。
⑤ 胡迎建《陳三立與湖湘詩派》，載於《南昌大學學報》第 5 期（2012 年），第 116—123 頁。
⑥ 楊萌芽《古典詩歌的最後守望——清末民初宋詩派文人群體研究》，武漢：武漢出版社 2011 年版，第 30 頁。
⑦ 曾國藩《曾國藩詩文集》，《詩集》卷四，上海：上海古籍出版社 2005 年版，第 120 頁。

語及西藏舊計,謬以劉向、陳湯相比,因傷丁文誠,憮然有作》(《詩》卷十二),作於光緒十三年(1887)。王闓運與同光體閩派詩人亦多有來往,曾作《洞庭歸舟,酬葉損軒大莊吳中贈別詩,因及陳芸敏》:"只今海内風流歇,世業傳家只閩越。林陳鄭沈多故人,春蘭秋菊長無絶。"①晚年並有《寄沈子培》(《詩》卷十九)等。

　　同光體詩人中與湖湘派較早有交往的應該是陳三立(1853—1937)。根據最近發現的陳三立早年手稿,光緒十一年(1885)到十四年(1888)左右,由郭嵩燾、王闓運、釋敬安等人在湖南長沙結成的碧湖詩社,陳三立是積極的參與者②。而他早年詩風,確實是學漢魏、學唐,這就印證了他曾對門徒吳翔冬教授談到的,"人皆言我詩爲西江詩派,其實我四十歲前,於涪翁、後山詩且未嘗有一日之雅"③的説法。陳三立《散原精舍詩》中中年後詩風與前期詩風的不同,當與戊戌年新政失敗,其後父親亡故所造成的心境上的抑鬱有著緊密聯繫;還有便是他爲了超越湖湘詩派,擺脱前輩詩人的陰影,所以必須另闢蹊徑。《散原精舍詩文集補編》之《詩録》第二中,現存有《王先生闓運招集碧湖詩社,以弟喪未與,補賦應教一首》④。至於陳三立與釋敬安的友誼,則更是保持一生。相比其他同光體詩人,陳三立對湖湘詩人在詩學上一生都無異辭,可以説忠厚之至。1912年,王闓運到上海,次年離滬,陳三立爲作《送別湘綺丈還山》,中有"興廢至人安若命,去來濁世道能肥"⑤句,甚爲推許。

　　另一位同光體閩派詩人鄭孝胥(1860—1938),早年也取法漢魏六朝詩。據陳聲暨《侯官陳石遺先生年譜》卷二,光緒八年(1882)鄭孝胥與同鄉林紓初識,"蘇戡丈問其爲詩祈向所在,答以錢注杜詩、施注蘇詩。蘇戡丈以爲不能取法乎上,意在漢魏六朝也。琴南丈甚病之"⑥。又光緒十一年(1885):"初,蘇戡丈論詩專主漢魏六朝,與家君多不合。至是,丈詩由大謝

---

① 曾國藩《曾國藩詩文集》,《詩》卷十三,第1560頁。
② 參楊萌芽《古典詩歌的最後守望——清末民初宋詩派文人群體研究》第一章第一節《碧湖詩社:陳三立在湖南的交遊》,第15—30頁。
③ 張慧劍《辰子説林》,長沙:岳麓書社1985年版,第25頁。
④ 陳三立著,潘益民、李開軍輯注《散原精舍詩文集補編》,南昌:江西人民出版社2007年版,第35頁。
⑤ 《散原精舍詩續集》卷上,陳三立《散原精舍詩文集》,上海:上海古籍出版社2003年版,第350頁。
⑥ 陳衍《陳石遺集》,福州:福建人民出版社2001年版,第1953頁。

而柳州、而東野。"①陳衍與湖湘派詩人相識較晚,但晚年隨著自己在詩壇地位的逐漸提高,他對於王闓運的評價越來越不敬。《石遺室詩話》始撰於1912 年,卷一尚稱"而王壬秋闓運則爲《騷》《選》、盛唐如故"②。至 1920 年成書之《近代詩鈔》,則謂:"湘綺五言古沉酣於漢、魏、六朝者至深,雜之古人集中,直莫能辨正。惟其莫能辨,不必其爲湘綺之詩矣。"③又謂:"蓋其墨守古法,不隨時代風氣爲轉移,雖明之前後七子,無以過之也。然其所作,於時事有關係者甚多。"至晚年弟子黃曾樾所記《陳石遺先生談藝録》中,至有:"王湘綺除《湘軍志》外,詩文皆無可取。"④《石語》之中也有類似言論,則顯失公允。1914 年,王闓運以八十多歲的高齡,入聘民國國史館任館長,編修國史,時人頗有非議。陳衍寫有《三月晦日實甫挼東法源寺僧招同王壬秋太史及都下諸名士集寺中餞春繪圖屬題》:"丁香花滿院,一老髮如銀。猶是春三月,居然集百人。"⑤王真《侯官陳石遺先生年譜》卷六中稱:"於王先生有微詞焉。"⑥陳衍對於王闓運的評價未免過於苛刻,這可能與他爲標榜同光體有關。清季民初,湖湘派已走向衰歇,而同光體諸老卻風頭正盛。若僅就詩文成就而言,王應當在陳之上,陳衍更加擅長的是説詩,而非作詩。

同光體中與湖湘派唱酬較多的詩人還有浙派沈曾植(1850—1922)。其作於戊戌(1898)年間的《歲暮寄懷湘綺先生》云:"望望蓮花嶽頂雲,參差歲晚思夫君。天留一老專奇服,經出三閭識古文。"⑦甲辰年(1904)在南昌,又作有《湖樓公宴奉呈湘綺》。1912 年,王闓運到上海,越日爲東坡生日,沈作有《喜湘綺至滬》《娛園之集止庵相國樊山方伯皆賦長歌湘綺賦古體五言易曾諸君各有佳什……》等詩,名流彙聚,詩什唱和。其中寫到:"湘綺先生列仙儒,馭風鄭圃來超忽。東坡先生戒比丘,故事重爲瓣香爇。……尚書新詩百態新,樊山老現香山身。陳侯五言攓黃陳,易曾李軼晁張秦。"⑧同光體、湖湘派、晚唐派歡聚一堂,極一時之盛。次年又爲作

① 陳衍《陳石遺集》,第 1956 頁。
② 陳衍《陳衍詩論合集》,第 6 頁。
③ 陳衍《陳衍詩論合集》,第 886 頁。
④ 陳衍《陳衍詩論合集》,第 1019 頁。
⑤ 《石遺室詩集》卷六,陳衍《陳石遺集》,第 219 頁。
⑥ 陳衍《陳石遺集》,第 2024 頁。
⑦ 《海日樓詩注》卷二,錢仲聯《沈曾植集校注》,北京:中華書局 2001 年版,第 214 頁。
⑧ 錢仲聯《沈曾植集校注》,《海日樓詩注》卷四,第 515—517 頁。

《聞湘綺有行期病阻未出作詩詢之》（卷五）。沈論詩標“三關”，所謂元祐、元和、元嘉，與六朝詩學原有相通之處①。並推崇將玄理與山水打並作一氣，其《與金甸丞太守論詩書》中稱：“康樂總山水莊老之大成，開其先支道林。此秘密平生未嘗爲人道，爲公激發，不覺忍俊不禁，勿爲外人道，又添多少公案也。尤須時時玩味《論語》皇疏，與紫陽注止是時代之異耳。”又謂：“記癸丑年（1913）同人修禊賦詩，鄙出五古一章，樊山五體投地，謂此真晉、宋人，湘綺畢生，何曾夢見。”②沈詩收於《海日樓詩注》卷五，未免形容過甚。試取《湘綺樓詩》卷十之《人日立春，對新月，憶故情》讀之，其中如“初春新月幾回新，幾回新月照新人。若言人世年年老，何故天邊歲歲春。尋常人日人常在，只言明月無期待。故人看月恒自新，故月看人人事改。也知盈缺本無情，無奈春來春恨生”③，似此等清新流麗之處，子培恐亦難能也④。另一位浙派詩人袁昶，與湖湘詩人也有來往，《於湖小集》卷一有《鄧彌之山長挽詩》，表達了對鄧輔綸這位前輩詩人的敬意。

　　湖湘派詩人中，可圈可點之人甚多。如鄧繹（1831—1900），字葆之，鄧輔綸弟。他曾應陳寶箴之邀主講河北致用書院，集中有《贈陳右銘觀察》《光緒歲壬午（1882）致用精舍初成河北道陳君右銘延予主講……》諸詩⑤。鄧繹一生仕途不利，致力於講學，而心繫時事。其《八十四翁王鍾英秋日過訪以自注《多心經》相質贈詩一章》中云：“咄嗟泰西夷，未識春王正。奇衺主衺廟，不顧天頭傾。倭奴恣跳踉，唱和法俄英。印度巧趨利，豈慕玄奘名。儒釋兩無宗，雞鶩相喧爭。機器勞鬼工，夜市何紛營。”⑥憂時之心，躍然紙上。其《季夏偕彭稷初刑部遊北城外鑄錢局觀機器作》：“橐籥均天地，疇人任管窺。萬聲喧大作，百匠鼓神機。圜府新參巧，殊能並采夷。自强寧獨此，華

----

① “三關”確實是古典詩學三個關鍵階段，何紹基《東洲草堂詩鈔》卷一《臘月十九日季壽丈招同人拜坡公生日有詩命次韻》其二，即云：“平生尚友唯三公，淵明老去韓蘇從。清風迢遞一千載，義熙長慶迄元豐。”（何紹基《東洲草堂詩集》，第34頁。）
② 《學術集林》卷三，錢仲聯輯《沈曾植未刊遺文（續）》，上海：上海遠東出版社1995年版，第116—117頁。
③ 王闓運《湘綺樓詩文集》，第1452—1453頁。
④ 又若《詩》卷十三之《始春閒居，人事殆絕，雲陰晝長，獨坐無心，題七韻》之“人情樂歲首，閑劇各有依”，皆工於造語，而頗有思致。王闓運《湘綺樓詩文集》，第1572頁。
⑤ 鄧繹《藻川堂詩集選》，《清代詩文集彙編》第725册，上海：上海古籍出版社2010年版，第278、280頁。
⑥ 鄧繹《藻川堂詩集選》，第279頁。

學有餘師。"①《乘輪舟過洞庭》:"風霆流一線,日月射雙輪。旋轉關機辟,
陰陽炭氣真。"②皆能描摩新鮮事物,與世推移。另如《讀書》詩之"讀書破
萬卷,定一生智慧。浩氣積今古,汪洋若無對。惟有河漢水,相望天地外。
百靈潛往來,獨與元化會"③,《蒼山吟和陳王兩生同遊洪山寺作》之"論詩
先氣氣先志,時人但解求其兒"④之重讀書養氣,《藻川堂詩集選·自序》之
"頗得於山川友朋之助,與時會之所感"⑤,均言之成理,與宋詩派論詩也有
一定相通之處。

三、湖湘派後學:融入同光體

　　隨著湖湘派的逐漸走向衰歇,其晚期詩人與同光體交往愈加密切,交
流愈多,交情愈篤。如陳銳(1861—1922),早年從王闓運學習漢魏選體,其
後轉益多師,其《抱碧齋集》,便由陳三立與夏敬觀在生後作序,得以傳世。
陳銳與陳三立早在碧湖詩社期間,即均為其中活躍的成員。兩人交誼極
深,陳銳集中贈送給陳三立的詩作,亦多情真意切,毫無門戶之見。如他寫
給陳師曾的《陳郎歌》,其《序》云:"予友義寧陳三立,有子名曰衡恪,年未
成童而有父風。會予將去益陽,留止長沙,嘉其贈行有詩,以引勉之云爾。"
詩中寫到:"陳郎十二稱奇童,雙眸點漆瑩秋瞳。學詩學畫有筆意,力雖未
到氣已雄。昔見陳郎才過膝,於今容貌映朝日。陳郎笑我年三十,書記猶
應縣官辟。自從結客愛多聞,阿父才名迥不群。驊騮汗血灑奔電,回看萬
馬皆駑屯。"⑥盛誇有名父必有名子。又若《武昌使府即席別陳考功》:"陳
侯浩蕩青雲上,少日交情何太廣。江漢東流舟盡停,洞庭歸路吾先訪。知
君好酒仍好客,幾輩藉君生羽翼。別我三年一字無,執手驚看淚橫臆。"⑦又
有《懷陳伯嚴白下寓園》,其三云:"拙劣黃山谷,吾兄頗似之。眼穿吟不斷,

① 鄧繹《藻川堂詩集選》,第 295 頁。
② 鄧繹《藻川堂詩集選》,第 307 頁。
③ 鄧繹《藻川堂詩集選》,第 284 頁。
④ 鄧繹《藻川堂詩集選》,第 305—306 頁。
⑤ 鄧繹《藻川堂詩集選》,第 329 頁。
⑥ 陳銳《抱碧齋集》,長沙:岳麓書社 2012 年版,第 34 頁。
⑦ 陳銳《抱碧齋集》,第 48 頁。

名在命如絲。東海冤何補,西江派已漓。獨攜千日酒,狂醉笑當時。"其四:
"中歲同漂蕩,貧交耐往還。開門五株柳,入座六朝山。霜葉忽復積,青天
不可攀。相將惜遲莫,乘月步城灣。"①當作於庚子(1900)之後,陳三立移居
金陵之時,情深而又不失諧謔。又有《題伯嚴近集》,其一云:"氣骨本來參
魏晉,靈魂時一造黃陳。故知文字通三昧,可向金莖認化身。"其二云:"詩
到乾嘉界說蕪,咸同作者各矜殊。踢翻高鄧真男子,不與壬翁更作奴。"②推
許至致。大概看到陳銳和同光體詩人實在走得太近了,王闓運曾經發出告
誡:"詩才氣已溢,正進功時也。由此放而復斂,自能企及古人。若跌宕自
喜,反悔少作,則墮落宋明窠臼矣。陳伯嚴、易碩甫,不可與倡和,如鴉片
煙也。"③

　　另一位湖湘派後期重要詩人程頌萬(1865—1932),也與同光體詩人交
遊密切。其辛亥年(1911)後之《鹿川詩集》,《序言》即由陳三立於 1928 年
所作,其中稱程頌萬詩"已變易其體,抑而就範於南北宋詩派者爲多"④。中
如《五言散文八十韻寄陳伯嚴》云:"人鍥古人舊,詩軼古人新。散原胡構
此,坐昔黨錮論。心靈日灌辟,包唐宋明元。身命勇一擲,治詩專策勳。突
出江右豪,荊涪抗其傳。復官不詣闕,戴笠還江村。"⑤推崇備至。而作於辛
丑(1901)至辛亥的《石巢詩集》,其中如《題李文石單于和親磚二拓本》《題
錢知縣葆青所藏漢熹平鏡拓本》《題匋齋尚書藏周諫敦拓本》⑥諸詩,考訂
學問,與宋詩派無異。又如《黃河橋》:"黃河月邃古,人天舟一葉。如今陸
照今人行,萬鎖鈎連走輪鐵。黃河燈電光,攬月並長繩。平分兩岸水晶闕,
界破萬古頗黎冰。……隱隱平沙天動搖,茫茫遠樹風呼吸。戴釜黿頭晝作
煙,屈腸羊阪平如鐵。……起看皓月長河明,腥風吹開白玉京。化身金隄
萬白馬,呿銜接轡來相迎。……炎車壓橋橋怒鳴,橋上燈晴連月晴。橋下
河聲流月聲,萬千燈變萬千月。"⑦直欲將《春江花月夜》之古典意境與宋詩
派之描摹新奇事物打並作一氣。《借校印伯〈宋詩鈔〉屬芝嬋補蠹重裝四

---

① 陳銳《抱碧齋集》,第 64—65 頁。
② 陳銳《抱碧齋集》,第 67 頁。
③ 《抱碧齋續集·詩話》,陳銳《抱碧齋集》,第 164 頁。
④ 程頌萬《程頌萬詩詞集》,長沙:嶽麓詩社 2009 年版,第 1 頁。
⑤ 程頌萬《程頌萬詩詞集》,第 35 頁。
⑥ 程頌萬《石巢詩集》卷一,《續修四庫全書》第 1577 冊,上海:上海古籍出版社 2002 年版,第
　　246 頁。
⑦ 程頌萬《石巢詩集》卷五,第 278 頁。

首》其二云："能尋宋美知唐昧,七字蘇黃始盡之。代不數人人數首,誰能復起與删詩?"①從中似可窺見他對於宋詩的態度,既有所接受,也有所保留。

　　湖湘派與同光派一取法《騷》《選》、一宗尚宋詩,屬於兩種不同的詩歌審美類型,其所盛行的時代,也有前後的差異。但古典詩歌畢竟有相通之處,文學史上不同文學流派的更替,既有互相競賽的一面,也有互相學習與吸收的一面。晚清宋詩派的陣營不斷壯大,但在進入民國後,隨著新文化運動的到來,宋詩派與桐城派一樣,成了聲討的對象。同光體詩人中,除了晚年的陳衍以外,大部分人對於湖湘派還是持比較友好的態度。畢竟清末民初,詩學宗尚的歧異,比起政治立場、文化取向來,已經不是最重要的取捨標準。在對古典文化的堅守方面,同光體與湖湘派是屬於同一陣營的。

　　　　　　　　　（作者單位:上海外國語大學文學研究院）

---

① 程頌萬《石巢詩集》卷七,第294頁。

The Divergence and Interaction between the Huxiang School and the Tongguang School

Zhang Yu

This article shows the various divergence in poetics and the interaction between the Huxiang School 湖湘派 and the Tongguang School 同光體, the two largest schools of classical poetry in the late Qing dynasty that took similar political stances. The Huxiang School can be traced back to Wang Fuzhi's 王夫之 poetics of emotion in the late Ming and early Qing dynasties. Despite his frequent associations with the Song Poetry School 宋詩派, Deng Xianhe 鄧顯鶴, a Huxiang School poet during the Jiaqing and Daoguang periods of Qing had no intention to dominate the circle. The Huxiang School, of which Wang Kaiyun 王闓運 was the representative, was the largest school caught between the Song Poetry School and the Tongguang School. Tongguang School poets, such as Chen Sanli 陳三立, often interacted with its counterpart. Early Huxiang School poets such as Deng Yi 鄧繹 and the later Chen Rui 陳銳 and Cheng Songwan 程頌萬 received influence from the Song Poetry School. Upon the New Cultural Movement, the two schools were faced with a fate more similar than different.

Keywords: Tongguang School, Huxiang School, Wang Fuzhi, Wang Kaiyun, Chen Sanli

徵引書目

1. 丁福寶編：《清詩話》，上海：上海古籍出版社，1999 年版。Ding Fubao. *Qing shihua* (*Poetry Talks of the Qing*). Shanghai：Shanghai Classics Publishing House，1999.

2. 王夫之著，張國星校點：《古詩評選》，北京：文化藝術出版社，1997 年版。Wang Fuzhi. *Gushi pingxuan* (*Selections of Old Poems and Critiques*). Annotated by Zhang Guoxing. Beijing：Culture and Art Publishing House，1997.

3. 王夫之著：《唐詩評選》，上海：上海古籍出版社，2011 年版。Wang Fuzhi. *Tangshi pingxuan* (*A Selection of Tang Poems*). Shanghai：Shanghai Classics Publishing House，2011.

4. 王夫之著：《明詩評選》，北京：文化藝術出版社，1997 年版。Wang Fuzhi. *Mingshi pingxuan* (*A Selection of Ming Poems*). Beijing：Culture and Art Publishing House，1997.

5. 王代功：《湘綺府君年譜》，《北京圖書館藏珍本年譜叢刊》，第 178 冊，北京：北京圖書館出版社，1999 年版。Wang Daigong. *Xiangqi fujun nianpu* (*The Chronicle of Xiangqi Fujun*). *Beijing tushuguancang zhenben nianpu congkan* (*Beijing Library Collection of Rare Book Genealogy Series*)，No.178. Beijing：Beijing Library Press，1999.

6. 王闓運：《湘綺樓詩文集》，長沙：岳麓書社，1996 年版。Wang Kaiyun. *Xiangqilou shiwen ji* (*The Collected Poems and Essays of Xiangqilou*). Changsha：Yuelu Press，1996.

7. 鄧繹：《藻川堂詩集選》，《清代詩文集彙編》第 725 冊，上海：上海古籍出版社，2010 年版。Deng Yi. *Zaochuantang shiji xuan* (*Selected Poems of Zaochuantang*). *Qingdai shiwenji huibian* (*The Collected Poems and Essays of the Qing Dynasty*)，No. 725. Shanghai：Shanghai Classics Publishing House，2010.

8. 鄧顯鶴：《南村草堂詩鈔》，長沙：岳麓書社，2008 年版。Deng Xianhe. *Nancun caotang shichao* (*Poems of Nancun Thatched Cottage*)，Changsha：Yuelu Press，2008.

9. 陳三立著，潘益民、李開軍輯注：《散原精舍詩文集補編》，南昌：江西人民出版社，2007 年版。Chen Sanli. *Sanyuan jingshe shiwenji bubian* (*Supplement to the Collected Poems and Essays of Sanyuan jingshe*). Collected and Annotated by Pan yimin and Li kaijun. Nanchang：Jiangxi People's Publishing House，2007.

10. 陳三立：《散原精舍詩文集》，上海：上海古籍出版社，2003 年版。Chen Sanli. *Sanyuan jingshe shiwenji* (*The Collected Poems and Essays of Sanyuan jingshe*). Shanghai：Shanghai Classics Publishing House，2003.

11. 陳衍：《陳衍詩論合集》，福州：福建人民出版社，1999 年版。Chen Yan. *Chen Yan shilun heji* (*Collected Poetics of Chen Yan*). Fuzhou：Fujian People's Publishing House，1999.

12. 陳衍：《陳石遺集》，福州：福建人民出版社，2001 年版。Chen Yan. *Chen Shiyi ji* (*Collected Works of Chen Shiyi*). Fuzhou：Fujian People's Publishing House，2001.

13. 陳銳：《抱碧齋集》，長沙：岳麓書社，2012 年版。Chen Rui. *Baobizhai ji* (*Collection of Baobizhai*). Changsha：Yuelu Press，2012.

14. 何紹基：《東洲草堂詩集》，上海：上海古籍出版社，2006 年版。He Shaoji. *Dongzhou caotang shiji（Poetry Collection of Dongzhou Thatched Cottage）*. Shanghai：Shanghai Classics Publishing House，2006.

15. 張慧劍：《辰子説林》，長沙：岳麓書社，1985 年版。Zhang Huijian. *Chenzi shuolin（Collections of stories by Chenzi）*. Changsha：Yuelu Press，1985.

16. 林昌彝：《射鷹樓詩話》，上海：上海古籍出版社，1988 年版。Lin Changyi. *Sheyinglou shihua（Poetry Notes of Sheyinglou）*. Shanghai：Shanghai Classics Publishing House，1988.

17. 楊萌芽：《古典詩歌的最後守望——清末民初宋詩派文人群體研究》，武漢：武漢出版社，2011 年版。Yang Mengya. *Gudian shige di zuihou shouwang：Qingmo minchu Songshipai wenren qunti yanjiu（The Last Watch of Classical Poetry：Study on the Literati Group of Songshipai in the Late Qing Dynasty and the Early Republic of China）*. Wuhan：Wuhan Publishing House，2011.

18. 《學術集林》，上海：上海遠東出版社，1995 年版。*Xueshu jilin（Academic Collections）*. Vol.3. Shanghai：Shanghai Far East Publishers，1995.

19. 沈曾植著，錢仲聯校注：《沈曾植集校注》，北京：中華書局，2001 年版。Shen Zengzhi. *Shen Zengzhi ji jiaozhu（Annotated Works of Shen Zengzhi）*. Collated and annotated by Qian Zhonglian. Beijing：Zhonghua Book Company，2001.

20. 蕭曉陽：《湖湘詩派研究》，北京：人民文學出版社，2008 年版。Xiao Xiaoyang. *Huxiang shipai yanjiu（A Study of the Hu Xiang School of Poetry）*. Beijing：Renming wenxue chuban she，2008.

21. 程恩澤：《程侍郎遺集》，《續修四庫全書》第 1511 册，上海：上海古籍出版社，2002 年版。Cheng Enze. *Cheng shilang yiji（The Legacy of Cheng Shilang）*. *Xu siku quanshu（Supplements for Siku Quanshu）*，No. 1511. Shanghai：Shanghai Classics Publishing House，2002.

22. 程頌萬：《程頌萬詩詞集》，長沙：岳麓詩社，2009 年版。Cheng Songwan. *Cheng Songwan shici ji（The Collected Poems of Cheng Songwan）*. Changsha：Yuelu Press，2009.

23. 程頌萬：《石巢詩集》，《續修四庫全書》第 1577 册，上海：上海古籍出版社，2002 年版。Cheng Songwan. *Shicao shiji（The Collected Poems of Shi Chao）*. *Xu siku quanshu（Supplements for Siku Quanshu）*，No. 1577. Shanghai：Shanghai Classics Publishing House，2002.

24. 曾國藩：《曾國藩詩文集》，上海：上海古籍出版社，2005 年版。Zeng Guofan. *Zeng Guofan shiwen ji（The Collected Poems and Writings of Zeng Guofan）*. Shanghai：Shanghai Classics Publishing House，2005.

25. 魏源：《魏源集》，北京：中華書局，1976 年版。Wei Yuan. *Wei Yuan ji（The Collected Works of Wei Yuan）*. Beijing：Zhonghua Book Company，1976.

其他

中國古代音樂文學的創作模式

張劍華

【摘　要】中國古代音樂文學的創作模式主要有"以樂從辭""選辭配樂""由樂定辭"三種。"以樂從辭"的創作機理是"聲依永,律和聲",這與"由樂定辭"的創作機理正好相反,"由樂定辭"的創作機理乃是"永依聲"。"選辭配樂"的創作機理是選既成之辭配入既成之曲,既有對辭的"拼湊分割",亦有對曲的"填實虛聲"。"元狩、元鼎"與"開元、天寶"是三種創作模式轉折的兩個關鍵的時間節點,伴隨創作模式之變更,辭樂關係也隨之發生一定的微妙變動。

【關鍵詞】音樂文學　創作模式　以樂從辭　選辭配樂　由樂定辭

中國古代音樂文學的創作模式主要有"以樂從辭""選辭配樂""由樂定辭"三種。以樂從辭,或稱"依字行腔",是在辭樂相配的過程中,辭居於主導地位,樂處於被動地位,按照"聲依永,律和聲"的機理,創作出辭樂相配的音樂文學。選辭配樂,或稱"采辭入樂",是辭與樂俱已存在,二者處於相對平等地位,無主次之別,只需相互揀選匹配,或割辭成篇配入樂曲,或填實虛聲以合辭式。由樂定辭,或稱"依調填辭",是在辭樂相配的過程中,樂居於主導地位,辭處於被動地位,按照依曲調填辭的方式進行創作,並形成辭樂相配的音樂文學。音樂文學的創作模式,就詩體音樂文學而言,先秦是"以樂從辭"爲主,兩漢魏晉南北朝是"以樂從辭"與"選辭配樂"並重,隋唐五代兩宋是"選辭配樂"與"由樂定辭"並重,元明清是"由樂定辭"爲主。另外,歷代民間歌謠是"以樂從辭"爲主;曲牌體戲曲是"由樂定辭"爲

主（明代魏良輔改革後之昆曲需另論），板腔體戲曲和説唱音樂文學則是
“以樂從辭”爲主。因此，音樂文學的創作模式雖有一個基本的發展脈絡，
但論及音樂文學的創作模式，還需限定具體之時代和具體之文體。

一、三種主要的創作模式

（一）以樂從辭

1. “以樂從辭”的創作機理。“以樂從辭”是先秦音樂文學的主要創作
模式，延及兩漢則與“選辭配樂”並爲音樂文學的兩大創作模式。那麼，“以
樂從辭”的創作機理是什麼？

宋王灼《碧雞漫志·歌詞之變》曰：“古人初不定聲律，因所感發爲歌，
而聲律從之，唐、虞三代以來是也，餘波至西漢末始絶。”①王氏此論，正是指
音樂文學的“以樂從辭”。所謂“感發爲歌”，即是隨感而發，任情吟嘔，聲腔
隨感情而起伏，聲調隨氣息而升降，全憑歌喉，純出天籟；“聲律從之”，即是
依字行腔，因腔成調，協以律呂。《尚書·虞書·舜典》曰：“詩言志，歌永
言，聲依永，律和聲，八音克諧，無相奪倫，神人以和。”②歌永言，指歌唱乃是
延長言説或朗誦的聲調；聲依永，是指歌聲隨語言的吟詠而變化；律和聲，
是指音律的調配以歌聲的起伏爲準則。《宋史·樂志》引國子丞王普言：
“按《書·舜典》，命夔曰：‘詩言志，歌永言，聲依永，律和聲。’蓋古者既作
詩，從而歌之，然後以聲律協和而成曲。”③王普所言，可視爲對“聲依永，律
和聲”的恰當注腳。宋朱熹《答陳體仁》曰：“蓋以《虞書》考之，則詩之作，
本爲言志而已。方其詩也，未有歌也，及其歌也，未有樂也。以聲依永，以
律和聲，則樂乃爲詩而作，非詩爲樂而作也。”④宋張炎《詞源·音譜》曰：
“古人按律制譜，以詞定聲，此正聲依永，律和聲之遺意。”⑤明李東陽《懷麓
堂詩話》曰：“古、律詩各有音節，然皆限於字數，求之不難。惟樂府、長短

---

① 宋王灼撰，岳珍校正《碧雞漫志校正》卷一，北京：人民文學出版社 2015 年修訂版，第 3 頁。
② 漢孔安國傳，唐孔穎達疏《尚書注疏》卷三，清嘉慶刊《十三經注疏》影印本，北京：中華書局
　2009 年版，第 276 頁。
③ 元脱脱等《宋史》卷一百三十，北京：中華書局 1977 年版，第 3030 頁。
④ 宋朱熹《答陳體仁》，見《晦庵先生朱文公文集》卷三十七，《朱子全書》第 21 册，上海：上海古籍
　出版社、合肥：安徽教育出版社 2010 年修訂版，第 1653 頁。
⑤ 宋張炎《詞源》卷下，《叢書集成初編》本，北京：中華書局 1991 年版，第 39 頁。

句,初無定數,最難調疊;然亦有自然之聲。古所謂'聲依永'者,謂有長短之節,非徒永也。故隨其長短,皆可以播之律呂;而其太長、太短之無節者,則不足以爲樂。"①以上所述諸條,皆强調"聲依永,律和聲",此即爲"以樂從辭"的創作機理。

　　"聲以永,律和聲",就是"依字行腔"。《朱子語類·尚書》曰:"'聲依永,律和聲',以五聲依永,以律和聲之高下。"②我們之所以將"聲依永,律和聲"認定爲"以樂從辭"的創作機理,乃是基於對早期音樂文學的發生實際進行深入考察的結果。法國學者孔狄亞克《人類知識起源論》之"論音樂"説:"在語言起源的過程中,音律就是富於變化的,嗓音的一切音調變化,對音律來説都是自然的,因而就不會没有偶然的巧合,在音律中時而出現一些使耳朵感到舒適的片段。於是人們就對這些片段留心注意,並養成了重複這些片段的習慣,關於和聲的原始觀念就是這樣萌發的。"③也就是説,在詠唱語辭的過程中,嗓音富有節奏而起伏的變化與樂器產生的音階遞進的變化,都共同遵循著發聲體的共鳴原理,這是音樂文學的創作能夠按照"以樂從辭"的機理進行創作的物理原理。中國古代先賢也有類似論述,只是並不如西方學者表述得那麼清楚。例如梁劉勰《文心雕龍·聲律》曰:"夫音律所始,本於人聲者也。聲含宫商,肇自血氣,先王因之,以制樂歌。故知器寫人聲,聲非學器者也。"④張載《經學理窟·禮樂》曰:"古樂不可見,蓋爲今人求古樂太深,始以古樂爲不可知。只此《虞書》'詩言志,歌永言,聲依永,律和聲'求之,得樂之意蓋盡於是。詩只是言志。歌只是永其言而已,只要轉其聲,合人可聽,今日歌者亦以轉聲而不變字爲善歌。長言後卻要入於律,律則知音者知之,知此聲入得何律。"⑤明王陽明《傳習錄》卷下曰:"《書》云'詩言志',志便是樂的本。'歌永言',歌便是作樂的本。'聲依永,律和聲',律只要和聲,和聲便是制律的本。何嘗求之於外?"⑥由此可知,把"聲依永,律和聲"作爲"以樂從辭"的創作機理,乃是中西學者共同的體認。

---

① 明李東陽撰,李慶立校釋《懷麓堂詩話校釋》五,北京:人民文學出版社2009年版,第20頁。
② 宋黎靖德編《朱子語類》卷七十八,北京:中華書局1986年版,第2005頁。
③ (法)孔狄亞克著,洪潔求等譯《人類知識起源論》第二卷第一篇第五章,北京:商務印書館2011年版,第191頁。
④ 梁劉勰撰,范文瀾注《文心雕龍注》卷七,北京:人民文學出版社1958年版,第552頁。
⑤ 宋張載《經學理窟·禮樂》,見章錫琛點校《張載集》,北京:中華書局1978年版,第262頁。
⑥ 明王陽明撰,鄧艾民注《傳習錄注疏》卷下,上海:上海古籍出版社2012年版,第245頁。

2. “以樂從辭”的創作過程。按照以上所言創作機理，“以樂從辭”的創作過程又是如何發生的呢？實際僅需三個步驟：作辭、詠歌、協律。

第一，若有所觸，發言爲詩，實爲其創作的起點。《禮記·樂記》曰：“故歌之爲言也，長言之也。説之，故言之；言之不足，故長言之；長言之不足，故嗟歎之；嗟歎之不足，故不知手之舞之，足之蹈之也。”①《詩大序》曰：“詩者，志之所之也，在心爲志，發言爲詩。情動於中而形於言，言之不足，故嗟歎之，嗟歎之不足，故永歌之，永歌之不足，不知手之舞之，足之蹈之也。”②無論是“説之，故言之”，還是“情動於中而形於言”，都是心有所觸，感物而動，欲要表達一種志趣、宣洩一種情緒、抒發一種感受，故不自覺而賦詩言志。如果將“志”分爲情志和理志二類，此處則更傾向於前者。古人初皆無意於述作，故所作之謡謳歌詩，一任“人”的自然性與“文”的自然性兩相結合，也唯有這樣的語辭，纔天生地具有可歌可唱的潛質。如《吕氏春秋·季夏紀·音初篇》所載《候人歌》即爲其例：“禹行功，見塗山之女，禹未之遇而巡省南土。塗山氏之女乃令其妾候禹於塗山之陽，女乃作歌，歌曰：‘候人兮猗。’”③此歌雖僅有一句四字，但對於彼時情景而言，正是有感而發。若反復吟詠，真可想見塗山之女對愛情的忠貞不渝和苦苦等待戀人歸來的切膚之思，頗能催人肺腑。

第二，詠歌從之，形之於聲，實爲其創作的過渡。歌詩在尚未被之於聲律以前，徒歌是其主要的傳播形式之一。《文獻通考·王禮考》曰：“古謂徒歌曰謡，是其比也。其所謂‘徒’者，但有歌聲而無鐘鼓以將也。”④所謂徒歌，就是無樂器伴奏的清唱。它在“以樂從辭”的音樂文學創作中，是樂歌的前一階段，也是樂歌創作的源泉。徒歌就是“聲依永”，就是按照語辭的字讀語音進行詠唱，形成一定的音腔。語辭的特性可分爲音與義兩個方面。就“音”而講，詠唱語辭時唇齒舌鼻喉之發音部位，及其所發出的聲調，是音腔產生升降曲折的主要依據；就“義”而講，語義是語辭與語辭之間產生組合關係的紐帶，也是音腔產生節奏感的依據之一。另外，再參合氣息吐納和生理節奏也是必不可少的。沈洽《音腔論》謂：“凡帶腔的音，都可稱

---

① 漢鄭玄注，唐孔穎達疏《禮記注疏》卷三十九，清嘉慶刊《十三經注疏》影印本，北京：中華書局2009年版，第3349—3350頁。

② 漢毛亨傳、鄭玄箋，唐陸德明音義《毛詩傳箋》卷一，北京：中華書局2018年版，第1頁。

③ 秦吕不韋編，許維遹集釋《吕氏春秋集釋》卷六，北京：中華書局2016年版，第118頁。

④ 元馬端臨《文獻通考》卷一百十八，北京：中華書局1986年版，第1067頁。

爲音腔。……音腔是一種包含有某種音高、力度、音色變化成份的音過程的特定樣式。"①徒歌在傳唱的過程中逐漸形成相對固定的音腔,這是其配器成曲之基礎。因此,徒歌僅是音樂文學創作動態過程中的一個環節,以徒歌指代某一類歌詩或謠歌,則是持靜態地態度看待這類作品。《詩經》中的風詩和大部分漢樂府歌詩在被採集到宮廷以前,多是徒歌。它們作爲街陌謠謳,在市井小巷、山野僻鄉口口傳唱,保持著旺盛的生命力,這也是徒歌賴以傳播和保存的方式。

第三,因腔成調,協之聲律,實爲其創作的結束。《宋書·樂志》曰:"凡此諸曲,始皆徒哥,既而被之弦管。"《晉書·樂志》亦曰:"凡此諸曲,始皆徒歌,既而被之管弦。"從"徒歌"到"被之管弦",就是從清唱到合器樂曲的歌唱。這一過程主要是根據徒歌詠唱所形成的音腔以定調配器,又稱之爲"稍協律呂,以合八音之調"。稍協律呂,不過是將那些從巷陌採集來的徒歌和聲曲折,納入到宮廷五聲音階或以五聲音階爲基礎的七聲音階系統,以便符合用樂的禮制和標準;以合八音之調,就是爲徒歌配備金、石、絲、竹、匏、土、革、木相應的樂器,並確定樂曲的調性。"合八音"並非八音盡用,而是根據樂歌的文思和樂思,擇其相適宜者配之。事實上,爲這些徒歌所配之樂器多是絲竹革木,而非金石鐘鼓。其因有二:其一,絲竹所奏的樂音更接近人聲,也較易於協調婉轉的音腔,使辭意暢達,曲盡其美,辭曲相協,悦耳動聽;其二,金石多用於祭祀典禮之樂及宮廷宴饗之樂,其樂音凝重而缺少變化,不如絲、竹、革、木之靈動活潑,統治者務求快耳目之欲,自然會有所取捨。這些街陌謠謳被採集到宮廷,雖不免用於觀民風、知厚薄,然其主要目的仍在於滿足統治階級的政治教化和娱樂享受。

以下舉《詩經》爲例,對先秦"以樂從辭"創作模式的運作過程略作説明。"詩"在上古的發展,主要經歷三個階段。《詩譜序》孔疏曰:"然則'詩'有三訓,承也,志也,持也。"②"詩"與"志"在上古相通,聞一多《歌與詩》説:"志有三個意義:一記憶;二記録;三懷抱。這三個意義正代表詩的發展途徑上三個主要階段。"又説:"古代歌所據有的是後世所謂詩的範圍,

---

① 沈洽《音腔論》,載於《中央音樂學院學報》第四期(1982年),第13—21頁。
② 唐孔穎達《詩譜序疏》,見漢鄭玄注,唐孔穎達疏《毛詩注疏》卷首,清嘉慶刊《十三經注疏》影印本,北京:中華書局2009年版,第554頁。

而古代詩所管領的乃是後世史的疆域。"①《詩經》可以説是"詩"發展到第三個階段的產物,也即"詩"與"歌"合流的產物。《詩經》之"頌""雅""風"實又可看作"詩"發展之三階段的縮影,《詩經》中時代越早的篇章,其"史"的特徵就愈加明顯,時代越晚的篇章,其"歌"的特徵就愈加明顯。就"頌"詩而言,它是《詩經》中時代最早的篇章,它的各篇叙事性最爲强烈,故其"史"的特徵也最爲明顯。如周代最具代表性的大型祭祀歌舞《大武》,即取《周頌》之篇章連綴而成。據筆者研究,《大武》六成,實際配詩僅三篇,其第一、二、五成配詩依次爲《維清》《武》《酌》,其餘各成本無配詩(參見拙撰《周代歌舞〈大武〉配詩新證》,即刊稿)。《維清》叙武王祭文王木主於畢,《武》叙姜尚協助武王伐紂,《酌》叙周公斟酌先王之道而與召公分陝而治。"周召分陝"乃成王一朝之事,此事闌入《大武》,足證《大武》乃武王崩後始成。《大武》乃是功成作樂,以樂舞象徵既之之歷史功績。就其辭樂關係來講,則是先辭後樂;就其歌唱腔調來講,乃是依永成調。何以見得? 就其形式來講,"頌"詩多以一篇爲一章,篇章結構呆板方正,字句也較爲整齊工穩,缺乏活潑的要素,如用以托腔或甩腔之"兮"字即少見;就其功用來講,"頌"皆用爲歌頌先王先公之功績,屬於祭祀類樂歌,當歸之先秦雅樂範疇;就其配器來講,"頌"詩所配之器以鐘、鏞、磬爲主,多爲編組類拙器,音樂"聲緩"且缺乏靈動。由此可以推斷,"頌"之樂歌乃"聲依永"而成,其創作屬"以樂從辭"。"雅"詩乃是介乎"史"與"歌"之間的文體,因此,其"史"跡未盡退而"歌"性未足熟,"大雅"更近於"史",而"小雅"更貼於"歌"。如"大雅"之《生民》《公劉》《綿》《皇矣》《大明》,記述周族起源、遷徙、發展、壯大、鼎盛的歷史,其樂歌創作模式與"頌"殆同,故不煩贅證。"小雅"多爲公卿列士獻詩,其内容則是"言王政之得失也"。太師採擇諫詩,依詩創曲,弦歌諷誦,以聞於天子,《漢書·食貨志》謂之"獻之太師,比其音律"。就其辭樂關係來講,是先辭後樂;就其歌唱腔調來講,是依永成調。據《晉書·樂志》《通典·樂典》,"小雅"之《鹿鳴》一曲,直到魏晉之際尚有杜夔傳本,其後《詩經》樂歌則失傳。《鹿鳴》爲國君或諸侯宴享臣子或賓客所用之樂歌,屬於周秦之雅樂,故其音樂典正而雍容,介於"頌"之平典與"風"之活潑之間。相較來講,"風"詩最具"歌"的性質。"風"詩的入樂歌唱,最足

---

① 聞一多《歌與詩》,見《神話與詩》,《聞一多全集》第一卷,北京:生活·讀書·新知三聯書店1982 年版,第 185、187 頁。

説明"以樂從辭"的創作過程。所謂"風"者,則是"饑者歌其食,勞者歌其事",乃是國人發乎情的自然吟謳,其產生之初不過是"謠"或"徒歌",其爲采詩之官收集起來之後,又不免被加工整理、稍協律呂。從今本《詩經》看,它雖然可能經過周太師的整理,但仍然保持著原始歌謠的某些質樸風貌,比如其篇章大多較爲短小,重章復沓、對歌互答之跡仍存;其句式在散漫之中蘊含整齊,句中雙聲疊韻、虛詞韻語等音樂性語言的使用,促成其更加便歌美聽。從辭樂關係來講,它是先辭後樂、樂從辭生;從其歌唱腔調來講,是依永成調、稍協律呂。故"風"詩之入樂歌唱,亦是"以樂從辭"。

(二)選辭配樂

1. "選辭配樂"的發生契因。"選辭配樂"能夠成爲音樂文學的一大創作模式,其重要前提是音樂已經十分繁盛,能爲唱辭提供足可匹配的樂曲。就中國古代音樂史來講,中古時期楚聲、清樂和燕樂先後成爲主要音樂形態,兩漢魏晉南北朝又是邊地胡樂和佛樂大量輸入的時代,至隋唐時期胡樂和佛樂的輸入達到高峰,均對中國古代音樂產生了重要影響。

其一,楚聲的興起。漢代建立以後,雅樂淪替,既散佚嚴重,又得不到統治階級的重視,因而日趨式微。《漢書·禮樂志》曰:"是時,河間獻王有雅材,亦以爲治道非禮樂不成,因獻所集雅樂。天子下大樂官,常存肄之,歲時以備數,然不常御,常御及郊廟皆非雅聲。"同卷又曰:"漢興,樂家有制氏,以雅樂聲律世世在大樂官,但能紀其鏗鏘鼓舞,而不能言其義。"①漢因秦制,又且統治階級持重楚聲,故楚聲在宮廷內外悄然興起。《漢書·禮樂志》又曰:"高祖時,叔孫通因秦樂人制宗廟樂。……高祖樂楚聲,故《房中樂》楚聲也。孝惠二年,使樂府令夏侯寬備其簫管,更名曰《安世樂》。"②漢高祖既定天下,過沛而作"風起"之詩,令沛中僮兒百二十人習而歌之,無疑也是楚聲。上之所好,下必甚焉,至武帝立樂府,楚聲連同其他俗樂一起匯成一股巨大潮流,席捲朝野,勢不可擋。

其二,清樂的流行。清樂即清商樂,是漢魏晉南北朝時期俗樂之總稱。《隋書·音樂志》曰:"清樂,其始即清商三調是也,並漢來舊曲。樂器形制,並歌章古辭,與魏三祖所作者,皆被於史籍。屬晉朝遷播,夷羯竊據,其音

---

① 漢班固《漢書》卷二十二,北京:中華書局1962年版,第1070、1043頁。
② 漢班固《漢書》卷二十二,第1043頁。

分散。苻永固平張氏,始於涼州得之。宋武平關中,因而入南,不復存於内地。及平陳後獲之。"①《樂府詩集·清商曲辭》題解曰:"清商樂,一曰清樂。清樂者,九代之遺聲。其始即相和三調是也,並漢魏已來舊曲。其辭皆古調及魏三祖所作。自晉朝播遷,其音分散,苻堅滅涼得之,傳於前後二秦。及宋武定關中,因而入南,不復存於内地。自時已後,南朝文物號爲最盛。民謠國俗,亦世有新聲。"②隋開皇置七部伎,清商伎是其一;大業中,煬帝又定九部樂,清商樂也是其一。唐高祖稱其爲"華夏正聲",至貞觀中,太宗定十部樂,清商樂又列爲其一;至武后朝,清商樂猶存六十三曲。

其三,胡樂的輸入。胡樂之入傳中原,以漢張騫鑿通西域,得《摩訶兜勒》曲爲最早。晉崔豹《古今注·音樂》曰:"《横吹》,胡樂也。張博望入西域,傳其法於西京,唯得《摩訶》《兜勒》二曲。李延年因胡曲更造新聲二十八解,乘輿以爲武樂。"③《晉書·樂志》曰:"張博望入西域,傳其法於西京,惟得《摩訶兜勒》一曲。李延年因胡曲更造新聲二十八解,乘輿以爲武樂。"④兩處文字小異,其大意殆同。諸胡樂中,以龜兹樂對中原正聲影響最烈。苻秦之末,吕光征討西域,攻破龜兹城,盡擄其文物聲伎,龜兹樂遂東傳至中原。齊末隋初,龜兹樂分爲《西國龜兹》《齊朝龜兹》《土龜兹》三部。《隋書·樂志》曰:"《龜兹》者,起自吕光滅龜兹,因得其聲。吕氏亡,其樂分散,後魏平中原,復獲之。其聲後多變易。至隋有《西國龜兹》《齊朝龜兹》《土龜兹》等,凡三部。"⑤因西域諸國虜語與中原多有不通,故所傳胡樂多爲器樂曲。龜兹樂以羯鼓和琵琶爲主要伴奏樂器,或鏗鏘鏜鎝、洪心駭耳,或音韻窈窕、極於哀思,頗受中原人的喜愛。這些廣爲流傳的器樂曲爲選辭配樂準備了充足的條件。

其四,佛樂的東進。東漢末年,佛教傳入中土。東吳孫權年間(222—252),祖籍月支的僧侶支謙建立絃唱佛偈唄讚音樂;晉武帝年間(266—290),中山人帛法橋、月支人支曇龠、康居人法平裁製新聲,建立佛經轉讀音樂;東晉太元十一年(386),慧遠結交名流,兼化道俗,逐步建立起用於僧講和俗講的宣導制度;北魏太武帝統一北部中國(約439)以來,大批用於寺

① 唐魏徵等《隋書》卷十五,北京:中華書局 1973 年版,第 377 頁。
② 宋郭茂倩《樂府詩集》卷四十四,北京:中華書局 1979 年版,第 638 頁。
③ 晉崔豹《古今注》卷中,《叢書集成初編》本,北京:商務印書館 1985 年版,第 11 頁。
④ 唐房玄齡等《晉書》卷二十三,北京:中華書局 1974 年版,第 715 頁。
⑤ 唐魏徵等《隋書》卷十五,第 378 頁。

會供養的西域樂舞經龜兹、于闐等地傳入中原,形成"佛曲"音樂①。至此,原始佛教的三類主要音樂,即樂伎供養音樂、佛陀説法音樂、僧侶誦經音樂等均已傳至中原並產生了影響。隋初有法曲,其音清而近雅,煬帝厭其聲淡,曲終復加解音。唐代玄宗酷愛法曲,曾以西涼節度使楊敬忠所獻《婆羅門曲》爲基礎,創作《霓裳羽衣曲》。開元二年(714),玄宗選坐部子弟三百人,於梨園自教法曲。開元二十四年(736),玄宗又升胡部於堂上,並詔道調、法曲與胡部新聲合作。從此,法曲便以制度的形式被確定下來,廣泛地運用於宮廷音樂。

其五,燕樂的繁盛。王昆吾《隋唐五代燕樂雜言歌辭研究》指出,唐人所用"燕樂(宴樂)"包含三種涵義:一是宴飲享樂,二是編爲十部伎與二部伎第一部的一支大型樂曲;三是宮廷宴饗音樂。王氏同時指出,隋唐燕樂,是對隋唐五代新的藝術性音樂的總稱②。隋唐燕樂是胡樂、佛樂、清樂和教坊樂相結合而形成的以四旦七均二十八調爲樂調規範的音體系。燕樂音階是指由五正聲加清角和清羽所構成的七聲音階,其中半音音程出現在第三、四音級和第六、七音級之間,其他相鄰音級之間均爲全音關係。兩個變音在這一音階中只起到"以奉五聲"的作用,而非旋宮的結果。用現代唱名表示爲 Do、Re、Mi、$^{\#}$Fa、Sol、La、^{b}Si。隋唐燕樂的繁盛,爲選辭配樂提供了充足的音樂營養,也是詞產生的重要音樂基礎。

2. "選辭配樂"的創作形態。事物的發展總是這樣,均由一般性地偶然嘗試開始,逮及經驗的積累達到一定程度,纔有意提煉出帶有普遍意義的規律,然後再按照這規律進行劃一的實踐。"選辭配樂"的創作機理,即是從千變萬化的辭中選取若干篇句,配入較爲適宜的樂曲中,使之兩相協調,曲不害辭,辭不礙曲。任中敏《唐聲詩》上編四章論"選辭配樂"謂:"'選詞'是選現成之名人作品,並無加改動;'配樂'是配入現成之聲曲折,亦無改動。"又曰:"此一簡法,惟見采唐人部分之歌詩與歌部分之大曲。"③實則"選辭配樂"在漢魏六朝樂府詩及唐宋近體詩中均可見,"無加改動"主要指采絶句入樂,而對於采樂府歌行及律詩入樂者,裁句成篇,則勢所不免。那麽,"選辭配樂"有哪些創作形態呢?

---

① 王小盾《原始佛教的音樂及其在中國的影響》,原載於《中國社會科學》第二期(1999 年),見王小盾等編:《漢文佛教音樂史料類編》卷首,南京:鳳凰出版社 2014 年版,第 20 頁。
② 王昆吾《隋唐五代燕樂雜言歌辭研究》第二章,北京:中華書局 1996 年版,第 13—15 頁。
③ 任中敏《唐聲詩》上編第四章,見《任中敏文集》第六卷,南京:鳳凰出版社 2015 年版,第 127 頁。

其一,絕句入樂。徑采絕句而未加裁剪,直接配入現成樂曲歌唱,這是"選辭配樂"的主要形式。王灼《碧雞漫志·李唐伶伎取當時名士詩句入樂》曰:"以此知李唐伶伎,取當時名士詩句入歌曲,蓋常俗也。"①明胡震亨《唐音癸籤·樂通》曰:"唐初歌曲,多用五言、七言絕句,律詩亦間有采者。"②如唐薛用弱《集異記》卷二"王之涣"條所載"旗亭賭唱"故事,記錄著歌妓隨機所唱四首詩,分別是王昌齡《芙蓉樓送辛漸》、高適《哭單父梁九少府》、王昌齡《長信怨》、王之涣《涼州詞》。其中王昌齡的兩首詩和王之涣的一首詩均爲絕句,此三首絕句即是未加改動,直接入樂歌唱之例。又如唐范攄《雲溪友議》卷下"溫裴黜"條載歌女周德華所唱七八篇,皆"近日名流之詠",均爲當時詩人絕句。唐人采當時詩人絕句入樂歌唱之例,唐孟棨《本事詩》、宋計有功《唐詩紀事》比比皆是,不煩枚舉。

其二,割辭成篇。割辭成篇就是從既成的辭作中,割取其中的若干句組成一篇,或對舊辭重新編排以成新辭,並配樂歌唱,其創作形態主要有三種。(甲)從一篇中割取數句,組爲新辭配入樂曲歌唱。從樂府歌行或律詩中割取四句配入樂曲歌唱,在唐宋是很常見的。李嶠《汾陰行》爲一首樂府歌行,全詩四十二句。《唐詩紀事》卷十載天寶末梨園子弟歌李嶠《汾陰行》詩,即以末四句入樂:"山川滿目淚沾衣,富貴榮華能幾時。不見只今汾水上,惟有年年秋雁飛。"岑參《宿關西客舍》本爲五言律詩,《樂府詩集》卷八十《近代曲辭》之《長命女》一曲,即是截取其中前四句入樂:"雲送關西雨,風傳渭北秋。孤燈燃客夢,寒杵搗鄉愁。"(乙)將一篇進行重新組合,成爲新辭配入樂曲歌唱。王維所作絕句《送元二使安西》,又名《渭城曲》或《陽關三疊》,盛唐時期已爲李龜年所唱,唐宋金元歷代皆傳唱不衰,明清以後衍變爲琴曲。至於此曲"三疊之法",據王兆鵬考證,竟然有二十三種之多。他在《宋代文學傳播探源》中將這些疊法歸爲三類:"一是原句疊,二是破句疊,三是增句疊。"③這是典型的將一篇詩句重新組合以入樂歌唱之例。(丙)從數篇中割取若干句,組爲新辭配入樂曲歌唱。這一形式主要見於樂府歌詩,又稱之爲"拼湊分割"。《文心雕龍·樂府》曰:"凡樂辭曰詩,詩聲曰歌,聲來被辭,辭繁難節;故陳思稱左延年閑於增損古辭,多者則宜減之,

---

① 宋王灼撰,岳珍校正《碧雞漫志校正》卷一,第15頁。

② 明胡震亨《唐音癸籤》卷十五,上海:上海古籍出版社1981年版,第170頁。

③ 王兆鵬《宋代文學傳播探源》第八章,武漢:武漢大學出版社2013年版,第172頁。

明貴約也。"①如樂府古辭《西門行》中"自非仙人王子喬,計會壽命難與期"二句,顯然是割取《古詩十九首》第十五首《生年不滿百》中"仙人王子喬,難可與等期"之句。王運熙《吳聲西曲雜考》指出:"《子夜四時歌》不但採用《泰始樂》,其《冬歌》第十四曲……係截取左思《招隱詩》第一首第五、六、九、十句而成。……又《冬歌》第十三曲首二句……擷取著名的《錢塘蘇小小歌》。"②余冠英《樂府歌辭的拼湊和分割》一文共總結出拼湊分割的八種情況:(一)本爲兩辭合成一章;(二)併合兩篇聯以短章;(三)一篇之中插入他篇;(四)分割甲辭散入乙辭;(五)節取他篇加入本篇;(六)聯合數篇各有删節;(七)以甲辭尾聲爲乙辭起興;(八)套語③。割辭成篇雖於入樂歌唱多有便利,然而也存在一些弊端,這樣會削弱通篇辭旨的連貫性。逯欽立《先秦漢魏晉南北朝詩·漢詩》卷九《雞鳴》詩題下小注引《詩紀》云:"此曲前後辭不相屬,蓋采詩入樂合而成章邪,抑有錯簡紊亂邪? 後多放此。"④"辭不相屬"正是割辭成篇的大病。

　　其三,聲辭雜寫。這一形態在樂府詩和唐宋律絶入樂歌唱中均可見。聲辭雜寫之"聲"有二類,一類爲表聲用字,另一類爲樂工的標示性語言。聲辭雜寫的原因就是這些表聲字或標示性語言與唱辭混雜所致。此"聲"與後世之和聲、泛聲、散聲、纏聲、添聲、送聲等不同,前者爲實聲,後者爲虛聲。羅根澤《何爲樂府及樂府的起源》以漢《鐃歌》爲例,指出聲辭雜寫的三種情況:"這裏'妃呼豨'三字就是聲,就是標音的字,它毫没有意義。'聲'有的在篇中,如上所舉。有的在篇首,如《鐃歌》的《上邪》之發端的'上邪'二字。有的在篇末,如《鐃歌》中的《臨高臺》之最後'收中吾'三字。"⑤以上三種情況,基本涵蓋聲辭雜寫之諸例。

　　其四,一曲多辭。此一形態,任中敏《唐聲詩》上編四章稱之爲"聲同辭異"。這一現象始於漢魏樂府,而後世唐宋詩詞、元明散曲繼承而發揚之。

① 梁劉勰撰,范文瀾注《文心雕龍注》卷二,第102—103頁。
② 王運熙《吳聲西曲雜考》,原載於《六朝樂府與民歌》,上海:上海文藝聯合出版社1955年版,第69—70頁;見《樂府詩述論》上編,《王運熙文集》第一卷,上海:上海古籍出版社2014年版,第60—61頁。
③ 余冠英《樂府歌辭的拼湊和分割》,原載於《國文月刊》總第四十六期(1947年),見《漢魏六朝詩論叢》,北京:商務印書館2010年版,第17—26頁。
④ 逯欽立《先秦漢魏晉南北朝詩·漢詩》卷九,北京:中華書局1983年版,第257頁。
⑤ 羅根澤《何爲樂府及樂府的起源》,原載於《安徽大學月刊》第一期(1934年),見《羅根澤古典文學論文集》,上海:上海古籍出版社2009年版,第134頁。

先以《樂府詩集》卷十六之“鼓吹曲辭”爲例：其中漢有鼓吹曲二十二首；魏時繆襲改其十二曲，其餘十曲仍因之；吳時韋昭亦改其十二曲，其餘十曲亦仍因之；晉時傅玄製二十二曲；宋、齊並用漢曲而不創不改。漢晉之鼓吹曲辭，或存或亡、或改或因，但其中不變之十首曲題，皆可視之爲一曲多辭。再以《樂府詩集》卷八十一之“近代曲辭”爲例：本卷共載兩曲，一爲《竹枝》，二爲《楊柳枝》。按：宋人所謂“近代曲辭”，即爲唐代歌辭。《竹枝》曲的題解曰：“《竹枝》本出於巴渝。唐貞元中，劉禹錫在沅湘，以俚歌鄙陋，乃依騷人《九歌》作《竹枝》新辭九章，教里中兒歌之，由是盛於貞元、元和之間。禹錫曰：‘竹枝，巴歈也。巴兒聯歌，吹短笛、擊鼓以赴節。歌者揚袂睢舞，其音協黃鐘羽。末如吳聲，含思婉轉，有淇濮之豔焉。’”①由此可知，該曲爲民間歌曲，傳唱極廣。該曲題之下先列顧況一首，次列劉禹錫九首，三列劉禹錫二首，四列白居易四首，五列李涉四首，六列晉孫光憲二首。從《楊柳枝》曲的題解亦可知，此曲也是唐時盛傳之名曲。其題之下則先列白居易二首，次列白居易八首，三列魯貞一首，四列劉禹錫九首，五列劉禹錫三首，六列李商隱二首，七列韓琮一首，八列施肩吾一首，九列温庭筠八首，十列黃甫松二首，十一列僧齊己四首，十二列張祜二首，十三列孫魴五首，十四列薛能十首，十五列薛能九首，十六列牛嶠五首，十七列晉和凝三首，十八列孫光憲四首。這些都是一曲多辭之例。盛唐時期，宮廷所集中外樂曲總數約二千首，民間未被搜集到宮廷的樂曲數量更是無法估計，以如此數量之樂曲，配繁複無計之辭作，應非難事。

　　需要特別指出的是，漢唐乃“以樂從辭”與“選辭配樂”並存之時期，此等事實不可忽視。如晉武帝泰始五年，黃門侍郎張華上表曰：“按魏上壽食舉詩及漢氏所施用，其文句長短不齊，未皆合古。蓋以依詠弦節，本有因循，而識樂知音，足以製聲，度曲法用，率非凡近所能改。”②所謂“依詠弦節”，即“聲依永，律和聲”，此實“以樂從辭”。這一樂歌創製方法，與東晉所流行之“選辭配樂”不同，故張華説“非凡近所能改”。荀勖也指出，魏氏歌詩，或二言或三言，或四言或五言，與古詩不類，而司律中郎將陳欣認爲，“被之金石，未必皆當”。所謂“被之金石”，實即采詩入樂或選辭配樂，未必皆能合樂。但對於魏氏長短不齊之歌詩，用“聲依永，律和聲”之法創製，則

① 宋郭茂倩《樂府詩集》卷八十一，第 1140 頁。
② 梁沈約《宋書》卷十九，北京：中華書局 2018 年版，第 587 頁。

不會出現無法合樂的現象。即此可知,東晉人已習慣"選辭配樂"之樂歌創製,而對先秦以來長期流行之"以樂從辭"則多所罔顧。

(三) 由樂定辭

岑仲勉《隋唐史》之《唐史》二十三節"西方樂曲影響於開元聲律及體裁,從《實踐論》看詩詞與音樂之分合"引《全唐詩》附錄云:"唐人樂府元用律、絶等詩,雜和聲歌之;其並和聲作實字,長短其句以就曲拍者爲填詞。"岑先生就此發論:"所謂'泛聲'、'和聲',同是'虛聲'之變文,然説來話長,反不如元稹之'由樂以定詞',五字已盡其意,而'倚聲'之命名較之'詞'爲渾成也。"①"倚聲"較之詞爲渾成,言外之意,它於詞以外的其他音樂文學品類則未必能夠賅括。唐之元稹,宋之王灼,皆爲一代才子,二人均以"由樂定辭"稱之;任中敏《唐聲詩》上編一章也以"由樂以定詞"相稱,上編四章又以"由聲定辭"稱之,實與元、王二氏之説同;王昆吾《隋唐五代燕樂雜言歌辭研究》三章則稱"以調繫辭"。本文斟酌諸家觀點,參合中國古代音樂文學之實際情況,取"由樂定辭"以名之。

1. "由樂定辭"的初期跡象。"由樂定辭"的主要文體是唐宋詞、元明散曲和明清時調。從"選辭配樂"過渡到"由樂定辭",主要發生於唐五代,故考察"由樂定辭"的發生緣由,不得不深究"歌詩"之法與"歌詞"之法並舉之唐五代。《四庫全書總目·填詞名解》提要曰:"古樂府在聲不在詞。唐人不得其聲,故所擬古樂府,但借題抒意,不能自製調也。所作新樂府,但爲五七言古詩,亦不能自製調也。其時采詩入樂者,僅五七言絶句,或律詩割取其四句。倚聲制詞者,初體如竹枝、柳枝之類,猶爲絶句。繼而《望江南》《菩薩蠻》等曲作焉。解其聲,故能制其調也。至宋而傳其歌詞之法,不傳其歌詩之法,故《陽關曲》借《小秦王》之聲歌之,《漁父詞》借《鷓鴣天》之聲歌之,蘇軾、黃庭堅二集可覆案也。惟詞爲當時所盛行,故作者每自度曲。亦解其聲,故能制其調耳。金元以來,南北曲行,而詞律亡。"②這段話比較系統地論述了從"歌詩"到"歌詞"的過程,只是論而未證或證之不詳,今依此思路,略作補證。

其一,"由樂定辭"起於"歌詩"。上引《四庫全書總目》之《填詞名解》

---

① 岑仲勉《隋唐史》之《唐史》二十三,北京:商務印書館 2015 年版,第 212—213 頁。
② 清紀昀等《四庫全書總目》卷二百,北京:中華書局 1965 年版,第 1834 頁。

提要指出，“倚聲制詞者，初體如竹枝、柳枝之類，猶爲絶句”，其意概謂，“由樂定辭”之初作，非起於長短句，而是起於“歌詩”。劉禹錫《竹枝詞》九首題下小序曰：“四方之歌，異音而同樂。歲正月，余來建平。里中歌兒聯歌《竹枝》，吹短笛，擊鼓以赴節。歌者揚袂睢舞，以曲多爲賢。聆其音，中黄鐘之羽，卒章激訐如吳聲。雖傖伫不可分，而含思婉轉，有淇澳之豔音。”①《樂府詩集·近代曲辭》之《竹枝》曲題解曰：“《竹枝》本出於巴渝。唐貞元中，劉禹錫在沅湘，以俚歌鄙陋，乃依騷人《九歌》作《竹枝》新辭九章，教里中兒歌之，由是盛於貞元、元和之間。”②此處騷人《九歌》，可能與戰國時楚國屈原所作《九歌》依憑之曲調有關；亦可能無關，或可能僅是對巴渝地區廣爲流傳的一組民間歌曲的概稱。《竹枝》曲可能即是截取《九歌》之一章或摘遍，創爲短小流利之歌曲。劉禹錫善於向民間歌曲學習，他這種倚曲填詩的做法，無疑爲後世依調填詞積累了寶貴經驗。

　　其二，“詞”之見於“由樂定辭”。有學者指出，晉人劉妙容依琴曲所作之《婉轉歌》二首，屬依調製詞，“此調或爲最早之詞調”③。劉氏所作《婉轉歌》雖屬依調填“辭”，亦爲長短不齊之歌辭，但卻不能視其爲詞，更不能視其所依之調爲詞調，因爲六朝琴曲屬清樂系統，而我們通常所說的詞調及詞樂主要指隋唐以來的燕樂系統。劉禹錫《憶江南》詞題下小序曰：“和樂天春詞，依《憶江南》曲拍爲句。”④一般認爲，這是有據可憑之依調填詞的最早記録。《憶江南》雖非最早的詞調，但它卻代表著中唐已經成熟的詞調。《白居易集》之《憶江南》題下小注曰：“此曲亦名《謝秋娘》，每首五句。”⑤唐段安節《樂府雜録·望江南》曰：“始自朱崖李太尉鎮浙西日，爲亡妓謝秋娘所撰。本名《謝秋娘》，後改此名。亦曰《夢江南》。”⑥這樣看來，《憶江南》詞調實非白居易所創，但無疑他是第一個將《望江南》更名爲《夢江南》或《憶江南》者，二者在曲調上是否存在變異，已不得而知。另需指

---

① 唐劉禹錫《竹枝詞》，見瞿蜕園箋證《劉禹錫集箋證》卷二十七，上海：上海古籍出版社 1989 年版，第 852 頁。
② 宋郭茂倩《樂府詩集》卷八十一，第 1140 頁。
③ 田玉琪《詞調史研究》下編一，北京：人民出版社 2012 年版，第 305 頁。
④ 唐劉禹錫《憶江南》，見曾昭岷等編《全唐五代詞·正編》卷一，北京：中華書局 1999 年版，第 60 頁。
⑤ 唐白居易《憶江南》，見顧學頡點校《白居易集》卷三十四，北京：中華書局 1979 年版，第 775 頁。
⑥ 唐段安節《樂府雜録·望江南》，見俞爲民、孫蓉蓉編：《歷代曲話彙編·唐宋元編》，合肥：黄山書社 2006 年版，第 41 頁。

出，"依曲拍爲句"，有學者認爲乃"依詞譜爲句"，此實爲誤解。宋俞文豹《吹劍三録》曰："文人學士乃依樂工拍彈之聲，被以長短句，而淫詞麗曲，佈滿天下。"①此明指"依樂工拍彈之聲"爲句，足可證"依曲拍爲句"，乃是依曲調填辭，非據詞譜或詞格填辭。

其三，酒令中的"由樂定辭"。作爲音樂文學之"詞"的起源，有燕樂説、民間説、酒令説和法曲説等多種説法。夏承燾《令詞出於酒令考》謂："唐人名詞曰令，自來不得其義，以予所考，知出於酒令。……樽前歌唱爲詞之所由起，得此殆亦可了然矣。"②夏氏之意大概是説，小令之詞起於酒令，這是符合實際的。小令實爲五七絶向長短句過渡的中間形式，這不但能從現今所存許多小令的句格多是齊言四句的形成看出，還可從唐時所歌酒令乃三言、五言、六言、七言和雜言並存之現象看出，所以，酒令的依調即興歌唱也是詞之"由樂定辭"的早期跡象之一。白居易《故滁州刺史贈刑部尚書滎陽鄭公墓誌銘并序》曰："公尤善五言詩，與王昌齡、王之涣、崔國輔輩聯唱迭和，名動一時。逮今著樂辭，播人口者非一。"③"著樂辭"即"著辭"，"著"爲附加、憑附之意，著辭是唐代酒令中的專門名稱，是一種在酒席宴會上即興創作的，結合酒令歌舞表演的送酒辭。唐范攄《雲溪友議·裴郎中》曰："足情調，善談諧，與舉子温岐爲友，好作歌曲，迄今飲席多是其詞焉。"又曰："二人又爲新添聲《楊柳枝》詞，飲筵競唱其詞而打令也。"④"打令"即"抛打令"，其含義原指抛擲，其特點是通過巡傳行酒令的器物，以及巡傳中止時的抛擲遊戲，來決定送酒歌舞的次序。抛打令有三個組成部分：一是手勢令，二是擊鼓傳花，三是送酒歌舞⑤。裴郎中飲筵競唱之詞屬於第三個組成部分，即送酒歌舞，它是依調填詞的初級階段。

2. "由樂定辭"的生成路徑。"由樂定辭"的主要文體是唐宋詞、元明散曲、明清時調，可以説它是近古音樂文學的主要創作模式。《朱子語類·尚書》曰："或問：'詩言志，聲依永，律和聲'。曰：'古人作詩，只是説他心下所存事。説出來，人便將他詩來歌。其聲之清濁長短，各依他詩之語言，

① 宋俞文豹《吹劍三録》，見張宗祥校訂：《吹劍録全編》，上海：古典文學出版社 1958 年版，第46 頁。
② 夏承燾《令詞出於酒令考》，載於《詞學季刊》第二期（1936 年），第 12—14 頁。
③ 唐白居易：《故滁州刺史贈刑部尚書滎陽鄭公墓誌銘并序》，見顧學頡點校《白居易集》卷四十二，第 923 頁。
④ 唐范攄《雲溪友議》卷十，《叢書集成初編》本，北京：中華書局 1985 年版，第 57 頁。
⑤ 王昆吾《唐代酒令藝術》第一章，上海：東方出版中心 1995 年版，第 22—23 頁。

卻將律來調和其聲。今人卻先安排下腔調了,然後做語言去合腔子,豈不是倒了! 卻是永依聲也。古人是以樂去就他詩,後世是以詩去就他樂,如何解興起得人。'"①這説明,"由樂定辭"的創作機理是"永依聲",它與"以樂從辭"是正好相反的創作模式。那麼,"由樂定辭"的生成路徑有哪些呢?

其一,字與音相配。字與音的配合形式從理論上講主要有兩種:一爲一字配一音,二爲一字配數音。(甲)一字配一音。大致説來,古代雅樂和説唱音樂多是一字配一音,這一點我們從宋朱熹《儀禮經傳通解》卷十四所載《風雅十二詩譜》、明魏之琰傳《魏氏樂譜》和宋陳元靚《事林廣記·續集》卷七所載《願成雙》唱賺樂譜即可略窺一斑。但也不可否認,在詞曲的音樂中也存在著大量一字配一音的現象。比如,《白石道人歌曲》卷三至卷六所載十七首詞譜,其俗字譜的主音均爲一字配一音。需要指出的是,一字配一音,在聲樂表演中並非每一個字的歌唱時值均相等,而是根據實際情況有所伸縮。任中敏《唐聲詩》上編四章謂:"蓋古樂一字一律,亦僅限於譜之體如此,並不限於聲之用爲然。"②(乙) 一字配數音。一字而占多個音符,這是對歌辭的音樂性誇張。若對句中之字進行音樂誇張,又稱之爲甩腔;若對句尾之字進行音樂誇張,則稱之爲拖腔。張炎《詞源》卷上"謳曲旨要"曰:"字少聲多難過去,助以餘音始繞梁。"③此條指出,在一字配數音的時候,歌唱起來有一定難度,需要一些歌唱技巧。一字配一音,主要體現歌唱的節奏感,而一字配數音,則主要體現歌唱的音調感。大多數情況下,在一首樂曲之中則是一字配一音與一字配多音分段結合或交替結合而存在。

其二,依曲均定韻。樂曲有斷句或押韻處,古稱"頓"或"住",通常稱"均"。宋沈義父《樂府指迷》之"詞腔"條曰:"詞腔爲之均,均即韻也。"又"句中韻"條曰:"詞中多有句中韻,人多不曉。不惟讀之可聽,而歌時最要協韻應拍,不可以爲閑字而不押。"④鄭祖襄《姜白石歌曲研究》説:"拍,在詞調裏從屬於均,每一拍是均的一個部分,每一個拍點是一均旋律中的句逗。"又説:"從作品分析上看,拍和均拍是曲調的句法,從音樂表演上講,拍

---

① 宋黎靖德編《朱子語類》卷七十八,第 2005 頁。
② 任中敏《唐聲詩》上編第四章,第 131 頁。
③ 宋張炎《詞源》卷上,第 35 頁。
④ 宋沈義父撰,蔡嵩雲箋釋《樂府指迷箋釋》,北京:人民文學出版社 1963 年版,第 83、82 頁。

和均拍是旋律呼吸的間歇。"①可知,曲均也是歌唱時協韻應拍處,故依調填詞必須把詞韻與曲均一一對應,纔不致辭曲相礙。宋張炎《詞源·謳曲旨要》曰:"歌曲:令曲四揭均,破近六均慢八均。"②這就是說,不同體制的歌曲,其均數各不相同,這就對依調填詞的"辭"從音樂上進行了轄束。

其三,依曲拍定句。"依某某曲拍爲句"中,"曲拍"相當於今所言"樂句"或"樂段"。宋沈括《夢溪筆談·樂律》曰:"所謂'大遍'者,有序、引、歌、䤲、㨫、哨、催、攧、袞、破、行、中腔、踏歌之類,凡數十解,每解有數疊者。裁截用之,則謂之'摘遍'。今人大曲,皆是裁用,悉非'大遍'也。"③宋王灼《碧雞漫志·涼州曲》曰:"凡大曲有散序、靸、排遍、攧、正攧、入破、虛催、實催、袞遍、歇拍、殺袞,始成一曲,此謂大遍。"④宋史浩《鄮峰真隱漫録》卷四十五所載《採蓮》大曲,含延遍、攧遍、入破、袞遍、實催、袞、歇拍、煞袞共八個部分⑤。宋曾慥《樂府雅詞》卷一所載《薄媚》大曲,則含排遍第八、排遍第九、第十攧、入破第一、第二虛催、第三袞遍、第四催拍、第五袞遍、第六歇拍、第七煞袞共八個部分⑥。以上所及,每一部分即爲一個相對完整的樂曲,散序無拍,歌與排遍爲慢拍,入破爲急拍或促拍,其餘多爲常拍。每一部分之內又分疊、解、章等若干樂段,依曲拍定句就是按照每個樂段的樂思和拍數進行唱辭的創作。

其四,按曲段構體。詞之分上下闋,或分三疊四疊,或稱令、引、近、慢,散曲之分小令、套數、聯章,劇曲之分套、折、場、出,其每一分別,無不與音樂相互對應,並保持著音樂上的相對完整性。在"由樂定辭"的音樂文學創作中,音樂居於主導地位,唱辭處於被動地位,故唱辭唯音樂馬首是瞻,音樂的體量、結構、組合等要素,決定唱辭的長短、分段、前後關係以及整體構架。中國傳統音樂一般以相同或基本相同的樂段反復重奏,來表達相對複雜的感情或以此推演故事的矛盾,故無論多麼龐大的樂體結構均可劃分爲

① 鄭祖襄《姜白石歌曲研究》,原載於《中央音樂學院學報》第四期(1985年),見《華夏舊樂新證:鄭祖襄音樂文集》,上海:上海音樂學院出版社2005年版,第8頁。
② 宋張炎《詞源》卷上,第34頁。
③ 宋沈括撰,胡道靜校注《新校正夢溪筆談》卷五,《胡道靜文集》本,上海:上海人民出版社2011年版,第43頁。
④ 宋王灼撰,岳珍校正《碧雞漫志校正》卷三,第61—62頁。
⑤ 宋史浩《鄮峰真隱漫録》卷四十五,見《史浩集》下册,杭州:浙江古籍出版社2016年版,第775—779頁。
⑥ 宋曾慥《樂府雅詞》卷一,《叢書集成初編》本,北京:中華書局1985年版,第19—23頁。

細微的音樂片段。即便是數十折的劇曲,其每一唱段都是由若干曲牌連綴而成,這些曲牌一般同屬於一個宮調,僅有少數出宮現象,其連綴的次序也相對穩定,這種相對穩定的樂思和結構,爲“由樂定辭”提供了較爲可行的生成路徑。

二、三種創作模式之間的關係

(一) 辭樂關係的兩次變動

1. 辭樂關係的第一次微妙變動。從“以樂從辭”到“選辭配樂”,是音樂文學辭樂關係發生的第一次微妙變動。其變動的趨向有三:(甲)音樂在辭樂關係中由被動走向獨立,這是音樂得以長足發展的結果,也是音樂地位得到重視和提升的結果。相反,辭在辭樂關係中的主導地位開始動搖,但仍然保持相對獨立的地位。(乙)辭樂的結合方式由單一趨向多樣,“以樂從辭”餘波仍存,“選辭配樂”如日中天,“由樂定辭”孕育其中。(丙)從齊言唱辭到雜言唱辭的過渡,“以樂從辭”是以齊言爲主而兼及雜言,“選辭配樂”則是以齊言爲主,“由樂定辭”則以雜言爲主。

其一,音樂在辭樂關係中由被動走向獨立。音樂在音樂文學中的被動地位,不僅從辭與樂的二元關係中得到體現,還表現在樂源於辭的一元主體論中。原始部落最早的抒情歌謠,均是在各種誇張的舞蹈中,伴隨著簡單的敲擊節奏,唱出的無語義的吟唱或呼叫,他們用這種方式宣洩飽餐一頓或狩獵成功的狂歡。音樂在辭樂關係中的轉機,是從“選辭配樂”開始的。“選辭配樂”所選之辭,雖然仍是樂府或律絕等詩體的成句,但除絕句外多非整篇入樂,而是從歌行或律詩中截取四句入樂,即便是絕句整篇入樂,也存在著一篇之句重新組合的現象。至於“選辭配樂”所配之樂,大多則未加改易,最多者是從大曲之中摘取一遍或一解,用於與辭相配。而這些大曲之一遍或一解,本來就是相對獨立的一首樂曲,它們可能是整首大曲中最爲動聽或最爲流行的部分,但絕無截取若干首曲之若干樂句屢雜組合的現象。這説明,在“選辭配樂”中,辭與樂雖然都相對獨立,但樂的主導地位已初露端倪。

其二,辭樂的結合方式由單一趨向多樣化。“選辭配樂”從漢樂府開始產生,經魏晉六朝醞釀成熟,至唐而大盛,宋以後漸衰。然而在此期之內,它上與"以樂從辭"相接,下與"由樂定辭"相連,可謂多種辭樂結合方式並存。即便是以"選辭配樂"爲主的唐宋律絶,也存在著多種辭樂結合方式。任中敏《唐聲詩》上編四章說:"而盛唐中外朝野蘊藏樂曲之富,'由聲定辭'與'選辭配樂'二法得以暢行,又均非漢、魏所能及,乃鮮明史實,不應遺忘。"①如李白所作《清平調》三首,據宋樂史《李翰林别集序》所記,是依照《清平調》樂調而創,此即唐詩"由樂定辭"之例。這説明,唐代在極盛之"選辭配樂"之外,"由樂定辭"仍爲一種不可忽視的現象。

其三,從齊言唱辭向雜言唱辭的過渡。兩漢魏晉南北朝,音樂文學的唱辭主要以齊言爲主,其間雖然也有部分雜言唱辭,但並未形成主流。從隋唐開始,雜言唱辭與齊言唱辭分庭抗禮。任中敏編《聲詩集》共收齊言歌辭 1 605 首,王昆吾編《隋唐五代燕樂雜言歌辭集》正編共收雜言歌辭 2 841 首,王兆鵬等編《全唐五代詞》正編收詞 1 961 首。齊言與雜言兩相對比,大致可以判斷唐代是齊言唱辭向雜言唱辭的過渡期。宋代以後齊言唱辭已爲强弩之末,雜言唱辭則勢頭猛進,後來居上。再從齊言與雜言唱辭所用曲調來看,任半塘《唐聲詩》下編共收齊言曲調 154 名,而據王昆吾《隋唐五代燕樂雜言歌辭研究》三章所論,隋唐五代有傳辭之雜言曲調約 170 名,兩相對比,可以約略估算出雜言唱辭的曲調已初露鋒芒。雖然如上所論,但齊言唱辭與雜言唱辭並非"父子關係",而是"兄弟關係",因爲並不待齊言唱辭氣絶身亡,雜言唱辭方魚貫登場,二者實有相當長的時期處於並轡齊驅階段。

2. 辭樂關係的第二次微妙變動。"由樂定辭"作爲中國古代音樂文學創作的三大模式之一,它自然也蘊含著一些不同於既往創作模式的特點。唐宋詞、元明散曲、明清時調,其辭樂結合方式主要是"由樂定辭",以這些音樂文學品類爲主要考察對象,我們可以對"由樂定辭"的特點略加論述。

其一,音樂在辭樂關係中,由相對平等的地位走向支配地位。在詞這一文體產生之前,音樂文學的辭樂關係主要表現爲辭主樂次、辭樂平等;在詞產生以後,音樂文學的辭樂關係又發生了一次根本性的變革,音樂逐漸上升到支配地位。縱觀音樂文學的辭樂關係發展史,樂的地位逐漸上升,而辭的地位卻逐漸下降;但在單一的音樂文學品類之中,辭的地位卻逐漸凸顯,而樂的地位又逐漸下降,最終辭脱離樂而成爲純粹的案頭文學。我

---

① 任中敏《唐聲詩》上編第四章,第 141 頁。

們拿詞、曲兩種文體分析一番。從"歌詩"到"歌詞",就是由"選辭配樂"到"依調填詞"的發展過程。選辭配樂,是辭樂相互揀選,互爲匹配;依調填詞,是按照既成的曲調填詞,辭的長短、韻逗、聲情,都要屈就樂的容量、調式、升降,有時辭甚至需要捨棄表情達意的需要,維護樂的美聽性和完整性,辭完全處於被動地位。散曲也是一種依調填辭的文體,它與詞的音樂文學創作原理相同。但是,縱觀中國古代散曲音樂文學的發展史,元明清三代的發展趨勢則是由音樂文學向非音樂文學發展的。這説明,在同一種音樂文學品類中,其創始均由音樂而生,其發展則以文學爲終。

其二,在"由樂定辭"的創作模式中,音樂文學諸體並存。就中國音樂文學諸體來講,詩體音樂文學最先成熟,説唱音樂文學至隋唐則發展成熟,戲曲音樂文學至遲到元代也發展成熟。故可以説,近古以來音樂文學諸體並存,而其創作模式則主要是"由樂定辭"。唐宋詞、元明散曲、明清時調是此期詩體音樂文學的代表品類;説唱音樂文學自隋唐以降,一直推陳出新,品類層出不窮;宋代以後,戲曲作爲新的藝術樣式,其影響無疑遠邁其他音樂文學品類。在音樂文學的既往創作模式中,還沒有哪一種創作模式能與"由樂定辭"相提並論,它的這種極大的包容性和適用性説明,"由樂定辭"是中國古代音樂文學最主要的創作模式,也是最成熟和運用最廣泛的創作模式。從辭樂關係上來講,"由樂定辭"真正體現出以"音樂"爲本位的音樂文學特性,無怪劉堯民《詞與音樂》認爲,真正的音樂文學是以詞爲開端的[1]。活態音樂文學的根本特性在於其音樂性,靜態音樂文學的根本特性則在於其文學性。

其三,從"由樂定辭"產生以後,辭的律化纔受到音樂的影響。或者説,在"由樂定辭"的創作模式產生以後,詞曲的律化則是其與音樂相脱離的結果。我們説詩歌律化的動因與音樂無必然因果聯繫,是指從永明"聲病説"的提出到近體詩的定型這段時期而言。但待到"由樂定辭"這種創作模式出現以後,詩歌的律化纔開始受到音樂的影響,這是由"選辭配樂"與"由樂定辭"兩種不同創作模式所決定的。因此,我們在討論詩歌的律化時,要對這兩種創作模式進行階段性區分,而不能籠統地一概而論。詞曲律化的步驟主要有二:一是辭樂相合時,以不穩定的辭式填入相對穩定的曲式,形成樂辭的模式化創作;二是辭樂相離後,樂辭成爲後世擬作的典範,以樂辭的

---

[1] 劉堯民《詞與音樂》第一編第一章,昆明: 雲南人民出版社 1982 年版,第 21 頁。

格律爲標準而創作的大量詞曲是爲律辭。

（二）兩個關鍵的時間節點

1. 第一個關鍵時間節點。《四庫全書總目·定峰樂府》提要曰："漢魏至唐，自朝廟樂章以外，大抵采詩入樂者多，倚聲制詞者少，其詩人擬作亦緣題取意者多，按譜填腔者少。故《竹枝詞》《楊柳枝》《羅嗊曲》之屬，其倚聲制詞，按譜填腔者也；王維《送元二使安西詩》，譜爲《陽關曲》，此采詩入樂者也。"①所謂"采詩入樂"即是"選辭配樂"。這段話指出一個事實，即在漢唐間"選辭配樂"是音樂文學的主要創造模式。那麽，從漢代以前的"以樂從辭"過渡到漢唐間的"選辭配樂"，這中間有著怎樣的承遞關係呢？"以樂從辭"與"選辭配樂"的交叉重疊期值在西漢，故論述二者之承遞關係亦不能離於此期。宋鄭樵《通志·樂略》之《正聲序論》曰："采詩入樂，自漢武始。"②所論即此。

其一，承遞過程。辭樂關係發生轉變，非一朝一夕，但其有跡可循的徵兆尚存於體制音樂文學領域。漢朝初立，承秦之制，郊祀典禮所用雅樂，一仍其舊。所憾樂家制氏，但記其鏗鏘鼓舞，而不能言其大意，故先代雅樂僅存肄太常，略備其數。時代呼喚新的雅樂體系，於是漢《郊祀歌》十九章、《房中歌》十七章則應運而生。這些雅樂歌章所用之曲，其來歷共有二途，一爲先代雅樂所遺留的部分樂曲，一爲李延年之流音樂家自創的新聲。爲這些樂曲選配的唱辭，則主要是出自當時名士之手。《史記·李延年傳》曰："延年善歌，爲變新聲，而上方興天地祠，欲造樂詩歌弦之。延年善承意，弦次初詩。"③《漢書·禮樂志》曰："至武帝定郊祀之禮……以李延年爲協律都尉，多舉司馬相如等數十人造爲詩賦，略論律呂，以合八音之調，作十九章之歌。"《漢書·李延年傳》曰："延年善歌，爲新變聲。是時，上方興天地祠，欲造樂，令司馬相如等作詩頌。延年輒承意弦歌所造詩，爲之新聲曲。"④從這些史料來看，漢代體制音樂文學是由司馬相如等文學家和李延年等音樂家共同創造完成的，在其創作中雖然"以樂從辭"與"選辭配樂"的成分相互摻雜，但從"以樂從辭"向"選辭配樂"過渡的端倪已經初露。而以

---

① 清紀昀等《四庫全書總目》卷一百八十二，第 1651 頁。
② 宋鄭樵《通志》卷四十九，北京：中華書局 1987 年版，第 626 頁。
③ 漢司馬遷《史記》卷一百二十五，北京：中華書局 1963 年版，第 3195 頁。
④ 漢班固《漢書》卷二十二、卷九十三，第 1045、3725 頁。

上所言漢代體制音樂文學的日益完善,則要到武帝立樂府以後。

其二,關鍵節點。漢武帝立樂府的時間,也就是辭樂關係從"以樂從辭"轉變到"選辭配樂"的分水嶺。《漢書·禮樂志》曰:"至武帝定郊祀之禮,祠太一於甘泉,就乾位也。祭后土於汾陰,澤中方丘也。乃立樂府,采詩夜誦,有趙、代、秦、楚之謳。"以此而觀,武帝立樂府當在定郊祀之禮、祠太一於甘泉、祭後土於汾陰之後。又《漢書·武帝紀》曰:"(元鼎)四年冬十月,行幸雍,祠五畤。……行自夏陽,東幸汾陰。……十一月甲子,立后土祠於汾陰脽上。……五年冬十月,行幸雍,祠五畤。遂逾隴,登空同,西臨祖厲河而還。十一月辛巳朔旦,冬至。立泰畤於甘泉。"①那麼,武帝立樂府最早應該在元鼎五年(前 112)。但也有學者對武帝立樂府的具體時間提出不同看法,他們根據《郊祀歌》十九章的創作時間、司馬相如的生卒年、李延年得寵於武帝的時間等,推斷武帝立樂府可能在元光二年(前 133)、元朔三年(前 126)、元狩二年(前 121)、元狩三年(前 120)、元鼎六年(前 111)等。但是這些觀點對於音樂文學從創作到配樂歌唱的過程缺乏動態考察,孤立地把唱辭創作的時間認定爲樂章創作的時間,並不符合當時音樂文學創作的實際情況。其實,音樂文學的創作是一個動態過程,辭樂關係的轉化也是一個動態過程,甚至武帝立樂府也並非一次完成,因此,不必將武帝立樂府的時間拘泥於某一年。基於這樣的認識,本文把元狩、元鼎(前122—前 117、前 116—前 111)年間確定爲辭樂關係轉化的第一個關鍵的時間節點。

2. 第二個關鍵時間節點。每一次辭樂關係的變動,都有一個臨界的關鍵時間節點,從"選辭配樂"到"由樂定辭"也不例外。其實,辭樂關係的變動是一種"動態的過程",而非"靜態的性質",所以,關鍵時間節點的確立只是相對而言,只在認識上和論述上給予我們諸多方便,但其實際情況往往是相對模糊的。

其一,關鍵節點的確定。從"選辭配樂"過渡到"由樂定辭",有一關鍵的時間節點不得不注意。宋李清照《詞論》曰:"樂府聲詩並著,最盛於唐。開元、天寶間,有李八郎者,能歌擅天下。……自後鄭衛之聲日熾,流靡之變日煩。已有《菩薩蠻》《春光好》《莎雞子》《更漏子》《浣溪沙》《夢江南》

---

① 漢班固《漢書》卷二十二、卷六,第 1045、183 頁。

《漁父》等詞,不可遍舉。"①這裏"樂府"一般指詞,"聲詩"則指唐代律絕。
此處提到一個關鍵的時間節點,即"開元、天寶"(713—741、742—756),這
是"歌詞"之藝事能與"歌詩"之藝事相提並論的一個時間節點。宋祝穆
《古今事文類聚·續集》引宋吳曾《能改齋漫録》曰:"迄於開元、天寶間,君
臣相與爲淫樂,而明皇尤溺於夷音,天下薰然成俗。於時才士,始依樂工
拍,但疑爲'擔'之聲,被之以辭。句之長短,各隨曲度,而愈失古之'聲依
永'之理也。"②宋胡仔《苕溪漁隱詞話·唐初無長短句》曰:"唐初歌辭多是
五言詩,或七言詩,初無長短句。自中葉以後,至五代,漸變成長短句。"③所
謂"中葉",即指開元、天寶。清朱彝尊《群雅集序》曰:"初唐以詩被樂,填
詞入調,則自開元、天寶始。"④清汪森《詞綜序》亦曰:"當開元盛日,王之
涣、高適、王昌齡詩句流播旗亭,而李白《菩薩蠻》等詞亦被之歌曲。古詩之
於樂府,近體之於詞,分鑣並騁,非有先後。"⑤所謂"並著"或"並騁",並不
能説"歌詞"與"歌詩"在開元、天寶間已平分秋色,而是詞發展到這時,已經
開始展露頭角,顯示出新的音樂文學發展趨勢。此點所論,受任中敏《唐聲
詩》上編七章之第四條"齊雜言同時並舉"啟發,只是二者所論側重點各有
不同。任先生著重用之否證"詞"爲"詩餘"之説,本文則將之納入到音樂文
學史的發展歷程予以觀照,以證"歌詩"與"歌詞"分鑣並馳之分水嶺。另
外,《唐聲詩》上編七章之第五條"盛唐長短句",通過考察唐五代所用全部
詞調後指出:"而百三十一之調名見於《教坊記》,即可信其在開、天間早經
流行者,已有七十五調之多,占一半以上。"⑥以此唐代事實可證,開元、天寶
確實爲"歌詩"與"歌詞"分野之關鍵時間節點,則李清照等人之論,信非
虛言。

其二,承遞關係的表現形式。一是文人向民間學習,開始有意識地依
照民間小曲填詞。依調填詞的燕樂詞調,除隋代七部樂、九部樂或唐代九

---

① 宋李清照《詞論》,見黃墨谷輯校《重輯李清照集》卷四,北京:中華書局 2009 年版,第 53 頁。
② 宋祝穆《古今事文類聚·續集》卷二十四,文淵閣《四庫全書》影印本,臺北:臺灣商務印書館
2008 年版,第 927 册第 442 頁。
③ 宋胡仔《苕溪漁隱詞話》卷二,見唐圭璋編《詞話叢編》,北京:中華書局 1986 年版,第 1 册第
177 頁。
④ 清朱彝尊《群雅集序》,見《曝書亭集》卷四十,文淵閣《四庫全書》影印本,臺北:臺灣商務印書
館,2008 年版,第 1318 册第 109 頁。
⑤ 清汪森《詞綜序》,見清朱彝尊、汪森編《詞綜》卷首,上海:上海古籍出版社 1999 年版,第 5 頁。
⑥ 任中敏《唐聲詩》上編第七章,第 254 頁。

部樂、十部樂等宮廷大型燕樂曲外,還有大量的教坊曲、民間小曲、酒令歌曲和佛曲等。安史之亂以後,大量教坊樂工散在四野,他們與民間樂工相結合,匯成民間文藝的主要暗流,推動著"歌詞"之風日益壯大。二是借鑒"歌詩"之法來"歌詞"。"歌詩"與"歌詞"並非先後關係,而是並列關係,但唐代尤其是中唐以前"歌詩"之風顯然高過"歌詞"之俗,中唐以後,"歌詞"借鑒"歌詩"的形式,主要有兩條途徑:一是在"歌詩"的過程中,填實虛聲,這也是詞從近體詩蜕化而來的一條小途徑。清方成培《香研居詞塵·原詞之始本於樂之散聲》曰:"唐人所歌,多五七言絶句,必雜以散聲,然後可比之管弦,如《陽關》詩,必至三疊而後成音,此自然之理。後來遂譜其散聲,以字句實之,而長短句興焉。"①"歌詞"借鑒"歌詩"的另一途徑,是直接引"歌詩"的曲調作爲詞調。據任中敏《唐聲詩》上編七章考證,唐人聲詩及其同調名之爲長短句者,計二十七曲。宋王灼《碧雞漫志·李唐伶伎取當時名士詩句入歌曲》曰:"唐時,古意亦未全喪,《竹枝》、《浪淘沙》、《抛毬樂》、《楊柳枝》乃詩中絶句,而定爲歌曲。故李太白《清平調》詞三章皆絶句,元、白諸詩亦爲知音者協律作歌。"②《竹枝》《浪淘沙》《抛毬樂》《楊柳枝》《清平調》原本皆是"歌詩"的曲調,後來都直接用於"歌詞"。

其三,關鍵節點形成的原因。開元、天寶正值唐玄宗李隆基執政期間,也是中國歷史上著名的"開天盛世"。唐玄宗以道家思想爲宗,崇奉無爲而治,寬鬆的社會環境使唐帝國經濟迅速達到高峰。經過唐初的接受和發展,西域、北狄等邊地音樂早已在中原大地廣爲流傳,唐代音樂也以開天年間最盛。《唐會要·諸樂》曰:"天寶十三載七月十日。太樂署供奉曲名,及改諸樂名。"③這次改諸樂名,是唐代音樂史上的一件大事,它使燕樂的地位最終確立。唐玄宗酷愛法曲,迷戀胡樂,尤愛羯鼓、玉笛。他以帝王之身,宣導法曲、胡樂,朝野望之如風。《新唐書·禮樂志》曰:"開元二十四年,升胡部於堂上。而天寶樂曲,皆以邊地名,若《涼州》《伊州》《甘州》之類。後又詔道調、法曲與胡部新聲合作。"④唐代開元、天寶年間音樂制度也十分完善,除太常寺管轄的太樂署和鼓吹署外,唐玄宗另置梨園和教坊兩種音樂機構,並親自在梨園教授法曲。《新唐書·百官志》曰:"武德後,置内教坊

---

① 清方成培《香研居詞塵》卷一,《叢書集成初編》本,北京:商務印書館1936年版,第1頁。
② 宋王灼撰,岳珍校正《碧雞漫志校正》卷一,14頁。
③ 宋王溥《唐會要》卷三十三,上海:上海古籍出版社2006年版,第718頁。
④ 宋歐陽修、宋祁《新唐書》卷二十二,北京:中華書局1975年版,第476—477頁。

於禁中。武后如意元年改曰'雲韶府',以中官爲使。開元二年,又置内教坊於蓬萊宮側,有音聲博士、第一曹博士、第二曹博士。京都置左右教坊,掌俳優雜技。自是不隸太常,以中官爲教坊使。"①唐段安節《樂府雜録·別樂識五音輪二十八調圖》曰:"開元中,始別署左右教坊,上都在延政里,東都在明義里,以内官掌之。"②教坊的設置,一改唐代雅樂、燕樂統由太常掌管的局面,從此,唐代雅樂、燕樂分道揚鑣。今所存唐代歌曲也以開元、天寶間最多。唐崔令欽《教坊記·序》曰:"開元中,余爲左金吾倉曹,武官十二三是坊中人。每請俸禄,每加訪問,盡爲余説之。……粗有所識,即復疏之,作《教坊記》。"③是《教坊記》所載亦爲開元間教坊中樂制樂事。翻開《教坊記》所記 343 首樂曲,也可從側面反映開元年間音樂的繁盛情況。這些寬鬆的政治環境和濃厚的藝術氛圍,都爲依調填詞準備了藝術生產的前提。

(三) 音樂文學的其他新變

1. 由"娛神尊雅"到"娛人尚俗"的轉變。漢代樂府機構的設立是中國古代音樂史上的重大事件,它對音樂文學的創作也具有重要影響。樂府機構裏的樂工選取當時名士詩歌配入雅樂歌曲,采趙代秦楚之謳而夜誦,形成了漢代的新雅樂體系和新俗樂體系。其中對後世音樂和音樂文學影響最爲劇烈的是漢代的新俗樂體系。

其一,從娛神走向娛人。先秦是以鐘磬爲代表樂器的雅樂時代,雅樂以祭祀天地、鬼神、祖宗的儀式音樂爲主,其特點是娛神而非娛人。及至漢武帝立樂府,俗樂大興,音樂的功能也從娛神逐漸走向娛人。(甲)漢代俗樂的兩大來源。漢代俗樂有兩大來源:一爲樂府機構所採集的趙代秦楚之謳,這是漢代俗樂歌章的主要來源,一爲西域北狄所傳入的邊地歌曲。《漢書·藝文志》共載歌詩二十八家三百一十四篇,其中自《吳楚汝南歌詩》十五篇起,至《南郡歌詩》五篇止,共計歌詩二百五十九篇爲俗樂歌章,含《河南周歌聲曲折》七篇和《周謠歌詩聲曲折》七十五篇。對這些資料略作估計可知,漢代樂府機構從各地搜集到的俗樂歌章約占正史所載歌章總數的四

---

① 宋歐陽修、宋祁《新唐書》卷四十八,第 1244 頁。
② 唐段安節《樂府雜録·別樂識五音輪二十八調圖》,見俞爲民、孫蓉蓉編:《歷代曲話彙編·唐宋元編》,第 43 頁。
③ 唐崔令欽撰,任半塘箋訂《教坊記箋訂·序》,北京:中華書局 2012 年版,第 2 頁。

分之三。其中的"聲曲折"也許就是漢代民間的樂譜或高度音樂化的唱腔旋律符號,這即意味著樂府機構在採集歌章的同時,也採集了部分原始樂譜。這些樂譜的採集爲"選辭配樂"提供了初級音樂參照,也爲宮廷樂工大量創造俗樂歌章提供了條件。據《古今注》《晉書》載,西漢張騫出使西域,首次將《摩訶兜勒》傳入中原,李延年又據之更造新聲二十八解。也有學者認爲它的傳入當在東漢末靈帝時期或更晚的時期①。但張騫在建元二年(前 139)和元狩四年(前 119)兩次出使西域,不可能不將西域文化帶入中原。西漢初年,班壹曾避地於樓煩,以財雄邊,出入弋獵,旌旗鼓吹,這些音樂可能與其後傳入漢帝國的鼓吹樂有一定關係。漢代鼓吹樂是一組異域風情的樂曲,因其美聽獨特而從胡部俗樂逐漸上升爲宮廷俗樂,一般臣子若想再享用,則必須經過皇帝賞賜。及至東漢末年,胡樂更加風行,尤其受到靈帝的賞識。《後漢書》之《後漢書志·五行》曰:"靈帝好胡服、胡帳、胡床、胡坐、胡飯、胡空侯、胡笛、胡舞,京都貴戚皆競爲之。"②此其明證。

(乙)漢代俗樂的兩大主體。漢代俗樂有兩大主體:一爲相和歌,一爲鼓吹樂。漢代俗樂的兩大主體正好與其兩大來源相對應。據《樂府詩集》之"相和歌辭"諸卷所載,漢代相和歌包括相和六引、相和曲、吟歎曲、四弦曲、平調曲、清調曲、瑟調曲、楚調曲、大曲共九類 99 首,這些也是樂府歌詩的代表作。不過,據宋鄭樵《通志·樂略》所載,相和歌則包括相和曲、吟歎曲、四弦曲、平調曲、清調曲、瑟調曲、楚調曲、大曲八類 110 首。《宋書·樂志》曰:"相和,漢舊曲也。絲竹更相和,執節者歌。"③楊蔭瀏《中國古代音樂史稿》解釋説:"相和歌的原始表演形式,只是清唱,所謂'徒歌';進一步是清唱而加幫腔,叫做'但歌';再進一步是用彈絃樂器和管樂器伴奏,由一人手裏執著一個叫做節的樂器,一面打著節拍,一面歌唱,這纔成爲名符其實的相和歌。"④逯欽立《"相和歌"曲調考》認爲,相和歌的唱奏方式有三種:以歌和歌;以擊打樂器相和;但用管樂器或單用絃樂器相和⑤。相和歌以絲竹爲主要伴奏樂器,它是兩漢的流行歌曲,也是後世相和歌創作的源泉和模

---

① 馮文慈《中外音樂交流史(先秦—清)》第三章,北京:人民音樂出版社 2013 年版,第 38—41 頁。
② 晉司馬彪《後漢書志》卷十三,與《後漢書》合刊,北京:中華書局 1965 年版,第 3272 頁。
③ 梁沈約《宋書》卷二十一,第 655 頁。
④ 楊蔭瀏《中國古代音樂史稿》第五章,見《楊蔭瀏全集》第二卷,南京:江蘇文藝出版社 2009 年版,第 106 頁。
⑤ 逯欽立《"相和歌"曲調考》,原載於《文史》總第 14 輯(1982 年),見《逯欽立文存》,北京:中華書局 2010 年版,第 350—351 頁。

版。漢鼓吹樂，又稱"漢鐃歌"或"漢鼓吹鐃歌"，原有二十二曲，現僅存十八曲，故又稱"漢鐃歌十八曲"。鼓吹樂主要吸收了西域或北狄的曲式和樂器，伴奏樂器原以鳴笳、排簫、胡角爲主，傳入中原後又加入鐃、鼓等打擊樂器。在傳入中原以前，主要用於儀仗鹵簿；邊地軍營最先接觸到它，後加入鐃、鼓等樂器，在相當長一段時間内用於軍樂；傳至中原後，地位逐漸上升爲宮廷俗樂，音樂性質也變爲宴饗娱樂之樂。

　　其二，從尊雅走向尚俗。先秦儒家崇尚雅正的觀念，在禮樂文化中體現得尤爲明顯。《論語·子罕》曰："吾自衛反魯，然後樂正，雅、頌各得其所。"又《衛靈公》曰："放鄭聲，遠佞人。鄭聲淫，佞人殆。"①及至兩漢，在董仲舒的建議下，漢武帝罷黜百家，獨尊儒術，但先秦儒家的雅正觀念仍然不時受到衝擊。（甲）雅樂的内涵與外延有所拓寬。在先秦，雅樂主要指先王之樂，一般爲大型歌舞，主要用於祭祀天地山川四郊之神和歌頌先王先公的豐功偉績。及至漢代，雅樂除指郊廟祭祀之樂外，還包括朝會之樂。西漢賈誼《新書·官人》曰："故君樂雅樂，則友、大臣可以侍；君樂燕樂，則左右侍御者可以侍；君開北房，從薰服之樂，則廝役從。"②所謂"友、大臣可以侍"之雅樂，即爲朝會之樂；"燕樂"和"薰服之樂"則是俗樂。《續漢書·禮儀志中》注補引東漢蔡邕《樂意》曰："漢樂四品：一曰大予樂，典郊、廟、上陵、殿、諸食舉之樂。……二曰周頌雅樂，典辟雍、饗射、六宗、社稷之樂。……三曰黃門鼓吹，天子所以宴樂群臣，《詩》所謂'坎坎鼓我，蹲蹲舞我'者也。其短簫鐃歌，軍樂也。"③一般認爲，蔡邕所言前二品屬於漢代雅樂，甚至有學者指出，第三品也爲雅樂。其中"殿"，指朝會之樂；"食舉""饗射"指燕飲之樂，這些均已超出先秦雅樂的範圍。可以説，漢代的雅樂已經從天地、山嶽、四郊、宗廟之祭祀，擴展到朝會典禮和宮廷宴饗。（乙）雅樂之中摻入俗樂的成份。漢代最重要的郊廟祭祀樂歌《郊祀歌》十九章和《房中歌》十七章，已經不是純粹的雅樂歌章，而是加入了不少新聲俗曲。《漢書·禮樂志》曰："周有《房中樂》，至秦，名曰《壽人》。凡樂，樂其所生，禮不忘本。高祖樂楚聲，故《房中樂》楚聲也。孝惠二年，使樂府令夏侯寬

---

① 魏何晏集解，宋邢昺疏《論語注疏》卷九、卷十五，清嘉慶刊《十三經注疏》影印本，北京：中華書局 2009 年版，第 5409—5410、5468 頁。

② 西漢賈誼《新書·官人》，見《賈誼集》，上海：上海人民出版社，1996 年版，第 133 頁。

③ 漢蔡邕《樂意》，見清嚴可均輯《全上古三代秦漢三國六朝文·全後漢文》卷七十，北京：中華書局 1958 年版，第 859 頁。

備其簫管,更名曰《安世樂》。"①漢代《房中樂》是高祖唐山夫人所作,其間已摻入楚聲。我們拿周代《房中樂》與之作一番比較,即可知漢樂之變的所在。《儀禮·燕禮》曰:"遂歌鄉樂,《周南》:《關雎》《葛覃》《卷耳》;《召南》:《鵲巢》《采蘩》《采蘋》。"鄭玄注:"《周南》《召南》,《國風》篇也,王后、國君房中之樂歌也。《關雎》言後妃之德,《葛覃》言後妃之職,《卷耳》言後妃之志,《鵲巢》言國君夫人之德,《采蘩》言國君夫人不失職也,《采蘋》言卿大夫之妻能修其法度也。"②以此可知,周代《房中樂》主要以歌唱《國風》之《周南》《召南》六篇爲主,大意言後妃及卿大夫妻之德,與漢高祖唐山夫人所作《房中樂》但頌文治武功不同。另外,"二南"屬"正風"之詩,與"變風""變雅"不同,實是風詩中之雅詩,用樂也以雅正緩和爲主,與漢《房中樂》雜用楚聲又不相同。李延年所創之《郊祀歌》與漢初叔孫通因秦樂人而制的"宗廟樂"相較也多有變異。《郊祀歌》雖名雅樂,卻融入了趙代之謳、秦楚之風,與周秦雅樂不同,這是漢代雅樂的創新。所以《漢書·禮樂志》曰:"今漢郊廟詩歌,未有祖宗之事,八音調均,又不協於律呂,而内有掖庭材人,外有上林樂府,皆以鄭聲施於朝廷。"③《宋書·樂志》亦曰:"漢武帝雖頗造新歌,然不以光揚祖考、崇述正德爲先,但多詠祭祀見事及其祥瑞而已。商周《雅》《頌》之體闕焉。"④這些似乎是對雅樂俗變的批評。

2. 由"歌詩"到"歌詞"的轉換。從"歌詩"到"歌詞"的轉換發生在"選辭配樂"到"由樂定辭"的轉變期。所謂"由樂定辭",並不能説音樂始終處於絕對決定地位,而是一種辯證的觀點,即音樂在基本的詞牌、曲牌等曲式框架上處於決定作用,而在具體的旋律片段和演唱者的行腔過程中,往往還存在較大的變數,常常發生"換腔就辭"或"換辭就腔",這也是能够形成不同演唱風格和唱腔流派的原因所在。另外,民間歌謠、仍然屬於"以樂從辭";魏良輔改革後之昆曲,其構體是依照曲牌連綴而成,其行腔歌唱則是"以字行腔"。

其一,一字配一音是依調填詞的實質。以當代流行歌曲的辭樂關係,類推古代的辭樂關係並不全妥,因爲唐宋燕樂與今樂是完全不同的音樂系

---

① 漢班固《漢書》卷二十二,第 1043 頁。
② 漢鄭玄注,唐賈公彦疏《儀禮注疏》卷十五,清嘉慶刊《十三經注疏》影印本,北京:中華書局 2009 年版,第 2208 頁。
③ 漢班固《漢書》卷二十二,第 1071 頁。
④ 梁沈約《宋書》卷十九,第 599 頁。

統。"所謂一字一音,就是作爲歌詞的漢字與歌唱的音符總體上有一一對應的關係,即一個漢字配一個音符。"①也只有一字配一音,纔能使依調填詞變得可以操作。宋王灼《碧雞漫志·歌曲節拍乃自然之度數》曰:"古人因事作歌,抒寫一時之意,意盡則止,故歌無定句。因其喜怒哀樂,聲則不同,故句無定聲。今音節皆有轄束,而一字一拍不敢輒增損,何與古相戾歟?"②王灼爲南宋初人,他所説的"一字一拍"是宋詞的依調填詞常法,與古之"聲依永"不類,當屬可信。另外,南宋姜夔《白石道人歌曲旁譜》所記十七首詞的俗字譜基本也是一字一音。這就是爲什麼在詞的格律尚未定型時,依照同一詞調填配的詞作格式便有極大的穩定性。我們拿早期詞集《花間集》裏的同調詞作分析一番就可以明白。《花間集》卷一載溫庭筠《菩薩蠻》14首,其詞格全同,從其餘詞調下所係詞作也能發現這一特點。這説明,越是早期的詞作其依調填詞的特性越明顯,這是因爲其所依之調爲樂律而非詞律。"歌詩"與"歌詞"的不同之處在於,"歌詩"非一字配一音,而需要填實泛聲、散聲、和聲、送声、缠声等虛聲,以應足譜字,因此,"歌詩"反而比歌詞要容易得多。這也是爲何後世的詞律要比詩律更加嚴密。任中敏《唐聲詩》上編七章指出,唐聲詩由填實和聲、泛聲而成詞者,有十五例之多。這説明填實和聲、泛聲的確是"歌詩"的一種重要方式,但於詞而言則微乎其微。

　　其二,先曲後辭是依調填詞的基本程式。"選辭配樂"是辭與樂處於相對平等的地位,無所謂先辭後曲或先曲後辭,但凡辭樂具已略備,相互揀選配匹即可。而對於"由樂定辭"來講,樂卻處於主導地位,辭處於服從地位,故需先創作完成樂曲,後可依調填詞。詞分令、引、近、慢,又分雙闋、三疊以至四疊,皆是由樂而定,後世不從音樂著眼,僅就字句多少而論,是捨本逐末。在"由樂定辭"的諸體音樂文學中,詞爲最早。這種辭樂相配的方式與既往的辭樂相配方式有很大差別,所以在詞初興之時,這種創作模式並不能得到普遍認同,批評的聲音時有發生。如《侯鯖録》卷七載王安石語:"古之歌者,皆先有詞,後有聲,故曰:'詩言志,歌永言,聲依永,律和聲。'如今先撰腔子,後填詞,卻是'永依聲'也。"③宋王灼《碧雞漫志·歌曲所起》

① 田玉琪《詞調史研究》第一章,第 36 頁。
② 宋王灼撰,岳珍校正《碧雞漫志校正》卷一,第 22 頁。
③ 宋趙令畤《侯鯖録》卷七,上海:上海古籍出版社 2012 年版,第 114 頁。

曰：“故有心則有詩，有詩則有歌，有歌則有聲律，有聲律則有樂歌。永言即詩也，非於詩外求歌也。今先定音節，乃制詞從之，倒置矣！”①宋朱熹《朱子語類·尚書》曰：“或問：‘詩言志，聲依永，律和聲’。曰：‘古人作詩，只是說他心下所存事。説出來，人便將他詩來歌。其聲之清濁長短，各依他詩之語言，卻將律來調和其聲。今人卻先安排下腔調了，然後做語言去合腔子，豈不是倒了！’”②直到明代，批評的聲音還時有發生，如王驥德《曲律·論宮調》曰：“然古樂先有詩而後有律，而今樂則先有律而後有詞；故各曲，句之長短、字之多寡、聲之平仄，又各準其所謂仙侶則清新綿邈、越調則陶寫冷笑者以分叶之。”③王氏所論主要指散曲而言，然而其套路與樂詞創作如出一轍，故亦可視爲對“由樂定辭”創作模式的批評。這種“倒置”的做法也促使歌辭由齊言向雜言過渡，此後中國音樂文學的唱辭基本沿著這條道路發展。

其三，調題相合是依調填詞的最初特徵。在依調填詞之初，文人往往賦詠曲題，詞作的本事、主旨、情趣往往與曲調的聲情相合。宋沈括《夢溪筆談·樂律》曰：“唐人填曲，多詠其曲名，所以哀樂與聲尚相諧會。今則不復知有聲矣，哀聲而歌樂詞，樂聲而歌怨詞，故語雖切而不能感動人情，由聲與意不相諧故也。”④宋黄昇編《花庵詞選》在李詢《巫山一段雲》詞題下小注曰：“唐詞多緣題，所賦《臨江仙》則言仙事，《女冠子》則述道情，《河瀆神》則詠祠廟，大概不失本題之意。而後漸變，去題遠矣。”⑤明胡應麟《少室山房筆叢·藝林學山三》之“醉公子”條曰：“諸詞所詠固即詞名，然詞家亦間如此，不盡泥也。……余謂樂府之題即詞曲之名也，聲調即詞曲之音節也。”⑥清馮金伯《詞苑萃編·體制》曰：“唐詞多屬本意，有調無題……唐人因調以制詞，故命名多屬本意；後人填詞以從調，故賦詠可離原唱也。”⑦唐宋詞約九百個詞調中，最爲流行的詞調約五十個。這説明依照最爲美聽的詞調填制歌辭，是那個時代的一個特點。數以百計的詞作依照同一詞調

---

① 宋王灼撰，岳珍校正《碧雞漫志校正》卷一，第 1 頁。
② 宋黎靖德編《朱子語類》卷七十八，第 2005 頁。
③ 明王驥德撰，陳多、葉長海注釋《曲律注釋》卷二，上海：上海古籍出版社 2012 年版，第 91 頁。
④ 宋沈括撰，胡道靜校注《新校正夢溪筆談》卷五，第 62 頁。
⑤ 宋黄昇編《花庵詞選》卷一，北京：中華書局 1958 年版，第 32 頁。
⑥ 明胡應麟《少室山房筆叢》卷二一，《歷代筆記叢刊》本，上海：上海古籍出版社 2001 年版，第 216 頁。
⑦ 清馮金伯《詞苑萃編》卷一，見唐圭璋編《詞話叢編》，北京：中華書局 1986 年版，第 1755 頁。

填制歌辭,致使後來的填詞者僅著眼於抒寫個人一時之情趣,而不再顧及
詞調聲情。這即是爲何後來的依調填詞之作出現調題錯位,後世依照詞律
所填之律詞則更不必説。

　　綜上,本文明確指出,音樂文學的創作模式主要有"以樂從辭""選辭配
樂""由樂定辭"三種。"以樂從辭"的創作機理是"聲依永,律和聲",這與
"由樂定辭"的創作機理正好相反,"由樂定辭"的創作機理乃是"永依聲"。
"選辭配樂"的創作機理即是選既成之辭配入既成之曲,這一創作模式之所
以能够成立,原因概言有三:一是辭樂本有相互對應的基本框架,如辭式與
曲式、辭情與聲情的對應等;二是借助虛聲可彌補辭樂之不協調性,如填實
泛聲、增之散聲、加入和聲、添爲送聲、補充襯字等;三是對辭作進行適當改
造,以屈就樂曲,如割辭成篇、拼湊分割等。上文對三種創作模式之創作過
程或創作形態或創作路徑各作詳論,並指出"元狩、元鼎"與"開元、天寶"是
三種創作模式轉折的兩個關鍵時間節點,伴隨創作模式之變更,辭樂關係
也隨之發生一些微妙的變動。

　　附言: 真誠感謝審稿專家對拙撰提出之寶貴修改意見!

（作者單位: 重慶師範大學音樂學院）

On the Creative Modes of Classical Chinese Musical Literature

Zhang Jian-hua

Yi yue cong ci 以樂從辭(lit., to compose the melody according to the lyrics), *xuan ci pei yue* 選辭配樂(lit., to select an existing lyrics to match an existing melody), and *you yue ding ci* 由樂定辭(lit., to write the lyrics according to the melody) are the three major creative modes of classical Chinese musical literature. *Yi yue cong ci*'s mechanism is *sheng yi yong*, *lü he sheng* 聲依永, 律和聲(the sound relies on the singing, and pitch-pipes harmonize sound), while *you yue ding ci*'s mechanism is the opposite *yong yi sheng* 永依聲(the singing relies on the sound). *Xuan ci pei yue*'s mechanism features two methods of (1) cutting and piecing the lyrics and (2) matching a bstract sounds with lyrics. The Yuanshou 元狩 and Yuanding 元鼎 eras of the Han dynasty (122 – 117 BCE) and the Kaiyuan 開元 and Tianbao 天寶 eras of the Tang dynasty (713 – 756 CE) are two critical times when the three creative modes of Chinese musical literature underwent changes that added subtle complications to the melody-lyrics relationship.

Keywords: musical literature, creative mode, *yi yue cong ci*, *xuan ci pei yue*, *you yue ding ci*

徵引書目

1. 孔狄亞克著,洪潔求等譯,《人類知識起源論》,北京：商務印書館,2011 年版。Étienne Bonnot de Condillac. *Renlei zhishi qiyuan lun（Essay on the Origin of Human Knowledge）*. Translated by Hong Jieqiu et al. Beijing：The Commercial Press, 2011.

2. 孔安國傳,孔穎達疏：《尚書注疏》,清嘉慶刊《十三經注疏》影印本,北京：中華書局,2009 年版。Kong Anguo. *Shangshu zhushu（Commentary and Annotations on The Book of Documents）*. Annotated by Kong Yingda. Photocopy of *Commentaries on The Thirteen Classics* published in Jiaqing of Qing-dynasty. Beijing：Zhonghua Book Company, 2009.

3. 方成培：《香研居詞塵》,《叢書集成初編》本,上海：商務印書館,1936 年版。Fang Chengpei. *Xiangyianju ci zhu（Discussion on Ci in Xiangyianju）*. *The First Edition of Congshu jicheng*. Shanghai：The Commercial Press, 1936.

4. 毛亨傳、鄭玄箋,陸德明音義：《毛詩傳箋》,北京：中華書局,2018 年版。Mao Heng. *Maoshi zhuanjian（Commentary to the Mao Text of The Book of Poetry）*. Annotated by Zheng Xuan and Lu Deming. Beijing：Zhonghua Book Company, 2018.

5. 王小盾等編：《漢文佛經音樂史料類編》,南京：鳳凰出版社,2014 年版。Wang Xiaodun et al edited. *Hanwen fojing yinyue shiliao leibian（Musical Materials in Chinese Buddhist Sutras）*. Nanjing：Fenghuang chuban she, 2014.

6. 王兆鵬：《宋代文學傳播探源》,武漢：武漢大學出版社,2013 年版。Wang Zhaopeng. *Songdai wenxue chuanbo tanyuan（The Dissemination of Literature in Song-dynasty）*. Wuhan：Wuhan University Press, 2013.

7. 王灼撰,岳珍校正：《碧雞漫志校正》,北京：人民文學出版社,2015 年修訂版。Wang Zhuo, *Biji manzhi Jiaozheng（Emendation on Biji Manzhi）*. Emendated by Yue Zhen. Beijing：People's Literature Publishing House, Revised Edition, 2015.

8. 王昆吾：《唐代酒令藝術》,上海：東方出版中心,1995 年版。Wang Kunwu. *Tangdai jiuling yishu（The Art of Drinking Game in Tang Dynasty）*. Shanghai：Dongfang chuban zhongxin, 1995.

9. 王昆吾：《隋唐五代燕樂雜言歌辭研究》,北京：中華書局,1996 年版。Wang Kunwu. *Sui tang wudai yanyue zayan geci yanjiu（Studies on The Songs and Lyrics of Banquet Music in Sui, Tang And Five Dynasties）*. Beijing：Zhonghua Book Company, 1996.

10. 王陽明撰,鄧艾民注：《傳習錄注疏》,上海：上海古籍出版社,2012 年版。Wang Yangming. *Chuanxilu zhushu（An Extended Commentary on A Record of Practicing What Has Been Transmitted）*. Annotated by Deng Aimin. Shanghai：Shanghai Classics Publishing House, 2012.

11. 王溥：《唐會要》,上海：上海古籍出版社,2006 年版。Wang Pu. *Tang huiyao（Institutional History of Tang）*. Shanghai：Shanghai Classics Publishing House, 2006.

12. 王運熙：《樂府詩述論》,《王運熙文集》第一卷,上海：上海古籍出版社,2014 年版。Wang Yunxi. *Yuefushi shulun（Essays on Music Bureau Poetry）*. In *Wang Yunxi wenji*

（*The Collected Works of Wang Yunxi*），Volume 1. Shanghai：Shanghai Classics Publishing House，2014.

13. 王驥德撰，陳多、葉長海注釋：《曲律注釋》，上海：上海古籍出版社，2012 年版。Wang Jide，*Qulü Zhushi*（*Annotations on Qulü*）. Annotated by Chen Duo and Ye Changhai. Shanghai：Shanghai Classics Publishing House，2012.

14. 史浩：《史浩集》，杭州：浙江古籍出版社，2016 年版。Shi Hao. *Shihao ji*（*The Collected Works of Shi Hao*）. Hangzhou：Zhejiang guji chuban she，2016.

15. 司馬彪：《後漢書志》（與《後漢書》合刊），北京：中華書局，1965 年版。Sima Biao，*Houhanshu zhi*（*Records of Book of the Later Han*）. Co-published with *Book of the Later Han*. Beijing：Zhonghua Book Company，1965.

16. 司馬遷：《史記》，北京：中華書局，1963 年版。Sima Qian. *Shi Ji*（*Records of the Grand Historian*）. Beijing：Zhonghua Book Company，1963.

17. 田玉琪：《詞調史研究》，北京：人民出版社，2012 年版。Tian Yuqi. *Cidiao Shi Yanjiu*（*Studies on The History of Ci and Tone*）. Beijing：People's Publishing House，2012.

18. 白居易，顧學頡點校：《白居易集》，北京：中華書局，1979 年版。Bai juyi. *Bai juyi ji*（*The Collected Works of Bai Juyi*）. Punctuated and collated by Gu Xuejie. Beijing：Zhonghua Book Company，1979.

19. 任中敏：《唐聲詩》，《任中敏文集》第六卷，南京：鳳凰出版社，2015 年版。Ren Zhongmin. *Tang Shengshi*（*Sung Poetry in the Tang*）. In *Ren Zhongmin wenji*（*The Collected Works of Ren Zhongmin*），Volume 6. Nanjing：Fenghuang chuban she，2015.

20. 朱熹：《晦庵先生朱文公文集》，《朱子全書》第 21 册，上海：上海古籍出版社、合肥：安徽教育出版社，2010 年修訂版。Zhu Xi. *Huian Xiansheng Zhuwengong Wenji*（*The Collected Works of Zhu Xi*）. In *Zhuzi quanshu*（*Complete Works of Zhu Zi*），Vol. 21. Shanghai：Shanghai Classics Publishing House，Hefei：Anhui Education Publishing House，Revised Edition，2010.

21. 朱彝尊、汪森編：《詞綜》，上海：上海古籍出版社，1999 年版。Zhu Yizun and Wang Sen edited. *Ci Zong*（*Compilation of Ci*），Shanghai：Shanghai Classics Publishing House，1999.

22. 朱彝尊：《曝書亭集》，文淵閣《四庫全書》影印本第 1318 册，臺北：臺灣商務印書館，2008 年版。Zhu yizun. *Pushuting ji*（*The Collection of Pushuting*）. *Wenyuange Siku Quanshu*，photocopy no. 1318. Taibei：Taiwan Commerical Press，2008.

23. 何晏集解，邢昺疏：《論語注疏》，清嘉慶刊《十三經注疏》影印本，北京：中華書局，2009 年版。He Yan. *Lunyu zhushu*（*Commentary and Annotations on the Analects*）. Annotated by Xing Bing. Photocopy of *Commentaries on The Thirteen Classics* published in Jiaqing of Qing dynasty，Beijing：Zhonghua Book Company，2009.

24. 余冠英：《漢魏六朝詩論叢》，北京：商務印書館，2010 年版。Yu Guanying. *Han Wei Liuchao Shi Luncong*（*Essays on Poetries in the Han，Wei And Six Dynasties*）. Beijing：The Commercial Press，2010.

25. 吕不韋編，許維遹集釋：《吕氏春秋集釋》，北京：中華書局，2016 年版。Lü Buwei.

Lüshi chunqiu jishi (*Complete Annotated Edition of Master Lü's Spring and Autumn Annals*). Annotated by Xu Weiyu. Beijing：Zhonghua Book Company，2016.

26. 岑仲勉：《隋唐史》，北京：商務印書館，2015 年版。Cen Zhongmian. *Sui Tang Shi* (*History of Sui and Tang dynasty*). Beijing：The Commercial Press，2015.

27. 李東陽撰，李慶立校釋：《懷麓堂詩話校釋》，北京：人民文學出版社，2009 年版。Li Dongyang. *Huailutang shihua jiaoshi* (*Collected Explanations and Annotations of Poetry Remarks from the Hall of Huailu*). Annotated by Li Qingli. Beijing：People's Literature Publishing House，2009.

28. 李清照撰，黃墨谷輯校：《重輯李清照集》，北京：中華書局，2009 年版。Li Qingzhao. *Chongji li qingzhao ji* (*Recompilation of Li Qingzhao's Works*). Collected and Collated by Huang Mogu. Beijing：Zhonghua Book Company，2009.

29. 沈括撰，胡道靜校注：《新校正夢溪筆談》，《胡道靜文集》本，上海：上海人民出版社，2011 年版。Shen Kuo, *Xin jiaozheng mengxi bitan* (*A New Proofread on Dream Pool Essays*). In *Hu Daojing wenji* (*Collected Works of Hu Daojing*). Annotaed by Hu Daojing. Shanghai：Shanghai People's Publishing House，2011.

30. 沈洽：《音腔論》，《中央音樂學院學報》1982 年第 4 期（1982 年 12 月），頁 13—21。Shen Qia. "*Yinqiang Lun*" (*On Sound Cavity*). *Zhongyang yinyue xueyuan xuebao* (*Journal of Central Conservatory of Music*) 4 (Dec. 1982)：pp.13－21.

31. 沈約：《宋書》，北京：中華書局，2018 年版。Shen Yue. *Song shu* (*Book of Song*). Beijing：Zhonghua Book Company，2018.

32. 沈義父撰，蔡嵩雲箋釋：《樂府指迷箋釋》，北京：人民文學出版社，1963 年版。Shen Yifu. *Yuefu zhimi jianzhi* (*A Guide to Yuefu with Annotations and Explanations*). Annotated by Cai Songyun. Beijing：People's Literature Publishing House，1963.

33. 房玄齡等：《晉書》，北京：中華書局，1974 年版。Fang Xuanling et al. *Jin shu* (*Book of Jin*). Beijing：Zhonghua Book Company，1974.

34. 俞文豹撰，張宗祥校訂：《吹劍三錄》，《吹劍錄全編》本，上海：古典文學出版社，1958 年版。Yu Wenbao. *Chuijian sanlu* (*The Third Record of Chuijian*). *Complete Compilation of Chuijian*. Collated by Zhang Zongxiang. Shanghai：Classical Literrature Press，1958.

35. 俞爲民、孫蓉蓉編：《歷代曲話彙編·唐宋元編》，合肥：黃山書社，2006 年版。Yu Weimin and Sun Rongrong edited. *Lidai quhua huibian Tangsongyuan bian* (*Collected Discussions of Quhua of Tang, Song and Yuan*). Hefei：Huangshan shushe，2006.

36. 紀昀等：《四庫全書總目》，北京：中華書局，1965 年版。Ji Yun et al. *Sikuquanshu zongmu* (*General Catalogue of Complete Library in Four Sections*). Beijing：Zhonghua Book Company，1965.

37. 胡震亨：《唐音癸籤》，上海：上海古籍出版社，1981 年版。Hu Zhenheng. *Tang yin gui jian* (*Comprehensive Collection of Poems in Tang dynasty*). Shanghai：Shanghai Classics Publishing House，1981.

38. 胡應麟：《少室山房筆叢》，上海：上海古籍出版社，2001 年版。Hu Yinglin. *Shaoshi*

shanfang bicong (*Collected Essays from the Shaoshi Shanfang Studio*). Shanghai：Shanghai Classics Publishing House, 2001.

39. 范攄：《雲溪友議》,《叢書集成初編》本,北京：中華書局,1985 年版。Fan Shu. *Yunxi youyi* (*Master Cloud Creek's Discussions with Friends*). *The First Edition of Congshu jicheng*. Beijing：Zhonghua Book Company, 1985.

40. 聞一多：《神話與詩》,《聞一多全集》第一卷,北京：生活・讀書・新知三聯書店,1982 年版。Wen Yiduo. *Shenhua yu shi* (*Mythology and Poetry*). In *Wen Yiduo Quanji* (*The Complete Works of Wen Yiduo*), vol. 1. Beijing：SDX Joint Publishing Company, 1982.

41. 唐圭璋編：《詞話叢編》,北京：中華書局,1986 年版。Tang Guizhang edited. *Cihua xongbian* (*Collection of Remarks on Song Lyrics*). Beijing：Zhonghua Book Company, 1986.

42. 夏承燾：《令詞出於酒令考》,《詞學季刊》1936 年第 2 期(1936 年 6 月),頁 12—14。Xia Chengtao. "*Lingci chuyu jiuling kao*" ("*The Study of Lingci Originate from Drinking Game*"). *Ci xue jikan* (*Ci Quarterly*) 2 (Jun. 1936)：pp.12－14.

43. 祝穆：《古今事文類聚》,文淵閣《四庫全書》影印本第 927 册,臺北：臺灣商務印書館,2008 年版。Zhu Mu. *Gujin shiwen leiju* (*Historical and Contemporary Classified Collection Based on Historical Documents and Literary Works*). *Wenyuangge Siku Quanshu*, photocopy no. 927. Taibei：Taiwan Commerical Press, 2008.

44. 馬端臨：《文獻通考》,北京：中華書局,1986 年版。Ma Duanlin. *Wenxian Tongkao* (*Comprehensive Examination of Literature*). Beijing：Zhonghua Book Company, 1986.

45. 崔令欽撰,任半塘箋訂：《教坊記箋訂》,北京：中華書局,2012 年版。Cui Lingqin. *Jiaofangji jianding* (*Annotations on Records of the Music Bureau*). Annotated by Ren Bantang. Beijing：Zhonghua Book Company, 2012.

46. 崔豹：《古今注》,《叢書集成初編》本,北京：商務印書館,1985 年版。Cui Bao. *Gujin Zhu* (*Summary of Events in Ancient Times And Jin-dynasty*). *The First Edition of Congshu jicheng*. Beijing：The Commercial Press, 1985.

47. 張炎：《詞源》,《叢書集成初編》本,北京：中華書局,1991 年版。Zhang Yan. *Ci Yuan* (*Origins of Lyric Poetry*). *The First Edition of Congshu jicheng*. Beijing：Zhonghua Book Company, 1991.

48. 張載撰,章錫琛點校：《張載集》,北京：中華書局,1978 年版。Zhang Zai. *Zhangzai ji* (*The Collected Works of Zhang Zai*). Punctuated and collated by Zhang Xichen. Beijing：Zhonghua Book Company, 1978.

49. 脱脱等：《宋史》,北京：中華書局,1977 年版。Tuotuo et al. *Songshi* (*History of Song*). Beijing：Zhonghua Book Company, 1977.

50. 郭茂倩：《樂府詩集》,北京：中華書局,1979 年版。Guo Maoqian. *Yuefu shiji* (*Collection of Music Bureau Poetry*). Beijing：Zhonghua Book Company, 1979.

51. 曾昭岷等編：《全唐五代詞》,北京：中華書局,1999 年版。Zeng Zhaomin et al edited. *Quan Tang Wudai Ci* (*Complete Ci Poetry of the Tang and Five Dynasties*). Beijing：

Zhonghua Book Company, 1999.

52. 曾慥：《樂府雅詞》，《叢書集成初編》本，北京：中華書局，1985 年版。Zeng Zao. *Yuefu yaci（Elegant Lyrics for Music Bureau Songs）. The First Edition of Congshu jicheng.* Beijing：Zhonghua Book Company, 1985.

53. 逯欽立輯：《先秦漢魏晉南北朝詩》，北京：中華書局，1983 年版。Lu Qinli edited. *Xianqin Wei Jin Nanbeichao Shi（Poetry of the Qin, Han, Wei, Jin, and Northern and Southern Dynasties）.* Beijing：Zhonghua Book Company, 1983.

54. 逯欽立：《逯欽立文存》，北京：中華書局，2010 年版。Lu Qinli. *Lu Qinli wencun（The Collected Writings of Lu Qinli）.* Beijing：Zhonghua Book Company, 2010.

55. 馮文慈：《中外音樂交流史（先秦—清）》，北京：人民音樂出版社，2013 年版。Feng Wenci. *Zhongwai yinyue jiaoliushi（Xianqin—Qing）（History of Communication Between Chinese and Foreign Music（Pre-Qin—Qing））.* Beijing：People's Music Publishing House, 2013.

56. 黄昇編：《花庵詞選》，北京：中華書局，1958 年版。Huang Sheng edited. *Hua 'an Ci Xuan（Flower Cottage Song Lyrics Anthology）.* Beijing：Zhonghua Book Company, 1958.

57. 楊蔭瀏：《中國古代音樂史稿》，《楊蔭瀏全集》第二卷，南京：江蘇文藝出版社，2009 年版。Yang Yinliu. *Zhongguo Gudai Yinyue Shigao（A Draft of the History of Ancient Chinese Music）.* In *Yang Yinliu quanji（The Complete Works of Yang Yinliu）*, vol. 2. Nanjing：Jiangsu wenyi Publishing House, 2009.

58. 賈誼：《賈誼集》，上海：上海人民出版社，1996 年版。Jia Yi. *Jiayi ji（The Collected Works of Jia Yi）.* Shanghai：Shanghai People's Publishing House, 1996.

59. 劉禹錫撰，瞿蜕園箋證：《劉禹錫集箋證》，上海：上海古籍出版社，1989 年版。Liu Yuxi. *Liu Yuxi ji aianzheng（The Collection Works of Liu Yuxi with Draft Collation Notes）.* Collated by Qu Xiuyuan. Shanghai：Shanghai Classics Publishing House, 1989.

60. 劉堯民：《詞與音樂》，昆明：雲南人民出版社，1982 年版。Liu Yaomin. *Ci yu yinyue（Ci and Music）.* Kunming：Yunnan People's Publishing House, 1982.

61. 劉勰撰，范文瀾注：《文心雕龍注》，北京：人民文學出版社，1958 年版。Liu Xie. *Wenxin diaolong zhu（Annotated Edition of "The Literary Mind and the Carving of Dragons"）.* Annotated by Fan Wenlan. Beijing：People's Literature Publishing House, 1958.

62. 歐陽修、宋祁：《新唐書》，北京：中華書局，1975 年版。Ouyang Xiu and Song Qi. *Xin tangshu（New Book of Tang）.*Beijing：Zhonghua Book Company, 1975.

63. 趙令畤：《侯鯖録》，上海：上海古籍出版社，2012 年版。Zhao Lingzhi. *Hou qing lu（Hou Qing Lu）.* Shanghai：Shanghai Classics Publishing House, 2012.

64. 鄭玄注，孔穎達疏：《毛詩注疏》，清嘉慶刊《十三經注疏》影印本，北京：中華書局，2009 年版。Zheng Xuan. *Maoshi zhushu（Commentary and Annotations on The Mao Text of The Book of Poetry）.* Annotated by Kong Yingda. Photocopy of *Commentaries on The Thirteen Classics* published in Jiaqing of Qing dynasty. Beijing：Zhonghua Book Company, 2009.

65. 鄭玄注,孔穎達疏:《禮記注疏》,清嘉慶刊《十三經注疏》影印本,北京:中華書局,2009 年版。Zheng Xuan. *Liji zhushu* (*Commentary and Annotations on The Book of Rites*). Annotated by Kong Yingda. Photocopy of *Commentaries on The Thirteen Classics* published in Jiaqing of Qing dynasty. Beijing: Zhonghua Book Company, 2009.

66. 鄭玄注,賈公彦疏:《儀禮注疏》,清嘉慶刊《十三經注疏》影印本,北京:中華書局,2009 年版。Zheng Xuan. *Yili zhushu* (*Commentary and Annotations on The Book of Etiquette*). Annotated by Jia Gongyan. Photocopy of *Commentaries on The Thirteen Classics* published in Jiaqing of Qing dynasty. Beijing: Zhonghua Book Company, 2009.

67. 鄭祖襄:《華夏舊樂新證:鄭祖襄音樂文集》,上海:上海音樂學院出版社,2005 年版。Zheng Zuxiang. *Huaxia jiuyue xinzheng: Zheng Zuxiang yinyue wenji* (*New Analysis of Ancient Chinese Music: Collected Writings on Music of Zheng Zuxiang*). Shanghai: Shanghai Conservatory of Music press, 2005.

68. 鄭樵:《通志》,北京:中華書局,1987 年版。Zheng Qiao. *Tongzhi* (*Comprehensive Records*). Beijing: Zhonghua Book Company, 1987.

69. 黎靖德編:《朱子語類》,北京:中華書局,1986 年版。Li Jingde edited. *Zhuzi yulei* (*A Collection of Conversations of Master Zhu*). Beijing: Zhonghua Book Company, 1986.

70. 魏徵等:《隋書》,北京:中華書局,1973 年版。Wei Zheng et al. *Sui shu* (*Book of Sui*). Beijing: Zhonghua Book Company, 1973.

71. 羅根澤:《羅根澤古典文學論文集》,上海:上海古籍出版社,2009 年版。Luo Genze. *Luo Genze gudian wenxue lunwenji* (*Collection of Discourses on Classical Literature by Luo Genze*). Shanghai: Shanghai Classics Publishing House, 2009.

72. 嚴可均輯:《全上古三代秦漢三國六朝文》,北京:中華書局,1958 年版。Yan Kejun edited. *Quan shanggu sandai qinhan sanguo liuchao wen* (*Complete Prose of Antiquity, the Three Eras, Qin, Han, Three Kingdoms, and the Six Dynasties*). Beijing: Zhonghua Book Company, 1958.

庾信的生平創作及其意義

——《中國中古文學史》的一個片段

顧　農

【摘　要】庾信(513—581)前半生在南朝梁爲宮廷文人,所作詩賦皆爲"宮體";後半生不得已而在北,儘管北周的高層人士對他非常尊重客氣,但他内心深處總是有些矛盾和痛苦,並融化而進入其詩賦和文章之中。作爲使節他在被扣留之初,曾遭軟禁三年,其時的作品《傷心賦》《小園賦》《枯樹賦》飽含痛苦的心情,也流露了行將轉身的意向。後來作於天和四年(569)的《哀江南賦》,則深刻地總結了蕭梁王朝由盛而衰以至於滅亡的歷史教訓,文辭曲折典雅,歷來得到很高的評價。他詩和文也都達到很高的水準,其中同樣隱含了他對自己轉身的解釋和哀歎。當年的時代主潮在於民族融合,庾信認同鮮卑族主導的北周政權,肯同他們合作,是正常的;而不斷抒發其鄉關故國之思,則表現了對華夏文化大流的熱愛與眷念,深刻地符合中古歷史發展的大方向。要瞭解其時歷史發展過程中的波瀾與漩渦,庾信的作品包括那些誄墓諸文都具有很高的價值。

【關鍵詞】庾信　《小園賦》　《枯樹賦》　《哀江南賦》　詠懷詩　墓誌文　民族融合

　　南北朝時期重量級大作家庾信(字子山,513—581)的一生分爲兩大段:前半在南朝梁爲宮廷文人,後半不得已而在北。他初入北時還是西魏,但很快就改朝換代而爲周,儘管北方政權的高層人士對他非常尊重客氣,他在這裡的官位也比過去要高得多,但故園是回不去了,内心深處總是很有些矛盾和痛苦,不免都融化而進入其詩賦和文章之中。

分裂時代的複雜經歷,使庾信的創作能夠"窮南北之勝"(倪璠《注釋庾集題辭》),在文學史上留下了相當濃重的痕跡。

一

庾信乃是庾肩吾之子,本來注定有一個穩定而輝煌的前程,但後來發生了很大的變化。

他的祖籍在南陽新野(今屬河南省),其先輩於西晉永嘉之亂時南遷,落户於江陵,漸漸有人在南朝當官,但地位似乎並不甚高①。到他父親庾肩吾(字子慎,487—551)地位大爲上升,成了名聲煊赫的文學侍從之臣——他是後來的太子蕭綱(503—551)的老師,從天監八年(509)蕭綱七歲的時候起就在他手下任職,此後長期追隨這位王子。中大通三年(531)蕭綱被立爲太子後,他在這裡擔任通事舍人,除中間一度到蕭綱的七弟蕭繹那裡去效勞之外,長期同蕭綱在一起,是著名的御用文人。《梁書·庾肩吾傳》寫道:

> 初,太宗(按指蕭綱)在藩,雅好文章士。時肩吾與東海徐摛、吳郡
> 陸杲、彭城劉遵、劉孝儀、儀弟孝威,同被賞接。及居東宮,又開文德
> 省,置學士,肩吾子信、摛子陵、吳郡張長公、北地傅弘、東海鮑至等充
> 其選。齊永明中,文士王融、謝朓、沈約,文章始用四聲,以爲新變。至
> 是轉拘聲韻,彌尚麗靡,復逾於往時。

可知其時庾肩吾同蕭綱的另一位資深文學侍從之臣徐摛(字士秀,471—551)等人在宣導一場詩界革新,他們的下一代庾信、徐陵等人作爲文德省學士緊緊跟上,都以追求新變著稱。他們寫詩講究聲律與辭藻之美,大有爲藝術而藝術的氣息。徐摛和庾肩吾的新詩,以及他們那些同樣講究聲韻和辭藻的駢體文、辭賦,當時被稱爲"徐庾體",該體自然也包括小徐、

---

① 所以他在《哀江南賦·序》裡只是含糊地説:"我之掌庾承周,以世功而爲族;經邦佐漢,用論道而當官。稟嵩、華之玉石,潤河、洛之波瀾。居負洛而重世,邑臨河而晏安。逮永嘉之艱虞,始中原之乏主。民枕倚於牆壁,路交橫於豺虎。值五馬之南奔,逢三星之東聚。彼凌江而建國,始播遷於吾祖。分南陽而賜田,裂東嶽而胙土。誅茅宋玉之宅,穿徑臨江之府。"

小庾在内。

那時正是蕭梁王朝的盛世，"五十年中，江表無事"，"於時朝野歡娛，池臺鐘鼓。里爲冠蓋，門成鄒、魯。連茂苑於海陵，跨橫塘於江浦。東門則鞭石成橋，南極則鑄銅爲柱。橘則園植萬株，竹則家封千户。西贐浮玉，南琛没羽。吳歈越吟，荊豔楚舞。草木之遇陽春，魚龍之逢風雨。"（庾信《哀江南賦》）蕭綱手下文士雲集，年輕的庾信、徐陵在這裡充當抄撰學士，春風得意，"父子在東宫，出入禁闥，恩禮莫與比隆……每有一文，都下莫不傳誦"。太子蕭綱的詩文之風與所謂"徐庾體"毫無二致，由於他地位更高，這種新體被稱爲"宫體"，亦即東宫之體或太子體。宫體詩的主題涵蓋了貴族生活的方方面面，庾信這時的作品也正是如此。其間他曾經出使東魏，同北方作家討論過辭賦問題，"盛爲鄴下所稱"（《周書·庾信傳》）。

可惜一場突如其來的侯景之亂把蕭梁王朝完全搞垮了。時任建康令的庾信被派去把守朱雀門，阻止叛軍進入首都，而他完全没有這方面的訓練和能力，手下又是一群同樣絲毫不懂軍事的官僚，他們只能退卻逃跑。《北史·庾信傳》寫道：

> 侯景作亂，梁簡文帝命信率宫中文武千餘人，營於朱雀航。及景至，信以衆先退。台城陷後，信奔於江陵。

《南史·賊臣傳》則提供了若干細節：

> （太清）二年八月，（侯）景遂發兵反……（九月）既而景至朱雀航……蕭正德先屯丹陽郡，至是率所部與景合。建康令庾信率兵千餘人屯航北，及景至徹航，始除一舶，見賊軍皆著鐵面，遂棄軍走。南塘遊軍復閉航度景。皇太子以所乘馬授王質，配精兵三千，使援庾信。質至領軍府與賊遇，未陣便奔。景乘勝至闕下。

而《資治通鑑》卷一百六十一太清二年（548）條下寫道：

> 梁興四十七年，境内無事，公卿在位及閭里士大夫罕見兵甲，賊至猝迫，公私駭震……
> 辛亥，（侯）景至朱雀桁南，太子以臨賀王（蕭）正德守宣陽門，東宫

學士新野庾信守朱雀門，帥宮中文武三千餘人營桁北，太子命信開大桁以挫其鋒，正德曰："百姓見開桁，必大驚駭，可且安物情。"太子從之。俄而景至，信帥衆開桁，始除一舶，見景軍皆著鐵面，退隱於門。信方食甘蔗，有飛箭中門柱，信手甘蔗，應弦而落，遂棄軍走。南塘游軍沈子睦，臨賀王正德之黨也，復閉桁渡景。太子使王質將精兵三千援信，至領軍府，遇賊，未陳（陣）而走。

臨賀王蕭正德乃是與侯景互相勾結的内奸，而庾信以及王質都是根本不能領兵作戰的，於是放棄陣地不戰而奔，使梁王朝失去守住首都的最後的防線，放叛亂者直接到達皇宫的門外。

侯景之亂使得以建康爲中心的蕭梁政權迅速土崩瓦解，臺城陷落後，庾信逃出建康，歷盡艱險，逃往上游的重鎮江陵（今湖北荆州）。在戰亂中，庾信有二子一女死於非命，讓他悲痛至極。

關於他這一次流亡的經歷，現在看不到多少具體的材料，只知道歷時甚長，非常辛苦，中間多次出現險情。他後來在《哀江南賦》中有大段的文章寫他這一段經歷（由"於是桂林顛覆，長洲麋鹿"到"才子並命，俱非百年"）。作者習慣於用繁多的典故來暗寫，而具體情形卻不易確悉，只是可以大體知道以下三點：其一，建康臺城陷落，蕭梁諸王紛爭不已，武帝蕭衍和簡文帝蕭綱都死於非命，庾信自己走投無路，只好向江陵方向逃亡。其二，當時路上非常混亂，充滿危險，自己詐稱奉皇帝之命出使，勉強混過了一路的盤查，因爲到底沒有正式的公文，過程非常艱辛。第三，最糟糕的是侯景部下的水兵進攻郢州（今湖北武漢），與蕭繹部下的王僧辯在長江上惡鬥，幸虧躲避及時，否則很可能要丟掉性命。

先前庾氏家族南遷之初就是落户江陵的，庾信在這裡應當可以找到族人。這時他的父親庾肩吾也逃回了江陵，於是他們都在"承制"（已繼任國家元首，尚待完成稱帝的手續）的蕭繹（蕭衍第七子，後史稱梁元帝）手下任職，庾肩吾任江州刺史，庾信爲御史中丞。稍後庾肩吾死，承聖三年（554）四月庾信以梁散騎常侍的身份作爲梁元帝蕭繹的使節出使西魏。可是就在此後不久，西魏即出兵攻佔了江陵，梁元帝蕭繹被殺，江陵的一批官員及其家屬被押解到長安，成爲俘虜和人質。

就是在庾信到達長安後不久，西魏執政者、丞相宇文泰（後北周追認爲太祖，505—556）命于謹等人率五萬大軍猛攻江陵，與梁元帝蕭繹矛盾很深的蕭詧(蕭統之子)與魏人配合,也出兵攻江陵。當年年底,西魏攻佔了江陵,殺掉梁元帝蕭繹,這讓使節庾信失去原先的依託,處境十分尷尬;這一年庾信四十二歲,從此留滯北方,直到六十九歲死在那裡。

關於西魏方面攻打江陵一役,《周書·太祖紀》有下列簡要的記載:

> 梁元帝遣使請據舊圖以定疆界,又連結於齊,言辭悖慢。太祖曰:"古人有言'天之所棄,誰能興之',其蕭繹之謂乎!"
>
> 冬十月壬戌,遣柱國于謹、中山公護、大將軍楊忠、韋孝寬等步騎五萬討之。
>
> 冬十二月癸未,師濟於漢……丙申,謹至江陵,列營圍守。辛亥,進攻城,其日克之。擒梁元帝,殺之,並擄其百官及士民以歸。沒爲奴婢者十萬餘,其免者二百餘家。

這二百餘家自應是上層人物之家,庾信的家小也在其中①。江陵淪陷,庾信失去了歸路。

宇文泰是一位精明强幹的政治家,非常注意籠絡利用南方士大夫,當拿下江陵、一批梁的官員向北方投降並被帶到長安以後,他高興地説:"昔平吳之利,二陸而已。今定楚之功,群賢畢至,可謂過之矣。"(《周書·王褒傳》)他對原屬南方的高級人才非常客氣,給予禮遇,要求他們安心在此效勞②。在這樣的政策背景下,庾信自然也在大力籠絡的名單之內,但由於他曾經是帶著蕭繹的强硬立場來談判的代表,所以也不能一下子就過於客氣,先被軟禁了起來。由江陵擄來的家屬允許同他生活在一起——這種人性化的安排有助於讓庾信轉變立場。

庾信被西魏當局軟禁在某一小園子裡面。北方在等待庾信明確表態度。庾信的《小園賦》、《枯樹賦》皆作於此時,這些作品表明他願意同北方當局合作,同時也感慨係之。北方先給了他使持節、撫軍將軍、右金紫光

---

① 稍後庾信得以與其家屬會合,這就是倪璠在《庾子山年譜》中所説的"信本江陵名士,特爲太祖所知,推恩禮送,故信老幼皆在長安"。

② 《隋書·藝術傳·庾季才傳》:"周太祖(按即宇文泰,西魏、北周易代後被追認爲太祖)一見季才,深加優禮,令參掌太史。每有征討,恒預侍從。賜宅一區,水田十頃,並奴婢羊什物等。謂季才曰:'卿是南人,未安北土,故有此賜者,欲絕卿南望之心。宜盡誠事我,當以富貴相答。'"他這種坦率的談話乃是理解庾信等入北之士的重要背景材料。

禄大夫等一堆空洞的頭銜,把這位並未明確表示投誠的南方使節、大才子安頓下來,但一時並無實際職能——這在庾信看來無非是把他軟禁在這裡,尚處在某種"妾身未分明"的狀態。

三年後,北周取代了西魏,宇文泰的兒子宇文覺上臺當了皇帝,庾信爲新王朝效力的態度也明朗了。先前江陵的蕭梁政權亡於西魏,現在西魏已由宇文周取代,所以庾信仕於北周在政治倫理上的精神障礙已經消除,於是他接受了新的實際的職務,先後爲司水下大夫、弘農郡守,也獲得更多的禮遇,武成二年(561)他回到長安擔任麟趾學士,校刊經史①,此後除了一度出使北齊,又擔任過洛陽刺史之外,大部分時間在京供職。

北周時代的庾信作爲作家的名聲很大,許多高官同他來往,學習他的詩文風格,又敦請他撰寫重要的應用文,特別是上層人物的墓誌。但庾信始終未嘗參與朝政機密,他與許多權貴特別是大塚宰宇文護(514—572)、趙王宇文招(宇文泰之子,?—580)、滕王宇文逌(宇文泰之子,?—580)關係雖然密切,但大抵只是文字之交。他的實際地位始終低於另一位由南而北的名流王褒。

到大象元年(579),庾信因病退職,兩年後(581)病逝。而就在這一年,楊堅"接受"北周的禪讓,稱帝,隋王朝開始了。

雖然庾信在北周的官場升沉混多年,地位甚至比在南朝時還要高,同若干宇文氏皇室成員關係也很良好,但他總還是有一股强烈的鄉關故國之思,經常流露於筆端。南方故土永遠是他的心頭之痛。"庾信平生最蕭瑟,暮年詩賦動江關"(杜甫《詠懷古跡》五首之一),他後期的作品上升到一個新的階段。庾信入北以後的作品由滕王宇文逌於大象元年(579)編成二十卷②,到第二年,宇文逌、宇文招就都因爲政治原因被丞相楊堅殺掉了;再下

---

① 《周書·明帝紀》:"……及即位,集公卿已下有文學者八十餘人於麟趾殿,刊校經史,又捃採衆書,自羲、農以來,訖於魏末,叙爲《世譜》,凡五百卷云。"《北史·庾季才傳》:"武成二年,與王褒、庾信同補麟趾學士。"《周書·宗懍傳》:"世宗即位,又與王褒等,在麟趾殿,刊定群書。"庾信參與這裡的工作,曾在詩裡提到。

② 據宇文逌《庾開府集序》,他編的這個二十卷本,收的全是庾信寫於北方的作品;等到隋平定了陳以後,得到了庾信若干先前的作品,補入該集,成爲二十一卷(見《隋書·經籍志》);這些本子均已亡佚。現在看到的庾集都是明朝人的輯錄本,詩集有正德十六年(1521)朱承爵刊本《庾開府集》四卷、嘉靖間朱曰藩刊本六卷,詩文合集有萬曆間屠隆評點本十六卷(有《四部叢刊》影印本)本。後來通行清人倪璠的《庾子山集注》十六卷,《四部備要》曾據以排印,今有許逸民校點本,北京:中華書局 1980 年版。

一年庾信去世——這固然是因爲老作家庾信年高久病,而政局的重大變化恐怕也促成了他的終於不起。

二

庾信的創作以辭賦水準爲最高,現存十多篇,前後期的作品大約各占一半。他早年的賦屬於宮體,大抵是在東宮裡奉和同題之作,如《春賦》《燈賦》《對燭賦》《七夕賦》《鏡賦》《鴛鴦賦》《蕩子賦》等等,往往採用五、七言詩加駢文的路數,綺麗而清新,技術嫻熟而内容無非是宮體的一套,寫風景和女性的體態和心理頗有可觀,但没有多少社會意義。舉兩個片段來看:

> 宜春苑中春已歸,披香殿裡作春衣。新年鳥聲千種囀,二月楊花滿路飛。河陽一縣并是花,金谷從來滿園樹。一叢香草足礙人,數尺遊絲即橫路。——《春賦》

> 前日漢使著章臺,聞道夫婿定應回。手巾還欲燥,愁眉即剩開。逆想行人至,迎前含笑來。——《蕩子賦》

到後期,更成熟的技術與新的處境新的感受結合在一起,寫出了非常燦爛的篇章,他的《小園賦》《枯樹賦》《傷心賦》《竹杖賦》《邛竹杖賦》《愁賦》《哀江南賦》都是賦史上聲名顯赫的篇章。

這裡有一批作品,包括《傷心賦》《小園賦》《枯樹賦》皆作於庾信已獲得一些空洞官銜而實際上被軟禁的三年期間①。這三年北方内部正在醖釀政治格局的變化(北周取代西魏),庾信則被掛了起來,庾信在《哀江南賦序》中稱爲"三年囚於別館",而在《傷心賦》裡則説成是"流寓秦川,飄颻播遷,從官非官,歸田不田。對玉關而羈旅,坐長河而暮年。已觸目於萬恨,

---

① 關於庾信入北之初的官銜,《周書·庾信傳》説是:"……來聘於我。屬大軍南討,遂留長安。江陵平,拜使持節、撫軍將軍、右金紫光禄大夫、大都督,尋進車騎大將軍、儀同三司。孝閔帝踐阼,封臨清縣子,邑五百户,除司水下大夫,出爲弘農郡守。"而《北史·庾信傳》則謂:"……聘於西魏。屬大軍南討,遂留長安。江陵平。累遷儀同三司。周孝閔帝踐阼,封臨清縣子,除司水下大夫,出爲弘農郡守。"比較這二者繁簡之不同,就可以知道所謂"使持節、撫軍將軍、右金紫光禄大夫、大都督"以及"車騎大將軍、儀同三司",都是一些空洞的榮譽性的頭銜,没有實際職務,也没有什麽實際意義。只有後來那個不那麽光彩耀目的"司水下大夫"纔是具體的職事官。

更傷心於九泉”。這是庾信特別痛苦的三年,也是他創作獲得豐收的三年。就在庾信尚處於前途不明朗之際,他又有一個女兒、一個外孫不幸死亡,這使他萬分痛苦,於是寫下了《傷心賦》。

《小園賦》則直接描寫他被軟禁之處。這是一所“弊廬”,有幾間窰洞(“窟室”),都非常矮小(“簷直倚而妨帽,户平行而礙眉”),外面有一個院子,其中有“榆柳三兩行,梨桃百餘樹”。作者就在這裡過自己一家淒涼暗淡的生活:“薄晚閑閨,老幼相攜,蓬頭王霸之子,椎髻梁鴻之妻。燋麥兩甕,寒菜一畦。風騷騷而樹急,天慘慘而雲低。聚空倉而雀噪,驚懶婦而蟬嘶。”庾信住在這樣一個偏遠(“人外”)隱蔽(“撥蒙密兮見窗,行欹斜兮得路”)而且荒涼(“草樹混淆,枝格相交。山爲簣覆,地有堂坳。藏狸並窟,乳鵲重巢”)的地方,只有一種可能,那就是當江陵的蕭繹政權覆滅之初,庾信作爲蕭繹派往西魏的使者忽然間失去歸路的時候。這個小園不是隱逸之士的安身處,而是他政治身份未獲確定之時的軟禁之所。

《枯樹賦》裡説起自己的這段經歷,有云:“況復風雲不感,羈旅無歸,未能采葛,還成食薇。沉淪窮巷,蕪没荆扉,既傷摇落,彌嗟變衰。”這裡所説的“窮巷”“荆扉”,應當也是指《小園賦》裡描寫過的小園。北方要給他一點苦頭吃一吃,等待他明確轉變立場,然後再給他上好的待遇。《枯樹賦》中的“枯樹”在《小園賦》中也曾提到:“心則歷陵枯木,髮則睢陽亂絲。非夏日而可畏,異秋天而可悲。”“歷陵枯木”一句暗示自己有可能作一華麗的轉身。歷陵在豫章郡,這裡有一株著名的大樟樹,久枯之後“忽更榮茂”(《宋書·五行志》),庾信在賦裡特別提到這樣的奇跡,不是没有用意的。《小園》《枯樹》二賦呼應甚密,自是同一時段的作品。

被軟禁在這裡的庾信痛苦不堪,心亂如麻,他設想過保持節操,堅守這小園死不屈服,回歸自然;但他下不了這樣的決心,他想起自己早年的生活,那時何其得意,何等舒服,而一場侯景之亂把一切都毀了,曾經形勢一片大好的蕭梁王朝今已覆亡,自己無家可歸,還能有什麽作爲!《小園賦》最後部分寫道:

　　昔草濫於吹嘘,藉《文言》之慶餘。門有通德,家承賜書。或陪玄武之觀,時參鳳凰之墟。觀受釐於宣室,賦《長楊》於直廬。
　　遂乃山崩川竭,冰碎瓦裂,大盜潛移,長離永滅。摧直轡于三危,碎平途於九折。荆軻有寒水之悲,蘇武有秋風之别。關山則風月悽愴,隴水則肝腸斷絕。鼃言此地之寒,鶴訝今年之雪。百齡兮倏忽,光華兮已晚。不雪雁門之踦,先念鴻陸之遠。非淮海兮可變,非金丹兮能轉。不暴骨於龍門,終低頭於馬阪。諒天造兮昧昧,嗟生民兮渾渾。

下面應該還有些意思要説,但此賦寫到這裡就戛然而止了。他還有些意思另寫入《枯樹賦》裡。按庾信的思路,他作爲一棵大樹,確實是已經枯死了,往事不堪回首;但自己的木料還是好的,還可以在新的形態裡發揮作用,儘管這樣做實出於無奈。不久庾信終於正式接受了北周方面的安排,開始了新的生活。

《枯樹賦》亦作於他陷入西魏不能南歸之初①。此賦不長,全文如下:

殷仲文者,風流儒雅,海内知名。世異時移,出爲東陽太守。常忽忽不樂,顧庭槐而歎曰:“此樹婆娑,生意盡矣!”

至如白鹿貞松,青牛文梓,根柢盤魄,山崖表裡。桂何事而銷亡?桐何爲而半死?昔之三河徙植,九畹移根。開花建始之殿,落實睢陽之園。聲含嶰谷,曲抱《雲門》。將雛集鳳,比翼巢鴛。臨風亭而唳鶴,對月峽而吟猿。乃有拳曲擁腫,盤坳反覆,熊虎顧盼,魚龍起伏。節豎山連,文橫水蹙,匠石驚視,公輸眩目。雕鐫始就,剞劂仍加。平鱗鏟甲,落角摧牙。重重碎錦,片片真花。紛披草樹,散亂煙霞。

若夫松子、古度、平仲、君遷,森梢百頃,槎枿千年。秦則大夫受職,漢則將軍坐焉。莫不苔埋菌壓,鳥剥蟲穿。或低垂於霜露,或撼頓於風煙。東海有白木之廟,西河有枯桑之社,北陸以楊葉爲關,南陵以梅根作冶。小山則叢桂留人,扶風則長松繫馬。豈獨城臨細柳之上,塞落桃林之下?

若乃山河阻絕,飄零離別。拔本垂淚,傷根瀝血。火入空心,膏流斷節。橫洞口而欹卧,頓山腰而半折。文斜者百圍冰碎,理正者千尋瓦裂。戴癭銜瘤,藏穿抱穴。木魅睒睗,山精妖孽。

況復風雲不感,羈旅無歸,未能采葛,還成食薇。沉淪窮巷,蕪没

① 唐朝人張鷟《朝野僉載》卷六載:“梁庾信從南朝初至北方,文士多輕之。信將《枯樹賦》以示之,於後無敢言者。”初至北方的提法值得高度重視。此賦既可顯示自己的才華,也足以爲了表明自己現在的態度。《枯樹賦》自當作於庾信陷於西魏不能南歸之初,即梁承聖三年(西魏恭帝元年,554)秋冬或其稍後。

荊扉，既傷搖落，彌嗟變衰。《淮南子》云："木葉落，長年悲。"斯之謂
矣。乃歌曰："建章三月火，黃河千里槎。若非金谷滿園樹，即是河陽
一縣花。"桓大司馬聞而歎曰："昔年種柳，依依漢南；今看搖落，悽愴江
潭。樹猶如此，人何以堪！"

　　唐朝詩人張説在《過庾信宅》一詩提起他的作品，專門舉出這篇《枯樹
賦》①；而後來研究辭賦的專家也批評過此賦，指出典過多，脈絡不那麼分
明②，但這並不影響它在庾信作品中的地位，20世紀70年代中葉甚至成了
一時的大熱門③。
　　《枯樹賦》從東陽太守殷仲文這裡寫起④，殷仲文（？—407）是大軍閥
桓溫的女婿，當桓溫幼子桓玄攻入首都準備取代東晉、自立爲帝的時候，他
迅速抛棄原先的官職新安太守跑到首都來爲桓玄效力，新的楚王朝建立後
他當上了侍中，大肆納賄；不久劉裕起兵打敗桓玄，楚政權迅即結束，這時
殷仲文又來投靠劉裕，並幻想在這裡仍然官居高位，把持朝政；精明的劉裕
先穩住他幾天，然後很快就把他打發到東陽去當太守，稍後更以謀反罪將
他殺掉，其時他還不到四十歲。《世説新語·黜免》第八則載：

　　　桓玄敗後，殷仲文還爲大司馬諮議，意似二三，非復往日。大司馬
　府聽（廳）前，有一老槐，甚扶疏，殷因月朔與衆在聽（廳），視槐良久，歎
　曰："槐樹婆娑，無復生意！"

　　殷仲文失去了桓玄當政之時的地位，精神有點恍惚，看大司馬府廳前
的那棵老槐樹，覺得它枝葉偃息傾側，已經沒有生氣了——這無非出於一
種移情作用，表明在他看來前大司馬桓溫和他的接班人桓玄已經完蛋了；

---

① 張説《過庾信宅》全詩如下："蘭成追宋玉，舊宅偶詞人。筆湧江山氣，文騷雲雨神。包胥非救
　楚，隨會反留秦。獨有東陽守，來嗟古樹春。"
② 祝堯《古賦辯體》卷六評《枯樹賦》云："庾賦多爲當時所賞，今觀此賦，固有可采處，然喜成段對
　用故事以爲奇贍，殊不知乃爲事所用，其間意脈多不貫串。"
③ 毛澤東在他生命的最後一段時間裡，非常關注庾信這篇《枯樹賦》，根據他的要求先後出現了兩
　種注釋本，詳見駱玉明《〈枯樹賦〉的解讀及其他》，《悦讀》第12卷，二十一世紀出版社2009年
　版；柏寒《桃李滿園人已去，終將情采壯山河——深切懷念吳小如先生》，《書品》2014年第3輯；
　孟繁之《蘆荻談往》，《東方早報》2015年5月3日《上海書評》。
④ 按此是辭賦中常用的一種辦法，著名的先例如南朝宋謝莊的《月賦》，就托之於王粲與曹植。

而庚信卻借來抒發自己關於大樹將枯的感慨。殷仲文對此槐樹歎氣時尚未去東陽當太守，庚信大約有點記錯了，或故意加以改造。他是在寫賦，本無須講究十分精確。

《枯樹賦》裡用了許多關於樹的典故，令人應接不暇；末了的幾句正與開頭遥相呼應："桓大司馬聞而歎曰：'昔年種柳，依依漢南；今看搖落，悽愴江潭。樹猶如此，人何以堪！'"桓大司馬就是桓溫，故事的原本也在《世說新語》，見於《言語》之第五十三則：

> 桓公北征，經金城，見前爲琅邪時種柳，皆已十圍。慨然曰："木猶如此，人何以堪！"攀枝執條，泫然流淚。

賦中也對原始材料有所改造。在《枯樹賦》的這一頭一尾中間，有三個小段，分別寫枯樹的三種前途，庚信本人看好的是其中的第一種。

故國覆亡後身陷於北方的庚信處境很困難，他的使者身份已經自行消亡，在北方十分尷尬，他得面對現實，重新安排自己的前程。所以這篇賦表面看是詠物，而實爲寫志，甚至帶有某種表態的意思。至於欲借此顯露才華，壓住北人一頭，則尤爲重要的當務之急。

庚信自己覺得，在當時北方的政局中他一時很難找到適合自己的坐標。先前由南朝叛逃去北方的官僚和文人也很有些人，一般都受到禮遇，甚至還有得到重用的，但自己的情況不同，他是作爲使節而來的，從道義上説他不能叛逃，而且故國已亡，也無所謂叛逃了。從實際情形看去，他得另想辦法，用一個合適的理由在這裡呆下去。

由於他使節的身份，也由於他早已建立起來的文壇聲譽，此時他並非普通的階下囚，而是得到某種規格待遇（實爲軟禁）的上層人士——這就是後來他在《哀江南賦》中所説的"囚於別館"——這顯然不合於他的心思和需要。外面好看，内裡甚苦，年紀漸老，壯志成空，進退皆難，走投無路。所以庚信在《枯樹賦》之末寫道："風雲不感，羈旅無歸。未能采葛，還成食薇。沉淪窮巷，蕪没荆扉。既傷搖落，彌嗟變衰。"蕭梁中興道消，自己無從感會風雲，奮其智勇，失去使節的身份，卻仍然憂懼讒言，（《詩經·王風》有《采葛》篇，鄭《箋》云："桓王之時，政事不明，臣無大小使出者，則爲讒人所毁，故懼之。"）只能在長安"食薇"，這樣一種特殊的處境促使文學家庚信在枯樹上找到了寄託感慨的客觀對應物，即以此作爲發洩感情的突破口。

　　這新枯之樹曾經很是興旺,但現在其根已死,至少也是半死,生意盡矣。復活是不可能的,看來它唯一的前途是作爲木料進入一個新的生存狀態。他期待著這上好的木料在加工的過程中獲得華麗的轉身:"匠石驚視,公輸眩目。雕鐫始就,剞劂仍加。平鱗鏟甲,落角摧牙。重重碎錦,片片真花。紛披草樹,散亂煙霞。"這大約應當理解爲他本人對於未來的希冀。庾信是一個較之堅守教條更講究實際的人,他固然不勝感慨地哀歎現在,同時也已經著手規劃自己的未來。當下的"匠石"和"公輸"亦即識貨的高人在哪裡?庾信入北之初專門將《枯樹賦》公之於衆,言外似乎表明他相信自己未必没有翻身之日。當然,這一層意思他並没有也不便過分强調,通篇仍以哀歎爲主,他有他的身份,他的尊嚴,而長期以來形成的"流連哀思"(蕭繹語,見《金樓子·立言篇》)的審美趣味也在發揮作用。

　　庾信清醒地看到,這枯樹也就是他自己也很可能並没有什麼好的前途,相反將遭到輕重不等的摧殘:輕一點的將是"苔埋菌壓,鳥剝蟲穿。或低垂於霜露,或撼頓於風煙";重一點則是"山河阻絶,飄零離別。拔本垂涙,傷根瀝血。火入空心,膏流斷節。橫洞口而敧卧,頓山腰而半折。文斜者百圍冰碎,理正者千尋瓦裂。戴癭銜瘤,藏穿抱穴。木魅睒睗,山精妖孽"。總之,在此水土不服,前途未可樂觀,只能抒寫不幸,拭目以待未來。

　　換言之,現在存在好和壞兩類前途,壞前途中又可分爲輕重兩種情形。未來存在很大的不確定性或者説多種可能性,在這個意義上庾信正與這新枯之樹異質而同構。大樹已枯,舊我已死,未來將走向何方?《枯樹賦》的原旨大體在此。至於後來的讀者怎樣理解,那是另一問題,完全可以就其一點大加發揮,這裡海闊天空,略無掛礙。

　　庾信後來在一首詩中寫道:"倏忽市朝變,蒼茫人事非。避讒應采葛,忘情遂食薇。懷愁正搖落,中心愴有違。獨憐生意盡,空驚槐樹衰。"(《擬詠懷》其二十一)"中心愴有違"就是現在人們常説的内心矛盾,精神痛苦。這首詩與《枯樹賦》正好互爲注釋。

　　儘管西魏特別是此後的北周都非常看重庾信。庾信的鄉關之思雖然至死不能泯滅,但留北之初迫切希望有"匠石"和"公輸"之流來關注自己的意思,是因爲問題已經順利解決而自然消亡了。於是《枯樹賦》在他就成了過時的絶唱,而同時也就成爲文學史上空前絶後的名篇。

　　庾信後期辭賦中最著名的篇章是他的《哀江南賦》。這篇將近四千字的大賦寫於何時曾經多有分歧,陳寅恪先生論定此賦作於 578 年(北周宣政元年,南朝陳太建十年),他的主要根據是《哀江南賦》中這樣幾句話:"中興道消,窮於甲戌。""天道周星,物極不反。""況復零落將盡,靈光巋然。日窮于紀,歲將復始。逼切危慮,端憂暮齒。踐長樂之神皋,望宣平之貴里。"甲戌(西魏恭帝元年,梁元帝承聖三年,554),是西魏滅梁之年,以歲星紀年,十二年一個來復,由 554 年下數十二年,是 566 年(北周武帝天和元年,陳文帝天嘉七年),但這年庾信纔五十出頭,不能稱爲"暮齒",與庾信同被扣留在北方的另一名流王褒(511—574?)尚健在,他也還不能自稱"靈光巋然"——所以須再等一個來復,即由 566 年再下數十二年,那就是 578 年了。

這樣來推算固然不爲無據,但似乎尚難成爲定論。甲戌(554)確實是一個歷史的分界線,也是庾信本人發生命運巨變的重大節點——他作爲蕭梁出使西魏的使者從此無家可歸,不得不長期留滯北方,並終老於此。但推算"天道周星"的起點,其實不能放在甲戌(554),而應略晚幾年,因爲《哀江南賦·序》一開頭就説得很清楚:

> 粵以戊辰之年,建亥之月,大盜移國,金陵瓦解。余乃竄身荒谷,公私塗炭;華陽奔命,有去無歸。中興道消,窮於甲戌。三日哭於都亭,三年囚於別館。天道周星,物極不反。

先是 548 年(梁武帝太清二年),侯景佔領了首都金陵(今江蘇南京),然後是 554 年(甲戌,西魏恭帝元年,梁元帝承聖三年),梁被西魏所滅,元帝蕭繹被殺。作爲使臣的庾信被西魏軟禁于長安,雖然事實上他已經降於西魏,但總要等到三年後的北周代西魏(557,北周孝閔帝元年)以後,他的處境纔得到充分的改善。"天道周星"一句在原作中列於"三年囚於別館"之後,可見起算點應在甲戌的三年之後。

按庾信自己的叙述,《哀江南賦》應作於甲戌(554)之後的十五年,也就是 569 年(北周武帝天和四年,陳宣帝太建元年)左右,其年庾信五十七歲。《哀江南賦》末段寫道:

> 日窮於紀,歲將復始。逼切危慮,端憂暮齒。踐長樂之神皋,望宣平之貴里。渭水貫於天門,驪山回於地市。幕府大將軍之愛客,丞相平津侯之待士,見鐘鼎於金、張,聞絃歌於許、史。豈知灞陵夜獵,猶是故時將軍,咸陽布衣,非獨思歸王子!

這一段的意思是説,現在自己在長安,年紀越來越老,不免多有憂思。但這裡到底是偉大的首都,多有貴人住在這裡;當權的大將軍、丞相對自己很關愛,此外來往的也都是高門。我本來早就是將軍,至今也還思念我的江南故土。

這裡應當注意的是"幕府大將軍""丞相平津侯"二語,按之當時的官場情況,其人應指北周王朝的開創者、太祖文皇帝宇文泰(505—556)之姪、權傾一時的宇文護(514—572)。他在西魏時已頗立軍功,周初拜大司馬,孝閔帝宇文覺(542—557,宇文泰第三子)以其權勢太重,打算幹掉他,不料他發動政變,殺掉閔帝,另立宇文毓(534—560,宇文泰長子)爲帝(明帝),於是宇文護的權勢幾乎達到頂點,爲大塚宰、太師,一度攝政;明帝中毒身死(此事的幕後指揮還是宇文護)後,宇文邕(534—578,宇文泰第四子)繼位(武帝),大塚宰宇文護爲都督中外諸軍事,更集軍政大權於一身,但保定四年(564)他出征北齊吃了敗仗,風頭稍減;後來到建德元年(572)三月,武帝"誅大塚宰、晉公(宇文)護及其子柱國、譚公會……大赦,改元"(《北史》卷十《周本紀下》),從此大權纔全歸武帝本人。宇文護手握北周大權許多年,其人乃是庾信的重要靠山。庾信深知有一個高端靠山無比必要,就他本人當時的身份而言尤其是如此。作《哀江南賦》時,宇文護尚在臺上。

《哀江南賦》深刻地總結了蕭梁王朝滅亡的教訓,至今讀來仍覺很有意味。既然已經歸順了北周,而且南方的政權也已經由陳取代了梁,所以當庾信來回顧蕭梁政局的歷史教訓時,已經沒有多少顧忌,説話可以比較大膽;當然,他始終堅持用繁複的典故和華麗的辭藻來表達。

從《哀江南賦》看,庾信認爲本來相當繁榮的蕭梁王朝忽然以驚人的速度走向滅亡,有兩大原因,留下了兩大教訓:

一是居安而不思危,讓一些潛在的問題發展到很危險的地步,侯景之亂引爆了危機之後,又拿不出有力的對策來,於是迅速崩盤。庾信寫道:

> 於時朝野歡娛,池臺鐘鼓。里爲冠蓋,門成鄒、魯。連茂苑於海陵,跨橫塘於江浦。東門則鞭石成橋,南極則鑄銅爲柱。橘則園植萬株,竹則家封千户。西贐浮玉,南琛没羽。吳歈越吟,荊豔楚舞。草木之遇陽春,魚龍之逢風雨。五十年中,江表無事。王歙爲和親之侯,班超爲定遠之使。馬武無預於甲兵,馮唐不論於將帥。豈知山嶽闇然,江湖潛沸。漁陽有閭左戍卒,離石有將兵都尉。天子方删詩書,定禮

樂,設重雲之講,開士林之學。談劫燼之灰飛,辨常星之夜落。地平魚
齒,城危獸角。臥刁斗於滎陽,絆龍媒於平樂。宰衡以干戈爲兒戲,縉
紳以清談爲廟略。乘漬水以膠船,馭奔駒以朽索。小人則將及水火,
君子則方成猿鶴。弊箄不能救鹽池之鹹,阿膠不能止黄河之濁。既而
魴魚頳尾,四郊多壘。殿狎江鷗,宮鳴野雉。湛盧去國,艅艎失水。見
被髮於伊川,知百年而爲戎矣!

　　承平日久,偃武修文,歌舞昇平,清談誤國,没有任何打仗的準備。一
旦出乎意料的侯景之亂爆發,上上下下驚慌失措,一籌莫展,迅速走向危
亡;雖有幾個忠臣志士,亦不能挽狂瀾於既倒。這是多麽沉痛的教訓!
　　二是國有内鬼,皇室離析,内戰不斷,互相殘殺,這些都是極可怕的事
情。賦中説"雖借人之外力,實蕭牆之内起"。侯景這個罪魁禍首就是由梁
武帝蕭衍的義子蕭正德引進來的,而武帝卻相當信任他們,給予實權,後來
吃了大虧:"王子召戎,奸臣介冑。既官政而離逖,遂師言而洩漏。望廷尉
之逋囚,反淮南之窮寇。"内奸蕭正德爲了滿足個人的權勢欲,與侯景聯手
攻入建康,犯下了很大的罪行。等到蕭衍餓死於臺城,太子蕭綱繼位(史稱
梁簡文帝),僅僅一年就被侯景所殺;蕭衍的另外幾個兒子蕭繹、蕭綸
(519—551)、蕭紀(508—553)等人爲爭權奪利互相惡鬥,最後蕭繹勝出,在
荆州稱帝(史稱梁元帝),而國家的元氣已經斲喪殆盡;再加上前太子蕭統
(501—531)的兒子蕭詧(519—562)也參與混戰,甚至不惜求助於西魏的軍
事力量,於是蕭繹很快就戰敗被殺。稍後蕭繹之子蕭方智(542—557)被弄
出來充當傀儡皇帝,在南京重建梁王朝的政權,但很快就被手握軍權的陳
霸先取代了。陳霸先是蕭梁王朝政治危機的最後獲利者。《哀江南賦》寫
道:"用無賴之子弟,舉江東而全棄。惜天下之一家,遭東南之反氣。以鶉
首而賜秦,天何爲而此醉!"在南朝算是最爲穩定繁榮的蕭梁王朝就這麽灰
飛煙滅了。
　　庾信的辭賦大量運用典故,具有極强的"互文性",而其底文來源又五
花八門,簡直令人目迷五色。當時的士人固然會很過癮,佩服作者的淵博;
而今天讀來則非常吃力,非借助於詳密的注釋不可。這種"徐庾體"或曰宮
體的寫作路徑在當年曾經風靡一時,影響深遠,餘波甚長。對於中古時代
作家的這種行文習慣,我們除了寬容忍耐之外別無良法,只好克服困難,取
其精華。《哀江南賦》的精華主要不在其文辭之曲折典雅,而在其中總結了

深刻的歷史教訓。

《哀江南賦》正文之前有一小序，是非常好的駢文，其傳誦的程度甚至高於正文，尤其是該序的後半：

> 日暮途遠，人間何世！將軍一去，大樹飄零；壯士不還，寒風蕭瑟。荆璧睨柱，受連城而見欺；載書横階，捧珠盤而不定。鍾儀君子，入就南冠之囚；季孫行人，留守西河之館。申包胥之頓地，碎之以首；蔡威公之淚盡，加之以血。釣臺移柳，非玉關之可望；華亭鶴唳，豈河橋之可聞！
>
> 孫策以天下爲三分，衆纔一旅；項籍用江東之子弟，人唯八千。遂乃分裂山河，宰割天下。豈有百萬義師，一朝卷甲，芟夷斬伐，如草木焉？江、淮無涯岸之阻，亭壁無藩籬之固。頭會箕斂者，合從締交；鋤耰棘矜者，因利乘便。將非江表王氣，終於三百年乎？是知併吞六合，不免軹道之災；混一車書，無救平陽之禍。嗚呼！山嶽崩頹，既履危亡之運；春秋迭代，必有去故之悲。天意人事，可以悽愴傷心者矣！況復舟楫路窮，星漢非乘槎可上；風飆道阻，蓬萊無可到之期。窮者欲達其言，勞者須歌其事。陸士衡聞而撫掌，是所甘心；張平子見而陋之，固其宜矣。

庾信是真動了感情，雖然用典甚多，而讀起來卻十分流暢有力，個人的命運和故國的興亡都令他歌哭無端，許多話不欲明言，也只好通過典故來稍稍發露一點；這同常見的堆砌辭藻無病呻吟的駢文完全不同。

庾信又有《擬連珠》四十四首，内容與《哀江南賦》可以互證之處甚多；另外一些應酬性的駢文雖然内容大抵並不重要，但就寫作技巧而言，在六朝時代總歸屬於一流，這就是《四庫全書總目》所説的"集六朝之大成，而導四傑之先路"，杜甫對於庾信一再給予崇高的評價，不單是充分肯定他的詩，也包括高度評價他的辭賦和駢文；既看好他的清新，更重視他的老成和蕭瑟①。庾信作品後來在文學史上擁有的經典地位，同杜甫的評論關係很大。

---

① 杜甫《春日憶李白》："清新庾開府，俊逸鮑參軍。"《戲爲六絶句》之一："庾信文章老更成，縱橫健筆意凌雲。"《詠懷古跡》之一："庾信平生最蕭瑟，暮年詩賦動江關。"

<h1 style="text-align:center">三</h1>

　　庾信同他的父親庾肩吾原來都是蕭梁王朝的宮廷詩人,極受"宮體"文學運動領袖、太子蕭綱(503—551)的愛重。庾信早年的詩作多爲在東宮裡的奉和同題之作,如《奉和同泰寺浮圖》《奉和初秋》《和詠舞》等等,講究聲律和辭藻,内容大抵是宮廷生活,充滿了鮮花、美酒、女人和豔情,離開實際社會生活相當遥遠;但庾信的藝術水準確實很高,他在形式上的探索也是大有貢獻的,例如其《烏夜啼》:

　　　　促柱繁絃非《子夜》,歌聲舞態異《前溪》。御史府中何處宿,洛陽城頭那得棲。彈琴蜀郡卓家女,織錦秦川竇氏妻。詎不自驚長淚落,到頭啼烏恒夜啼。

又如作於江陵時的《燕歌行》:

　　　　代北雲氣晝昏昏,千里飛蓬無復根。寒雁邕邕渡遼水,桑葉紛紛落薊門。晉陽山頭無箭竹,疏勒城中乏水源。屬國征戍久離居,陽關音信絶能疏。願得魯連飛一箭,持寄思歸燕將書。渡遼本自有將軍,寒風蕭蕭生水紋。妾驚甘泉足烽火,君訝漁陽少陣雲。自從將軍出細柳,蕩子空牀難獨守。盤龍明鏡餉秦嘉,辟惡生香寄韓壽。春分燕來能幾日,二月蠶眠不復久。洛陽遊絲百丈連,黄河春冰千片穿。桃花顔色如好馬,榆莢新開巧似錢。蒲桃一杯千日醉,無事九轉學神仙。定取金丹作幾服,能令華表得千年。

　　内容都是寫寂寞女性的哀傷,完全合於宮體詩派講究表達"流連哀思"(《金樓子·立言篇》)的審美趣味,並無多少特異之處;但這兩首詩的形式卻大可注意,因爲正如劉熙載早就指出的那樣,《烏夜啼》已經"開唐七律",而《燕歌行》則"開初唐七古","其他體爲唐五絶、五排所本者,尤不可勝舉"(《藝概·詩概》)。在並無戰爭的太平時代寫《燕歌行》這樣代思婦立言的篇章雖然略近於無病呻吟,但藝術形式上的探討仍然是有意義的。在沒有什麼緊迫任務的時候,充分利用餘裕來磨練技巧和形式,也是很好的事情。

這一時期作品的標題中多有"賦得""奉和"字樣,無非是主人蕭綱命題寫詩,或者他先來一首,讓周圍的文士群起而和之,例如蕭綱先寫一首《山池》,庾肩吾、庾信、徐陵、王台卿、鮑至等人紛紛奉和,庾信的一首是:

> 樂宮多暇豫,望苑暫回輿。鳴笳陵絶浪,飛蓋歷通渠。桂亭花未落,桐門葉半疏。荷風驚浴鳥,橋影聚行魚。日落含山氣,雲歸帶雨餘。

描寫宮廷花園裡的假山、水池以及這裡的花樹魚鳥,小巧而美麗,"荷風驚浴鳥,橋影聚行魚"二句尤爲纖細。雖然用了許多典故,卻簡直看不出痕跡。這是典型的宮廷文學。

這種主人與清客聚會作詩的情形在先前曹丕的時代已經盛行,至此更是變本加厲。因爲在内容上没有多少腦筋可動,便致力於聲韻和對仗,有不少作品的平仄已經非常接近後來的律詩,而對仗精工,亦堪稱"五律之始"(李調元《雨村詩話》)。

等到侯景之亂爆發,政局發生巨變,庾信的生活來了一個大變化,他的詩歌創作也進入一個新的階段。

這時他的詩裡仍然有大量的宮體風格的作品;在北方也有身份很高而一味風雅的主人,例如對庾信非常愛重佩服的趙王宇文招,就很像一個北周版的蕭綱,所以庾信就有《和趙王看妓》這樣的作品:

> 綠珠歌扇薄,飛燕舞衫長。琴曲隨流水,簫聲逐鳳凰。細縷纏鐘格,圍花釘鼓牀。懸知曲不誤,無事畏周郎。

這同他先前在蕭綱手下充當學士時的那些宮體之作可以説没有絲毫不同。像這樣表現他看家本領的詩作還有相當一批,如《奉和趙王美人春日》《奉和趙王春日》《和宇文内史入重陽閣》《北園新齋成應趙王教》《同會河陽公新造山池聊得寓目》,如此等等。一位已經成熟的詩人,總會有他基本不變的東西。趙王宇文招自己寫起詩賦來,"學庾信體,詞多輕豔"(《周書·趙王招傳》);他在物質方面對庾信多有饋贈賞賜,爲此庾信寫過許多感謝信，到現在還能看到九封。如果身邊没有宇文招這樣身份很高、熱情也很高的粉絲，庚信的宫體詩寫作也許會維持不下去。

儘管如此，大環境到底已經發生了巨大的變化，長安不是建康，宇文招也不是蕭綱；自己在這裡寫這些新的應命奉和之詩，這不過是在新的局面裡安身立命的需要。事實上庚信始終未能完全融入北方的新環境，他不免總是戴著一副面具在生活。於是他寫了另外一些比較肯説真話的詩，這裡雖然仍不免有"流連哀思"，但已經不是浮泛的呻吟，而是暗含著他内在的血淚。這方面的作品以《詠懷》（後來或題作《擬詠懷》，似無根據）①最爲傑出，詩凡二十七首，大約不是一時之作，排列也很隨意，而篇篇有很深的感慨，試略舉幾首來看：

榆關斷音信，漢使絶經過。胡笳落淚曲，羌笛斷腸歌。纖腰減束素，別淚損橫波。恨心終不歇，紅顔無復多。枯木期填海，青山望斷河。（其七）

摇落秋爲氣，凄涼多怨情。啼枯湘水竹，哭壞杞梁城。天亡遭憤戰，日蹙值愁兵。直虹朝映壘，長星夜落營。楚歌饒恨曲，南風多死聲。眼前一杯酒，誰論身後名。（其十一）

尋思萬户侯，中夜忽然愁。琴聲遍屋裡，書卷滿牀頭。雖言夢蝴蝶，定自非莊周。殘月如初月，新秋似舊秋。露泣連珠下，螢飄碎火流。樂天乃知命，何時能不憂？（其十八）

在死猶可忍，爲辱豈不寬。古人持此性，遂有不能安。其面雖可熱，其心長自寒。匣中取明鏡，披圖自照看。幸無侵餓理，差有犯兵欄。擁節時驅傳，乘亭不據鞍。代郡蓬初轉，遼陽桑欲乾。秋雲粉絮結，白露水銀團。一思探禹穴，無用鏖皋蘭。（其二十）

倏忽市朝變，蒼茫人事非。避讒猶采葛，忘情遂食薇。懷愁正摇落，中心愴有違。獨憐生意盡，空驚槐樹衰。（其二十一）

---

① 唐人編《藝文類聚》選録了庚信這一組詩中的五首，逕題《詠懷》；明人編《詩紀》以及倪璠《庚子山集注》則題作《擬詠懷》，並認爲是模擬阮籍的《詠懷詩》。沈德潜説庚信這些詩"無窮孤憤，傾吐而出，工拙都忘，不專擬阮"（《古詩源》卷十四）。此説極是，標題應依《藝文類聚》。

歌哭無端,蒼勁老辣。其七中的女性色彩完全不同於宮體詩中風流驚豔的美女,而是流落異鄉的佳人,多遲暮的悲涼,"枯木期填海,青山望斷河"二句尤爲沉痛。這是庾信的心聲啊。其十一含蓄地寫到江陵的陷落,無限哀傷。這樣的作品,在他先前的詩作裡固然看不到,就是在整個宮體詩裡也是看不到的。痛苦產生的詩情,自有其動人的力量。庾信説,他現在是戴著一副假面在過日子,内心其實很痛苦("其面雖可熱,其心長自寒"),而且充滿了矛盾("中心愴有違"),都不欲明言,不如喝酒,不要管什麼身後之名("眼前一杯酒,誰論身後名");但要完全忘記初衷,一味死心塌地,也是做不到的("恨心終不歇"),最後只有讓死亡來了結這一切("獨憐生意盡,空驚槐樹衰")。庾信寫這些詩,大約是爲了緩解内心的痛苦;而在實際生活中,他只好繼續同北周的王爺和高官們廝混下去,而且混得像模像樣,甚至有滋有味。他在有些詩裡表示有隱居之志,實際上只不過説説而已。

這種爲文與爲人的分裂,在南北朝時期頗爲多見,這時政權更迭頻繁,士人往往仕於兩朝甚至多朝,而文章中卻有念念不忘舊朝的表示,言行兩歧,人格分裂。先前的謝靈運早就是如此,庾信也不免是如此——這就會引起後人評價上的歧異,其情形如錢鍾書先生曾經概括過的那樣:"好其文乃及其人者,論心而略跡;惡其人以及其文者,據事而廢言。"①如果我們認清這種爲人與爲文的某種矛盾乃是當時的常態,種種紛爭也許可以大爲淡化一些。

後期庾信抛開熟悉的宮體老套,來寫魏晉風格的詠懷,思想價值固然是比較高的,但藝術上卻不能説非常成功,錢鍾書先生曾經直言不諱地説過:"竊謂子山所擅,正在早年積習詠物寫景之篇,鬥巧出奇,調諧對切,爲五古之後勁,開五律之先路。至於慨身世而痛國家,如陳氏(按指《詩比興箋》的作者陳沆)所稱《詠懷》二十七首,雖有骯髒不平之氣,而筆舌木强,其心可嘉,其詞則何稱焉。"②當然他也没有一概而論,仍然肯定了這裡仍有高妙的篇章和詩句:

> 其中較流麗如"榆關斷音信"一首,而"纖腰減束素,別淚損橫波。恨心終不歇,紅顏無復多"等語,亦齊梁時豔情別詩之常製耳。若朴直淒壯,勿事雕繪而造妙者,如"步兵未飲酒,中散未彈琴。索索無真氣,昏昏有俗心";"摇落秋爲氣,南風多死聲";"陣雲平不動,秋蓬卷欲

① 錢鍾書《管錐編》第 4 册,北京:中華書局 1979 年版,第 1520 頁。
② 錢鍾書《談藝録》,北京:中華書局 1984 年版,第 299 頁。

飛";"殘月如初月,新秋似舊秋";"無悶無不悶,有待何可待。昏昏如坐霧,漫漫疑行海";"壯冰初開地,盲風正折膠";"其面雖可熱,其心長自寒。匣中取明鏡,披圖自照看。幸無侵餓理,差有犯兵欄",在二十七篇中寥寥無幾。①

其實,有這些佳句已經很可觀了;成名已久的大作家庾信在早已習慣的筆墨之外另闢蹊徑來創作新的作品,而能取得這些成績,已屬難能可貴。新手上路,要求不能太高。有很多中年以上的作家一味堅持自己的老套,不肯與時俱進,雖然可以不丢功架,而其精神狀態比起庾信來應該説差得很遠。庾信與時俱進地來寫《詠懷》是值得大加肯定的。

庾信也作五言四句的小詩,如:

> 玉關道路遠,金陵信使疏。獨下千行淚,開君萬里書。

庾信這首《寄王琳》非常有名,但他話説得吞吞吐吐的,很不容易理解。按王琳是梁、陳之際的名人,又同北方的北齊、西魏——北周有著複雜的聯繫,幸而尚可推知出他是在什麼情況下先行同庾信取得聯繫的。據《北齊書》卷三十二《王琳傳》(《南史》卷六十四《王琳傳》略同)可以知道王琳早年靠裙帶關係成爲將帥,但他確有軍功,在平定侯景動亂的戰鬥中逐步確立了自己的地位。但梁元帝蕭繹對王琳並不放心,把他遠遠地打發到嶺南去,他很想爭取去雍州當刺史,没有成功。蕭繹到最後關頭纔調動戰鬥力很強的王琳部來救駕勤王,但已經來不及了。王琳率部到達長沙後,因爲手握重兵,一度成了各派政治力量都不得不表示尊重的盟主。而這時王琳正在觀望之中,爲自己的未來佈局,他同北方的北齊、西魏以及後梁(在西魏卵翼之下以蕭詧爲首之梁)都在拉關係,窺測方向,徐圖後計。西魏是剛剛消滅了以蕭繹爲首的江陵梁政權的勝利者,王琳留在江陵的家屬應當也在他們手裡——古代到地方上擔任要職的官員,特別是帶兵的高官,家屬一般都留在首都,這多少有點充當人質的味道。西魏破江陵後,擄去大批官員和他們的家屬,王琳的家小亦在其内;他"使獻款於魏,求其妻子"的來由當出於此。王琳寫信給庾信,應當也就在此時。他們都是蕭繹手下的官

---

① 錢鍾書《談藝録》,第300頁。

員,自然是早就熟識的。據《資治通鑑》卷一百六十六,王琳屯兵於長沙、被推爲盟主在承聖四年亦即紹泰元年(555)正月,然則他給庾信發出信函以及庾信收到來信並作《寄王琳》詩,應當也都在本年。

王琳的信現在看不到了,估計可能會有這樣一些內容:對形勢的巨變感慨一番,表明自己仍然忠於先前以蕭繹爲元首的梁王朝,問候庾信——庾信作爲蕭繹派往西魏的使節,現在還在西魏手裡,但只是被扣押,他尚未明確表示效忠於西魏,至少王琳還沒有聽到這方面確切的消息。而庾信,卻正在準備面對現實,開始自己新的生活。現在天翻地覆,形勢複雜,不知應當如何立言。自己遠在北方一角,南方政治中心的建康(金陵)沒有什麼人同自己聯繫("信使疏"),卻意外地收到老熟人王琳萬里之外的來信,讀來令人熱淚盈眶,不知說什麼纔好。不如不說也罷。

這樣感慨係之而並無明確表示的措辭,是可以理解的。這時庾信尚被"囚於別館",政治身份尚未分明,此詩大有外交辭令之意。前人評說此詩,或謂其中有"家國之恨"(吳汝綸《漢魏六朝百三家集選·庾開府集選》),又有人說從詩裡能感到詩人"忠憤欲絕"(葉矯然《龍性堂詩話續集》),似乎都不免有點過度詮釋。

庾信又有《寄徐陵》:

> 故人倘思我,及此平生時。莫待山陽路,空聞吹笛悲。

庾信與徐陵曾經是通家之好的密友,年輕時就在文壇上齊名,但後來走上了很不同的道路,南北隔絕多年,至死未能把晤。從這首《寄徐陵》詩的語氣看去,應是庾信的晚年之作。他說,如果老朋友還思念我,要趁我活著的時候,不要等我死了以後,像先前的向秀似的去山陽故居憑弔嵇康。

此詩應作於北周保定二年,亦即陳天嘉三年(562),當是托行將回國之陳王朝的使者周弘正帶回南方去的①。

---

① 《陳書·周弘正傳》載:"弘正博物知玄象,善占候,大同末,嘗謂弟弘讓曰:'國家厄運,數年當有兵起。吾與汝不知何所逃之。'及梁武帝納侯景,弘直謂弘讓曰:'亂階此矣。'京城陷,弘直爲衡陽內史,元帝在江陵,遣弘直書曰……仍遣使迎之……及弘正至,禮數甚優,朝臣無與比者。……及江陵陷,弘正遁圍而出,歸於京師,敬帝以爲大司馬王僧辯長史,行揚州事……(陳)高祖受禪,授太子詹事。天嘉元年,授侍中、國子祭酒,往長安迎高宗。三年,自周還。"按周弘正(字思行,496—574)出使北周,是爲了將先前在江陵陷落時被遷於關右的陳王朝的皇室成員陳頊(後稱帝,廟號高帝、謚號宣帝)迎接回去,因爲種種原因,他在長安呆了兩年纔完成這一使命。

庾信早年曾與周弘正爲同僚，與弘正的弟弟弘讓也非常熟悉（曾作有《尋周處士弘讓》《贈周處士》等詩），所以在周弘正出使長安的這兩年中同他頗有交往，寫了好些詩篇，當周離開長安回建康去的時候，又賦詩爲別道：

> 扶風石橋北，函谷故關前。此中一分手，相逢知幾年？黃鵠一反顧，徘徊應愴然。自知悲不已，徒勞減瑟絃。
>
> ——《別周尚書弘正》

他歎息自己同周弘正的再見不知在何年何月。此時又托他把這首《寄徐陵》帶到南方去面交這另一位老友，詩中也同樣充滿了老年人的悲觀和感傷。錢鍾書先生特別賞識庾信這一首《寄徐陵》，評爲："沉摯質勁，語少意永，殆集中最'老成'者矣。"[1]老成總是同蕭瑟悲涼聯繫在一起。

當周弘正尚書復回金陵時（陳天嘉三年，北周保定二年，562），庾信爲他寫了好幾首詩，先有《送周尚書弘正》二首；又有《重別周尚書》二首：

> 陽關萬里道，不見一人歸。惟有河邊雁，秋來南向飛。
> 河橋兩岸絶，橫歧數路分。山川遥不見，懷袖遠相聞。

現在有這樣一個與故人相見的機會太難得了，別易會難，將來未必能有再見的時候。

後期庾信仍有寫景之作，但同早年的取景、筆墨完全不同了，再也不是江南優美的園林花鳥，而是蒼茫的河山漫天的風雪，《郊行值雪》寫道：

> 風雪俱慘慘，原野共茫茫。雪花開六出，冰珠映九光。還如驅玉馬，暫似獵銀獐。陣雲全不動，寒山無物香。薛君一狐白，唐侯兩驌驦。寒關日欲暮，披雪上河梁。

寫的是北國的寒冬，詩人自己也漸漸走到了生命的冬天。

庾信的詩一向得到很高的評價，清朝詩論家陳祚明説：庾信寫詩"運以

---

[1] 錢鍾書《談藝録》，第 300 頁。

傑氣,敷爲鴻文。如大海回瀾之中,明珠木難,珊瑚瑪瑙,與朽株敗葦,苦霧酸風,洶湧奔騰,雜至并出,陸離光怪,不可名狀。吾所以目爲大家……豈特北朝一人,即亦六季鮮儷"(《采菽堂古詩選》卷三十三)。沈德潛説:"陳、隋間人,但欲得名句耳。子山於琢句之中,復饒清氣,故能拔出於流俗中,所謂軒鶴立雞群者耶!"(《古詩源》卷十四)他們都强調庾信有一股"氣",亦即充滿個性的精神力量作爲他創作的根本,這一觀察是大有見地的。

四

　　庾信的文章以應用文爲多,文學價值不算高,但可以從中看到他的生活狀態和某些感情,例如當他得到北周皇室成員的饋贈時寫的那些謝表,就分明可見他的處境和無奈。

　　寫得更多的是碑誌文,包括碑文和墓誌。古人對死亡高度重視,將遺體大斂後裝入棺木,實行土葬,安排陪葬的器物,稍後還要來一方石刻的墓誌,一起埋在地下的墓穴中。墓前則要樹碑。墓誌(或稱墓誌銘)採用韻散結合的文體:前面是一份簡明的墓主傳記,一般用散體文,也可用駢文;後面是類乎四言詩的銘文,用以詠歎歌頌。這兩部分都可長可短,視墓主的情況而定,一般都是從正面著筆,大講好話。如果墓主生前比較闊氣,則墓誌文一定要請名人動手。在一般情況下,前去請托的墓主後代要付給作者一份潤筆。古代没有稿費,而撰寫諛墓之文是有收入的,而且往往比較豐厚。

　　現在所知道的最早的墓誌文,是劉宋作家顏延之爲其好友寫的《王球墓誌》[①],後來謝朓和沈約都寫過若干。那時北方更加重視碑誌文,庾信以及王襃都寫過不少。《北史·庾信傳》説:

　　　　明帝、武帝並雅好文學,信特蒙恩禮。至於趙、滕諸王,周旋款至,有若布衣之交。群公碑誌,多相托焉。惟王襃頗與信埒,自餘文人,莫有逮者。

① 詳見《文選》卷五十九任昉《劉先生夫人墓誌》題下李善注引吳均《齊春秋》。

　　能受人之托爲群公作墓誌文,在那時最足以代表文字水準。通行的《庾子山集注》(清人倪璠注,有許逸民點校本,中華書局 1980 年版)凡十六卷,其中碑文和墓誌銘各占兩卷,這些墓主大部分是北方的權貴及其家屬,也有從南方過來的人物。前者如《周趙國夫人紇豆陵氏墓誌銘》,其墓主乃宇文泰之子、趙國公宇文招(? —580)的夫人紇豆陵氏(551—570)。宇文招"博覽群書,好屬文,學庾信體,詞多輕豔"(《北史·周室諸王傳》),庾信同他關係密切,《北史·庾信傳》說他同趙王宇文招、滕王宇文逌"周旋款至,有若布衣之交"。庾信曾在文章中提到趙王是"今上之第九弟也,文則河間上書,武則任城置陣"(《周車騎將軍賀婁公神道碑》)給予極高評價。到周、隋易代的前夜,宇文招試圖以政變方式謀殺輔政的實權人物、後來的隋文帝楊堅,遭反制,被殺。第二年,庾信也匆匆去世。

　　由南方過來的人物如吳明徹(字通昭,513—580)。此公一生經歷相當複雜,曾先後仕於梁、陳、北周,政治立場有過重大的變化。關於他早年出仕於蕭梁的情況,庾信在爲他寫的墓誌中介紹說:

　　　　公志氣縱橫,風情倜儻。圯橋取履,早見兵書,竹林逢猿,徧知劍術。故得勇爵登朝,材官入選。起家東宮司直,後除左軍。葛瞻始嗣兵戈,仍遭蜀滅;陸機纔論功業,即值吳亡。公之仕梁,未爲達也。

　　可知他出仕未久就碰上導致蕭梁王朝垮臺的侯景之亂,尚未來得及得到遠大的發展;但他很快就同其時正在崛起的梟雄陳霸先取得聯繫,追隨其人建功立業,成了一代名將:

　　　　自梁受終,齊卿得政,禮樂征伐,咸歸舜後。是以威加四海,德教諸侯,蕭索煙雲,光華日月。公以明略佐時,雄圖贊務,鱗翼更張,風飆遂遠。冠軍侯之用兵,未必師古;武安君之養士,能得人心。擬於其倫,公之謂矣。爲左衛將軍,尋遷鎮軍、丹陽尹,北軍中候,總政六師;河南京尹,冠冕百郡。文武是寄,公無愧焉。

　　這裡的"明略佐時,雄圖贊務"二句是對吳明徹入陳後諸功業的概括。吳明徹最顯赫的戰功是先後打垮陰有異志的湘州刺史華皎和已爲北齊效力的前蕭梁名將王琳(當時他佔據壽陽與陳爲敵),關於後者,《南史》卷六十六本傳載：

> 太建五年，朝議北征，公卿互有異同，明徹決策請行。詔加侍中、
> 都督征討諸軍事，總衆軍十餘萬發都，緣江城鎮，相續降款。軍至秦
> 郡，齊大將軍尉破胡將兵爲援，破走之，秦郡降……進逼壽陽，齊遣王
> 琳拒守，明徹乘夜攻之，中宵而潰。齊兵退據相國城及金城。明徹令
> 軍中益修攻具，又遏肥水灌城，城中苦濕，多腹疾，手足皆腫，死者十六
> 七。會齊遣大將皮景和率衆數十萬來援，去壽春三十里，頓軍不進。
> 諸將咸曰：“計將安出？”明徹曰：“兵貴在速，而彼結營不進，自挫其鋒，
> 吾知其不敢戰明矣。”於是躬擐甲胄，四面疾攻，城中震恐，一鼓而禽王
> 琳等送建鄴。

王琳也是名聲煊赫的戰將，先前庾信寫過一首著名的小詩《寄王琳》，
而至此已天人永隔。壽春之戰乃是吳明徹一生事業的頂峰，於是進位司
空，授南兗州刺史；但是後來他敗給了北周，遂爲降將。《南史》本傳繼續
寫道：

> 及周滅齊，宣帝將事徐、兗。（太建）九年，詔明徹北侵，令其世子
> 慧覺攝行州事。軍至呂梁，周徐州總管梁士彥率衆拒戰，明徹頻破之。
> 仍迮清水以灌其城，攻之甚急，環列舟艦於城下。周遣上大將軍王軌
> 救之。軌輕行自清水入淮口，横流豎木，以鐵鎖貫車輪，遏斷船路。諸
> 將聞之甚恐，議欲破堰拔軍，以舫載馬。馬明戌裴子烈曰：“君若決堰
> 下船，船必傾倒，豈可得乎？不如前遣馬出。”適會明徹苦背疾甚篤，知
> 事不濟，遂從之。乃遣蕭摩訶帥馬軍數千前還。明徹仍自決其堰，乘
> 水力以退軍。及至清口，水力微，舟艦並不得度，衆軍皆潰。明徹窮
> 蹙，乃就執。周封懷德郡公，位大將軍。以憂遘疾，卒於長安，後故吏
> 盜其柩歸。

因爲戰術出錯、年老有病、河流水位下降等諸多因素的綜合作用，一代
名將吳明徹兵敗被俘；雖然北周對他相當優待，但他情緒太壞，不久死去。

此時北齊已經滅亡，北周內部醖釀著中樞換馬，對已經繳械歸降的名
將吳明徹態度非常寬大。庾信的墓誌當作於吳明徹的棺柩在長安寄瘞之

初,其中自然要寫到他兵敗於清口、由陳入周的這一段經歷。此事頗不易措辭,而庚信的行文竟仍然從容不迫,用大量的典故將種種經過敷衍過去。墓誌既維持吳明徹的英雄形象,又充分肯定北周方面寬大雍容的氣度,將其時的種種惡戰一筆帶過,歸於天命。很難處理的題目到了高手手裡仍可化爲絕妙好辭。褚斌傑先生高度評價《周大將軍懷德公吳明徹墓誌銘》,説:"庚信在這篇墓誌銘中飽含感情地描寫了他的一生際遇,文章清新洞達,痛惋之情溢於言表,被駢文家推爲'志文絕唱'。"①按,稱此文爲絕唱的是清人李兆洛,其《駢體文鈔》卷二十五云:"同病相憐,故言哀入痛,志文絕唱也。"因爲吳明徹經歷很特殊,此篇當是庚信特別精心撰寫的。

　　一代名將吳明徹到晚年忽遭重創,自然是極其窩囊之事,所以吳明徹入周以後很快就"以憂遘疾,卒於長安"(《南史》卷六十六本傳)。後來的史家可以這樣措辭,庚信則不可能如此直白,他在墓誌的後半寫道:

　　　宣政元年,屆於東都之亭,有詔釋其鸞鑣,蠲其纍社。始弘就館之禮,即受登壇之策,拜持節大將軍、懷德郡開國公,邑二千户。歸平津之館,時聞櫪馬之嘶;舍廣成之傳,裁見諸侯之客。廉頗眷戀,寧聞更用之期;李廣盤桓,無復前驅之望。霸陵醉尉,侵辱可知,東陵故侯,生平已矣。

　　　大象二年七月二十八日,氣疾暴增,奄然賓館。春秋七十七。即以其年八月十九日寄瘞於京兆萬年縣之東郊。詔贈某官,諡某,禮也。江東八千子弟,從項籍而不歸;海島五百軍人,爲田横而俱死焉。嗚呼哀哉! 毛修之埋於塞表,流落不存;陸平原敗於河橋,死生慚恨。反公孫之柩,方且未期,歸連尹之尸,竟知何日? 遊魂羈旅,足傷温序之心,玄夜思歸,終有蘇韶之夢。遂使廣平之里,永滯冤魂;汝南之亭,長聞夜哭。嗚呼哀哉! 乃爲銘曰:

　　　九河宅土,三江貢職。彼美中邦,君之封殖。負才矜智,乘危恃力。浮磬戢鱗,孤桐垂翼。五兵早竭,一鼓前衰。移營減竈,空幕禽飛。羊皮詎贖? 畫馬何追? 苟營永去,隨會無歸。存没俄頃,光陰悽愴。岳裂中台,星空上將。眷言妻子,悠然亭障,魂或可招,喪何可望。壯志沉淪,雄圖埋没,西隴足抵,黄塵碎骨。何處池臺? 誰家風月? 墳

① 褚斌傑《中國古代文體概論(增訂本)》,北京:北京大學出版社1990年版,第445—446頁。

壑羈遠,營魂流寓。霸岸無封,平林不樹。壯士之隴,將軍之墓,何代
何年,還成武庫?

　　這幾段文字,顯然出於精心結撰,而且比他前後那些墓誌顯得更多動
了些感情。墓誌文總是以稱頌爲主,但吳明徹乃是投降過來的敗將,所以
不得不批評他兩句,説是"負才矜智,乘微恃力","五兵早竭,一鼓前衰",前
面的志文中也具體説到他兵敗的過程;但庾信更強調的卻是肯定他仍然是
一位英雄。志文接連用了好幾個意在稱頌他的典故,歎息其"壯志沉淪,雄
圖埋没",最後説起"霸岸無封,平林不樹",更令人感傷。文中具體紀録了
兩個日期:一是兵敗歸降的宣政元年(578),一是溘然長逝的大象二年
(580),其間不過短短兩年。文中兩次用"嗚呼哀哉"這樣最強烈的感歎句,
尤可見庾信對吳明徹的惋惜、尊重和同情。失敗者仍然可以是一位英雄。
庾信發出這樣的感慨大約想到了自己。《北史》本傳載,年過花甲的庾信於
"大象初,以疾去職",爲吳將軍作墓誌時,他已在病中,離去世不遠了。這
份墓誌中説到吳明徹歸葬故土的遥遥無期,恐怕就更有切身的哀歎隱含於
其中。
　　凡墓誌銘,格局大體一樣:志文總歸是記叙文,當然寫法可實可虛,可
詳可略;而最後的銘文則近於四言詩的路子。作者的感情固然可以滲透於
前文之中,而尤其容易直接體現在銘文之中。《周大將軍懷德公吳明徹墓
誌銘》是如此,另一篇《周大將軍義興公蕭公墓誌銘》也是如此,此篇寫到
原爲南人現已成爲北齊官員的蕭泰後來投降了北周,誌文中説:"秦亭壓
境,邾柝聞城,鼓角地鳴,將軍天落。雖復瓶缶聽聲,無防於地道;冠繩柴
結,不卻於雲梯,請命受降,翻歸都護。"這是形容周師非常強大,而且戰
術又極其高明,所以蕭泰不得不向宇文護、權景宣投降。到末了,銘文中
又寫道:

　　　託身淄右,茌政淮東。秦亭西遍,楚澤南窮。時驚獵火,或懼秋
風。屬期遠略,逢兹應變。陣橫十里,兵圍一面。月暈孤城,塵驚虛
援。春筍非糧,秋蒿無箭,垂翅卧龍,夷衿輟戰。時值懷來,恩加始賞。
王爵愈峻,戎章更上。朱鷺才飛,虞歌即嚮,泣子留恨,藏書長往。炎
涼迭運,零落山丘。霜芬幕月,松氣陵秋。嗟南國之王子,成東陵之
故侯。

　　這裡特別强調當時蕭泰也曾死守永州孤城①，但内缺糧食和武器，外無援兵，最後不得已而投降。北周對歸降者非常寬大優待，可惜蕭泰不久就去世了。從這裡的措辭和感慨看，庚信頗致力於爲改變立場者尋找合乎情理的原因，以免被責備没有原則和操守，這裡應當包含著他爲自己由梁之使節一躍而爲周之官員的變化作出解釋。

　　中古時代甚少從一而終的官僚，政局變化太多太快，各個政權的合法程度都是難兄難弟，甚至無論它是漢族的還是少數民族主宰的政權；南北王朝之間也没有明確固定的邊界。大家皆屬炎黄子孫，都是天下的一部，並且認爲自己最能代表天下。如果態度執著就容易近於迂腐。對許多人來説，改變立場根本用不著什麽解釋，陳沆《詩比興箋》卷二云：“或謂子山終餐周粟，未效秦廷，雖符麥秀之思，究慚采薇之操。然六季雲擾，士多烏棲，康樂、休文，遺譏心蹟，求共廉頗將楚，思用趙人，樂毅奔鄲，不忘燕國者，又幾人哉？”那時没有嚴格的“通敵”與“忠義”的對立，這同趙宋以後的情形很不同。

　　關於中古的民族紛爭與融合，錢穆先生曾經有過一個生動的比喻，他説：“羅馬衰亡，如一個泉源乾涸了，而另外發現了一個新泉源。魏晉南北朝時代，則如一條大河流的中途，又匯納了一個小支流。在此兩流交匯之際，不免要興起一些波瀾與漩渦，但對其本身大流並無改損，而且只有增益其流量之宏大與壯闊。”②當南北朝之際，時代的主潮在於民族融合。庚信認同北周鮮卑族主導的政權，肯同他們合作，是正常的，而他不斷抒發其鄉關故國之思，無非是表現了對華夏文化大流的熱愛與眷念。這固然是他的書生氣、詩人氣之自然流露，同時也深刻地符合中古歷史發展的大方向。要瞭解當時歷史發展過程中的波瀾與漩渦，庚信的墓誌文恰是一批上好的文證。

（作者單位：揚州大學文學院）

----

① 永州乃河南城陽，《隋書·地理志》：“豫州汝南郡城陽縣，後齊曰永州。”
② 錢穆《中國文化史導論》，北京：商務印書館 1994 年版，第 132 頁。

Yu Xin's Life and Works: A Fragment in *Zhongguo zhonggu wenxue shi*

Gu Nong

Yu Xin 庾信 (513 - 581 CE) had been a court official in the Southern Liang dynasty and wrote palace style poetry before he was confined to the non-Sinitic Norther Zhou dynasty. Despite the respect he received from its officials and nobles, he wrote his internal conflict, distress, and forthcoming resign into his poetry and prose, including "Shangxin fu" 傷心賦 (Rhapsody on a Broken Heart), "Xiaoyuan fu" 小園賦 (Rhapsody on a Small Garden), and "Kushu fu" 枯樹賦 (Rhapsody on a Withered Tree) which he wrote during the first three years of his confinement as a diplomatic envoy. Yu's masterpiece written in 569 CE, "Ai Jiangnan fu" 哀江南賦 (Rhapsody Lamenting the South) chronicles the Southern Liang dynasty from prosperity to decline, and its literary elegance and intricacy has received high praise. Despite his resign, ethnic amalgamation was the mainstream at the time. Yu acknowledged the Northern Zhou dynasty ruled by the Xianbei people and was willing to collaborate with its ruling class. However, the nostalgia and reminiscence in his works show his ardent love for the culture in China proper. Yu's works, including the epitaphs he wrote, are of great value in understanding the grand historical development in the Chinese medieval time.

Keywords: Yu Xin, "Shangxin fu", "Xiaoyuan fu", "Kushu fu", "Ai Jiangnan fu", *yonghuai shi*, epitaph, ethnic amalgamation

徵引書目

1. 令狐德棻：《周書》，北京：中華書局，1971 年版。Linghu Defen. *Zhou shu（Book of Zhou）*. Beijing：Zhonghua Book Company，1971.

2. 司馬光等：《資治通鑑》，北京：中華書局，1956 年版。Sima Guang et al. *Zizhi Tongjian（Comprehensive Mirror in Aid of Governance）*. Beijing：Zhonghua Book Company，1956.

3. 沈約：《宋書》，北京：中華書局，1974 年版。Shen Yue. *Song shu（Book of Song）*. Beijing：Zhonghua Book Company，1974.

4. 李百藥：《北齊書》，北京：中華書局，1972 年版。Li Baoyao. *Beiqi shu（Book of Northern Qi）*. Beijing：Zhonghua Book Company，1972.

5. 李延壽：《北史》，北京：中華書局，1974 年版。Li Yanshou. *Bei shi（History of the Northern Dynasties）*. Beijing：Zhonghua Book Company，1974.

6. 李延壽：《南史》，北京：中華書局，1975 年版。Li Yanshou. *Nan shi（History of the Southern Dynasties）*. Beijing：Zhonghua Book Company，1975.

7. 姚思廉：《梁書》，北京：中華書局，1974 年版。Yao Silian. *Liang shu（Book of Liang）*. Beijing：Zhonghua Book Company，1974.

8. 姚思廉：《陳書》，北京：中華書局，1972 年版。Yao Silian. *Chen shu（Book of Chen）*. Beijing：Zhonghua Book Company，1972.

9. 庾信撰，倪璠注，許逸民點校：《庾子山集注》，北京：中華書局，1980 年版。Yu Xin. *Yu Zishan ji zhu（Annotations of the Collected Works of Yu Xin）*. Edited by Ni Fan and punctuated and collated by Xu Yimin. Beijing：Zhonghua Book Company，1980.

10. 褚斌傑：《中國古代文體概論（增訂本）》，北京：北京大學出版社，1990 年版。Chu binjie. *Zhongguo gudai wenti gailun zengding ben（Introduction to Chinese Ancient Stylistics, revised version）*, Beijing：Peking Univer sity Press，1990.

11. 蕭統編，李善注：《文選》，影印清嘉慶十四年胡克家刊本，北京：中華書局，1977 年版。Xiao Tong. *Wen xuan（Selections of Refined Literature）*. Edited by Li Shan. Beijing：Zhonghua Book Company，1977.

12. 錢穆：《中國文化史導論》，北京：商務印書館，1994 年版。Qian Mu. *Zhongguo wenhuashi daolun（Introduction to Chinese Cultural History）*. Beijing：The Commercial Press，1994.

13. 錢鍾書：《管錐編》，北京：中華書局，1979 年版。Qian Zhongshu. *Guan zhui bian（Limited Views）*. Beijing：Zhonghua Book Company，1984.

14. 錢鍾書：《談藝錄》，北京：中華書局，1984 年版。Qian Zhongshu. *Tan yi lu（On the Art of Poetry）*. Beijing：Zhonghua Book Company，1984.

15. 魏徵等：《隋書》，北京：中華書局，1973 年版。Wei Zheng et al. *Sui shu（Book of Sui）*. Beijing：Zhonghua Book Company，1973.

李善《文選注》引書義例考*

趙建成

【摘　要】李善《文選注》徵引浩繁，引書義例複雜。本文依據其引用文獻之實際情況，參考注中隨文標示之相關義例，從引用目的、書名標舉、引文處理三個方面系統、深入地考察了李善《文選注》引書之義例系統。把握李善注引書義例，有益於把握李善注及其所引文獻，乃至《文選》本文。

【關鍵詞】李善　《文選注》　引書　義例　考證

錢大昕云："讀古人書，須識其義例。"①據筆者考證，李善《文選注》引書共2 009家，數量居"四大名注"（裴松之《三國志注》、酈道元《水經注》、劉孝標《世說注》、李善《文選注》）之首。如此衆多之引書，必有較爲完善之義例系統以統攝之，方能有條而不紊。對於學者與讀者而言，如能把握其義例系統，則有益於把握李善注及其所引文獻，乃至《文選》本文。然就筆者淺見，一些研究者在利用李善注引書文獻時，對其引書義例未能了解，加之《文選》自身的複雜性（如版本問題等），有時是非莫辯，所以存在不小的問題，甚至鬧出笑話。實際上，李善在注中曾多處隨文標示其義例，惟既分散而又僅存其大略，尚不足以據之全面把握其義例。顧炎武《日知錄》卷二十"書家凡例"條曰："古人著書，凡例即隨事載之書中。"②李審言云："古人注書，例即見於注

* 本文爲南開大學文科發展基金項目"'四大名注'引書與先唐學術"（ZB21BZ0216）之階段性成果。

① 錢大昕《潛研堂集·潛研堂文集》卷十六《秦三十六郡攷》，上海：上海古籍出版社2009年版，第260頁。
② 顧炎武著，黄汝成集釋《日知錄集釋》（全校本），上海：上海古籍出版社2013年版，第1165頁。

中。李善《文選注》首舉‘賦甲’，存其舊式，《兩都賦序》以下繼之，皆例也。”①二家所言爲著書、注書之例，而李善引書之例，實亦見於注中。

在此之前，李詳有《李善文選注例》，李維棻有《〈文選〉李注纂例》②，皆考李善注之例，稍涉其引書之例但較簡略。日本學者斯波六郎有《李善〈文選注〉引文義例考》③，從引文之目的、引文之態度、引文之記載法三個方面對李善注引文義例進行考索，細緻深入，卻也頗爲繁瑣，難於把握。其中一些内容，如“引文之記載法”中已見之例等，似非引文之例，而是注釋之例。另外，此文在一定程度上將李善爲《文選》作注這一學術活動程式化、精密化，將李善這一學者理想化，所以在一些問題的理解上必然存在偏頗。實際上，李善對其《文選注》之義例包括引書義例並未一以貫之地遵行，在具體實踐中也有各種偶然情況發生，不能作絕對化的理解。

基於李善注及其中義例之標示，本文擬對李善《文選注》之引書義例作一系統、深入的考察。文中若干例證，受到李詳、李維棻二文所用例證之啟示，特此説明。

一、引 用 目 的 例

（一）舉先以明後，追溯語源

班孟堅《兩都賦序》“或曰：賦者，古詩之流也”下，李善注引《毛詩序》曰：“詩有六義焉，二曰賦。故賦爲古詩之流也。”並云：

諸引文證，皆舉先以明後，以示作者必有所祖述也。他皆類此。④

---

① 李詳《李善〈文選〉注例》，載於南江濤選編：《文選學研究》上册，北京：國家圖書館出版社 2010 年版，第 397 頁。案：此文原載《制言》月刊第五十期（1939 年 3 月），《文選學研究》據以影印，後收入《李審言文集》，爲修訂本，本文主要依據文集本。然此處所引“古人注書”，文集本作“古人著書”，究其文意，當以“注”爲是，故從《制言》月刊本。

② 李維棻《〈文選〉李注纂例》，載於趙昌智、顧農主編《李善文選學研究》，揚州：廣陵書社 2009 年版，第 4—19 頁。原刊於臺北《大陸雜誌》第十二卷第七期（1956 年）。

③ （日）斯波六郎撰，權赫子、曹虹譯《李善〈文選注〉引文義例考》，載於《古典文獻研究》第十四輯，南京：鳳凰出版社 2011 年版，第 191—213 頁。

④ 本文所引《文選》及李善注，若無特別説明，均據南宋淳熙八年（1181）尤袤刻本，中華書局 1974 年影印本。凡有文字異同之處，則據集注本、奎章閣本、明州本（日本足利學校本）、贛州本等諸本《文選》予以考校。

《兩都賦序》"賦者,古詩之流也"之語應出於《毛詩序》,故李善引之以證。
這實際就是在追溯作品的語源①。李善《文選注》引書對作品語源的追溯,
包括兩個方面的内容。一是追溯詞源,即追溯作品中詞語的最早出
處。如:

【禰正平《鸚鵡賦》】願先生爲之賦,使四坐咸共榮觀,不亦可乎?
【李善注】《老子》曰:雖有榮觀,燕處超然。

【王元長《永明十一年策秀才文五首》】今農戰不脩,文儒是競。
【李善注】《商君書》曰:國待農戰而安,君待農戰而尊。

這是追述"榮觀"、"農戰"二詞的語源。
二是追溯句源,即追溯作品文句的來源。如:

【謝希逸《月賦》】歌曰:美人邁兮音塵闕,隔千里兮共明月。
【李善注】《楚辭》曰:望美人兮未來。陸機《思歸賦》曰:絶音塵
於江介,託影響乎洛湄。《淮南子》曰:道德之論,譬如日月馳騖,千里
不能改其處也。

【江文通《雜體詩三十首·古離别》】黄雲蔽千里,遊子何時還?
【李善注】《古詩》曰:浮雲蔽白日,遊子不顧反。

關於舉先明後之例,有時李善於所舉之"先"有疑,則作説明。如:

【謝惠連《雪賦》】寒風積,愁雲繁。
【李善注】傅玄詩曰:浮雲含愁色,悲風坐自嘆。班婕妤《擣素賦》
曰:佇風軒而結睇,對愁雲之浮沈。然疑此賦非婕妤之文,行來已久,
故兼引之。

---

① 需要説明的是,本文所説的語源,指的是作品中詞語、句子的出處或來源,並不是語言學上的語
源。在語言學上,我們今天所使用的語言,一部分是從古代語言演變而來,一部分是由幾種古代
語言混合形成的,這些古代語言稱爲語源。通過對一些古代文本的解讀以及與其他種類語言的
比較,研究一種語言的產生、變化和消亡,致力於揭示詞語的歷史,便是語源學。本文所論,與此
不同。

李詳云："善於此不敢援舉先明後之例，蓋其慎也。"①建成案：對於班婕妤《擣素賦》，李善頗疑其爲僞託，故加以説明。然慎則慎矣，仍爲舉先明後之例。

　　又，"後"對"先"具有語源上的繼承關係，但由於語境的變化，其文句內涵與語源原文可能有所不同。對於這種情況，爲避免理解上的歧異，李善亦作説明。如：

　　　　【班孟堅《兩都賦序》】以興廢繼絶，潤色鴻業。
　　　　【李善注】《論語》子曰：興滅國，繼絶世。然文雖出彼而意微殊，不可以文害意。他皆類此。

李善注引《論語》追溯"興廢繼絶"一語之語源，但班固之語指的是西漢武、宣之世建立文章、禮樂制度，"發起遺文，以光讚大業"，與《論語》孔子之語有所不同，故加以説明，以爲義例。又如：

　　　　【陸士衡《辯亡論》下】于時大邦之衆，雲翔電發。
　　　　【李善注】《戰國策》頓子説秦王曰：今楚、魏之兵，雲翔而不敢拔。然此雲翔，與《戰國》微異，不以文害意也。

　　　　【陸士衡《樂府十七首·君子行》】天損未易辭，人益猶可懽。
　　　　【李善注】言禍福之有端兆，故天損之至，非己所招，故安之而未辭。人益之來，非己所求，故受之可爲懽也。《莊子》孔子謂顏回曰：無受天損易，無受人益難。郭象曰：無受天損易者，唯安之故易也。所在皆安，不以損爲損，斯待天而不受其損也。無受人益難者，物之儻來不可禁禦。至人則玄同天下，故天下樂推而不猒，相與社而稷之，斯無受人益之所以爲難矣。然文雖出彼，而意微殊，彼以榮辱同途，故安之甚易。此以吉凶異轍，故辭之實難。

　　李善舉先明後之例，確可見出其學問之廣博、學術判斷之準確。如《詩經·魯頌·閟宫》有"新廟奕奕，奚斯所作"之句，奚斯所作者，在《詩經》學

---

① 李詳《李善〈文選〉注例》，載於《李審言文集》，南京：江蘇古籍出版社1989年版，第156頁。

史上一般有二説,一説爲《閟宫》乃至《魯頌》之詩,一説爲新廟,聚訟紛紜。二説孰是孰非,不在本文討論之范圍①,這裡僅探討前説之源頭,實亦聚訟頗多。賈昌朝《群經音辨》②、王楙《野客叢書》③以爲此説自班固(《兩都賦序》)始。陳善《捫蝨新話》④、洪邁《容齋續筆》卷一"公子奚斯"條⑤以爲其説始於揚子《法言》。王煦《昭明文選李善注拾遺》附《文選剩言》"班固《兩都賦序》'奚斯'"條認爲其説本於《韓詩》,並引薛君《章句》之語,云揚子雲(《法言》)從之⑥。建成案:薛君即薛漢,據《後漢書·儒林列傳·薛漢傳》,薛漢字公子,世習《韓詩》,薛漢少傳父業,父子以章句著名⑦。則《韓詩章句》成於薛漢父子兩代之手。薛漢建武(25—56)初爲博士,永平(58—75)中爲千乘太守,則其出生應在公元前後。其父子皆應晚於揚雄(前53—18),揚雄從之之説似難成立。若言揚雄所從爲《韓詩》早期師説,則無文獻上的依據。又,洪邁、王煦以揚雄有奚斯作《魯頌》之説,其根據在《揚子法言·學行篇》,揚子曰:"昔顔常晞夫子矣,正考甫常晞尹吉甫矣,公子奚斯常晞正考甫矣。"李軌注云:"奚斯,魯僖公之臣,慕正考甫,作《魯頌》。"司馬光承之,曰:"揚子以謂正考甫作《商頌》,奚斯作《閟宫》之詩,故云然。"吳祕曰:"晞,晞慕也。"則"公子奚斯常晞正考甫"意謂奚斯晞慕正考甫,以之爲榜樣,無從得出其作《魯頌》(《閟宫》)之意。李軌、司馬光等還是承襲成説,想當然而注之。諸家惟吳祕得之,其説曰:"正考甫《商頌》蓋美禘祀之事,而魯大夫公子奚斯能作閔公之廟,亦晞《詩》之教也。而《魯頌》美之曰:'松桷有舄,路寢孔碩。新廟奕奕,奚斯所作。'"⑧故以奚斯作《魯頌》之説始於揚雄《法言》,亦屬無據。班固(32—92)晚於薛漢父子,劉躍進先生《秦漢文學編年史》認爲班固《兩都賦》約作於漢明帝永平十二年(69),班固時年三十八歲⑨。其時薛氏《韓詩章句》久已流行,則班固《兩都賦序》

---

① 然筆者亦有判斷之傾向,即就《閟宫》文本而言,奚斯所作者當爲新廟。

② 賈昌朝《群經音辨》卷七"辨字訓得失"條,上海:商務印書館1939年版,第152頁。

③ 王楙《野客叢書》卷十四"奚斯頌魯"條,上海:商務印書館1939年版,第137頁。

④ 陳善《捫蝨新話》上集卷三"班固、劉琨、揚雄誤稱古人"條,俞鼎孫、俞經《儒學警悟》本,民國校刻本。

⑤ 洪邁《容齋隨筆》,北京:中華書局2005年版,第226頁。

⑥ 王煦《昭明文選李善注拾遺》,載於李之亮點校《清代文選學珍本叢刊》第一輯,鄭州:中州古籍出版社1998年版,第77頁。

⑦ 范曄《後漢書》卷七十九下,北京:中華書局1965年版,第2573頁。

⑧ 揚雄撰,李軌等注《宋本揚子法言》卷一,北京:國家圖書館出版社2017年版,第79頁。

⑨ 劉躍進《秦漢文學編年史》,北京:商務印書館2006年版,第399頁。

“奚斯頌魯”之説自然晚於薛氏《韓詩章句》，且前者當出於後者。故《文選·兩都賦序》“奚斯頌魯”下李善注曰：

> 《韓詩·魯頌》曰：新廟奕奕，奚斯所作。薛君曰：奚斯，魯公子也。言其新廟奕奕然盛。是詩，公子奚斯所作也。①

顯然，李善注引薛君《韓詩章句》，乃舉先以明後之例，判斷十分準確。

引書以追溯作品語源的體例，並不是李善的獨創，其所採用的諸家舊注，如薛綜《二京賦注》、劉逵《蜀都賦注》、張載《魏都賦注》，便已有此例，其後的《文選鈔》亦有此例。但以李善注所用更爲普遍、嚴謹與準確。

（二）引後以明前，據源溯流

班固《兩都賦序》“臣竊見海内清平，朝廷無事”下李善注引蔡邕《獨斷》：

> 或曰朝廷，亦皆依違，尊者都，舉朝廷以言之。②

這是以後世之著述來解釋先代之禮制。李善述其例云：

> 諸釋義或引後以明前，示臣之任不敢專。他皆類此。

李詳云：“前已見舉先以明後之例，此又舉引後以明前之例，統觀全注，此二例最多，實開注書之門徑。”③此義例亦分兩種情況。一是舉後世典籍以明前代文章之歷史、文化背景。前《兩都賦序》注引蔡邕《獨斷》即是。再舉一例：

> 【曹子建《求自試表》】使得西屬大將軍，當一校之隊。

---

① 《文選》卷十一王文考《魯靈光殿賦·序》“故奚斯頌僖，歌其路寢”下李善注所引相同，惟《韓詩·魯頌》但作《韓詩》。
② 劉躍進云：“今本《獨斷》及諸家六臣本《文選》李善注所引，‘都’上有‘所’字，‘舉’上有‘連’字。今尤本‘尊者都舉’四字占六字格，蓋尤本所改。”見劉躍進《文選舊注輯存》卷一案語，南京：鳳凰出版社 2017 年版，第 34 頁。
③ 李詳《李善〈文選〉注例》，載於《李審言文集》，第 154 頁。

【李善注】《魏志》曰：太和二年，遣大將軍曹真擊諸葛亮於街亭。司馬彪《漢書》曰：大將軍營伍部，校尉一人。①

陳壽與司馬彪皆是晉人，晚於曹植。李善引其書以注曹植表之歷史文化背景。

二是溯作品文辭之流。李善《文選注》引書不僅有追源，也有溯流的内容，即後世作品在文辭上以所注内容爲語源。如：

【曹大家《東征賦》】諒不登樔而椓蠡兮，得不陳力而相迫。

【李善注】陳思王《遷都賦》曰：覽乾元之兆域兮，本人物乎上世，紛混沌而未分，與禽獸乎無別。椓蠡蜇而食蔬，摭皮毛以自蔽。然陳思之言蓋出於此也。

【干令升《晉紀·論晉武帝革命》】堯舜内禪，體文德也。漢魏外禪，順大名也。

【李善注】謝靈運《晉書禪位表》曰：夫唐、虞内禪，無兵戈之事，故曰文德。漢、晉外禪，有翦伐之事，故曰順名。以名而言，安得不僭稱以爲禪代邪？靈運之言，似出于此，文既詳悉，故具引之。

【木玄虛《海賦》】若乃大明擴轡於金樞之穴。

【李善注】伏韜《望清賦》曰：金樞理轡，素月告望。義出於此。

對此義例，清倪思寬《二初齋讀書記》舉上列最後一例申説之，其説云：“《海賦》注引伏滔《望清賦》，乃是引後人之文反證前人之語。凡注書欲求文義明晰，亦須有此例。讀此知唐人已開其端矣。”②

（三）引同時之作，轉以相明

何平叔《景福殿賦》“溫房承其東序，涼室處其西偏”下李善注引卞蘭《許昌宮賦》曰：“則有望舒涼室，羲和溫房。”並云：

---

① 據《文選》卷一班孟堅《西都賦》“種別群分，部曲有署”下、卷二張平子《西京賦》“結部曲，整行伍”下李善注所引司馬彪《續漢書》（即此處所引之司馬彪《漢書》），“校尉”前當有“部有”二字。
② 倪思寬《二初齋讀書記》卷三，清嘉慶八年（1803）涵和堂刻本。

然卞、何同時,今引之者,轉以相明也。他皆類此。

即徵引與《文選》本文同時代之作品爲注,以使讀者之理解更爲明晰。又如:

【顏延年《赭白馬賦》】豈不以國尚威容,軍駜趫迅而已。

【李善注】庾中丞《昭君辭》曰:聯雪隱天山,崩風盪河澳,朔障裂寒笳,冰原嘶代駜。顏、庾同時,未詳所見。

【曹子建《洛神賦》】踐遠遊之文履,曳霧綃之輕裾。

【李善注】繁欽《定情詩》曰:何以消滯憂,足下雙遠遊。有此言①,未詳其本。

【王仲宣《贈蔡子篤詩》】風流雲散,一別如雨。

【李善注】《鸚鵡賦》曰:何今日以雨絶。陳琳《檄吳將校》曰:雨絶于天。然諸人同有此言,未詳其始。

【曹子建《七啓八首》】揮袂則九野生風,慷慨則氣成虹蜺。

【李善注】劉邵《趙郡賦》曰:煦氣成虹蜺,揮袖起風塵。文與此同,未詳其本也。

(四)釋義之例

李善《文選注》徵引文獻的一個重要目的亦即重要功能是解釋《文選》本文中字、詞、句之意義。如:

【班孟堅《西都賦》】是故橫被六合。

【李善注】《漢書音義》文穎曰:關西爲橫。孔安國《尚書傳》曰:被,及也。《吕氏春秋》曰:神通乎六合。高誘曰:四方上下爲六合。

【陸士衡《弔魏武帝文》】於臺堂上施八尺牀,繐帳。

【李善注】鄭玄《禮記注》曰:凡布細而疏者謂之繐。

---

① “有此言”,奎章閣本《文選》李善注作“然此言”。

【左太沖《詠史》八首其一】左眄澄江湘,右盼定羌胡。

【李善注】《廣雅》曰:眄,視也。《方言》曰:澄,清也。馬融《論語注》曰:盼,動目貌。

(五) 補充史料之例

對於《文選》本文所涉之人物(包括《文選》諸篇之作者)、史實、名物等,有必要者,李善往往引書以補充相關史料,以明人物所出與行跡、史實之來龍去脈以及名物典制等。如:

【嵇叔夜《琴賦》】若次其曲引所宜,則《廣陵》《止息》《東武》《太山》。

【李善注】《廣陵》等曲今並猶存,未詳所起。應璩《與劉孔才書》曰:聽《廣陵》之清散。傅玄《琴賦》曰:馬融覃思於《止息》。魏武帝樂府有《東武吟》。曹植有《太山梁甫吟》。左思《齊都賦》注曰:《東武》《太山》,皆齊之士風經歌,謳吟之曲名也。然引應及傅者,明古有此曲,轉以相證耳,非嵇康之言出於此也。佗皆類此。

【任彥昇《爲范尚書讓吏部封侯第一表》】在魏則毛玠公方,居晉則山濤識量。

【李善注】《魏志》曰:毛玠,字孝先,陳留人也,爲尚書僕射,典選舉。《先賢行狀》曰:玠雅量公正。《魏氏春秋》曰:山濤爲選曹郎,遷尚書。

【荆軻《歌》作者李善注】《史記》曰:荆軻,衛人,其先齊人,徙於衛,衛人謂之慶卿。之燕,燕人謂之荆卿。荆卿好讀書擊劍。

【陸士衡《辯亡論》下】拔呂蒙於戎行,識潘濬於係虜。

【李善注】《吳志》曰:呂蒙年十五六,隨鄧當擊賊,策見而奇之,引置左右。張昭薦蒙,拜別部司馬。又曰:潘濬,字承明,武陵人也。《江表傳》曰:權剋荆州,將吏悉皆歸附,而濬獨稱疾不見。權遣人以牀就家輿致之。濬伏面著席,不起,涕泣交橫,哀哽不能自勝。權慰勞與語,呼其字曰:承明,昔觀丁父,鄀俘也,武王以爲軍帥。彭仲爽,申俘也,文王以爲令尹。此二人,卿荆國之先賢也。初雖見囚,後皆擢用,爲楚名臣。卿獨不然,未肯降,意將以孤異古人之量邪? 使親近以巾拭面。濬起,下地拜謝。即以爲治中,荆州諸軍事,一以咨之。

(六) 糾謬之例

李善《文選注》引書,亦致力於對《文選》本文的校正。這包括兩個方面的内容,一是篇題考誤。如:

> 【曹子建《贈丁儀》題下李善注】《集》云:與都亭侯丁翼。今云儀,誤也。①
>
> 【曹子建《又贈丁儀王粲》題下李善注】《集》云:答丁敬禮、王仲宣。翼字敬禮,今云儀,誤也。
>
> 【陸士衡《爲顧彦先贈婦二首》題下李善注】《集》云:爲全彦先作。今云顧彦先,誤也。②
>
> 【劉越石《扶風歌》題下李善注】《集》云:《扶風歌》九首。然以兩韻爲一首,今此合之,蓋誤。

二是考校正文,包括正訛、補充脱文等。如:

> 【宋玉《高唐賦》】有方之士,羨門高谿。
>
> 【李善注】《史記》曰:秦始皇使燕人盧生求羨門高誓。谿,疑是"誓"字。
>
> 【司馬長卿《難蜀父老》】昔者洪水沸出,氾濫衍溢。
>
> 【李善注】張揖曰:溢,溢也。郭璞《三蒼解詁》曰:溢,水聲也。《字林》云:匹寸切。古《漢書》爲溢,今爲衍,非也③。

---

① 誤也,集注本《文選》作"恐誤也"。

② 全彦先,奎章閣本、明州本、贛州本《文選》俱作"令彦先"。建成案:陸機此二詩亦見於徐陵《玉臺新詠》卷三(據明小宛堂覆宋本《玉臺新詠》,北京:人民文學出版社 2009 年版,第 32 頁),題作《爲顧彦先贈婦二首》,《文選》卷二十五有陸士龍同題之作《爲顧彦先贈婦二首》,卷二十四又有陸士衡《贈尚書郎顧彦先二首》,則陸機詩題作顧彦先當不誤,應爲李善所見《陸機集》之誤,李善之判斷未必準確。

③ 據李善注,"衍"當爲"溢"之訛。然黄侃《文選平點》卷五云:"此乃'溢'訛'溢',非訛'衍'也。"(黄侃平點,黄焯編次《文選平點》,上海:上海古籍出版社 1985 年版,第 254 頁)

【阮元瑜《爲曹公作書與孫權》】昔蘇秦説韓,羞以牛後①。韓王按劍,作色而怒。雖兵折地割,猶不爲悔,人之情也。

【李善注】《戰國策》:蘇秦爲楚合從,説韓王曰:臣聞鄙諺曰:寧爲雞尸,不爲牛從。今西面交臂而臣事秦,何以異於牛從也!夫以大王之賢也,挾强韓之名,臣切爲大王羞之。韓王忿然作色,攘臂按劍仰天曰:寡人雖死,其不事秦!延叔堅《戰國策注》曰:尸,雞中主也。從,牛子也。從或爲後,非也。

【沈休文《應王中丞思遠詠月》】網軒映珠綴,應門照緑苔。

【李善注】《楚辭》曰:網户朱綴刻方連。下云緑苔,此當爲朱綴,今並爲珠,疑傳寫之誤。

【諸葛孔明《出師表》】責攸之、褘、允等咎,以章其慢。

【李善注】《蜀志》載亮表云:若無興德之言,則戮允等以章其慢。今此無上六字,於義有闕誤矣。

對於《文選》本文與舊注或其他典籍中出現的錯誤,如史實、用典、名物等,李善通過徵引相關典籍予以考辨、糾正。這也包括兩個方面,一是糾《文選》本文之謬:

【陳孔璋《爲曹洪與魏文帝書》】蓋聞過高唐者,效王豹之謳。

【李善注】《孟子》淳于髡曰:昔王豹處淇而西河善謳,緜駒處高唐而齊女善歌。按:此文當過高唐者效緜駒之歌。但文人用之誤。

【陸韓卿《中山王孺子妾歌》】安陵泣前魚。

【李善注】《戰國策》曰:魏王與龍陽君共船而釣,龍陽君釣得十餘魚而弃之,泣下。王曰:有所不安乎?對曰:無。王曰:然則何爲涕出?對曰:臣始得魚甚喜,後得益多而大,欲弃前之所得也。今以臣兇惡,而得拂枕席,今爵至人君,走人於庭,避人於塗。四海之内,其美人甚多矣,聞臣之得幸於王,畢褰裳而趨王,臣亦同曩者所得魚也,亦將弃矣,得無涕出乎?王乃布令曰:敢言美人者族。然泣魚是龍陽,非安陵,疑陸誤矣。

_____

① 後,李善注本《文選》當作“從”,據其注可知。今傳《文選》諸本惟九條本作“從”。

【沈休文《恩倖傳論》】東方朔爲黃門侍郎,執戟殿下。

【李善注】《漢書》曰:東方朔初爲常侍郎,後奏泰階之事,拜爲太中大夫、給事中。嘗醉,小遺殿上,詔免爲庶人。復爲中郎。《百官表》:郎中令屬官中有郎,比六百石;侍郎,比四百石。又黃門有給事黃門。《漢官儀》云:給事黃門侍郎,位次侍中、給事中,故曰給事黃門。然侍郎、黃門侍郎,二官全別,沈以爲同,悮也。《答客難》曰:官不過侍郎,位不過執戟。非黃門侍郎,明矣。

【任彦昇《齊竟陵文宣王行狀》】又詔加公入朝不趨,讚拜不名,劍履上殿。蕭傅之賢,曹馬之親,兼之者公也。

【李善注】《漢書》曰:上賜蕭何帶劍履上殿,入朝不趨。又曰:上欲自行擊陳豨,周綜泣曰:始秦攻破天下,未曾自行。今上常自行,是無人可使者乎! 上以爲愛我,賜入殿門不趨。而綜與傅寬同傳,寬無不趨之言,疑任公悮也。①

二是糾舊注或其他典籍之謬:

【司馬長卿《上林賦》】聽葛天氏之歌。

【李善注】張揖曰:葛天氏,三皇時君號也。其樂,三人持牛尾,投足以歌八曲:一曰《載民》②,二曰《玄鳥》,三曰《育草木》,四曰《奮五穀》,五曰《敬天常》,六曰《徹帝功》,七曰《依地德》,八曰《總禽獸之極》。……善曰:《呂氏春秋》云:葛天氏之樂,以歌八闋:一曰《載民》,二曰《遂草木》,六曰《建帝功》。今注以闋爲曲,以民爲氏,以遂爲育,以建爲徹,皆誤。

【潘安仁《射雉賦》】彳亍中輟,馥焉中鏑。

【徐爰注】彳亍,止貌也。輟,止也。鏑,矢鏃也。馥,中鏃聲也。

【李善注】善曰:今本並云彳亍中輟。張衡《舞賦》曰:寨兮宕往,彳兮中輟。以文勢言之,徐氏誤也。

---

① 周綜,今本《漢書》作“周緤”,其與傅寬傳在卷四十一《樊酈滕灌傅靳周傳》。建成案:李善此注可能存在問題,筆者將另行撰文予以考證,然不妨礙作爲李善注引書義例之例證。

② 建成案:據李善注,張揖注之《載民》,“民”當作“氏”,今傳諸本《文選》皆誤。

【夏侯孝若《東方朔畫贊》】大夫諱朔,字曼倩,平原厭次人也。

【李善注】《漢書》曰:朔爲太中大夫。又曰:朔字曼倩,平原厭次人。《漢書·地理志》無厭次縣,而《功臣表》有厭次侯爰類。疑《地理》誤也。①

(七) 辨異與兼存異説之例

李善在注釋《文選》時,常常兼採衆説並有所辨證。其有異説而疑不能判者,則兼存異説以存疑。如:

【司馬長卿《子虛賦》】勺藥之和具,而後御之。

【李善注】服虔曰:具,美也。或以芍藥調食也。文穎曰:五味之和也。晉灼曰:《南都賦》曰:歸鴈鳴鵏,香稻鮮魚,以爲芍樂,酸恬滋味,百種千名,之説是也。善曰:服氏一説,以芍藥爲藥名,或者因説今之煑馬肝,猶加芍藥,古之遺法。晉氏之説,以勺藥爲調和之意。枚乘《七發》曰:勺藥之醬。然則和調之言,於義爲得。

【揚子雲《羽獵賦》】三軍芒然,窮尢閜輿。

【李善注】孟康曰:尢,行也。閜,止也。言三軍之盛,窮閜禽獸,使不得逸漏也。善曰:孟康之意,言窮其行止,皆無逸漏。如淳曰:窮,音穷。尢者,懈怠也。晉灼曰:閜輿,容貌也。如、晉之意,言三軍芒然懈倦,容貌閜輿而舒緩也。今依如、晉之説也。

【鮑明遠《樂府八首·放歌行》】豈伊白璧賜,將起黃金臺。

【李善注】王隱《晉書》曰:叚匹磾討石勒,進屯故安縣故燕太子丹金臺。《上谷郡圖經》曰:黃金臺,易水東南十八里,燕昭王置千金於臺上,以延天下之士。二説既異,故具引之。

【揚子雲《長楊賦》】提劍而叱之,所過麾城攘邑,下將降旗。

---

① 何焯《義門讀書記》卷四十九《文選·雜文》:"《地理志》:平原郡富平縣。應劭曰:明帝更名厭次。小顏注本傳云:'《高祖功臣表》有厭次侯袁類,是則厭次之名其來久矣。而説者乃云後漢始爲縣,於此致疑,斯未通也。'或漢初本名厭次,中更富平。至明帝乃復其故,中間曲折失其傳耳。"(北京:中華書局1987年版,第965—966頁。此節文字已經筆者重新標點。)

【李善注】顔監曰：撕，舉手擬也。《蒼頡篇》曰：撕，拍取也。善曰：鄭玄《禮記注》曰：撕之言芟也。

有時，同一注釋對象在不同的作品中出現，前人各有注釋且其説不同，在無法判定何者爲是的情況下，李善在徵引文獻加以注釋時一般會“各依其説”，即分别採用相應的“原注”。如：

【司馬長卿《子虚賦》】被阿錫，揄紵縞。
【李善注】（郭璞舊注）張揖曰：阿，細繒也。錫，細布也。揄，曳也。司馬彪曰：縞，細繒也。善曰：《列子》曰：鄭衛之處子，衣阿錫。《戰國策》魯連曰：君後宫皆衣紵縞。

【李斯《上書秦始皇》】阿縞之衣。
【李善注】徐廣曰：齊之東阿縣，繒帛所出者也。<u>此解阿義與《子虚》不同，各依其説而留之</u>。

建成案：張揖注爲郭璞舊注所採，其注《子虚賦》，以“阿”爲繒名；徐廣注《史記》，以“阿”爲地名。李斯《上書秦始皇》注則是直接徵引徐廣《史記注》。“此解阿義與《子虚》不同，各依其説而留之”乃李善自述體例之語，實即兼採異説之意。

有時，李善注引書意在對蕭統《文選》文本編輯與加工工作的考察。如卷四十二曹子建《與吴季重書》云：

　　家有千里，驥而不珍焉；人懷盈尺，和氏無貴矣。夫君子而知音樂，古之達論謂之通而蔽。墨翟不好伎，何爲過朝歌而迴車乎？足下好伎，值墨翟迴車之縣，想足下助我張目也。

而篇末李善注云：

　　《植集》此書别題云：夫爲君子而不知音樂，古之達論謂之通而蔽。墨翟自不好伎，何謂過朝歌而迴車乎？足下好伎，而正值墨氏迴車之縣，想足下助我張目也。<u>今本以墨翟之好伎，置“和氏無貴矣”之</u>

下,蓋昭明移之,與季重之書相映耳。①

顧農云:"由此可知《文選》本《與吳季重書》乃是經過編輯加工的,實際上原來是兩封信,這裡給合爲一信了。這條校勘性注釋不僅澄清了事實真相,而且也有利於人們認識'古人選本之精審者,亦每改消篇什'（建成案：語出錢鍾書《管錐編》,原有注）這一重大事實,從而在依據選本立論時有所戒備。"②所言甚是。

二、引書標舉例

李善《文選注》引書標舉有多種格式。今條列如下:

(一) 但稱書名及其特例

一般而言,李善注在徵引經部典籍之經本文如《周易》《尚書》《毛詩》等,緯書本文如《河圖龍文》《春秋元命苞》《尚書刑德放》等,小學本文如《爾雅》《説文》《埤蒼》等,諸子本文如《莊子》《韓非子》《尹文子》《墨子》等,詩文集如《楚辭》《東方朔集》《陳琳集》等,佚名著作如《括地圖》《穆天子傳》《古君子行》《古豫章行》等,佛經本文如《法華經》《華嚴經》等,或者不至於引起誤解之著作如《史記》《吳越春秋》《列仙傳》《典引》《江表傳》等時,但稱書名。

佚名著作,如有其他典籍與其同名異書,該著作仍但稱書名。如下例,李善在注中有相應的説明。

> 【班孟堅《西都賦》】昭陽特盛,隆乎孝成。……隨侯明月,錯落其間。金釭銜璧,是爲列錢。翡翠火齊,流耀含英。
>
> 【李善注】《漢書》曰:孝成趙皇后弟絶幸,爲昭儀,居昭陽舍。其壁帶,往往爲黃金釭,函藍田璧,明珠翠羽飾之。《音義》曰:謂壁中之

① 相映,奎章閣本作"相應"。建成案:李善所云"與季重之書相映",指的是與《文選》卷四十二吳季重《答東阿王書》的對應或呼應。吳書有語云:"墨子迴車,而質四年,雖無德與民,式歌且舞。儒墨不同,固以久矣。"

② 顧農《李善與文選學》,載於趙昌智、顧農主編《李善文選學研究》,第63頁。

橫帶也。<u>引《漢書》注云《音義》者，皆失其姓名，故云《音義》而已。</u>

除《音義》（或作《漢書音義》《漢書注》）外，《漢記》《晉書》《高士傳》等書，李善在徵引時皆有但稱書名者，可能與《漢書音義》是相同之情況。

但稱書名的引書標舉方式，在李善的實際注釋中往往會有一些變化。如兼及篇名：

> 【班孟堅《西都賦》】披飛廉，入苑門。
> 【李善注】《漢書·武紀》曰：長安作飛廉館。
>
> 【楊子雲《羽獵賦》】麗哉神聖，處於玄宫。富既與地乎侔訾，貴正與天乎比崇。
> 【李善注】《禮記·月令》曰：季冬，天子居玄堂右个。

其他如引《尚書·舜典》《莊子·養生篇》《漢書·地理志》等皆是此類。

李善注徵引《漢書》，有但稱篇名者。如：

> 【陸士衡《辯亡論上下二首》】術數則吴範、趙達，以機祥協德。
> 【李善注】《天文志》曰：臣主共憂患，其察機祥。如淳曰：《吕氏春秋》曰：荆人鬼而越人機。今之巫祝禱祀之比也。晉灼曰：機，音珠璣之璣。

由其後引如淳、晉灼注，可推知李善所引《天文志》應是《漢書》之《天文志》。考之《漢書·天文志》：“臣主共憂患，其察機祥。候星氣尤急。如淳曰：‘《吕氏春秋》“荆人鬼，越人機”，今之巫祝禱祠淫祀之比也。’”[1]正相一致。然而這樣的稱引方式顯然不够規範，很可能是在傳寫過程中發生了錯誤。

李善《文選注》引書，時有書名簡稱之例。這種簡稱，一般承上下文可以明確判斷出爲何書。如曹子建《贈白馬王彪》題下注引《集》曰：“於圈城作。”則此《集》爲《曹子建集》之簡稱。木玄虛《海賦》作者注引《華集》曰：爲楊駿府主簿。《華集》自然是《木華集》。此外，《嵇康集》《謝玄暉集》《沈

---

[1] 班固撰，顏師古注《漢書》卷二十六，北京：中華書局 1962 年版，第 1301 頁。

休文集》等皆有簡稱爲《集》的情況。又如屈平《離騷經》題下注引《序》曰："《離騷經》者,屈原之所作也……"由於李善注《楚辭》所採爲王逸舊注,故此《序》爲王逸《離騷經序》。此外王逸《九歌序》《九章序》《漁父序》等亦皆簡稱爲《序》。再如《孔子家語》簡稱《家語》,鄭玄《毛詩箋》簡稱《箋》《詩箋》,何休《春秋公羊墨守》簡稱何休《墨守》等,都很常見,所指亦很明確。

(二) 作者+書名/文體

李善所引各類典籍,同名異書者衆多,此種情況,李善在徵引時一般採用"作者+書名"的形式,如王弼《周易注》、鄭玄《周易注》、王肅《周易注》、韓康伯《周易注》、劉瓛《周易注》,郭璞《爾雅注》、郭舍人(犍爲舍人)《爾雅注》、孫炎《爾雅注》、李巡《爾雅注》,馬融《琴賦》、傅毅《琴賦》、蔡邕《琴賦》、傅玄《琴賦》、閔洪《琴賦》、成公綏《琴賦》等①。不存在同名異書情況的典籍,也常常以此種形式徵引,如蔡邕《月令章句》、曹子建《白馬篇》、張載《安石榴賦》、戴凱之《竹譜》等。

還有一種不太規範的格式,即"注者名+所注書名",如:

【司馬長卿《上林賦》】務在獨樂,不顧衆庶。
【李善注】鄭玄《毛詩》曰:顧,念也。

李善所引"鄭玄《毛詩》",實爲鄭玄《毛詩箋》,鄭玄爲注者,《毛詩》爲其所注之書。這顯然是不規範的標舉格式,但很可能是李善的筆誤或者是傳抄刊刻中產生的錯誤。此外如高誘《呂氏春秋注》亦有被稱引爲"高誘《呂氏春秋》"者。

很多情況下,李善《文選注》引書只標舉作者及其作品的文體。這些作品,有些今天已亡佚,只存李善注佚句,我們無法判斷李善徵引時其存佚狀況以及李善是否可知其篇名。如:

【嵇叔夜《贈秀才入軍》五首】願言不獲,愴矣其悲。
【李善注】張衡詩曰:願言不獲,終然永思。

【陸士衡《謝平原內史表》】事蹤筆跡,皆可推校。

---

① 但李善注徵引嵇康《琴賦》時,但稱《琴賦》。

【李善注】蔡邕《書》曰：惟是筆迹，可以當面。

【任彦昇《爲齊明帝讓宣城郡公第一表》】臣本庸才，智力淺短。

【李善注】毋丘儉《表》曰：禹、咼之朝，不畜庸才。

此類例子還有很多，如引蔡邕詩（暮宿何悵望）、王仲宣詩（探懷授所歡，顧醉不顧身）、張翰詩（單形依孤影）等皆是。

還有些作品，其篇名確切可知，但李善仍只以其文體稱之。如：

【鮑明遠《苦熱行》】毒涇尚多死，渡瀘寧具腓。

【李善注】諸葛亮《表》曰：五月渡瀘，深入不毛。

【傅季友《爲宋公修楚元王墓教》】本支之祚，實隆鄙宗。

【李善注】楊脩《牋》曰：述鄙宗之過言。

以上兩例，李善所引諸葛亮《表》，即是其《出師表》；楊脩《牋》，即是其《答臨淄侯箋》。此類例子還有很多，如引蔡琰《悲憤詩》二首，皆不著篇名，而引作"蔡琰詩""蔡邕女琰詩""蔡雍女琰詩"，吳質《在元城與魏太子箋》引作吳質《書》，曹植《自誡令》引作曹植《令》等。

（三）但稱作者

此類情況所徵引之典籍一般皆爲注書，作者爲注書之注者。李善在徵引此注書之前，一般已徵引其所注典籍之原文。故此時但稱作者，實是承前而省書名。如：

【班孟堅《西都賦》】歷十二之延祚，故窮泰而極侈。

【李善注】《國語》曰：天地之所祚。賈逵曰：祚，禄也。

李善注所引賈逵之語爲其《國語注》，由於前面已引《國語》，故省略書名而但稱作者。這種情況很多，如先徵引《尚書》，再引孔安國《尚書注》，一般便但稱孔安國；先徵引《周禮》，再引鄭玄《周禮注》，一般亦但稱鄭玄；先徵引《莊子》，再引郭象《莊子注》，一般亦但稱郭象，等等。

另外，李善對所採舊注、集注亦有標示之例，略近於但稱作者之例。舊注標示分兩種情況,一是知注者姓名之舊注,如《文選》卷二張平子《西京賦》作者及標題之後、正文之前,標示"薛綜注"。李善注曰:"舊注是者,因而留之,並於篇首題其姓名。其有乖繆,臣乃具釋,並稱臣善以別之。他皆類此。"二是不知注者姓名之舊注:卷十五張平子《思玄賦》作者及標題之後、正文之前,標示"舊注"。李善注曰:"未詳注者姓名。摯虞《流別》題云衡注。詳其義訓,甚多疏略,而注又稱'愚以爲',疑非衡明矣。但行來既久,故不去。"予以考辨、説明。

集注標示之例見卷七楊子雲《甘泉賦》作者下,李善注曰:"然舊有集注者,並篇内具列其姓名,亦稱臣善以相別。佗皆類此。"

(四) 其他

李善《文選注》徵引典籍,對同一引書書名的標舉方式往往並不相同,因而同書異名的情況比較多。如《毛詩序》,李善徵引時標舉之書名有《毛詩序》《詩序》《序》、子夏《序》四種;司馬遷《報任少卿書》,李善徵引時標舉之書名有司馬遷《報任少卿書》、司馬遷《答任少卿書》、司馬遷《書》三種;潘岳《哀永逝賦》,李善徵引時標舉之書名有《哀永逝》、潘岳《哀永逝》、潘岳《哀永逝賦》三種等。

另外,李善注在連續徵引同一部典籍時,除第一次稱引書名外,其後則省略書名,而云"又曰"。如:

【楊子雲《羽獵賦》】齊桓曾不足使扶轂,楚嚴未足以爲驂乘。
【李善注】《史記》曰:齊公子小白立,是爲桓公。又曰:楚穆王卒,子莊王侣立。

【陸士衡《皇太子宴玄圃宣猷堂有令賦詩》】自昔哲王,先天而順。
【李善注】《周易》曰:大人者先天而天弗違。又曰:湯武革命,順乎天而應乎人。

三、引文處理例

經典注釋徵引文獻,非以亦步亦趨於原典爲高,當隨注釋之需要而靈活處理。盧文弨《十三經注疏正字跋》云："且凡引用他經傳者，必據本文以正之。雖同一字而有古今之別，同一義而有繁省之殊，亦備載焉。此則令讀者得以參考而已，非謂所引必當盡依本文也。蓋引用他書有不得不少加增損者，或彼處是古字，或先儒之義定從某字，若一依本文，轉使學者讀之不能驟曉，則莫若即用字義之顯然者爲得矣。"①確爲高明之論。

　　李善徵引數量衆多的典籍爲《文選》作注，其對引書原文的處理是一個非常重要的基本問題，因爲這不僅涉及到我們對李善《文選注》自身的研究，還涉及到對李善注所引文獻的認識，以及利用《文選注》進行輯佚、校勘之工作。筆者通過對李善注引書存世者與李善所引内容進行較爲系統的比對，總結出李善《文選注》引書引文處理之例，條列如下：

（一）基本原則：引文以《文選》本文爲依歸

　　《文選》本文是李善注引書的出發點和最終歸宿。在《文選注》中，李善對引書原文的處理方式不盡相同，但其根本原則在於注釋《文選》本文。如：

> 　　【左太沖《魏都賦》】延廣樂，奏九成。冠韶夏，冒六莖。僑響起，疑震霆。天宇駭，地廬驚。億若大帝之所興作，二嬴之所曾聆。
> 　　【李善注】《史記》曰：趙簡子病，扁鵲視之曰：昔秦穆公嘗如此，七日而寤。寤之日，告公孫支曰：我之帝所甚樂。帝告我晉國且大亂。今主君之疾與之同。二日，簡子寤曰：我之帝所甚樂，與百神遊於鈞天，廣樂九奏萬舞，不類三代之樂。又曰：趙氏之先，與秦同祖。<u>然則秦、趙同姓，故曰二嬴也。</u>

李善所引《史記》之内容，見於《趙世家》，原文如下：

> 　　趙氏之先，與秦共祖。
> 　　……
> 　　趙簡子疾，五日不知人，大夫皆懼。醫扁鵲視之，出，董安于問。扁鵲曰："血脈治也，而何怪！在昔秦繆公嘗如此，七日而寤。寤之日，

---

① 盧文弨《抱經堂文集》卷八，清乾隆六十年（1795）刻本。

告公孫支與子輿曰:'我之帝所甚樂。吾所以久者,適有學也。帝告
我:"晉國將大亂,五世不安;其後將霸,未老而死;霸者之子且令而國
男女無別。"'公孫支書而藏之,秦讖於是出矣。獻公之亂,文公之霸,
而襄公敗秦師於殽而歸縱淫,此子之所聞。今主君之疾與之同,不出
三日疾必閒,閒必有言也。"居二日半,簡子寤。語大夫曰:"我之帝所
甚樂,與百神游於鈞天,廣樂九奏萬舞,不類三代之樂,其聲動人心。
有一熊欲來援我,帝命我射之,中熊,熊死。又有一羆來,我又射之,中
羆,羆死。帝甚喜,賜我二笥,皆有副。吾見兒在帝側,帝屬我一翟犬,
曰:'及而子之壯也,以賜之。'帝告我:'晉國且世衰,七世而亡,嬴姓將
大敗周人於范魁之西,而亦不能有也。今余思虞舜之勳,適余將以其
胄女孟姚配而七世之孫。'"董安于受言而書藏之。以扁鵲言告簡子,
簡子賜扁鵲田四萬畝。①

比對李善注引文與《史記》原文,能够發現,引文在文字上並不完全遵從於
原文,且對原文多所刪消,其篇幅僅及原文的四分之一左右,同時也割裂了
原文叙述的完整性與準確性。其原因即如前述,李善引書之目的在於注釋
《文選》本文,而不需要對《史記》原文負責。此處李善引文所注內容主要是
《魏都賦》"億若大帝之所興作,二嬴之所曾聆"二句,李善所引已足以使讀者
對此二句產生較爲明晰的理解。徵引一切文獻皆以《文選》本文爲出發點的
原則,是李善引書的基本原則,也是我們理解李善注引書的基礎。又如:

　　【李少卿《答蘇武書》】終日無覩,但見異類。
　　【李善注】《家語》孔子曰:舜之爲君,暢於異類。
　　【《孔子家語·好生》】孔子曰:"舜之爲君也,其政好生而惡殺,其
　　任授賢而替不肖。德若天地而靜虛,化若四時而變物。是以四海承
　　風,暢於異類。"②

《孔子家語》原文本是對舜爲君之德的一段完整的表述,但由於李善所注只
是李陵《答蘇武書》"異類"一詞,故對這一段內容僅取首尾,以最節約的方

① 司馬遷《史記》卷四十三,北京:中華書局 1963 年版,第 1779、1786—1787 頁。
② 陳士珂《孔子家語疏證》卷二,上海:上海書店 1987 年版,第 61 頁。

式引用之。

　　另外,同一文獻往往有多種版本,而不同的版本之間,其文字亦常常有異。對於引書異本之選擇,李善採取的是各隨所用而引之的原則,即據所注《文選》本文而確定引用文本。如:

　　　　【嵇叔夜《琴賦》】紹《陵陽》,度《巴人》。
　　　　【李善注】宋玉《對問》曰:既而曰《陵陽》《白雪》,國中唱而和之者彌寡。然《集》所載與《文選》不同,各隨所用而引之。又對曰:客有歌於郢中者,始曰《巴人》。

宋玉《對楚王問》有《宋玉集》與《文選》二本,李善此處所引爲前者。這是由於《宋玉集》之"陵陽"於《文選》中作"陽春"①,而《陵陽》與所注《琴賦》本文一致。

　　　　【陸士衡《演連珠》】臣聞絕節高唱,非凡耳所悲。肆義芳訊,非庸聽所善。是以南荆有寡和之歌,東野有不釋之辯。
　　　　【李善注】《宋玉集》楚襄王問於宋玉曰:先生有遺行歟? 宋玉對曰:唯,然,有之。客有歌於郢中者,其始曰《下俚》《巴人》,國中屬而和者數千人。既而《陽春》《白雪》,含商吐角,絕節赴曲,國中唱而和之者彌寡。

此處李善注引《宋玉集》而不引《文選》之《對楚王問》,是因爲"絕節赴曲"之語爲後者所無。李詳云:"善引《宋玉集》,不引本選宋玉《對問》者,以此有'絕節赴曲',可證士衡祖述有自。不輕以未見、未詳所出了事。書籤之稱,信不虛也。"②不過李善此處引文之"陽春",據上文嵇康《琴賦》注所引,當作"陵陽"。

　　　　【江文通《雜體詩三十首·潘黄門(《悼亡》　岳)》】我慙北海術,爾無帝女靈。

_____

① 《文選》卷四十五宋玉《對楚王問》:"客有歌於郢中者,其始曰《下里》《巴人》,國中屬而和者數千人。其爲《陽阿》《薤露》,國中屬而和者數百人。其爲《陽春》《白雪》,國中屬而和者不過數十人。引商刻羽,雜以流徵,國中屬而和者,不過數人而已。是其曲彌高,其和彌寡。"
② 李詳《李善文選注例》,載於《李審言文集》,第 157 頁。

【李善注】《宋玉集》云：楚襄王與宋玉遊於雲夢之野，望朝雲之館，有氣焉，須臾之間，變化無窮。王問此是何氣也？玉對曰：昔先王遊於高唐，怠而晝寢，夢見一婦人，自云我帝之季女，名曰瑤姬，未行而亡，封於巫山之臺。聞王來遊，願薦枕席。王因幸之。去，乃言妾在巫山之陽，高丘之阻，旦爲朝雲，暮爲行雨，朝朝暮暮，陽臺之下。旦而視之，果如其言。爲之立館，名曰朝雲。

顯然，李善此處引書所注爲江淹詩"帝女"一詞，《宋玉集》本《高唐賦》有"自云我帝之季女"之語，而《文選》之《高唐賦》作"曰妾巫山之女也"①，故引《宋玉集》。

（二）引文完全遵從於引書原文或略有差異

李善引書之目的在於注釋《文選》本文，其引文不會刻意與引書原文保持完全一致，也不會刻意有所區別，一切依注釋之需要而定。其中有很多引文與引書原文完全一致的情況。一般來說，李善在徵引詩類文獻如《詩經》《楚辭》以及漢代古詩、樂府與東漢以後文人詩時，引文與原文完全一致者較多，經部、子部引書中也有不少。如：

【司馬長卿《長門賦》】魂踰佚而不反兮，形枯槁而獨居。
【李善注】《楚辭》曰：神儵忽而不反兮，形枯槁而獨留。

【江文通《別賦》】琴羽張兮簫鼓陳，燕趙歌兮傷美人。
【李善注】《古詩》曰：燕趙多佳人，美者顏如玉。

【魏文帝《與吳質書》】昔伯牙絕絃於鍾期，仲尼覆醢於子路，痛知音之難遇，傷門人之莫逮。
【李善注】《禮記》曰：孔子哭子路於中庭。有人弔者，而夫子拜之。既哭，進使者而問故。使者曰："醢之矣。"遂命覆醢。

---

① 《文選》卷十九宋玉《高唐賦》："昔者楚襄王與宋玉遊於雲夢之臺，望高唐之觀。其上獨有雲氣，崒兮直上，忽兮改容，須臾之間，變化無窮。王問玉曰：此何氣也？玉對曰：所謂朝雲者也。王曰：何謂朝雲？玉曰：昔者先王嘗遊高唐，怠而晝寢。夢見一婦人，曰：妾巫山之女也，爲高唐之客。聞君遊高唐，願薦枕席。王因幸之。去而辭曰：妾在巫山之陽，高丘之阻。旦爲朝雲，暮爲行雨。朝朝暮暮，陽臺之下。旦朝視之如言。故爲立廟，號曰朝雲。"

　　【魏文帝《與吴質書》】以犬羊之質,服虎豹之文,無衆星之明,假日月之光。

　　【李善注】《法言》曰:敢問質? 曰:羊質而虎皮,見草而悦,見豺而戰。《文子》曰:百星之明,不如一月之光。

以上諸例,李善注所引分别爲《楚辭·遠遊》①《古詩十九首·東城高且長》(見《文選》卷二十九)《禮記·檀弓上》②《法言·吾子》③《文子·上德》④,皆與原文完全一致。

　　也有引文與原文基本一致,而略有差異者。如:

　　【張平子《西京賦》】多歷年所,二百餘朞。

　　【李善注】《尚書》曰:殷禮配天,多歷年所。

　　【《尚書·周書·君奭》】故殷禮陟配天,多歷年所。⑤

　　【張平子《東京賦》】方相秉鉞,巫覡操莂。

　　【李善注】《周禮》曰:方相氏,黄金四目,玄衣朱裳,執戈揚盾也。《國語》曰:在男謂之覡,在女謂之巫也。……《左傳》曰:襄公乃使巫以桃、莂先祓殯。杜預曰:莂,乃黍穰也。

　　【《周禮·夏官司馬下》】方相氏掌蒙熊皮,黄金四目,玄衣朱裳,執戈揚盾,帥百隸而時難,以索室毆疫。⑥

　　【《國語·楚語下》】在男曰覡,在女曰巫。⑦

　　【《左傳·襄公二十九年》】乃使巫以桃、莂先祓殯。杜預注曰:莂,黍穰。⑧

　　【魏文帝《與吴質書》】昔伯牙絶絃於鍾期,仲尼覆醢於子路,痛知

---

① 洪興祖《楚辭補注》卷五,北京:中華書局 1983 年版,第 164 頁。

② 鄭玄注,孔穎達疏《禮記正義》卷六,北京:北京大學出版社 2000 年版,第 202—203 頁。

③ 揚雄撰,李軌等注《宋本揚子法言》卷二,第 98 頁。

④ 王利器《文子疏義》卷六,北京:中華書局 2000 年版,第 265 頁。

⑤ 孔安國傳,孔穎達疏《尚書正義》卷十六,北京:北京大學出版社 2000 年版,第 522 頁。

⑥ 鄭玄注,賈公彦疏《周禮注疏》卷三十一,北京:北京大學出版社 2000 年版,第 971 頁。

⑦ 韋昭注《宋本國語》,北京:國家圖書館出版社 2017 年版,第 3 册第 135—136 頁。

⑧ 左丘明傳,杜預注,孔穎達正義《春秋左傳正義》卷三十九,北京:北京大學出版社 2000 年版,第 1251 頁。

音之難遇,傷門人之莫逮。

　　【李善注】《吕氏春秋》曰:子期死,而伯牙乃破琴絶絃。

　　【《吕氏春秋·孝行覽·本味》】鍾子期死,伯牙破琴絶弦,終身不復鼓琴,以爲世無足復爲鼓琴者。①

以上諸例,李善注引文與引書原文基本一致,只有少量的字、詞、句略有差異。這種差異的產生當主要出於李善的加工剪裁。不過亦不可一概而論,也有可能是李善所見本與今本有異,或者李善《文選注》在傳抄、刊刻過程中因爲各種原因而產生了文本面貌的變化等。

(三) 概括、略引原文

　　由於李善引書之目的僅在注釋《文選》本文,而所引典籍之原文往往具有自身的有機完整性,内容含量大於甚至遠遠大於注釋所需,因此李善在徵引時往往删略原文而僅取所需。如:

　　【班孟堅《兩都賦序》】而公卿大臣……宗正劉德……等,時時間作。

　　【李善注】(《漢書》)又曰:劉德,字路叔,少修黄老術,武帝謂之千里駒,爲宗正。

　　【《漢書·楚元王傳·劉德傳》】德字路叔,少修黄、老術,有智略。少時數言事,召見甘泉宫,武帝謂之千里駒。昭帝初,爲宗正丞,雜治劉澤詔獄。父爲宗正,徙大鴻臚丞,遷太中大夫,後復爲宗正,雜案上官氏、蓋主事。②

《漢書》原文篇幅雖不長,但内容完整充實,而李善引文則簡略引之,僅取其主幹。

　　【張平子《東京賦》】建象魏之兩觀,旌六典之舊章。

---

① 陳奇猷《吕氏春秋新校釋》卷十四,上海:上海古籍出版社2002年版,第745頁。
② 班固:《漢書》三十六,第1927頁。案:此本删"少修黄、老術"之"少"字(以圓括弧括起),本文不依之。

　　【李善注】《周禮》曰：太宰掌建邦之六典：一曰治典，二曰教典，三曰禮典，四曰政典，五曰刑典，六曰事典。

　　【《周禮·天官冢宰·太宰》】大宰之職，掌建邦之六典，以佐王治邦國：一曰治典，以經邦國，以治官府，以紀萬民；二曰教典，以安邦國，以教官府，以擾萬民；三曰禮典，以和邦國，以統百官，以諧萬民；四曰政典，以平邦國，以正百官，以均萬民；五曰刑典，以詰邦國，以刑百官，以糾萬民；六曰事典，以富邦國，以任百官，以生萬民。①

李善所引《周禮》原文是對太宰所掌建邦之六典及其内涵的説明，而其所注爲《東京賦》本文“六典”一詞，故删略原文對六典内涵之解説而僅取六典之概念。

　　【任彦昇《王文憲集序》】有一于此，蔚爲帝師。

　　【李善注】《漢書》曰：張良從容步游下邳圯上，有一老父出一編書曰：讀是則爲王者師。

　　【《漢書·張良傳》】良嘗閒從容步游下邳圯上，有一老父，衣褐，至良所，直墮其履圯下，顧謂良曰：“孺子下取履！”良愕然，欲毆之。爲其老，乃彊忍，下取履，因跪進。父以足受之，笑去。良殊大驚。父去里所，復還，曰：“孺子可教矣。後五日平明，與我期此。”良因怪，跪曰：“諾。”五日平明，良往。父已先在，怒曰：“與老人期，後，何也？去，後五日蚤會。”五日，雞鳴往。父又先在，復怒曰：“後，何也？去，後五日復蚤來。”五日，良夜半往。有頃，父亦來，喜曰：“當如是。”出一編書，曰：“讀是則爲王者師。後十年興。十三年，孺子見我，濟北穀城山下黄石即我已。”遂去不見。旦日視其書，乃《太公兵法》。良因異之，常習讀誦。②

原文二百餘字，而李善引文取其頭尾，僅二十餘字，纔及原文十分之一。這是因爲李善所注爲《文選》本文“帝師”一詞，故於中間張良與黄石公（即老父）來往之經過徑行略去而不取。但需要注意的是，排除省略的因素，李善

① 鄭玄注，賈公彦疏《周禮注疏》卷二，第 28 頁。
② 班固《漢書》卷四十，第 2024 頁。

注引文實已改變《漢書》本文之原意。

（四）“某書有某”之例

李善《文選注》引書，常有“某書有某”之例，即指出某一名物見於某書。如：

> 【班孟堅《西都賦》】商洛緣其隈，鄠、杜濱其足。
> 【李善注】《漢書》弘農郡有商縣、上雒縣。扶風有鄠縣、杜陽縣。

李善注所及四縣均見《漢書·地理志》。商、上雒二縣，見於弘農郡十一縣（案實爲十縣），鄠、杜陽二縣，見於右扶風二十一縣①。

> 【張平子《西京賦》】便旋閭閻，周觀郊遂。
> 【李善注】《周禮》有六遂也。

李善注所云《周禮》之“六遂”見《周禮·地官司徒·遂人》：“大喪，帥六遂之役而致之，掌其政令。”②再舉兩例：

> 【班孟堅《東都賦》】今論者但知誦虞夏之《書》，詠殷周之《詩》。
> 【李善注】《尚書》有《虞書》《夏書》。《毛詩》有《周詩》《商頌》。

> 【張平子《西京賦》】麒麟朱鳥，龍興含章。
> 【李善注】《漢宮闕名》有麒麟殿、朱鳥殿。

（五）改動引書原文以就《文選》本文

李善《文選注》引書有時會改動原文以就《文選》本文③。如：

> 【任彥昇《王文憲集序》】望衢罕窺其術，觀海莫際其瀾。

---

① 班固《漢書》卷二十八上，第1549、1547頁。
② 鄭玄注，賈公彥疏《周禮注疏》卷十五，第467頁。
③ 此例係據今傳《文選》李善注之文本面貌概括得出。從邏輯上講，李善注引文與引書原文之文本差異，其生成有兩種可能，一是爲李善所改，一是寫刻中爲人所妄改。然後人所妄改者往往會在《文選》諸本中留下蛛絲馬跡，而以下所舉諸例證皆不見此痕跡，故本文姑以其爲李善所改。

　　【李善注】《孟子》曰：觀海有術，必觀其瀾。趙岐曰：瀾，水中大波也。

　　【《孟子·盡心章句上》】觀水有術，必觀其瀾。趙岐注曰：瀾，水中大波也。①

《孟子》"觀水有術"之"水"，李善注引作"海"，當是由《文選》本文"觀海莫際其瀾"所觀者爲"海"之故。

　　【魏文帝《與吴質書》】以犬羊之質，服虎豹之文，無衆星之明，假日月之光。

　　【李善注】《賈子》曰：主之與臣，若日月之與星也。

　　【賈誼《新書·服疑》】於是主之與臣，若日之與星以。②

李善引《賈子》"若日月之與星"，賈誼《新書》原文作"若日之與星"，少一"月"字。一般而言，古人以皇帝爲日，故原文無"月"當是。則"月"字應是李善所加，因爲其所注正文"假日月之光"句有"月"字。

　　【曹子建《與楊德祖書》】昔尼父之文辭，與人通流，至於制《春秋》，游、夏之徒乃不能措一辭。

　　【李善注】《史記》曰：孔子文辭有可與共者，至于《春秋》，子游、子夏之徒不能贊一辭。

　　【《史記·孔子世家》】孔子在位聽訟，文辭有可與人共者，弗獨有也。至於爲《春秋》，筆則筆，削則削，子夏之徒不能贊一辭。③

　　【楊德祖《答臨淄侯牋》】《春秋》之成，莫能損益。

　　【李善注】《史記》曰：孔子在位聽訟，文辭有可與共者，弗獨有也。至於爲《春秋》，筆則筆，削則削，子夏之徒不能贊一辭。

　　【陳八郎本五臣注】翰曰：孔子在位聽，文辭有可與共也，不獨有

① 趙岐注，孫奭疏《孟子注疏》卷十三下，北京：北京大學出版社 2000 年版，第 430 頁。
② 閻振益、鍾夏《新書校注》卷一，北京：中華書局 2000 年版，第 54 頁。建成案：句末"以"字疑衍，或應作"已""也"。
③ 司馬遷《史記》卷四十七，第 1944 頁。

也。至於爲《春秋》，筆則筆，削則削，子夏之徒不能贊一辭。

【日古抄五臣注本】翰曰：孔子在位聽訟，文辭有可與共者，不獨
有也。至於爲《春秋》，筆則筆削，子夏之徒不能贊一辭。

建成案：今本《史記》無"子游"二字，楊修《答臨淄侯牋》李善注引《史記》
也無"子游"二字，陳八郎本、日古抄本五臣張翰注應出自李善注，亦無"子
游"。則《史記》本文應無"子游"二字，曹植《與楊德祖書》李善注引《史記》
之"子游"應是李善因《文選》正文"游、夏之徒"所加。梁章鉅《文選旁證》
云："今《史記·孔子世家》無'子游'二字。本書楊德祖《答臨淄侯牋》注引
《史記》亦無'子游'二字。疑此注因正文'游夏'而衍也。"①梁氏較早注意
到李善注引文與《史記》本文之差別，但疑"子游"乃因正文"游、夏"而衍，
似不當，這應是李善有意爲之的結果，而非衍文。又胡紹煐《文選箋證》云：
"《論語》記文學有子游、子夏，當如善所據《史記》，有'子游'爲是。今本刪
去'子游'，則'之徒'二字爲贅語矣。《史通·辨惑篇》引太史公云'游、夏
之徒不能贊一辭'，與善此引合。本書《答臨淄侯牋》注引《史記》無'子游'
二字，疑後人以今本《史記》刪之。"②案《論語》所記與《史記》此處之內容沒
有直接的關係，不能作爲判斷《史記》文本的依據，而有無"子游"皆不影響
"之徒"一語的使用，胡氏之説頗爲牽強。劉知幾《史通》所引太史公語，見
其《外篇·惑經》："太史公云：夫子'爲《春秋》，筆則筆，削則削，游（一作
"子"）、夏之徒，不能贊一辭'。"③由浦起龍校語可知，此處文字有兩個版本，
一作"游、夏"，一作"子夏"，故不能以之證《史記》版本之是非。因此，曹植
《與楊德祖書》李善注引《史記》是改動引書原文以就《文選》本文之例。

【江文通《雜體詩三十首·陶徵君（《田居》　潛）》】日暮巾柴車，
路闇光已夕。

【李善注】《歸去來》曰：或巾柴車。

【陶淵明《歸去來》】或命巾車，或棹孤舟。

---

① 梁章鉅《文選旁證》卷三十五，載於宋志英、南江濤選編《〈文選〉研究文獻輯刊》第 53 册，北京：
　國家圖書館出版社 2013 年版，第 410—411 頁。
② 胡紹煐《文選箋證》卷二十八，載於宋志英、南江濤選編《〈文選〉研究文獻輯刊》第 56 册，北京：
　國家圖書館出版社 2013 年版，第 631 頁。
③ 浦起龍《史通通釋》卷十四，上海：上海古籍出版社 2009 年版，第 383 頁。

李善注引陶淵明《歸去來》之“或巾柴車”，其原文作“或命巾車”，實是李善所改，以就江文通詩“日暮巾柴車”之句。李詳云：“此善各隨所用而引之之例，與《琴賦》引宋玉《對問》同。”①建成案：此與《琴賦》引宋玉《對問》不同。各隨所用而引之之例是指某一作品有兩個或以上的版本，李善在徵引時根據《文選》本文之内容選擇與其一致或接近之版本②。此處是李善據《文選》本文改動引文之例。

桂馥《札樸·匡謬》“巾車”條：“陶公《歸去來辭》：‘或命巾車。’案江文通擬陶《田居》詩：‘日暮巾柴車。’李善注云：《歸去來》曰：或巾柴車。鄭玄《周禮注》曰：巾猶衣也。是李善本原作‘或巾柴車’，後人改之。張景陽《七命》‘爾乃巾云軒’與‘巾柴車’同。”③黃侃《文選平點》卷五亦云：“(《歸去來》)‘或命巾車’句，據江文通引陶徵君詩注所引，改‘或巾柴車’。”④建成案：《文選》卷四十五陶淵明《歸去來》“或命巾車，或棹孤舟”下李善注引《孔叢子》孔子歌曰：巾車命駕，將適唐都。是證《歸去來》“或命巾車”無誤。桂馥、黃侃未明李善引書有據《文選》本文改動引文之例，故以江淹詩李善注所引爲《歸去來》原貌，誤。

桂馥《札樸·匡謬》“李善引書”條云：“李善所引《蒼頡篇》《三蒼》《聲類》《字林》諸書，多依隨《文選》俗字，非本書原文。如引《説文》，‘仿佛’作‘髣髴’，‘頓’作‘輶’，‘隤’作‘頹’，‘玓瓅’作‘的礫’，此類不可悉舉。或據爲本書左證，則因誤而誤矣。”⑤亦屬改動引書原文以就《文選》本文之例。

（六）附考：引文處理之失

李善《文選注》對引書原文的處理方式不盡相同，一般都能够做到既很好地注釋《文選》本文，又不損害引書原意。但亦偶有引文處理失當之處，或割裂文意，或改變引書原意，甚至產生錯誤。此非善注引書之例，乃附帶之考證。如：

【班孟堅《兩都賦序》】或以宣上德而盡忠孝。

---

① 李詳《李善文選注例》，載於《李審言文集》，第 157 頁。
② 各隨所用而引之之例及《琴賦》引宋玉《對問》，已見上文。
③ 桂馥《札樸》卷七，北京：商務印書館 1958 年版，第 230 頁。
④ 黃侃平點，黃焯編次《文選平點》，第 260 頁。案：“江文通”後之“引”字，疑爲衍文。
⑤ 桂馥《札樸》卷七，第 233 頁。

【李善注】《國語》泠州鳩曰：夫律，所以宣布哲人之令德。

【《國語·周語下》】王將鑄無射，問律於伶州鳩。對曰："律所以立均出度也。古之神瞽考中聲而量之以制，度律均鍾，百官軌儀，紀之以三，平之以六，成於十二，天之道也。夫六，中之色也，故名之曰黃鍾，所以宣養六氣、九德也。由是第之：二曰大蔟，所以金奏贊陽出滯也；三曰姑洗，所以脩潔百物，考神納賓也；四曰蕤賓，所以安靖神人，獻酬交酢也；五曰夷則，所以詠歌九則，平民無貳也；六曰無射，所以宣布哲人之令德，示民軌儀也。"①

據《國語》本文，"所以宣布哲人之令德"者，乃是六律之無射，而李善注引文則云"夫律，所以宣布哲人之令德"，顯係割取原文而來，也割裂了原意。

【張平子《南都賦》】以速遠朋，嘉賓是將。揖讓而升，宴于蘭堂。

【李善注】《毛詩》曰：我有嘉賓，鼓瑟鼓簧，承筐是將。

【《毛詩·小雅·鹿鳴》】我有嘉賓，鼓瑟吹笙。吹笙鼓簧，承筐是將。②

顯然，李善所引《毛詩》刪略二句末、三句首之"吹笙""吹笙"四字，這是不應該的。

【張平子《南都賦》】且其君子，弘懿明叡，允恭溫良。

【李善注】《論語》子貢曰：夫子溫、良、恭、儉、讓。

【《論語·學而》】子禽問於子貢曰："夫子至於是邦也，必聞其政。求之與？抑與之與？"子貢曰："夫子溫、良、恭、儉、讓以得之。夫子之求之也，其諸異乎人之求之與！"③

此處李善注所引，係直接割取《論語》原文子貢之語而來。本來，子貢所云之溫、良、恭、儉、讓是孔子聞是邦之政的手段，但經李善割取之後，便成了

---

① 韋昭注《宋本國語》，第 1 册第 119—121 頁。
② 毛亨傳，鄭玄箋，孔穎達疏《毛詩正義》卷九，北京：北京大學出版社 2000 年版，第 650 頁。
③ 何晏注，邢昺疏《論語注疏》卷一，北京：北京大學出版社 2000 年版，第 10 頁。

子貢對孔子人格的描述。與子貢原意並不完全一致。

　　【魏文帝《與吴質書》】對之抆淚,既痛逝者,行自念也。
　　【李善注】《楚辭》曰:孤行吟而抆淚。
　　【《楚辭·九章·悲回風》】孤子唫而抆淚兮。①

此處李善所引《楚辭》,文字有誤。當然其誤未必源於李善,可能是在傳抄
刊刻中致誤的。

四、結　　語

　　上文我們依據李善《文選注》引用文獻之實際情況,參考注中隨文標示
之相關義例,從引用目的、書名標舉、引文處理三個方面較爲系統、深入地
考察了李善注引書之義例系統。這對於我們把握李善注及其引書,加强對
《文選》本文的理解都有幫助,有時也有助於一些具體問題的解決。本文不
打算對這一問題作進一步的討論,僅舉一例,稍加説明:
　　《文選》卷四十六王元長《三月三日曲水詩序》"七萃連鑣,九斿齊軌"
下尤袤本李善注云:

　　　文穎曰:《甘泉鹵簿》:天子出,道車五乘,斿車九乘。

建成案:所謂"文穎曰"云云,當指文穎《漢書注》。考之《漢書·司馬相如
傳上》,"前皮軒,後道游"下文穎曰:"皮軒,以虎皮飾車。天子出,道車五
乘,游車九乘,在乘輿車前,賦頌爲偶辭耳。"②正可爲證。然而按照李善注
引書書名標舉之體例,徵引經典注釋,若前已引經典原文,則可但稱注者姓
名,若未引原文,則要稱"××《××注》",如王弼《周易注》、裴駰《史記注》等,
然而李善此注"文穎曰"之前,李善所引有《周穆王傳》及郭璞注、張景陽
《七命》,並未引《漢書》。考之集注本《文選》,李善注作:

---

① 洪興祖《楚辭補注》卷四,第 158 頁。
② 班固《漢書》卷五十七上,第 2564 頁。

《（甘泉）鹵簿》曰：道車五乘，斿車九乘。

能够判斷，此處李善注的原貌，當以集注本爲是。即李善所引爲《甘泉鹵簿》，在傳抄過程中，有人見《漢書》文穎注與所引内容一致，故以旁記形式注明，後誤入正文。

（作者單位：南開大學文學院中文系）

On the Citations and Their Principles
in Li Shan's *Wenxuan zhu*

Zhao Jiancheng

This article provides a systematic and comprehensive analysis of the numerous citations and their complex principles in Li Shan's 李善 *Wenxuan zhu* 文選注(Annotations to Selections of Refined Literature) through their purpose, title, and text. The article contributes to a deeper understanding of Li Shan's annotations and citations, and moreover, the texts in *Wenxuan* 文選(Selections of Refined Literature).

Keywords: Li Shan, *Wenxuan zhu*, citation, authorial principles, evidential research

徵引書目

1. 毛亨傳,鄭玄箋,孔穎達疏:《毛詩正義》,北京:北京大學出版社,2000 年版。Mao Heng. *Maoshi zhengyi* (*Interpretations of Mao's Edition of The Book of Songs*). Annotated by Zheng Xuan and interpreted by Kong Yingda. Beijing: Peking University Press, 2000.

2. 孔安國傳,孔穎達疏:《尚書正義》,北京:北京大學出版社,2000 年版。Kong Anguo. *Shangshu zhengyi* (*Interpretations of The Book of History*). Interpreted by Kong Yingda. Beijing: Peking University Press, 2000.

3. 王利器:《文子疏義》,北京:中華書局,2000 年版。Wang Liqi. *Wenzi shuyi* (*Interpretations of Wenzi*). Beijing: Zhonghua Book Company, 2000.

4. 王煦:《昭明文選李善注拾遺》,李之亮點校《清代文選學珍本叢刊》第 1 輯,鄭州:中州古籍出版社,1998 年版。Wang Xu. *Zhaoming wenxuan Li Shan zhu shiyi* (Supplement to Li Shan's Edition of Selections of Refined Literature). Li Zhiliang. *Qingdai wenxuanxue zhenben congkan* (*The Collection of Precious Books about the Research on Selections of Refined Literature in the Qing Dynasty*) *1*. Zhengzhou: Zhongzhou guji chuban she, 1998.

5. 王楙:《野客叢書》,上海:商務印書館,1939 年版。Wang Mao. *Yeke congshu* (*Series of Yeke*). Shanghai: The Commerical Press, 1939.

6. 左丘明傳,杜預注,孔穎達正義:《春秋左傳正義》,北京:北京大學出版社,2000 年版。Zuo Qiuming. *Chunqiu zuozhuan zhengyi* (*Interpretations of Zuo's Commentaries on the Spring and Autumn Annals*). Annotated by Du Yu and interpreted by Kong Yingda. Beijing: Peking University Press, 2000.

7. 司馬遷:《史記》,北京:中華書局,1963 年版。Sima Qian. *Shiji* (*Records of the Historian*). Beijing: Zhonghua Book Company, 1963.

8. 何晏注,邢昺疏:《論語注疏》,北京:北京大學出版社,2000 年版。He Yan. *Lunyu zhushu* (*Interpretations of Analects*). Interpreted by Xing Bing. Beijing: Peking University Press, 2000.

9. 何焯:《義門讀書記》,中華書局,1987 年版。He Zhuo. *Yimen dushu ji* (*Reading Notes of Yimen*). Beijing: Zhonghua Book Company, 1987.

10. 李詳:《李善文選注例》,《李審言文集》,南京:江蘇古籍出版社,1989 年版。Li Xiang. "Li Shan wenxuanzhu li" (Annotation Examples of Li Shan's Edition of Selections of Refined Literature). In *Li Shenyan wenji* (*Collected Works of Li Shenyan*). Nanjing: Jiangsu guji chuban she, 1989.

11. 李維棻:《〈文選〉李注纂例》,趙昌智、顧農主編:《李善文選學研究》,揚州:廣陵書社,2009 年版。Li Weifen. "Wenxuan Lizhu zuanli" (Compilation Examples of Li Shan's Edition of Selections of Refined Literature). In Zhao Changzhi and Gu Nong. *Li Shan wenxuanxue yanjiu* (*Research on Li Shan's Edition of Selections of Refined Literature*). Yangzhou: Guangling Publishing House, 2009.

12. 范曄:《後漢書》,北京:中華書局,1965 年版。Fan Ye. *Houhan shu* (*Book of Later*

Han). Beijing：Zhonghua Book Company, 1965.

13. 韋昭注：《宋本國語》，北京：國家圖書館出版社，2017 年版。Wei Zhao. *Songben guoyu* (*Song engraved Edition of Discourses of the States*). Beijing：National Library of China Publishing House, 2017.

14. 洪邁：《容齋隨筆》，北京：中華書局，2005 年版。Hong Mai. *Rongzhai suibi* (*Miscellaneous Notes in Rongzhai*). Beijing：Zhonghua Book Company, 2005.

15. 洪興祖：《楚辭補注》，北京：中華書局，1983 年版。Hong Xingzu. *Chuci buzhu* (*Supplementary Annotations of Songs of Chu*). Beijing：Zhonghua Book Company, 1983.

16. 胡紹煐：《文選箋證》，宋志英、南江濤選編：《〈文選〉研究文獻輯刊》第 56 冊，北京：國家圖書館出版社，2013 年版。Hu Shaoying. Wenxuan jianzheng (Annotations and Research on Selections of Refined Literature). Song Zhiying and Nan Jiangtao. *Wenxuan yanjiu wenxian jikan* (*Literature Collection of Research on Selections of Refined Literature*) *56*. Beijing：National Library of China Publishing House, 2013.

17. 班固撰，顏師古注：《漢書》，北京：中華書局，1962 年版。Ban Gu. *Han shu* (*Book of Han*). Annotated by Yan Shigu. Beijing：Zhonghua Book Company, 1962.

18. 徐陵：《玉臺新詠》，人民文學出版社，2009 年版。Xu Ling. *Yutai xinyong* (*An Anthology of New Poems of Yutai*). Beijing：People's Literature Publishing House, 2009.

19. 浦起龍：《史通通釋》，上海：上海古籍出版社，2009 年版。Pu Qilong. *Shitong tongshi* (*Comprehensive Interpretations of Generalities on History*). Shanghai：Shanghai Classics Publishing House, 2009.

20. 陳士珂：《孔子家語疏證》，上海：上海書店，1987 年版。Chen Shike. *Kongzi jiayu shuzheng* (*Interpretations of The Family sayings of Confucius*). Shanghai：Shanghai shudian, 1987.

21. 陳奇猷：《呂氏春秋新校釋》，上海：上海古籍出版社，2002 年版。Chen Qiyou. *Lüshichunqiu xin jiaoshi* (*New Interpretations of Master Lü's Spring and Autumn Annals*). Shanghai：Shanghai Classics Publishing House, 2002.

22. 陳善：《捫蝨新話》，俞鼎孫、俞經《儒學警悟》本，民國校刻本。Chen Shan. Menshi Xinhua (New Words While Catching Lice). Yu Dingsun and Yu Jing. *Ruxue Jingwu* (*Confucianism and Alert*). Engraved edition in the Republic of China.

23. 桂馥：《札樸》，北京：商務印書館，1958 年版。Gui Fu. *Zhapu* (*Academic Notes*). Beijing：The Commercial Press, 1958.

24. 倪思寬：《二初齋讀書記》，清嘉慶八年（1803）涵和堂刻本。Ni Sikuan. *Erchuzhai dushu ji* (*Reading Notes in Erchuzhai*). Engraved edition of Hanhetang in the 8th year of Jiaqing of the Qing Dynasty (1803).

25. 梁章鉅：《文選旁證》，宋志英、南江濤選編：《〈文選〉研究文獻輯刊》第 53 冊，北京：國家圖書館出版社，2013 年版。Liang Zhangju. Wenxuan pangzheng (Circumstantial Evidences on Selections of Refined Literature). In Song Zhiying and Nan Jiangtao. *Wenxuan yanjiu wenxian jikan* (*Literature Collection of Research on Selections of Refined Literature*) *53*. Beijing：National Library of China Publishing House, 2013.

26. 黄侃平點,黄焯編次:《文選平點》,上海:上海古籍出版社,1985 年版。Huang Kan. *Wenxuan pingdian（Comment and Annotation on Selections of Refined Literature）*. Edited by Huang Zhuo. Shanghai：Shanghai Classics Publishing House，1985.

27. 斯波六郎撰,權赫子、曹虹譯:《李善〈文選注〉引文義例考》,《古典文獻研究》第 14 輯,南京:鳳凰出版社,2011 年版。Rokurō Shiba. "Li Shan wenxuan zhu yinwen yili kao"（Research on examples of Cited Literature of Li Shan's Edition of Selections of Refined Literature）. Translated by Quan Hezi and Cao Hong. *Gudian wenxian yanjiu（Research on Classical Literature）14*. Nanjing：Fenghuang chuban she，2011.

28. 揚雄撰,李軌等注:《宋本揚子法言》,北京:國家圖書館出版社,2017 年版。Yang Xiong. *Songben Yangzi fayan（Song engraved Edition of The Words by Master Yang）*. Annotated by Li Gui. Beijing：National Library of China Publishing House，2017.

29. 賈昌朝:《群經音辨》,上海:商務印書館,1939 年版。Jia Changchao. *Qunjing yinbian（Textual Research on the pronunciations of Classics）*. Shanghai：The Commercial Press，1939.

30. 鄭玄注,賈公彦疏:《周禮注疏》,北京:北京大學出版社,2000 年版。Zheng Xuan. *Zhouli zhushu（Interpretations of Rites of the Zhou Dynasty）*. Interpreted by Jia Gongyan. Beijing：Peking University Press，2000.

31. 鄭玄注,孔穎達疏:《禮記正義》,北京:北京大學出版社,2000 年版。Zheng Xuan. *Liji zhengyi（Interpretations of The Book of Rites）*. Interpreted by Kong Yingda. Beijing：Peking University Press，2000.

32. 趙岐注,孫奭疏:《孟子注疏》,北京:北京大學出版社,2000 年版。Zhao Qi. *Mengzi zhushu（Interpretations of Mencius）*. Interpreted by Sun Shi. Beijing：Peking University Press，2000.

33. 閻振益、鍾夏:《新書校注》,北京:中華書局,2000 年版。Yan Zhenyi and Zhong Xia. *Xinshu jiaozhu（Collations and Annotations of Jia Yi's New Book）*. Beijing：Zhonghua Book Company，2000.

34. 劉躍進:《秦漢文學編年史》,北京:商務印書館,2006 年版。Liu Yuejin. *Qinhan wenxue biannianshi（Chronicles of Qin and Han Literature）*. Beijing：The Commercial Press，2006.

35. 劉躍進:《文選舊注輯存》,南京:鳳凰出版社,2017 年版。Liu Yuejin. *Wenxuan jiuzhu jicun（Collection of Old Annotations on Selections of Refined Literature）*. Nanjing：Fenghuang chuban she，2017.

36. 蕭統編,李善注:《文選》,北京:中華書局,1974 年影印本。Xiao Tong. *Wenxuan（Selections of Refined Literature）*. Annotated by Li Shan. Beijing：Zhonghua Book Company，1974.

37. 錢大昕:《潛研堂集・潛研堂文集》,上海:上海古籍出版社,2009 年版。Qian Daxin. *Qianyantang ji ・ qianyantang wenji（Collection of Qianyantang ・ Collected Works of Qianyantang）*. Shanghai：Shanghai Classics Publishing House，2009.

38. 盧文弨:《抱經堂文集》,清乾隆六十年（1795）刻本。Lu Wenchao. *Baojingtang wenji*

(*Collected Works of Baojingtang*). Engraved edition of the 60th year of Qianlong of the Qing Dynasty (1795).

39. 顧炎武著，黃汝成集釋：《日知録集釋》，全校本，上海：上海古籍出版社，2013 年版。Gu Yanwu. *Rizhilu jishi* (*Collected Commentaries on the Records of Knowledge Accrued Daily*). Edited by Huang Rucheng. Shanghai: Shanghai Classics Publishing House, 2013.

40. 顧農：《李善與文選學》，趙昌智、顧農主編：《李善文選學研究》，揚州：廣陵書社，2009 年版。Gu Nong. "Li Shan yu wenxuanxue" (Li Shan and Research on Selections of Refined Literature). In Zhao Changzhi and Gu Nong. *Li Shan wenxuanxue yanjiu* (*Research on Li Shan's Edition of Selections of Refined Literature*). Yangzhou: Guangling shushe, 2009.

中國古代士人的離散—— 回歸意識與文學書寫

——以唐宋貶謫文學爲例

馬自力　潘碧華

【摘　要】從生存狀態和生存體認出發，"離散"概念的外延，可以延伸到"離散意識"，以及與它相對的"回歸意識"這一層面。而離散的主體，則可以延伸到中國古代士人這一群體。自故鄉——政治文化中心離散，期盼回歸到故鄉——政治文化中心，構成了中國古代士人離散——回歸意識的核心內涵。這裡的"故鄉"，除了故土家園之外，還具有理想、歸宿或者精神家園的含義：所謂"此心安處是吾鄉"。古代中國士人"離散——回歸"意識的獨特內涵，及其文學書寫的獨特風貌，便是由上述質素構成、影響和造就的。從貶謫文學的視角看，貶謫帶來的離散，具有不可忽視的文化價值。

【關鍵詞】中國古代士人　離散——回歸意識　文學書寫　貶謫文學

"離散"（Diaspora）一詞源於希臘語，是"撒種"和"分散"兩種意思的結合。其最早的用例，見於公元前3世紀希臘文版的《舊約全書》。這部聖經的第28章記述了著名的"巴比倫之囚"事件：公元前6世紀，猶太人從自己的家園耶路撒冷被強行虜到巴比倫。在離散狀態中，他們不僅沒有消亡滅絕，反而頑強地生存發展下來，終於返回故鄉。這裡的"離散"，指的是猶太人從自己的家園被流放到異地。後來，"該術語被用於文化理論，特別是後殖民研究，以及種族和族裔性的研究中，用以描述一種類似的文化聯繫，其範圍涉及其他分散的族群或穿越國界遷徙而來的群體”①。可見，“離散”一般是指生活居住在祖籍國之外的人們的生存狀態。但在相關研究的實際使用中，“離散”這一概念具有很大程度的開放性：“可用來描寫‘離散’的實際經歷，也可用來説明‘離散’的文化特徵，還可用來指離散中的群體本身，或是探究該群體在其原住國或其文化淵源之外生活時的内心感受。”②

　　不難發現，無論是從社會人類學的角度，還是從文化人類學，或者比較文學與世界文學的角度，“離散”的研究對象，均不約而同地指向移民或僑民這類特殊的群體。而研究的材料，則往往基於離散主體的生存狀態和生存體認。其實，從生存狀態和生存體認出發，“離散”概念的外延，甚至離散的主體似乎都可以有所擴展。就前者而言，至少可以延伸到人們的“離散意識”，以及與它相對的“回歸意識”這一層面。就後者而言，則可以延伸到經常處於離散狀態之下的中國古代士人這一主體。也就是説，中國古代士人的離散—回歸意識，完全可以進入到“離散”課題的考察範圍。

　　相對於北方的遊牧文明和西方的海洋文明，在屬於東方農業文明的古代中國，家國一體，安土重遷，和諧穩定無疑是人們固有的價值和理想，也是他們不懈追求的人生目標。但實際上，無論國家處於統一還是分裂狀態，無論是在和平時期還是戰亂年代，對於大多數中國古代士人來説，“離散”似乎都是其生存常態，也是其生存體認：至少見諸各種史料，特別是文學書寫的情況往往給我們造成如此的印象。“昔我往矣，楊柳依依。今我來思，雨雪霏霏”③，“少小離鄉老大回，鄉音難改鬢毛衰”④……有一點不可忽視，與“離散”同時產生並恒久存在的就是“回歸”。比如上面所舉的兩例，“往”和“來”對舉，“離鄉”和“還鄉”對應。透過各種史料和文學書寫可以看出，出於各種原因而自故鄉—政治文化中心離散，期盼最終回歸到故鄉—政治文化中心，構成了中國士人離散—回歸意識的核心内涵。而這裡的“故鄉”，除了指他們生於斯、長於斯的故土家園之外，還有另一層含義，

---

① 徐穎果《族裔與性屬研究最新術語詞典》，天津：南開大學出版社 2009 年版，第 82—83 頁。

② 凌津奇《“離散”三議：歷史與前瞻》，載於《外國文學評論》第一期（2007 年），第 111—120 頁。

③ 《詩經·小雅·采薇》，《十三經注疏》標點本《毛詩正義》卷九，北京：北京大學出版社 1999 年版，第 595 頁。

④ 賀知章《回鄉偶書二首》其一，載於《全唐詩》卷一百一十二，北京：中華書局 1960 年版，第 1147 頁。

即喻指或象徵其理想、歸宿或者精神家園。換句話説,在中國古代士人那裡,他鄉既可以勝似故鄉,也可以成爲心目中的故鄉:所謂"此心安處是吾鄉"①。上述質素構成了古代中國士人"離散—回歸"意識的獨特内涵,進而影響和造就了其文學書寫的獨特風貌。

　　基於上述對"離散"這一概念内涵與外延的體認,本文從唐宋貶謫文學的角度,關注中國古代士人的離散—回歸意識及其文學書寫,試圖從一個新的層面探討東亞的離散思維及其文化特質②。

一、離散發生的文化機制:離散與
貶謫的異質同構

　　對古代中國士人而言,離散作爲一種生存狀態和生存體認,在他們的一生中普遍而經常地存在著。從孔丘、孟軻等先秦諸子爲了宣揚和推行自己的政治理想主張而奔波於列國,四處遊説諸侯;到屈原"信而見疑,忠而被謗"③,流放於漢北湘沅,賈誼才高而遭讒見妒,被貶長沙;再到隋唐以後廣大士人爲了博取科舉功名而漫遊漂泊,步入仕途之後又不由自主地遷轉沉浮:這一切都無不伴隨著離散的生存狀態及其生存體認。而在造成離散發生的諸種制度性機制中,貶謫作爲對官吏的一種行政處罰,更是以其對士人政治生涯和日常生活的影響之大、程度之深而引人矚目。

　　在古代中國,貶謫現象及其相關的貶謫制度具有悠久的歷史,對於士人的政治生涯和日常生活的影響,可謂至爲重大而深遠。尤其是在唐代以後,科舉制度日漸成熟,禮部考試和吏部銓選成爲人們求取功名、實現自我人生價值和社會階層流動的基本途徑,絕大多數士人紛紛投身其中。結果不外乎三種:或幸運中第,於是"春風得意馬蹄疾,一日看盡長安花"④;或

---

① 蘇軾《定風波》,載於《蘇軾詞編年校注》,北京:中華書局 2002 年版,第 579 頁。
② 近年來,大陸的中國古代文學研究者開始關注流寓文學。可以説流寓文學涵蓋了貶謫文學,貶謫文學是流寓文學的一種表現形式,它們同屬於中國化的"離散"課題範疇。詳見傅璇、張學松、蔣寅《回首吾家山　歲晚將焉歸——關於流寓文學的對話》,《光明日報》2017 年 9 月 11 日,第 13 版。
③ 司馬遷《屈原賈生列傳》,載於《史記》卷八十四,北京:中華書局 1959 年版,第 2482 頁。
④ 孟郊《登科後》,載於《孟東野詩集》卷三,北京:人民文學出版社 1959 年版,第 55 頁。

歷盡千辛萬苦，種種磨難，“四舉於禮部乃一得，三選於吏部卒無成”①，最後終於步入仕途；或自訴“不才明主棄，多病故人疏”②，終生被排斥在外。可想而知，對於中國古代士人而言，一旦遭受統治階層的排擠打擊甚至被其無情抛棄，他們在催迫聲中踏上流貶之途，瞬間便會不知所措，心中充滿了“失路”之悲，甚至於情不自禁地發出“中世士大夫以官爲家，罷則無所於歸”③的慨嘆。從“以官爲家”四字可以看出，他們是把經濟仕途視爲人生的終極目標和歸宿，當做實現自我價值的途徑和手段；而“罷則無所於歸”六個字，則活畫出他們的失路彷徨，是他們對流離失所這種離散狀態的深刻體驗和描述。“罷”即罷官，也就是貶謫。所以，貶謫是造成士人離散的生存狀態和生存體認的重要因素。從離散和貶謫發生的文化機制看，貶謫是造成離散的原因，離散是貶謫的後果，二者是異質同構的關係。下面試做具體説明和分析。

首先，從貶謫的起因來看，由貶謫帶來的離散，大致可以分爲三種情況：一是由於觸動或危及最高統治群體（主要是帝王和權貴）的根本利益，對其固有地位造成一定影響，從而導致統治群體對個體的懲罰型離散；二是由政治集團之間的競爭（如朋黨之爭）所造成的其中一方的離散，個體被排擠出局，受到懲罰；三是個體出於自我保護目的的主動離散，也就是自請外放。

第一種情況，如唐代“二王八司馬”事件，韓愈因上《諫迎佛骨表》被貶潮州事件，宋代發生在蘇軾身上的“烏臺詩案”等；第二種情況，如唐代的“牛李黨爭”，宋代的“新舊黨爭”等；第三種情況，如唐代白居易求外任爲杭州刺史，宋代蘇軾自請外放任杭州通判等。

其次，從貶謫的地域看，按照距離京城亦即政治文化中心的遠近，以及區域經濟文化發展水平等條件，可以分爲不同的四個地區和層次④：

一是京畿附近。由於離京城最近，經濟文化相對較爲發達，官員謫居此地，意味著所受責罰較輕，基本上是略施懲戒，不日重返朝堂的幾率較

---

① 韓愈《上宰相書》，載於《韓愈文集彙校箋注》卷六，北京：中華書局，2010 年版，第 646 頁。
② 孟浩然《歲晚歸南山》，載於《孟浩然詩集箋注》卷下，上海：上海古籍出版社 2000 年版，第 332 頁。
③ 韓愈《送楊巨源少尹序》，載於《韓愈文集彙校箋注》卷十一，第 1169 頁。
④ 北宋崇寧四年（1105），徽宗曾下令赦免元祐黨人：“應嶺南移荊湖，荊湖移江淮，江淮移近地，唯不得至四輔畿甸。”見《續資治通鑑》卷八十九“崇寧四年九月己亥”條，北京：中華書局 1957 年版，第 2287 頁。這裡量移減免的程度和層次，在地域上的體現是十分清晰的。

高。因此,被貶到京畿附近,對他們來說還不至於造成多大的心理衝擊。這同古人"重内輕外"的觀念有很大關係。後者自有唐以來盛行不衰,以至於導致了一種社會心理和社會風氣:離開京城到外地就任,特別是到荒遠邊地任職,即使官品有所提升,仍然不被視爲一椿好事和樂事。晚唐僧人卿雲就曾經這樣説:"生作長安草,勝爲邊地花。"①在一位方外之人的觀念裡,京城的一棵草都要勝過邊地的花,其間的價值判斷昭然若揭。

二是江淮地區。總的來説,這一地區經濟富庶,人口衆多,環境氣候良好,人文氛圍濃厚。即使是像黄州這樣的地方,在宋代屬於"下"州,但在蘇軾眼裡,仍然是"山水清遠,土風厚善"②。官員謫居此地,生活狀況還不至於急劇惡化,但與謫居京畿者相比,其政治生命荒廢,政治前途堪憂,則是不言而喻的。此外,被貶此地往往伴隨著"居住"、"安置"等輕度的刑事管束,如蘇軾被貶爲黄州團練副使,本州安置;山水清幽往往伴隨著交通閉塞,如歐陽修被貶的滁州,便是"環滁皆山也"③,這些都會對被貶官員的心理造成一定的負面影響。

三是荆湖地區。可以説這裡是一個中間過渡地帶,意味著被貶者面臨兩種截然相反的命運:或遇赦北返,或繼續南貶。因此,流貶至此的官員,一方面明顯地感受到懲處程度的加深;另一方面,最直接的心理反應往往是失望與希望參半,幽怨與期盼交織,兩種情緒此消彼長,呈現出典型的忐忑不安心態。有學者指出:

> 荆湖地區是宋代流放官員的重要貶謫地之一,往往意味著貶謫程度的繼續加重,即作爲官員往返嶺南的一個過渡區域。若從歷時的角度考察,荆湘地區作爲貶謫地其實由來已久,屈原忠君愛國卻兩遭流放,一貶漢北,再貶沅湘;賈誼才高見妒,被謫長沙王太傅。兩人的形象成爲後世遷謫失意者的精神家園,也開創了兩湖地區貶謫史的先河。到了隋唐時期,遷謫至此的官員數量開始大幅增長,其中較著名者如張説、張九齡、賈至、王昌齡、柳宗元、劉禹錫等前後相繼,進一步強化了荆湘作爲貶地的歷史作用。④

① 卿雲《長安言懷寄沈彬侍郎》,載於《全唐詩》卷八百二十五,第9295頁。
② 蘇軾《書韓魏公黄州詩後》,載於《蘇軾文集》卷六十八,北京:中華書局1986年版,第2155頁。
③ 歐陽修《醉翁亭記》,載於《歐陽修全集》卷三十九,北京:中華書局2001年版,第576頁。
④ 趙忠敏《宋代謫官與文學》第二章,浙江大學2013年博士論文。

　　四是荒遠邊地。特別是嶺南地區,在唐宋時代被視爲化外之地,因此流貶到此地,遇赦生還的幾率較小,是真正的"萬死投荒"。流貶至此的官員往往心中充滿了絕望和哀怨,無可奈何的宿命感與達觀超脱、泰然處之的心態交織並存。

　　以上是根據與京城距離的由遠及近、經濟文化發展水平的由高及低等因素,所做的大略劃分。在四個區域之間,存在著一些過渡地帶;同一區域之中,也存在著發展的不平衡。比如在江淮地區和荆湖地區之間,有江南西路和福建路;在荆湖地區和嶺南地區之間,有川陝地區等。

　　第三,從貶官的類型看,有左降官、責授正員官、量移官、流人等。其中對左降官的處分最爲嚴厲,包括降級、投閑、出外三種,貶地大都比較荒遠,而且貶謫制文一旦下達,即被催迫上路,遣送就任。左降官到達貶地後,不得擔任正職(正員),不得擅離州縣。更爲嚴厲的情況是,某些左降官由於被認爲罪責嚴重,不得減輕處分,獲得赦免,即"不在量移之限"。如《舊唐書·憲宗本紀》載:(元和元年八月)"左降官韋執誼、韓泰、陳諫、柳宗元、劉禹錫、韓曄、凌準、程异等八人,縱逢恩赦,不在量移之限。"[①]這道詔令幾乎等於把"八司馬"置於死地了。責授正員即降級授予正職(正員官),比左降官的處罰略輕,經過考績可以量移,即減輕處罰。量移官是處於考滿量移或遇赦量移中的左降官和責授正員官,量移是貶謫過程中的一種狀態和階段。流人則是指遭受流刑的官員,先除名,期滿後可以復仕。流爲減死之刑,貶謫是行政處罰,但在實際執行時往往與流刑混同,以至於對貶官造成生命威脅。如唐天寶五載七月敕:"流貶人多在道逗留,自今左降官日馳十驛以上。"[②]明確規定,被遣送的貶官不能在途中逗留,必須即刻趕路,而且一天之内的行走里途要達到十個驛站以上。

　　張籍的《傷歌行》描述了元和年間楊憑被貶爲臨賀尉,倉促踏上貶途的窘迫凄涼情形:

　　　　黄門詔下促收捕,京兆尹繫御史府。出門無復部曲隨,親戚相逢不容語。辭成謫尉南海州,受命不得須臾留。身著青衫騎惡馬,中門之外無送者。郵夫防吏急喧驅,往往驚墮馬蹄下。長安里中荒大宅,

---

① 《舊唐書》卷十四,北京:中華書局1975年版,第418頁。
② 《資治通鑑》卷二百一十五,玄宗天寶五載,北京:中華書局1956年版,第6872頁。

朱門已除十二載。高堂舞榭鎖管弦,美人遥望西南天。①

臨賀在今廣西賀州,在唐代也是處於嶺南的荒遠邊地了。對於楊憑這位昔日的科舉狀元,貴爲刑部侍郎、京兆尹,常年在長安城裡養尊處優的官員來説,這是何等嚴厲酷烈的處罰,他所面臨的,又將是何等苦楚辛酸的離散經歷!

二、對於離散的心理反應和應對策略:
離散—回歸意識及其文學書寫

離散與貶謫的異質同構關係及其具體情形如上所述。可以説在某種意義上,離散與貶謫以及由此造成的士人的流寓,已經成爲同義語。面對貶謫所帶來的離散,中國古代士人的心理反應和應對策略,集中體現了其離散—回歸意識。他們的流寓之處,無論是經濟文化較爲發達的江淮地區,還是荆湖嶺南等較爲落後偏遠的地區,相對於他們的故土家園和親朋好友,相對於他們期望伸展才華抱負的政治文化中心,都是一種客觀的疏離或離散。加上身負或大或小的罪責,他們感受到的彷徨失路之悲和流離失所之痛(亦即上文提到的"中世士大夫以官爲家,罷則無所於歸")相當强烈而深切,甚至刻骨銘心。他們身處異地,守望故鄉,留戀魏闕,在表達離散情感的同時,往往會自然而然地產生强烈的回歸意識。

大體而言,唐宋士人對於貶謫的心理反應和應對策略,可分爲眷戀與懺悔、哀怨與期盼、決絕與達觀三種類型;從時間上説,大致對應於貶謫初期、貶謫中期和貶謫後期三個階段。析而言之,作爲心理反應,更多的是真實情感的直接外露;而作爲應對策略,則不免包含有意爲之,即做給執權柄者看的成分。此外,這裡所説的三種類型的心理反應和應對策略,僅僅是各有側重,是就貶謫過程中不同時段的主要特徵而言;事實上,它們不僅存在於貶謫過程的某個特定時段,而且存在於整個貶謫過程中。也就是説,眷戀與懺悔、哀怨與期盼,乃至決絕與達觀,往往是互相交錯、彼此交融地存在著的。

———————————

① 《全唐詩》卷三百八十二,第4283頁。

　　上述心理反應和應對策略反映在貶謫文學作品裏，遂形成了文學書寫的獨特風貌。從屈原開始，貶謫文學就形成了鮮明的傳統，奠定了家國同構、不平則鳴、百折不撓的表現主題和情感基調。到了唐宋時代，貶謫文學傳統又加入了上述新的質素，從而形成了多樣化的面貌。

　　第一、貶謫初期。包括赴任途中和初到貶所兩個階段。源自巨大的現實落差所造成的强烈心理衝擊，以及忠孝思想和本能的自我保護意識，使得離散—回歸意識及其文學書寫的主題集中表現爲眷戀與懺悔。這既是古代士人的心理反應和應對策略，也是統治者施與懲戒的初衷和所欲達到的效果，更是中國古代士人的離散—回歸意識與他們固有的家國情結互爲表裏、互相詮釋的體現。

　　在貶謫制文下達之時和踏上貶途之初，被貶官員的心情無疑是十分痛苦和複雜的，其主要原因來自遭受打擊的突然和巨大的現實落差。如果説張籍《傷歌行》是對他人之貶的觀察和描述，那麼韓愈的《赴江陵途中寄贈王二十補闕李十一拾遺李二十六員外翰林三學士》則是真切的自我體驗。唐德宗貞元十九年（803），韓愈曾因論事切直得罪權要，由監察御史貶爲連州陽山令。在寫於元和元年（806）的這首詩中，韓愈回憶起當初遭貶離京的情景，依然是痛心疾首：“中使臨門遣，頃刻不得留。病妹卧床褥，分知隔明幽，悲啼乞就別，百請不頷頭。弱妻抱稚子，出拜忘慚羞。僶俛不回顧，行行詣連州。”①同樣是寫與親人的生死離別，倉促離京，踏上嶺南荒遠邊地，由於詩中的叙事和抒情出自當事者直接真切的心理反應，所以緊接著纔有“朝爲青雲士，暮作白首囚”的感歎。此句既寫出了韓愈突然遭受打擊後的錯愕，又表達了巨大的現實反差給詩人帶來的强烈心理衝擊。由此我們不禁聯想到韓愈的另一首的名作《左遷至藍田關示侄孫湘》：

　　　　一封朝奏九重天，夕貶潮州路八千。欲爲聖朝除弊事，肯將衰朽
　　惜殘年。雲横秦嶺家何在？雪擁藍關馬不前。知汝遠來應有意，好收
　　吾骨瘴江邊。②

元和十四年（819），韓愈因上表諫迎佛骨忤旨，被憲宗怒貶潮州刺史，此詩

────────────

① 《韓昌黎詩繫年集釋》卷三，第 288 頁。
② 《韓昌黎詩繫年集釋》卷十一，第 1097 頁。

即作於赴貶途中。"一封朝奏九重天,夕貶潮州路八千",是寫強烈的現實反差給他帶來的心理衝擊。值得注意的是,"雲橫秦嶺家何在"一句已經出現了"家"的字眼,顯然這個"家"不是韓愈的故鄉,而是他在長安的家。其實,這個"家"更意味著他的理想和歸宿所在,有了它,韓愈纔有"欲爲聖朝除弊事"的動力,因而"家"的失落即意味著理想的失落。

當然,在貶謫初期的羈旅行役題材之作中,鄉愁,這種割不斷理還亂的思鄉情結,依然是題中應有之義,因而得到了充分的抒寫。如白居易《答春》:"草煙低重水花開,從道風光似帝京。其奈山猿江上叫,故鄉無此斷腸聲。"①張説《嶺南送使》:"秋雁逢春返,流人何日歸。將余去國淚,灑子入鄉衣。饑狄啼相聚,愁猿喘更飛。南中不可問,書此示京畿。"②再看宋之問的《度大庾嶺》:

> 度嶺方辭國,停軺一望家。魂隨南翥鳥,淚盡北枝花。山雨初含霽,江雲欲變霞。但令歸有日,不敢恨長沙。③

最後一句用典的目的本來是不直接説破,避免直抒胸臆,但宋之問用賈誼被貶長沙王太傅這個盡人皆知的熟典,在前面加上"不敢恨"三字,就將眷戀與懺悔之意表露無遺了。三首詩都充分抒寫了鄉愁,但這裡的鄉愁顯然不是純粹的鄉愁,它往往與帝京情結相勾連。"國"與"家""鄉"對舉,所傳達的信息非常強烈和明確,即在抒發對家國故園眷戀之情的同時,明確地向統治者表達其強烈的懺悔之意。一爲離散狀態的刻畫,一爲回歸意願的抒發,中國古代士人的離散—回歸意識,就在他們的貶謫文學書寫中清晰地展露出來了。

到達貶所之初,照例要向朝廷呈獻"謝上表":一則履行報到手續,二則表示服罪和懺悔,最重要的是傳達"感恩戀闕",即感恩寬恕、眷戀天庭之意。所以,謝上表的字裡行間一方面體現了貶官固有的忠孝觀念;另一方面,主觀刻意的痕跡也十分明顯。如因諫迎佛骨而被憲宗怒貶到潮州的韓愈,到任後在《潮州刺史謝上表》中期期艾艾地表白心跡:"臣以狂妄戇愚,

① 《白居易集》卷十六,北京:中華書局 1979 年版,第 327 頁。
② 《全唐詩》卷八十七,第 953 頁。
③ 《全唐詩》卷五十二,第 641 頁。

不識禮度,上表陳佛骨事。言涉不敬,正名定罪,萬死猶輕",“伏惟皇帝陛下天地父母,哀而憐之,無任感恩戀闕戰惶懇迫之至"①。這種懺悔自貶,懇求寬恕哀憐的卑微姿態,與他在《諫迎佛骨表》中表現的大義凜然和慷慨陳詞相比,與他在《左遷至藍田關示侄孫湘》詩中表達的憤激哀怨和坦蕩磊落相比,反差是何其強烈!

　　因爲目的是表達懺悔和謝恩,傳達“感恩戀闕"之意,故不管是代擬,還是自撰,其寫法都是同一套路。劉禹錫的《爲容州竇中丞謝上表》寫於元和八年(813)朗州司馬任。本年四月,竇群遷邕容經略使,由開州赴容州,途徑朗州,與劉禹錫相會,劉禹錫爲其代擬謝上表。表中“捧印綬以爲榮,望闕庭而增戀"②是其著重表白心跡之言。而寫於長慶四年(824)的《謝中使送上表》③則是劉禹錫自撰:“深山遠郡,忽降王人",寫宦官前來夔州宣旨;“跪受恩榮,仰瞻宸極",表示虔誠謝恩;接著“伏以發自巴峽,至於南荒。涉水陸湍險之途,當炎夏鬱蒸之候。山川縈轉,晨夜奔馳。幸無它疾,得至本管"數句,寫從夔州出發,日夜兼程,路途險惡,終於到達貶地和州;“九重結戀,遙傾捧日之心;萬里獲安,皆荷自天之祐。無任感戴屏營之至",則是再次重申感恩戀闕之意。

　　第二、貶謫中期。這是貶謫的持續期。安置甫定,貶官面對重大的人生轉折以及未知的命運,其心理反應和應對策略進入新的階段。貶謫文學的中心亦由貶謫初期的眷戀與懺悔,逐漸轉移到離散情感和回歸情結的詠歎與外化,哀怨與期盼成爲此期貶謫文學表達的主題。

　　如前所述,無論這些逐臣在謝上表中如何表達懺悔眷戀,統治者都不可能因此馬上改變其懲戒初衷,所以他們仍然要面對嚴酷的現實。特別是對那些遭受重責的左降官而言,往往面臨著一定程度上的生計與生命之憂。作爲“八司馬"之一被貶永州的柳宗元,因“烏臺詩案"“元祐黨人"被貶黃州和嶺南的蘇軾就是典型的例子。柳宗元被貶永州司馬長達十年,又出爲柳州刺史,四年後卒於任所,形似拘囚,病痛長隨,身心備受摧殘。蘇軾初到黃州時,飽嘗了“先生年來窮到骨,問人乞米何曾得"的經濟困乏④,

---

① 《韓愈文集彙校箋注》卷二十九,第 2921、2923 頁。
② 《劉禹錫集》卷十四,北京:中華書局 1990 年版,第 165 頁。
③ 《劉禹錫集》卷十四,第 166 頁。卞孝萱《劉禹錫年譜》繫該表於長慶四年夏,劉禹錫自夔州刺史轉和州刺史,見《卞孝萱文集》第一卷,南京:鳳凰出版社 2010 年版,第 86 頁。
④ 蘇軾《蜜酒歌并序》,載於《蘇軾詩集》卷二十一,第 1116 頁。

只好在城外東坡開墾荒地數十畝，他因此自號東坡，“墾辟之勞，筋力殆盡”①。他們的流寓生活和貶謫生涯就以這樣的面貌展開。

　　值得注意的是，這個時期，即使是哀怨情緒的直接抒發，或不滿與怨憤的曲折表達，也是與家國情懷相結合的，因爲畢竟有希望的存在。如劉禹錫《謫居悼往二首》其二：“鬱鬱何鬱鬱，長安遠於日。終日念鄉關，燕來鴻復還。潘岳歲寒思，屈平顦顇顏。殷勤望歸路，無雨即登山。”②雖然心緒鬱結，長安遙遠，還是要頻頻登高，殷勤探望回歸之路。又如柳宗元《聞黃鸝》：“倦聞子規朝暮聲，不意忽有黃鸝鳴。一聲夢斷楚江曲，滿眼故園春意生。”③子規夜半猶啼血，詩人已經無動於衷；而黃鸝的突然出現，不僅喚醒了故園之思，更點燃了詩人的希望。再看歐陽修的《戲答元珍》：

　　　　春風疑不到天涯，二月山城未見花。殘雪壓枝猶有橘，凍雷驚筍欲抽芽。夜聞歸雁生鄉思，病入新年感物華。曾是洛陽花下客，野芳雖晚不須嗟。④

此詩作於宋仁宗景祐四年（1037），時歐陽修被貶夷陵縣令。首聯頷聯實寫山城春景，了無春意；頸聯尾聯寫歸雁北飛，觸發鄉思，詩人回想當年在洛陽的意氣風發，由此自我寬解和自勉。

　　在這幾首詩中，鄉思鄉愁與古代士人固有的家國情懷同樣是互爲表裡、互相詮釋的。相對於遊牧民族，這種家國情懷和鄉關之思，這種哀怨與期盼交相混雜的天朝魏闕意識，是獨具東方特色的。它由農耕民族安土重遷的精神特質和家國同構的文化機制所決定，可以說是中國式離散的主要特徵。我們知道，余光中的《鄉愁》表達了中國人普遍而典型的離散—回歸情結，不過故鄉的象徵物與以往不同：在作爲現代人的新詩人那裡，故鄉的象徵物是母親；而在古代士人那裡，故鄉的象徵物則是山川田園。後者的故鄉和山川田園具有象徵意味，是在離散的張力下形成的回歸情結的投射，因此往往會被天朝魏闕或洛陽舊友所取代。如在上引歐陽修詩中，“歸雁生鄉思”與“洛陽花下客”相對，仔細涵泳，不難體會其中意味。另外，在

① 蘇軾《東坡八首》序，載於《蘇軾詩集》卷二十一，第 1079 頁。
② 《劉禹錫集》卷三十，第 408 頁。
③ 柳宗元《聞黃鸝》，載於《柳宗元集》卷四十三，北京：中華書局 1979 年版，第 1249 頁。
④ 《歐陽修全集》卷十一，第 173 頁。

南宋士人那裡，"洛陽"還有喻指逝去的北宋繁華時代或北方故土家園之意。他們每每主張抗金恢復，更與離散—回歸的本來意旨相近。總之，在中國古代士人那裡，家國情懷超越或者覆蓋了故鄉情結。

　　貶謫中期，往往還是古代士人對既有價值觀進行重新認識和思考，對未來人生道路進行重新選擇的轉折點。如白居易元和十年（815）秋被貶江州司馬，他的獨善其身思想開始擡頭；蘇軾元豐二年（1079）被貶黄州團練副使，導致他對宇宙人生形成新的認識，成就了他所謂"平生功業"的第一站等等。這類思考，在蘇軾寫於惠州和儋州的大量和陶詩中，以及在宋代士人的"處窮哲學"中均有不同程度的體現①。

　　第三、貶謫後期。這裡的"後期"有兩層含義：既可以指代某個貶謫過程的後期，如對柳宗元來説的永州之貶的後期；也可以指代同一個體最後的貶謫階段，如對於蘇軾來説，就是謫居惠州和儋州時期。由於未來的命運逐步趨向明朗化，貶官的心理反應和應對策略也趨向明確，或者決絕，或者達觀；由此，決絕與達觀作爲這一時期貶謫文學的主題，逐步被泛化和定型。與此相應的是文化心理與生存環境的重建：在儒釋道互補的思想背景下，士人們直面人生，安頓自我，化離散爲回歸，變挫折爲機會，視懲罰爲獎賞。這種應對機制到宋代，特別是蘇軾那裡達到成熟。

　　就"決絕"這一點來説，柳宗元的心理反應最具有代表性。文學史上公認他是屈騷傳統在唐代的正宗繼承者，這不僅是因爲他寫了許多像《天對》《吊屈原文》《駡尸蟲文》之類的騷賦作品，更主要的是因爲在他的詩文中，充斥了一種類似屈賦的錐心泣血之痛，長歌當哭之哀。隨著貶謫過程的不斷持續和不知所終，柳宗元的期望漸漸破滅，原本的被棄感和拘囚感愈發強烈，身心遭到重壓。於是他"悶即出遊"，希望借助於沉醉山水美景，忘卻種種煩憂。他在《鈷鉧潭西小丘記》中寫道："枕席而卧，則清泠之狀與目謀，瀯瀯之聲與耳謀，悠然而虛者與神謀，淵然而靜者與心謀。"②儘管耳目心神均得到了陶冶和升華，但最終仍然是"時到幽樹好石，暫得一笑，已復不樂"，因爲永州還没有令他產生由衷的歸屬感和親近感。"僕悶即出遊，遊復多恐"，除了氣候炎毒，惡蟲出没等造成的身體傷害外，他清晰地意識

---

① 詳見袁行霈《論和陶詩及其文化意藴》，《中國社會科學》第六期（2003 年），第 149—161 頁；趙忠
　敏《宋代謫官與文學》第四章。
② 《柳宗元集》卷二十九，第 766 頁。

到其中的深刻原因:"何者? 譬如囚拘圄土,一遇和景出,負牆搔摩,伸展支體,當此之時,亦以爲適,然顧地窺天,不過尋丈,終不得出,豈復能久爲舒暢哉?"①原來對於柳宗元來講,永州美景僅僅是拘囚放風時享受到的片刻和煦陽光而已。被棄感和拘囚感一直伴隨著他在永州的日子,於是他在"永州八記"開篇《始得西山宴遊記》的結尾,看似多餘而又不經意地點出"元和四年也",表明他"萬死投荒"來到永州,已經是第四個年頭了。

　　不料更大的打擊還在後頭。"十年憔悴到秦京,誰料翻爲嶺外行。伏波故道風煙在,翁仲遺墟草樹平。直以慵疏招物議,休將文字占時名。今朝不用臨河別,垂淚千行便灌纓。"②流貶永州,十年憔悴的結果,卻是出爲更荒遠的嶺外柳州刺史。於是,詩人將他的震驚絕望和不平之鳴,全部傾注在這短短的五十六個字中,成爲決絕心態的最好注腳。

　　與柳宗元的"決絕"心態恰好相反,蘇軾則是"達觀"心態的典型代表。"白頭蕭散滿霜風,小閣藤床寄病容。報導先生春睡美,道人輕打五更鐘。"③這一首《縱筆》,寫於惠州,因後兩句的閑散放達之態觸怒了新黨宰相章惇,再貶儋州。《到昌化軍謝表》描述當時的場景道:"子孫慟哭於江邊,已爲死別;魑魅逢迎於海外,寧許生還?"④説明屢遭打擊的蘇軾此時已做好終老海島的準備。

　　蘇軾謫居海南昌化軍時,面臨的是"食無肉,病無藥,居無室,出無友,冬無炭,夏無寒泉,然亦未易悉數,大率皆無耳"⑤的困窘境地,生活也更爲艱苦:"水陸之味,貧不能致。煮蔓菁、蘆菔、苦薺食之。"⑥不過,他仍然像在黃州一樣,以一種積極達觀的心態去迎接未知的命運。因爲預感到這個海島將是他人生的最後一站,所以蘇軾對海南的認同,充滿了一種宿命感。他乾脆自認是海南當地土著,而把自己的故鄉眉州當做是寄生客居之地。其《別海南黎民表》稱:"我本海南民,寄生西蜀州。忽然跨海去,譬如事遠遊。平生生死夢,三者無劣優。知君不再見,欲去且少留。"⑦這實際上是把聚散離合當做是自己的生活日常,把離散當做是重構自我精神世界和價值

① 前引三處,均見柳宗元《與李翰林建書》,載於《柳宗元集》卷三十,第801—802頁。
② 柳宗《衡陽與夢得分路贈別》載於《柳宗元集》卷四十二,第1159頁。
③ 蘇軾《縱筆》,載於《蘇軾詩集》卷四十,第2203頁。
④ 《蘇軾文集》卷二十四,第707頁。
⑤ 蘇軾《與程秀才三首》之一,載於《蘇軾文集》卷五十五,第1628頁。
⑥ 蘇軾《菜羹賦》,《蘇軾文集》卷一,第17頁。
⑦ 《蘇軾詩集》卷四十三,第2363頁。

世界的方式了。於是,他在自問"問汝平生功業"後,緊接著自答:"黄州、惠州、儋州。"①這既是自嘲,也是另一種形式的自我肯定,其中透露出强烈的宿命感。"人生到處知何似? 應似飛鴻踏雪泥。泥上偶然留指爪,鴻飛那復計東西。"②離散造成的漂泊成爲宿命的表徵,漂泊離散纔是他生存的常態。既然如此,就不如正視離散,妥善安頓自我,重建精神家園。

蘇軾的精神解脱與自我安頓,是通過對自然人生的體悟和實踐展開的。他善於苦中作樂,特别善於發現日常生活,哪怕是謫居生活的樂趣,於是所謂的"謫居三適"即"日起理髮""午窗坐睡""夜卧濯足"③居然被他鄭重其事地發掘出來;他投身自然,兩遊赤壁,抒發宇宙人生慨歎;他追和陶詩,以陶淵明的後身自居④;他潛心學術,廣授生徒,並以海南孔子自況⑤;同時,他還通過親身勞動,體會人生真諦,而這也給他的文學創作增加了鮮活的素材。如他在給友人的信中説:"聚散憂樂,如反覆手,幸而此身尚健。"⑥《東坡八首》就是他的勞動成果:"釋耒而歎,乃作是詩,自愍其勤。庶幾來歲之入以忘其勞焉!"⑦正是這種積極達觀的心態,以及對自然人生的思考和實踐,支撐著蘇東坡超越生活的苦難,從容面對世間的"聚散憂樂",從而完成了自我生存環境的重建。

元符三年(1100)五月,徽宗下詔蘇軾内遷廉州(今廣西合浦),他在六月二十日夜渡瓊州海峽時寫下這樣的文字:"參横斗轉欲三更,苦雨終風也解晴。雲散月明誰點綴,天容海色本澄清。空餘魯叟乘桴意,粗識軒轅奏樂聲。九死南荒吾不恨,兹游奇絶冠平生。"⑧這不啻爲一篇自我平反的宣言書,因爲他曾經"問翁大庾嶺頭住,曾見南遷幾個回"⑨,能夠回到故土,其揚眉吐氣的意藴溢於言表! 而"九死南荒吾不恨,兹游奇絶冠平生"也成爲他對中國古代士人離散—回歸意識的最好注腳!

----

① 蘇軾《自題金山畫像》,載於《蘇軾詩集》卷四十八,第 2641 頁。

② 蘇軾《和子由澠池懷舊》,載於《蘇軾詩集》卷三,第 97 頁。

③ 蘇軾《謫居三適三首》,載於《蘇軾詩集》卷四十一,第 2285—2287 頁。

④ 蘇軾《和陶歸去來兮辭》:"師淵明之雅放,和百篇之清詩。賦《歸來》之新引,我其後身蓋無疑。"《蘇軾詩集》卷四十七,第 2561 頁。

⑤ 蘇軾《六月二十日夜渡海》有云:"空餘魯叟乘桴意",載於《蘇軾詩集》卷四十三,第 2367 頁。

⑥ 蘇軾《與程秀才三首》之一,載於《蘇軾文集》卷五十五,第 1627 頁。

⑦ 蘇軾《東坡八首》叙,載於《蘇軾詩集》卷二十一,第 1079 頁。

⑧ 蘇軾《六月二十日夜渡海》,載於《蘇軾詩集》卷四十三,第 2366—2367 頁。

⑨ 蘇軾《贈嶺上老人》,載於《蘇軾詩集》卷四十八,第 2424 頁。

柳宗元和蘇軾,是決絕和達觀這兩種人生態度和處世哲學的代表。蘇軾的化解和排遣之道(如讀書立説,授徒講學,追和前賢,流連山水,養生悟道等等)既有個人色彩,也有時代的烙印。柳宗元也十分注重自我的精神安頓,他在永州時,就致力於著述:"賢者不得志於今,必取貴於後,古之著書者皆是也。宗元近欲務此。"①爲此他發奮讀書:"上下觀古今,起伏千萬途。遇欣或自笑,感戚亦以吁。"②然而在身心備受摧殘的情況下,終究沒有達到蘇軾那種超然灑脱的境界。這不僅是個人性格稟賦的差異,更是時代文化環境的差異所致。

三、離散的文化意義: 從文學書寫到文化重鑄

以上按照貶謫過程的前後展開階段,討論了唐宋貶謫文學中古代士人的離散—回歸意識及其文學書寫特徵。除了上述被動型貶謫外,還有一種特殊的貶謫方式,就是所謂的自求外放。這種自我放逐,固然是出於避禍心理的自我保護舉動,但就其形式而言,則是一種主動的離散。無論是被動型還是主動型離散,其積極的文化意義在於,通過離散到陌生的地域和群體之行爲,構建新的自我,從而完成對於離散的超越和救贖:就文學意義而言,實現了在創作上的新變;就社會學意義而言,實現了對於離散的軟性抗爭的勝利;就哲學意義而言,借助對離散的否定,實現了對自我的肯定;就美學意義而言,實現了新的美學範式的重構。

首先,由貶謫帶來的離散,作爲社會階層流動的必要機制,是實現從社會層面到個體層面全面平衡的需要。京官被貶到地方任職,以及各地官員的流動遷轉,客觀上造成了流貶之處的地方官員,特別是偏遠落後地區官員隊伍的充實和綜合素質的提高,最終帶來了地域經濟文化的發展和進步。

唐宋時期,貶謫現象普遍存在,且具有相當的規模,歷來是古代政治史和文學史關注的對象。據尚永亮統計,唐五代各類貶官、逐臣約有 3 641 人次;其中可確定爲文士、詩人者約有 1 209 人次。從時期分佈看,初唐 598

① 柳宗元《寄許京兆孟容書》,載於《柳宗元集》卷三十,第 783 頁。
② 柳宗元《讀書》,載於《柳宗元集》卷四十三,第 1254 頁。

人次,盛唐 543 人次,中唐 750 人次,晚唐 711 人次,五代 226 人次。從地域
分佈看,南方與北方懸殊頗大。北方 822 人次,南方 1 995 人次。在南方諸
道中,數量最多的是嶺南道,其次是江南西道,兩處合計高達 838 人次以
上①。據趙忠敏統計,宋代有姓名及貶地可查的貶謫事件大約 3 979 次,其
中涉及具有作家身份者 776 人,約占兩宋作家總數的三分之一。而在這
776 位作家身上,貶謫事件總共發生約 1 651 次,即平均每人遭貶約 2.13
次。如果把這一頻率放到上述 3 979 次貶謫事件中,那麼折算後的貶官人
數約有 1 868 人②。據金强統計,宋代貶往嶺南的官員共 493 人,另有追貶
者 8 人③。

　　如此龐大的貶官逐臣隊伍,客觀上成爲地方特別是荒遠邊地經濟文化
發展的中堅力量。除了鄉賢士紳之外,這些名人無疑是當地津津樂道的人
物。如白居易之於杭州,韓愈之於潮州,柳宗元之於永州和柳州,歐陽修之
於揚州和滁州等等。"爲官一任,流惠一方"的傳統觀念固然是導致他們參
與其中的重要原因,而其自覺的歷史使命感也值得充分重視。如蘇軾《吾
謫海南,子由雷州,被命即行,了不相知,至梧乃聞尚在藤也,旦夕當追及,
作此詩示之》④,此詩寫於謫居海南之前,詩人在爲自己流貶荒島做心理建
設的同時,揭示了兩層含義:一是"天其與我爲箕子,要使此意留要荒"。
周武王曾封箕子於朝鮮,給當地帶去中華禮樂文明。蘇軾於是也以箕子自
任,賦予自己開化海島的歷史使命。他到達海南後,力勸當地百姓改變落
後風俗,重視和從事農耕,並且影響和教導慕名前來的學子,最終改變了海
南歷史上沒有進士的紀錄。可見,蘇軾以箕子自任,與他以孔子自任一樣,
均體現了一種强烈的歷史使命感。二是"他年誰作輿地志,海南萬里真吾
鄉"。這是接續前兩句之意,期待將來有人作地方志時,能夠把他當做海南
人,把他在海南留下的謫居文化寫進當地的歷史。可以説,蘇軾以他坎坷
多舛的人生經歷和對社會歷史的獨到認識,重新詮釋了固有的家鄉概念,
賦予家鄉以新的含義,即"此心安處,便是吾鄉"。

① 詳見尚永亮《唐五代逐臣與貶謫文學研究》第一編第二章,武昌:武漢大學出版社 2007 年版,第
　23—93 頁。
② 詳見趙忠敏《宋代謫官與文學》第一章第一節。
③ 詳見金强《宋代嶺南謫宦》附錄《宋代嶺南謫宦表》,廣州:廣東人民出版社 2009 年版,第 349—
　428 頁。
④ 《蘇軾詩集》卷四十一,第 2243—2245 頁。

其次,由貶謫帶來的離散,豐富了文學創作的題材,增加了文學表現的多樣性,催生了眾多文學經典,是促進文學發展的重要動力之一。

貶謫文學所涉及的文學表現題材,包括離別題材、羈旅行役題材、政治抒情題材、詠史懷古題材等。貶謫所帶來的離散,不僅豐富和開拓了上述文學表現題材,而且在烘托主題和營造氛圍方面,使中國文學史上最常見的兩種液體——淚與酒,在詩詞歌賦中得到了充分的展現,顯示出其獨特的魅力。

因爲驟然面臨前所未有的生存困境和精神磨難,出於個人切身的經歷和深刻的體驗,這些貶謫文學作品總體上不僅數量巨大①,而且質量很高。近年來,張學松關注古代流寓文學課題,他認爲,流寓產生經典②。其實,貶謫文學即是流寓文學的組成部分之一,許多貶謫文學之作後來均成爲超越時空的文學經典。因爲"人窮反本""不平則鳴""發憤著書""詩窮而後工"等等文學創作的機制和規律,均在貶謫文學中得到了充分的認證和實踐。

再次,貶謫所帶來的離散,造就了另一種美學風範。貶謫文學描繪了獨特的自然和人生畫面;通過極致境遇中極致境界的塑造,將苦難美、灑脫美表現得淋漓盡致。

屈原、賈誼辭賦抒發"信而見疑,忠而被謗"的離憂別愁,表達百折不撓的心志,成爲貶謫文學的精神遺產和文學傳統。唐宋貶謫文學的創作,無論是在強烈的感情宣洩、内心矛盾的曲折表達方面,還是在憂樂參半的情感主線以及典故的運用方面,均對這一傳統有很大的突破和發展。

中國士人的理想信念對於自我身心的解脫和安頓,其作用是極其強大的。在貶謫所帶來的極致境遇中,亦發揮了强大的調適作用。筆者曾經研究過中國古代清淡詩風與詩人心態的課題,實際上,貶謫士人的心理模式與清淡派詩人的心理模式有其一致之處。在表現出處、貴賤、窮通、生死、古今等主題時,他們將憂與樂兩大感情基調熔於一爐,做到憂中有樂,樂中

① 貶謫帶來的離散,使文學創作呈現高峰。如《柳河東全集》的 540 多篇詩文中,有 317 篇創作於永州;東坡一生作詞 340 餘首,在黃州四年多的詞作就有近 100 首,佔其一生詞作三分之一多。

② 張學松根據年譜對王兆鵬統計出來的唐宋文學經典進行編年繫地,結果是:杜甫 51 首經典詩歌中 48 首都是流寓時作;蘇軾 25 首經典詩歌中的 20 首及 23 首經典詞,皆作於黃州、惠州、儋州流貶之地或途中及自請外放任地方官時,即有 43 首爲流寓時作。對照"獨創性""典範性""超越時空性"等經典文學的基本特徵進行考釋,它們大都符合經典的標準。詳見傅瑛、張學松、蔣寅《回首吾家山　歲晚將焉歸——關於流寓文學的對話》,《光明日報》2017 年 9 月 11 日,第 13 版。

有憂。柳宗元的《南澗中題》就是一個典型的例子。這是一首紀遊詩,詩中獨遊之樂與獨遊之憂互相交錯,很難説哪句是純粹寫樂,哪句是純粹寫憂。按理來説,流貶南荒,應該是可悲可歎之事,但柳宗元卻要説"久爲簪組累,幸此南夷謫"(《溪居》);擺脱了簪組之累,應該是可慶可賀之事,而他卻要説"嬉笑之怒,甚乎裂眥,長歌之哀,過於慟哭。庸詎知吾之浩浩,非戚戚之尤者乎!"(《對賀者》)①對此,將陶詩和柳集視爲"南遷二友"的蘇軾,深得其中要旨:"柳儀曹詩憂中有樂,樂中有憂,蓋妙絶古今矣。然老杜云:'王侯與螻蟻,同盡隨丘墟',儀曹何憂之深也。"②貶謫文學因爲將極致的人生境遇塑造爲極致的美學境界,將苦難美、灑脱美表現得淋漓盡致而在美學史上佔有重要的地位。

復次,貶謫文學對於傳統家鄉觀念、君臣觀念以及功名觀念的反思與批判,具有歷史進步性,反過來深刻影響了文學創作。

前文多次提到,"故鄉"在貶謫文學中具有特殊的意涵,這是由東方農耕文化的精神特質所決定的。"故鄉"的第一層含義是生於斯、長於斯的家鄉,這是本意。第二層含義則與國家民族相聯繫,指"家國"。這時"北枝""北斗""中原"等等往往與其想通。如宋之問《度大庾嶺》:"度嶺方辭國,停軺一望家。魂隨南翥鳥,淚盡北枝花。"③沈佺期《初達驩州》:"搔首向南荒,拭淚看北斗。何年赦書來,重飲洛陽酒。"④蘇軾《澄邁驛通潮閣二首》其二:"餘生欲老海南村,帝遣巫陽招我魂。杳杳天低鶻没處,青山一發是中原。"⑤第三層含義則是喻指理想、寄託、歸宿的所在,即"此心安處是吾鄉"。此語出自蘇軾《定風波》并序:

> 王定國歌兒曰柔奴,姓宇文氏,眉目娟麗,善應對,家世住京師。定國南遷歸,余問柔:"廣南風土應是不好?"柔對曰:"此心安處,便是吾鄉。"因爲綴詞云。
> 誰羨人間琢玉郎,天應乞與點酥娘。盡道清歌傳皓齒,風起,雪飛

---

① 詳見馬自力《清淡的歌吟——中國古代清淡詩風與詩人心態》第三章,蘇州:蘇州大學出版社 1995 年版,第 84—119 頁。
② 胡仔《苕溪漁隱叢話》前集卷十九引蘇軾語,北京:人民文學出版社 1962 年版,第 123 頁。
③ 宋之問《度大庾嶺》,載於《全唐詩》卷五十二,第 641 頁。
④ 沈佺期《初達驩州》,載於《全唐詩》卷九十五,第 1025 頁。
⑤ 蘇軾《澄邁驛通潮閣二首》其二,載於《蘇軾詩集》卷四十三,第 2365 頁。

炎海變清涼。　萬里歸來顏愈少，微笑，笑時猶帶嶺梅香。試問嶺南應不好？卻道：此心安處是吾鄉。①

其實，白居易《初出城留別》就有"我生本無鄉，心安是歸處"②的説法，他的《種桃杏》也有"無論海角與天涯，大抵心安即是家"③的句子。但因表達不够集中和徹底，反而被蘇軾後來居上。蘇軾在此將家鄉與精神安頓的關係詮釋到極致，使其附著於"吾鄉"這個可親可感的意象之上，並營造了特定的場景和氛圍，借王定國歌女柔奴之口説出，表達了新的故鄉觀。這種故鄉觀打通了故鄉之三重含義間的區隔，是對傳統故鄉和家國觀念的突破和拓展，所以獲得了後代廣泛的認同。

而蘇軾的《自題金山畫像》則是他對傳統功名觀的反思，通過對離散的解構達到自我肯定。"心似已灰之木，身如不繫之舟"，語出《莊子》"齊物論"和"列禦寇"，形容離形去智、物我兩忘、無所羈絆、一任自然的身心狀態。一生離散漂泊，在他看來，恰似自由自在的不繫之舟；而成功與失敗，榮辱與苦樂只在轉念之間，取決於對於人生的態度。所以，他自問自答："問汝平生功業，黃州、惠州、儋州。"這裡似乎是自嘲，但更多的是自我肯定。蘇軾所到之處，無不留下傳世之作，以及各種事跡和傳說，他是把平生的功業寫在了中華大地上。

再看貶謫文學對於君臣觀念的反思和批判。與"謝上表"的懺悔乞憐不同，這裡表達的是控訴和批判。如韓愈《赴江陵途中寄贈王二十補闕李十一拾遺李二十六員外翰林三學士》"朝爲青雲士，暮作白首囚"；白居易《寄隱者》"由來君臣間，寵辱在朝暮"④，《寓意詩五首》其二"佩服身未暖，已聞竄遐荒"⑤。還有他的《太行路》："行路難，難於山，險於水。不獨人間夫與妻，近代君臣亦如此。君不見：左納言，右納史，朝承恩，暮賜死。行路難，不在水，不在山，只在人情反覆間！"⑥這篇新樂府詩的主旨是"借夫婦以諷君臣之不終也"，以夫婦比喻君臣，緣於屈原開創的"香草美人"傳統，是

---

① 蘇軾《定風波·贊柔奴》，載於《蘇軾詞編年校注》，第578—579頁。
② 白居易《初出城留別》，載於《白居易集》卷八，第149頁。
③ 白居易《種桃杏》，載於《白居易集》卷十八，第381頁。
④ 《白居易集》卷一，第25頁。
⑤ 《白居易集》卷二，第37頁。
⑥ 《白居易集》卷三，第64頁。

中國文學的傳統寄託手法。白居易用朝承恩暮賜死的貶謫現象,批判君主的無情和暴戾,指出其原因在於人情的反覆無常。"人生莫作婦人身,百年苦樂由他人";"由來君臣間,寵辱在朝暮";"朝爲青雲士,暮作白首囚":這種感慨固然是無奈的、淒涼的,但由於來自無數古代中國士人自身的生存體驗,仍然具有一定的思想深度和批判力量。

(作者單位:馬自力:首都師範大學文學院、首都師範大學詩歌研究中心;

潘碧華:馬來亞大學中文系、馬來西亞華人研究中心)

The Diaspora-regression consciousness of Chinese Ancient Intellectuals and Literature Writing: A Case Study of the Relegation Literature in Tang and Song Dynasties

Ma Zili   Fan Pik Wah

From the living state and survival awareness, the extension of the concept of "diaspora" can be extended to "diaspora consciousness" and its relative "regression consciousness". Meanwhile, the subject of diaspora can be extended to the group of Chinese ancient intellectuals. Leaving from hometown-political cultural center and looking forward to return to hometown-political cultural center constitutes the Chinese ancient intellectual's core connotation of the diaspora-regression consciousness. Here the "hometown" is not only the meaning of homeland but also includes the connotation of the ideal, destination or spiritual home: the so-called "Wherever my heart is at peace is my home". The characteristic connotation of the "diaspora-regression" consciousness of the Chinese ancient intellectual and the unique style of their literature writing are composed, influenced and created by the above factors. From the perspective of relegation literature, the diaspora which brought by the relegation has the cultural value that can not be ignored.

Keywords: Chinese Ancient Intellectuals, Diaspora-regression Consciousness, Literature Writing, Relegation Literature

徵引書目

1. 《十三經注疏》標點本,北京:北京大學出版社,1999 年版。*Shisan jing zhushu* (*Commentaries on The Thirteen Classics: Punctuated edition*). Beijing: Peking University Press, 1999.

2. 《全唐詩》,北京:中華書局,1960 年版。*Quan tangshi* (*Complete Tang Poems*). Beijing: Zhonghua Book Company, 1960.

3. 白居易:《白居易集》,北京:中華書局,1979 年版。Bai Juyi. *Bai Juyi ji* (*Collection of Works by Bai Juyi*). Beijing: Zhonghua Book Company, 1960.

4. 尚永亮:《唐五代逐臣與貶謫文學研究》,武昌:武漢大學出版社,2007 年版。Shang Yongliang. *Tang wudai zhuchen yu bianzhe wenxue yanjiu* (*Studies on Expulsion and Relegation Literature of Tang and Five Dynasties*). Wuchang: Wuhan University Press, 2007.

5. 金强:《宋代嶺南謫宦研究》,廣州,廣東人民出版社,2009 年版。Jin Qiang. *Songdai lingnan zhehuan yanjiu* (*Studies on the Relegated Officials of Lingnan in the Song Dynasty*), Guangzhou, Guangdong People's Publishing House, 2009.

6. 柳宗元:《柳宗元集》,北京:中華書局,1979 年版。Liu Zongyuan. *Liu Zongyuan ji* (*Collection of Works by Liu Zongyuan*). Beijing: Zhonghua Book Company, 1979.

7. 馬自力:《清淡的歌吟——中國古代清淡詩風與詩人心態》,蘇州:蘇州大學出版社,1995 年版。Ma Zili. *Qingdan de geyin—Zhongguo gudai qingdan shifeng yu shiren xintai* (*Bland Singing-Bland Poetry Style and Poets' Mentality in Ancient China*). Suzhou: Soochow University Press, 1995.

8. 趙忠敏:《宋代謫官與文學》,浙江大學 2013 年博士論文。Zhao Zhongmin. *Songdai zheguan yu wenxue* (*Relegated Officials and Literature in the Song Dynasty*). Doctoral Dissertation of Zhejiang University, 2013.

9. 劉禹錫:《劉禹錫集》,北京:中華書局,1990 年版。Liu Yuxi. *Liu Yuxi ji* (*Collection of Works by Liu Yuxi*). Beijing: Zhonghua Book Company, 1990.

10. 韓愈:《韓昌黎詩繫年集釋》,上海:上海古籍出版社,1984 年版。Han Yu. *Han changli shi xinian ji shi* (*Chronological Anthology of Han Yu's poetry*). Shanghai: Shanghai Classics Publishing House, 1984.

11. 韓愈:《韓愈文集彙校箋注》,北京:中華書局,2010 年版。Han Yu. *Han Yu wenji hui jiao jianzhu* (*Emendation and Annotation of Collected Works of Han Yu*). Beijing: Zhonghua Book Company, 2010.

12. 蘇軾:《蘇軾文集》,北京:中華書局,1986 年版。Su Shi. *Su Shi wenji* (*Collected Works of Su Shi*). Beijing: Zhonghua Book Company, 1986.

13. 蘇軾:《蘇軾詞編年校注》,北京:中華書局,2002 年版。Su Shi. *Su Shi ci bian nian jiaozhu* (*Su Shi's Song Lyrics Arranged by Date of Composition, Collated and Annotated*). Beijing: Zhonghua Book Company, 2002.

14. 蘇軾:《蘇軾詩集》,北京:中華書局,1982 年版。Su Shi. *Su Shi shiji* (*Collected Poems of Su Shi*). Beijing: Zhonghua Book Company, 1982.

葉清臣行年攷（下）

陳才智

【摘　要】葉清臣既是北宋文學家，也是高節莫屈的一代名臣，然其生卒年與籍貫說法不一，行年亦有待詳攷。經梳理原始史料，比對有關記載，攷得葉清臣卒於宋仁宗皇祐元年（1049）四、五月之際，享年五十歲，逆推當生於宋真宗咸平三年（1000）。其郡望爲南陽，籍貫當爲湖州烏程，後徙寓蘇州長洲。其他行年及撰述等亦多有詳攷。

【關鍵詞】葉清臣　文學家　名臣　行年　籍貫

宋仁宗康定元年（1040）　四十一歲

以右正言、知制誥，知審刑院，判國子監。

正月朔，日食，降詔求直言，盡除越職之禁。

正月七日，判國子監。上《乞於開封府撥田充國子監學糧奏》。

《宋會要輯稿》職官二八之三：“康定元年正月七日，判國子監葉清臣言：‘乞於開封府管内摽田五十頃充學糧。’”（中華書局，1957 年版，第 3 册第 2937 頁）葉清臣《乞於開封府撥田充國子監學糧奏》見《全宋文》卷五七七（2006 年版，第 27 册，第 178 頁）。

正月，任右正言、知制誥，上《論日蝕疏》。

趙汝愚《國朝諸臣奏議》卷三九《上仁宗論日食》末注云：“康定元年正月上，時爲右正言、知制誥。”葉清臣《論日蝕疏》見《全宋文》卷五七七（2006 年版，第 27 册，第 177 頁）。

正月，趙元昊攻破金明寨，進圍延州。宋廷喪土折將，震驚朝野。延州守將盧守懃、計用章交相更訟，朝廷欲罪用章而特赦盧守懃。

三月,任右正言、知制誥。上《論延州鈐轄盧守懃通判計用章之獄不當偏聽奏》。

《續資治通鑑長編》卷一二六:"時内侍用事者,多爲守懃游説,既改除守懃陝西鈐轄,知制誥葉清臣聞朝廷議薄守懃罪,而流用章嶺南,即上疏曰……"云云。葉清臣《論延州鈐轄盧守懃通判計用章之獄不當偏聽奏》見《全宋文》卷五七七(2006年版,第27册,第179頁)。

是月,范仲淹因延州敗績,復官天章閣待制、知永興軍。知樞密院事陳執中罷。

按,陳執中(990—1059),字昭譽,洪州南昌(今屬江西)人。真宗時以父蔭爲秘書省正字。累遷衛尉寺丞,知梧州。後歷知江寧府、揚州、永興軍。仁宗寶元元年(1038)同知樞密院事。慶曆元年(1041)出知青州,改永興軍。四年,召拜參知政事。五年,同平章事兼樞密使。皇祐元年(1049)出知陳州。五年,再入相。至和二年(1055)充鎮海軍節度使判亳州。逾年辭節,以司徒致仕。嘉祐四年卒,年七十(《樂全集》卷三七《陳公神道碑銘》)。謚恭。《宋史》有傳。

五月,任知制誥,議製銅獸符給諸路帥領。

孫抃(996—1064)《丁文簡公度崇儒之碑》:"皇祐五年正月庚戌,觀文殿學士、翰林侍讀學士、行尚書右丞丁公薨於京師。翌日,乘輿臨弔,賜贈物有加,璲以天官尚書章綏一,不御垂拱朝……葉清臣議製銅獸符給諸路帥領,調發期會,並沿古制。公言:'今昔殊尚,文質異宜,符若一施,僞將百出,勝敗所係,可不慎重。'卒罷之。"(《名臣碑傳琬琰集》上卷三)慶曆、皇祐間,孫抃、葉清臣同朝爲翰林學士。

《宋史》卷一五四:"仁宗康定元年五月,翰林學士承旨丁度、翰林學士王堯臣、知制誥葉清臣等請制軍中傳信牌及兵符事,詔令兩制與端明殿學士李淑詳定。"

是月,范仲淹任陝西經略安撫副使,兼知延州。

六月五日,判國子監。上《國子監學官於外任縣募職官内舉充奏》。

《宋會要輯稿》職官二八之三:"(康定元年)六月五日,葉清臣又言:'今後國子監學官有闕,令本監官於外任州縣幕職官内,舉實有文行者充。'"(中華書局,1957年版,第3册第2973頁)葉清臣《國子監學官於外任縣募職官内舉充奏》見《全宋文》卷五七七(2006年版,第27册,第179頁)。

六月，知制誥。參議尹洙所上"鬻爵之法"。

《續資治通鑑長編》卷一二六："（康定元年六月）下三司使鄭戩與翰林學士丁度、知制誥葉清臣參議以聞。"是時，尹洙數度上疏論兵事，請便殿召二府大臣議邊事等，並請鬻爵爲土兵葺營房及所給物費。

九月己未，右正言、知制誥葉清臣爲龍圖閣直學士、起居舍人、權三司使事。

《續資治通鑑長編》卷一二八："（康定元年庚辰九月）己未，右正言、知制誥葉清臣爲龍圖閣直學士、起居舍人、權三司使事。中書進擬三司使，清臣不在選，帝曰：'葉清臣才可用。'遂以命之。清臣始奏編前後詔敕，使吏不能欺，簿帳之叢冗者，一切删去。内東門御廚，皆内侍領之，凡所呼索，有司不敢問，乃爲合同以檢其出入。"是時，前權三司使鄭戩因西北軍事需要，升任同知樞密院事。

尹洙《上葉道卿舍人薦李之才書》："某再拜：八月初作書，託鄭開封附去浙中。後十有餘日，聞有西掖之召。中外企望，爲日已久，雖有此拜，固未足爲賀也。恭惟甫至都下，尊體休勝。……"（《河南先生文集》卷六）李之才（？—1045），字挺之，青州（今屬山東）人。仁宗天聖八年（1030）同進士出身。友人尹洙薦於中書舍人葉道卿，因石延年致之，延年素不喜謁貴仕，凡四五至道卿門，通其書乃已。道卿薦之，遂得應銓新格，有保任五人，改大理寺丞，爲緱氏令。未行，會延年與龍圖閣直學士吳遵路調兵河東，辟爲澤州簽署判官。在澤轉殿中丞，慶曆五年（1045）二月，丁母憂，甫除喪，暴卒於懷州官舍。時尹洙兄漸守懷，哭之才過哀，感疾，不逾月亦卒。邵雍表其墓，曰："求於天下，得聞道之君子李公以師焉。"

十月十一日，任權三司使，上《乞遠惡無職田州縣通判知縣任滿四年得替與理爲兩任奏》。

《宋會要輯稿》職官五八之八："康定元年十月十一日，權三司使葉清臣言：'欲乞今後遠惡無職田州縣，通判、知縣在任過滿四年已上者，候得替到，與理爲兩任；或與勘會合入遠近，就移通判、知縣差遣。'"（中華書局，1957年版，第四册第3705頁；《宋會要輯稿補編》第387頁）葉清臣《乞遠惡無職田州縣通判知縣任滿四年得替與理爲兩任奏》見《全宋文》卷五七七（2006年版，第27册，第180頁）。

十一月二十八日，任權三司使公事，上奏"乞置推官四員"。

《宋會要輯稿》職官五之四三："仁宗康定元年十一月二十八日，權三司使公事葉清臣言,乞置推官四員。詔三司,舉係通判資序朝臣二人,充三司勾當公事,仍定年限酬獎,及月終聞奏。"

十二月戊申,任權三司使公事。從皮仲容議鑄當十錢。

《續資治通鑑長編》卷一二八:"(十二月)戊申,屯田員外郎、通判河中府皮仲容知商州、兼提點采銅鑄鐵錢事。……於是,葉清臣從仲容議鑄當十錢。"

十二月,從權三司使葉清臣之請,裁定現行茶法。

《宋會要輯稿》食貨三〇之九:"十二月,詔三司以見行茶法就加裁定饒裕商人之法以聞。初,權三司使公事葉清臣言:'新茶法未得適中,請委曉知財利之人別行課較。'帝不欲數更,故令就裁定之。"

葉清臣著有《述煮茶泉品》(見《古今圖書集成》食貨典卷二九三;《百家名書·新刻茶集》;《全宋文》卷五七七,2006年版,第27冊,第187頁),是宋代唯一一篇專論飲茶用水之作。其父葉參早年曾監建安軍榷茶務。景祐三年(1036)三月,葉清臣時任權判户部勾院,曾上疏請弛茶禁。

是歲,因河北穀賤,請於內地諸州施行"三説法"。

《宋史》卷一八四:"康定元年,葉清臣爲三司使,是歲河北穀賤,因請內地諸州行三説法,募人入中,且以東南鹽代京師實錢。詔糴止二百萬石。"

宋仁宗康定二年、慶曆元年(1041) 四十二歲

三月,蘇舜欽上書葉清臣,獻私習論五十篇,諮詢制科考試相關事宜。

蘇舜欽《應制科上省使葉道卿書》:"三月日,某謹齋祓百拜,獻書於省使龍圖閣下……"(《蘇舜欽集》卷九,沈文倬校點,上海古籍出版社,1981年2月版,第99頁)

五月乙卯,任權三司使公事,上疏《請嚴禁銅錢出外界奏》。

《續資治通鑑長編》卷一三二:"(慶曆元年辛巳五月)乙卯,詔:'以銅錢出外界,一貫以上,爲首者處死……'初,權三司使公事葉清臣,言朝廷務懷來四夷,通緣邊互市……故於舊條第加其罪。"葉清臣《請嚴禁銅錢出外界奏》見《全宋文》卷五七七(2006年版,第27冊,第180頁)。

五月庚午(二十二日),龍圖閣直學士、權三司使葉清臣罷知江寧府。

李心傳《舊聞證誤》卷二:"慶曆元年五月庚午,權三司使葉清臣知江寧

府。”《續資治通鑑長編》卷一三二：“（慶曆元年辛巳五月）庚午，龍圖閣直學士、權三司使葉清臣知江寧府，權知開封府。”（參見《北宋經撫年表·南宋制撫年表》，中華書局，1984 年版，第 288 頁）《宋會要輯稿》“職官七八”：“（康定）二年五月二十三日，右諫議大夫、參知政事宋庠罷守本官，知揚州；樞密副使、右諫議大夫鄭戩罷守本官，充資政殿學士，知杭州；時宰相以庠、戩，洎三使司葉清臣，皆同時及第，又與知開封府吳遵路素相善，而並據要地，以爲朋黨，故出之。”是時，宋庠、宋祁、鄭戩、葉清臣四人同在中樞，身居要職，號稱天聖四友。宋田況《儒林公議》卷下：“宋庠、葉清臣、鄭戩及庠弟祁同年登第，皆有名稱。康定中，庠爲參知政事，戩爲樞密副使，清臣任三司使，祁爲天章閣待制。趣尚既同，權勢亦盛。時人謂之四友。”（傅璇琮主編《全宋筆記》第 1 編第 5 册，鄭州：大象出版社，2003 年版，第 134 頁）宰相呂夷簡爲排擠政敵宋庠，利用四人密切的同年關係，以“同年黨”之名將其一並逐出朝廷。宋庠知揚州、宋祁知壽州、鄭戩知杭州、葉清臣知江寧。

七月五日，在知江寧府任上。撰有《大斾帖》（即《署事札》），問候鄭戩。時鄭戩知杭州。

《宋人法書》第一册：“清臣啓：近追大斾，久侍緒言，乍此睽分，伏惟企戀。伏承已涓良日，據案署事，東南千里蒙福。此初僻陋小邦，日企餘潤，甫憩棠茇，體中若何？聽決餘閒，善輔沖守。不宣。清臣再拜。資政大諫天休十兄防閤。七月五日。”（故宮博物院編《古書畫過眼要錄·晋隋唐五代宋書法》，北京：紫禁城出版社，2005 年 10 月版，第 1 册，第 155 頁）徐邦達云：“此帖是寫給鄭戩的。戩字天休，蘇州人。曾官右諫議大夫，同知樞密院、樞密副使（《宋史》卷二九二鄭戩傳）。‘與參知政事宋庠，爲宰相呂夷簡所忌，與庠皆罷，以資政殿學士知杭州’，其時間爲慶曆元年辛巳五月（《宋史》卷十一仁宗本紀）。此帖内有‘已涓良日，據案署事’之説，大約是指鄭戩剛到杭州將要上任時候的情況。又考《葉清臣傳》：‘清臣與宋庠、鄭戩雅相善，爲呂夷簡所惡，出知江寧府。’（《宋史》卷二九五葉清臣傳）正與鄭戩知杭州同時。此帖中所説和上款結銜多與史傳相合。清臣不以善書知名，此帖寫得也很不差，不方不圓，在歐、顏二體之間。”（故宮博物院編《古書畫過眼要錄·晋隋唐五代宋書法》第 1 册，紫禁城出版社，2005 年 10 月版，第 156 頁）葉清臣《大斾帖》見《全宋文》卷五七七（2006 年版，第 27 册，第 186 頁）。

八月,在知江寧府任上。

《景定建康志》卷一三《建康年表九》:"(慶曆元年)八月,龍圖閣直學士、起居舍人葉清臣知府事。"

宋仁宗慶曆二年(1042) 四十三歲

三月,契丹遣使致書來索關南十縣。

四月,遣富弼使契丹。七月,富弼復以結婚及增歲幣二事往報契丹。

六月癸未,知杭州鄭戩遷給事中,徙并州,道改鄆州。

七月二十七日,在知江寧府任上,撰有《移鎮帖》。

《大觀録》卷四《葉學士天休帖》(又稱《移鎮帖》):"清臣啓:近聞移鎮,徑走賀封。行人未還,又聆汶上之拜,相次遞中,及急足回,繼獲榮問,具承福履康裕,行期淹速之詳。鄆亦非輕,景德中丁監嘗當此選,亦朝家方今之倚重。讓官與錫,理固宜然。仍聞且至丹徒待報,並因納婿。相望三舍,畏此簡書。雖不及瞻望風色,亦可頻詢動止。謹專遣小史奉書。伏惟念悉。清臣謹拜天休資政十兄行府。七月廿七日。"(見《北宋名臣八帖》,《中國書法》2001年第9期,第24—25頁;參見曹寶麟《香港新見北宋名臣八帖考》,收入其《抱甕集》,北京:文物出版社,2006年版,第558—560頁)

是時,鄭戩北上赴任并州,在潤州丹徒有所停留,葉清臣聞之,故有此帖。

是年,在知江寧府任上,奏請改太平興國禪寺爲十方禪院,始以禪易律。

《六朝事迹編類》卷下"蔣山太平興國禪寺":"慶曆二年,府尹葉龍圖清臣奏請爲十方禪院。"(參見《(景定)建康志》卷四十六)清臣奏請改蔣山太平興國禪寺十方禪院,即今江蘇南京鍾山靈谷寺。參見明葛寅亮《金陵梵刹志》卷三,清顧炎武《肇域志》卷五。

九月,以增歲幣盟好契丹。

閏九月,趙元昊寇鎮戎軍,大掠渭州。

遊攝山棲霞寺。

葉清臣《遊攝山棲霞寺》:"仙峰多靈草,近在東北維。僧紹昔捨宅,總持嘗作碑。高風一緬邈,廢宇亦陵遲。清泉漱白石,霏霧蒙紫芝。松蘿日蕭寂,猿鳥自追隨。遊人尟或詣,隱者誰與期。支郎篤清尚,千里孤雲飛。

覽古玩青簡,尋幽窮翠微。顧予荷戟守,出宿簡書違。憑師訪陳迹,賸作攝山詩。"(《全宋詩》第 4 册,第 2651 頁)寫於江寧知府任上。詩開篇於栖霞山淵源處著筆:山間盛産滋補藥物。南齊明僧紹舍宅爲寺,江總作碑,凡此皆爲栖霞山栖霞寺不可或缺之歷史。"高風"二句一轉,將鏡頭拉回現實:如今,世殊時異,曾幾何時,明僧紹之高風逸致,江總之文采風流,均已綿渺不可期,寺院屋舍也已衰敗不堪。相對於變動不居的人事,自然山水就要穩定得多:清泉依然像六朝時代一樣沖刷著白石,雲霧依然籠罩仙草。松蘿蕭寂,猿鳥追隨,耳得之而爲聲,目遇之而成色,一派靜謐清幽。如此幽靜之地,只有隱士,少有遊人,不免寂寞。東晉名僧支道林有清尚之志,可惜也已如雲煙般消逝。蕭條異代不同時,既然不能與前賢生活在同一時空,就只能將懷古之情寄托於典籍之中。後四句詩意再一轉,將鏡頭焦點聚於詩人自身,有反躬自省之意。葉清臣前任之一王隨曾説"僧言前太守,罕有到松門",對栖霞寺之遊頗爲自得,而葉清臣則心懷慚愧。末句"賸"字,意味深長。前賢邈不可期,只能在寺僧導引之下尋訪古迹,詠寫遊覽山寺之詩。既追慕前賢,亦抒寫遺憾,蓋遊人鮮詣,隱士難期,不免悵然。(參見《詩栖名山》,鳳凰出版社,2015 年 7 月,第 64 頁)

宋仁宗慶曆三年(1043)　　四十四歲

正月,夏人遣使納款請和,稱夏國。

二月十八日,在知江寧府任上。

據《景定建康志》,是日,"葉龍圖知建康府日,於古來舊湫處,置立大石柱一條,將湖心磐石水則刻於柱上,永爲定則。"

宋祁時知壽州,作長詩《憶舊言懷寄江寧道卿龍圖》寄清臣,此詩《景文集》無載,《全宋詩》輯自《景文集拾遺》卷六。詩有"憶昨趨陪日,仍緣班序同。……散帙疑皆瑩,忘疲宴屢終。聯驂屬車後,數會未央中"(《全宋詩》,北京大學出版社 1991 年版,第 2609 頁)云云,追憶同任京職時交遊,表達思念之情,知二人在京時交往甚多。

是年,在知江寧府任上,作有《江南好》十闋。

宋王得臣(1036—1116)《麈史》卷下:"前廣西漕李朝奉湜,江寧人,言昔日内相葉清臣道卿守金陵,爲《江南好》十闋,有云:'丞相有才裨造化,聖皇寬詔養踈頑,贏取十年閒。'意以爲雖補郡,不越十年必復任矣。去金陵十年而卒。"

　　按，葉清臣守金陵在慶曆元年（1041）五月至慶曆三年（1043）三月，胡宿《鄭公（戩）墓志銘》載鄭戩卒於皇祐五年（1053）冬十一月甲子。“去金陵十年”，如非約數，至皇祐五年（1053），則恰好十年，真可謂一語成讖！然據筆者所考，葉清臣卒於皇祐元年（1049），十年當爲約數。

　　三月，以龍圖閣直學士、禮部郎中拜翰林學士。

　　《續資治通鑑長編》卷一五七考異：“慶曆元年五月，清臣自知制誥出知江寧，其出知江寧乃吕夷簡惡之。三年三月召入翰林。”又《翰苑群書·學士年表》：“三月，以龍圖閣直學士、禮部郎中拜。”

　　四月七日，赴闕。

　　《景定建康志》卷一三《建康年表九》：“三年四月七日，清臣赴闕。”

　　四月，韓琦、范仲淹同除爲樞密副使，鄭戩代爲四路帥臣，仍駐涇州。

　　六月，范仲淹除參知政事，固辭不准。

　　歷知通進銀臺司、勾當三班院。

　　《宋史·葉清臣傳》：“清臣與宋庠、鄭戩雅相善，爲吕夷簡所惡，出知江寧府。逾年，入翰林爲學士，知通進銀台司、勾當三班院。”

　　七月丁丑（十二日），其父葉參卒於京師開封，享年八十歲。解職，丁父憂。

　　是時，宋祁爲翰林學士，作《光禄葉大卿哀辭》以挽之，哀辭云：“八十浮齡盡，三千去日長。叢蘭秋寂寞，卿月夜蒼茫。里友歌迎緋，州民酹續漿。英魂知所託，橋梓藹成行。”“偃息朋三壽，生平定四知。鄉人榮衣繡，光禄號能詩。未赴安車召，遽成埋玉悲。方珉紀遺愛，無詿冢中辭。”（《景文集》卷十）後又作墓志銘以志之，《故光禄卿葉府君（參）墓志銘》云：“慶曆三年，歲含鶉首，秋七月丁丑，光禄卿致仕南陽葉君齊終於京師，享年八十。”（《景文集》卷五九）

　　梅堯臣有《葉大卿挽詞三首》：“位列名卿重，年躋賜几尊。臧孫宜有後，定國已高門。舊族聲華遠，名藩治行存。秋風簫吹咽，隴隧起雲根。”“自古賢才少，滔滔豈足云。善人安得見，清譽久來聞。器隕龍文鼎，魂歸馬鬣墳。豐碑幾當立，籍甚著遺芬。”“終始爲全德，生榮没亦榮。里人悲畫翣，郡吏拜銘旌。石馬天麟肖，松枝國棟成。更看追孝意，捧土作新塋。”（《宛陵先生集》卷十）

　　八月，范仲淹就任參知政事，富弼爲樞密副使，韓琦爲陝西宣撫使。

　　九月，仁宗開天章閣，詔命條對時政，范仲淹應詔條陳十事，上疏謀求革除弊政,拉開慶曆新政序幕。九月甲申,陳執中參知政事。

九月庚寅(二十六日),扶柩歸葬。丁父憂。

按,宋祁《故光禄卿葉府君(參)墓志銘》:"其孤翰林學士清臣奉柩自京師歸湖州,卜之,得九月庚寅吉,乃克襄窆於烏程縣澄靜鄉吳里之先塋。"(《景文集》卷五九)

十月,由范仲淹主導新政改革正式施行。

宋仁宗慶曆四年(1044)　四十五歲

丁父憂,仍爲翰林學士。

見《翰苑群書·學士年表》。丁憂期間,朝廷曾有起復葉清臣爲邊帥之言論。《續資治通鑑長編》卷一五七:"初,翰林學士葉清臣居父喪,言者嘗起復爲邊帥,既而不行。"

宋仁宗慶曆五年(1045)　四十六歲

正月乙酉,范仲淹罷參知政事,除資政殿學士知邠州,兼陝西四路緣邊安撫使,新政措施漸被廢除。是月,知鄆州宋庠除參知政事。

四月戊申,參知政事陳執中拜相。

十一月,免喪。服除歸朝,任集賢舊職。

《續資治通鑑長編》卷一五七考異:"七年(按:當爲三年)丁父憂,五年十一月免喪,除知邠州。"宋庠有詩《憂闋還臺次韻和道卿學士終喪歸集賢舊職見寄二首》以紀此事,詩云:"半生多難竄民塵,北闕重來雪履穿。木在溝中寧有間,人從河上更相憐。塵棲綬笥昏餘采,蟲食書縢脫故篇。不敢對君重撫臆,孤懷同是一潸然。""解籍書林同遇春,笻笻孤影弔窮塵。茂陵久卧添遲思,東觀重歸有戲賓。爭食已慙池鶩飽,忘機更待海鷗親。懣然末曲何能續,聊誌當年並賦人。"(《元憲集》卷十三)

十一月庚子(十九日),罷翰林學士,改除翰林侍讀學士、知邠州(今陝西彬州一帶)。

《續資治通鑑長編》卷一五七:慶曆五年十一月丁酉,"初,翰林學士葉清臣居父喪,言者嘗起復爲邊帥,既而不行。至是免喪,宰相陳執中與清臣有隙,不欲清臣居内,乃申用其言。(十一月)庚子,改除翰林侍讀學士、知邠州。"《翰苑群書·學士年表》:"(慶曆五年)十一月,除翰林侍讀學士,知邠州罷。"

宋仁宗慶曆六年(1046)　四十七歲

三月,赴邠州,途經京師,因請對。三月丁未(二十七日),改命知澶州(今河南濮陽)。

《續資治通鑑長編》卷一五七:"六年(丙戌)三月將赴邠州,過京師,改知澶州。"又《續資治通鑑長編》卷一五八:"(三月丙午)翰林侍讀學士葉清臣赴池(按:據上引,當是"邠"之誤)州,道由京師,因請對,與宰相陳執中不協,故斥令守邊,且言執中之短。(三月)丁未,改命清臣知澶州,尋又改青州。"

四月十四日,在京師開封,留預乾元節。

時宋祁任史館修撰,奉詔修《(新)唐書》。

宋祁有《早夏集公會亭餞金華道卿内翰守澶淵得符字》詩:"早夏乘休沐,離襟屬餞壺。欣同佩荷橐,恨及唱驪駒。感戀陪雲筑(道卿留預乾元上壽乃行),翻飛別帝梧。騰裝照魚服,行帳繞犀株。憖去班中詔,寧容滯左符。惟應九里潤,蒙福在京都。"(《景文集》卷十九)據其自注:"道卿留預乾元上壽乃行。"可知葉清臣曾留預乾元節,而後宋祁等人爲葉清臣赴澶州任一事餞行。

到任澶州未逾月,又進爲尚書户部郎中、改知青州。

《宋史·葉清臣傳》:"改澶州,進尚書户部郎中、知青州。"又蘇頌有《澶州重修北城記》云:"慶曆中,州使嘗有增築之意,更三太守,或營或止……慶曆三太守者……翰林侍讀學士葉公清臣也。"據此可知葉清臣確到任知澶州,且有一定任職時間。

九月辛卯(十四日),在知青州(今屬山東)任上,請增屯禁軍。

《續資治通鑑長編》卷一五九:"(九月)辛卯,知青州葉清臣言,登州地震不止,請增屯禁軍,以防兵寇之變,從之。"

十一月乙酉(九日),在知青州任上。

《續資治通鑑長編》卷一五九:"(十一月)乙酉,詔知青州葉清臣經制瀕海州郡當備禦兵寇之事以聞。"

宋仁宗慶曆七年(1047)　四十八歲

三月己未,陳執中加昭文館大學士、監修國史。

四月,復拜翰林學士。

《翰苑群書·學士年表》:"(慶曆七年丁亥)四月,復拜。"按,四月前後均爲"翰林侍讀學士",此又言"翰林學士",待考。

五月壬午（八日），以知青州、翰林〔侍讀〕學士、戶部郎中葉清臣兼龍圖閣直學士爲永興軍路都部署兼本路安撫使、知永興軍（今河北涿鹿）。

《續資治通鑑長編》卷一六〇："（五月壬午）知青州、翰林〔侍讀〕學士、戶部郎中葉清臣兼龍圖閣直學士，爲永興軍路都部署，兼本路安撫使、知永興軍。始，清臣辭邠州不赴，得知澶州，不三月，改青州，於是又徙永興軍。"（參見《北宋經撫年表·南宋制撫年表》，中華書局，1984 年版，第 71 頁）

秋，赴官永興軍途中，便道拜謁華陰縣嶽廟。

《金石萃編》卷一二八《葉清臣等題名》："翰林侍讀學士、尚書戶部郎中、知永興軍府事、本路安撫使、兵馬都部署、吳興郡侯葉清臣，慶曆丁亥秋赴官，便道恭款神祠。"（參見《北宋經撫年表·南宋制撫年表》，中華書局，1984 年版，第 187 頁）葉清臣《華陰縣嶽廟題名》見《全宋文》卷五七七，2006 年版，第 27 冊，第 190 頁。

十月戊午（十七日），在知永興軍任上。

《續資治通鑑長編》卷一六一："（十月）戊午，詔判大名府賈昌朝……知永興軍葉清臣、知渭州田況，各舉京朝官一人換右職。"

十一月末，貝州王則據城發動兵變。

宋仁宗慶曆八年（1048）　四十九歲

正月，趙元昊卒，其幼子諒祚繼位。

閏正月辛酉夜，崇政殿親從官顏秀等四衛士作亂禁中。詔侍御史宋禧同宦官即禁中鞫其事。

二月乙未，侍御史宋禧擢升兵部員外郎、同知諫院。

三月，在知永興軍任上，濬三白渠，溉田逾六千頃。

《宋史·葉清臣傳》："徙知永興軍，濬三白渠，溉田逾六千頃。"

三月甲寅，仁宗幸龍圖、天章閣，詔臣僚問政。三月丙寅，清臣在永興條對甲寅詔書所問，其言多劘切權貴。

《續資治通鑑長編》卷一六三："（慶曆八年三月丙寅）翰林侍讀學士葉清臣在永興條對甲寅詔書所問，其言多劘切權貴，且曰：'陛下欲息奔競，此繫中書。若宰相裁抑奔競之流，則風俗惇厚人知止足，宰相用憸佞之士，則貪榮冒進，激成渾波……如此，是長奔競也。'"葉清臣《答詔問延當世急務奏》見《全宋文》卷五七七（2006 年版，第 27 冊，第 186 頁）。

四月辛未,明鎬自權三司使除參知政事。是月,封諒祚爲夏國王。

四月甲戌(六日),擢翰林侍讀學士、戶部郎中、知永興軍葉清臣爲翰林學士、權三司使。

《續資治通鑑長編》卷一六四:"(慶曆八年四月甲戌)翰林侍讀學士、戶部郎中、知永興軍葉清臣爲翰林學士、權三司使。"(參見《北宋經撫年表·南宋制撫年表》,中華書局,1984年版,第187頁)《夢溪筆談》卷二"故事二":"三司使班在翰林學士之上。舊制,權使即與正同,故三司使結銜皆在官職之上。慶曆中,葉道卿爲權三司使,執政有欲抑道卿者,降敕時移權三司使在職下結銜,遂立翰林學士之下,至今爲例。後嘗有人論列,結銜雖依舊,而權三司使初除,閣門取旨,間有叙學士者,然不爲定制。"

四月,返京途中,再次拜謁華陰縣嶽廟。

《金石萃編》卷一二八《葉清臣等題名》:"翰林侍讀學士、尚書戶部郎中、知永興軍府事、本路安撫使、兵馬都部署、吳興郡侯葉清臣,慶曆丁亥秋赴官,便道恭款神祠。明年四月,蒙恩召還,再經宇下。於時通判永興軍府劉紀、駐泊都監王仲平管勾機宜韓鐸、知涇陽縣施邈、同州觀察推官李孚佑從行。"《關中金石記》卷五:"葉清臣謁祠石幢。慶曆八年四月立。正書。在華嶽廟……。內有慶曆丁亥秋赴官,明年四月恩召還云云,當是復爲翰林學士時事。"

五月,在權三司使任上。

是月辛酉,夏竦罷,宋庠自給事中、參知政事除樞密使。

《續資治通鑑長編》卷一六四:"詔諸道非鞫獄而差知縣、縣令出者,以違制坐之,其被差官據在外月日仍不得理爲考。時權三司使葉清臣自永興召還,言所部知縣,有沿牒他州而經數時不歸者,恐假領之官,不能盡心職事,故條約之。"

六月己丑(二十二日),因葉清臣之言,戶部副使向傳式罷知亳州。

《續資治通鑑長編》卷一六四:"(六月)己丑,戶部副使、刑部郎中向傳式爲太常少卿、直昭文館、知亳州。……權三司使葉清臣言其庸陋不任事也。"

六月乙未(二十八日),與張方平等上陝西錢議。

《續資治通鑑長編》卷一六四:"(六月乙未)於是翰林學士張方平、宋祁、御史中丞楊察與三司使葉清臣先上陝西錢議曰……"

六月,范仲淹知鄧州,有《與省主葉內翰書》兩篇,中有"殘暑"二字,姑置之於是月。范仲淹書既有對新政失敗教訓之總結,又對清臣寄予厚望。

七月十九日，在權三司使任上，其班序被置於翰林學士李淑之下。

《宋會要輯稿》儀制三之二一：“（慶曆八年）七月十九日，詔翰林學士李淑立位在葉清臣之上。”

九月，在權三司使任上，請令自汴渠運米濟河北州軍。

《續資治通鑑長編》卷一六四：“（九月）詔三司以今年江、淮所運米二百萬斛轉給河北州軍。”《宋史·葉清臣傳》：“時清臣以河北乏兵食，自汴漕米緣河陰輸北道者七十餘萬。”

十月庚寅，翰林學士宋祁坐温成皇后事，落職出知許州。

宋仁宗皇祐元年（1049）　五十歲

正月，契丹遣使以伐夏告宋。是時，西夏、契丹二國逐漸陳兵對峙於河套地區。

二月五日，權三司使葉清臣上《轉運使副考績事奏》。

《宋會要輯稿》職官五九之七：“皇祐元年二月五日，權三司使葉清臣言：‘三司總天下錢穀，贍軍國大計，所切一十七路轉運司公共應副，仍須有才幹臣僚，方能集事……’詔從之，仍令磨勘、提點刑獄院一處施行。”（中華書局，1957年版，第4册第3720頁；《宋會要輯稿補編》第387頁）又見《續資治通鑑長編》卷一六六。葉清臣《轉運使副考績事奏》見《全宋文》卷五七七（2006年版，第27册，第182頁）。

二月，帝御便殿，詔近臣陳備邊之策，權三司使葉清臣《上對論備邊之策》。

《中吳紀聞》卷三：“皇祐初，復召入爲三司使，帝嘗訪以禦邊之策，公對曰：‘陛下御天下二十八年，未嘗一日自暇逸，而叛羌黠虜，頻年爲患，詔問：“輔翼之能，方面之才，與夫帥領偏裨，當今孰可以任此者？”臣以爲：不患無人，患有人而不能用爾。今輔翼之臣，抱忠義之深者，莫如富弼；爲社稷之固者，莫如范仲淹；諳方今政事者，莫如夏竦；議論之敏者，莫如鄭戬；方面人才嚴重有紀律者，莫如韓琦；臨大事能斷者，莫如田況；剛果無顧避者，莫如劉渙；宏遠有方略者，莫如孫沔；至於帥領偏裨，貴能坐運籌策，不必親當矢石，王德用素有威名，范仲淹深練軍政，龐籍久經邊任，皆其選也。狄青、范全頗能馭衆，蔣偕沈毅有術略，張亢倜儻有膽勇，劉貽孫材武剛斷，王德基純慤勁勇，此可補偏裨者也。’上用其言，皆見信任。未幾，出守河陽，卒。”（孫菊園校點本，上海古籍出版社1986年版，第53頁）以上葉清臣論備邊之策爲節選，其全文《上對論備邊之策》見《全宋文》卷五七七（2006 年版，第 27 册，第 183—184 頁）。參見《宋文紀事》（四川大學出版社，1995 年 12 月版，上册，第 212 頁）。

《續資治通鑑長編》卷一六六：“（皇祐元年二月辛巳）契丹與夏人相攻，聚兵近塞，遣使來告，邊候稍警。帝御便殿，訪近臣以備禦之策，權三司使葉清臣上對曰”云云。同書同處李燾考異云：“契丹聚兵近塞，邊郡稍警，此據包拯傳。清臣上對，不得其月。對有‘仲春’之語，因附此月末。”又略見於陳均《皇朝編年綱目備要》卷一四。

按，葉清臣上對事，宋人樓鑰《范文正公年譜》繫於“皇祐元年正月”，謂：“正月，帝御便殿訪近臣以備禦之策，權三司使葉清臣言，詔問輔弼之能今爲社稷之固者，莫如公（按，范仲淹），又謂公深練軍政。”（明正德十二年葉士美、歐陽席刻本）時間不確，當從李燾考異，置於皇祐元年二月。

三月癸卯（十一日），翰林學士、户部郎中、權三司使葉清臣被罷爲翰林侍讀學士、知河陽（今屬河南）。

《續資治通鑑長編》卷一六六：“（皇祐元年三月癸卯）翰林學士、户部郎中、權三司使葉清臣爲翰林（侍讀）學士、知河陽。”（中華書局本，第 3995—3996 頁）

《翰苑群書·學士年表》：“葉清臣。（皇祐元年）三月，以翰林侍讀學士知河陽。罷。”

《宋史·葉清臣傳》：“時清臣以河北乏兵食，自汴漕米縣河陰輸北道者七十餘萬；又請發大名庫錢，以佐邊糴。而安撫使賈昌朝格詔不從，清臣固爭，且疏其跋扈不臣。宰相方欲兩中之，乃徙昌朝鄭州，罷清臣爲侍讀學士、知河陽。”（中華書局點校本，1977 年版，第 9850 頁）

是時，陳執中爲宰相，判賈昌朝（998—1065）徙知鄭州，罷清臣爲侍讀學士、知河陽。

至河陽，未幾卒。時年僅五十歲。

曾鞏（1019—1083）《隆平集》卷一四葉清臣傳：“除翰林侍讀學士、知邠州，改青州、永興軍，復爲翰林學士、權三司使，罷知河陽，卒，年五十，贈諫議大夫。”（王瑞來《隆平集校證》，北京：中華書局，2012 年 7 月版，第 413 頁）

龔明之（1091—1182）《中吴紀聞》卷三：“皇祐初，復召入爲三司使，帝嘗訪以禦邊之策，公對曰……未幾，出守河陽，卒。”（孫菊園校點本，上海古

籍出版社 1986 年版，第 53 頁）

　　李燾（1115—1184）《續資治通鑑長編》卷一六六：“（皇祐元年三月癸卯）翰林學士、户部郎中、權三司使葉清臣爲翰林（侍讀）學士、知河陽。……清臣至河陽，未幾卒。”（中華書局本，第 3995—3996 頁）

　　王偁淳熙十三年（1186）所進《東都事略》卷六十四《葉清臣傳》：“復爲翰林侍讀學士，知河陽，卒，年五十，贈右諫議大夫。”（孫言誠、崔國光點校本，濟南：齊魯書社，2000 年版，第 523 頁）

　　陳均（1174—1244）《宋九朝編年備要》卷十四：“（皇祐元年）三月，葉清臣罷三司使，出知河陽。……清臣至河陽，未幾卒。”（宋紹定刻本）

　　脫脫（1314—1355）《宋史》卷二九五列傳五四之葉清臣傳：“罷清臣爲侍讀學士、知河陽。卒，贈左諫議大夫。”（中華書局點校本，1977 年版，第 9850 頁）

　　按，清臣之卒日，史無確載，但《宋會要輯稿》載有朝廷對葉清臣卒後贈官記録：“翰林侍讀學士、户部侍郎（應爲“郎中”）葉清臣，皇祐元年六月；翰林侍讀學士、刑部郎中吕公綽，至和二年十一月；刑部郎中、天章閣待制兼侍讀孫甫，嘉祐四年正月；龍圖閣學士、吏部員外郎兼侍讀知諫院楊畋，七年五月；右正言、天章閣待制兼侍講王雱，熙寧九年六月；右正言、天章閣待制常秩，十年三月，以上並贈右諫議大夫。”（劉琳等校點本《宋會要輯稿》，第 2532 頁）此次贈官，乃朝廷在葉清臣卒後所爲，其逝世最遲當在是年六月贈官之前。胡宿《鄭公墓志銘》云：“公（鄭戩）聞河陽之訃，慟哭不食者數日，力疾捉筆，以銘道卿之墓。纔百餘日，相繼薨殂，同時葬於吴下。”則鄭戩之卒，在清臣卒後百餘日。據《續資治通鑑長編》載，鄭戩去世之日，在皇祐元年十一月壬寅（十三日），由此“百餘日”之語逆推之，清臣卒時，當在皇祐元年四、五月之際。

　　後歸葬於蘇州吴縣橫山寶華寺旁。

　　見（明）盧熊《（洪武）蘇州府志》卷四四《冢墓》（《中國方志叢書》，臺北：成文出版社，1983 年，第 1773 頁）。

　　六月，追贈其官爲諫議大夫。子四人，其中葉均爲集賢校理。

　　按，《宋會要輯稿》儀制十一之八云：“翰林侍讀學士、户部侍郎（應爲“郎中”）葉清臣，皇祐元年六月；……以上並贈右諫議大夫。”（劉琳等校點本，第 2532 頁）《東都事略》卷六四《葉清臣傳》亦云：“卒，年五十，贈右諫議大夫。”（孫言誠、崔國光點校本，濟南：齊魯書社，2000 年版，第 523 頁）然《宋史·葉清臣傳》云：“卒，贈左諫議大夫。”無“户部侍郎”之載。而葉氏贈官諫議大夫，又有左右之異，待考。

《隆平集·葉清臣傳》載，子均、圻、垣、增（王瑞來《隆平集校證》卷一四《葉清臣傳》，第413頁）。《宋史·葉清臣傳》載，子均，爲集賢校理。

十月，范仲淹撰《祭葉翰林文》。

十月庚申朔，范仲淹（989—1052）時知杭州，聽聞葉清臣死訊，撰《祭葉翰林文》：

> 維皇祐元年十月日，具官范某，謹致祭於故内翰侍讀學士諫議葉公之靈。
>
> 嗚呼！賢哉道卿，鍾平粹靈。秀格裝裝，英采熒熒。濬學偉文，發於妙齡。決策三篇，萬儒竦聽。闊視霄路，直步雲庭。天然清流，不雜渭涇。西垣北門，大筆未停。爲藩爲翰，于澶于青。迺牧京兆，關輔以寧。再主大計，寔督寔經。慷慨國論，冒于雷霆。出守河橋，期歸闕庭。一夕奄去，天地冥冥。
>
> 嗚呼！邁時甚盛，得主惟聖。謂道必行，謂事必正。高節莫屈，直言屢諍。朝廷風采，搢紳輝映。天子知人，期以輔政。弗諧而去，能不曰命。
>
> 嗚呼！僕與公知，則相知心。蓬瀛共舍，切瑳規箴。蘇秀隣邦，唱酬謳吟。相許道大，交薦言深。久要之意，不爲浮沉。今也云亡，絕絃于琴。白髮相失，清淚難禁。音問一斷，憂愁百侵。古之遺直，千載猶欽。生平之交，情何以任。
>
> 哀哉尚饗！

上引據《范文正公文集》卷十一（《古逸叢書三編》之五影印北宋刻本，《續修四庫全書》第1313册）。參見《范仲淹全集·范文正公文集》卷十一（李勇先、王蓉貴校點，四川大學出版社，2002年9月版，第279頁）；范能濬編集《范仲淹全集》（薛正興校點，鳳凰出版社，2004年11月版，上册，第244頁）。"皇祐元年十月日"，元天曆吳門范氏家塾歲寒堂刊本、《四部叢刊》景明翻元刊本、康熙本、正誼堂全書本、文淵閣《四庫全書》本作"皇祐元年己丑十月庚申朔日"，補充了致祭之年的具體干支。宋樓鑰《范文正公年譜》（明正德十二年葉士美、歐陽席刻本）亦云，（皇祐元年己丑）十月庚申朔，有《祭葉翰林》文。

胡宿、劉敞撰有輓詞。

胡宿（996—1067）有《翰林南陽葉公輓詞三首》（《文恭集》卷二）：

　　　方丈仙山地，承明帝所人。辭源長萬里，筆力重千鈞。草詔風雷暮，廣歌律呂春。如何巖雨望，奄忽棄生民。

　　　獻替依明主，周旋奉至公。直尋無枉道，方寸有孤忠。恥在瓶罍罄，嗟深杼軸空。蒼生猶未泰，夫子已先窮。

　　　遠策思開濟，孤飛易中傷。中途捨騏驥，少日鎩鸞凰。干鏌仍雙折，皋夔遂兩亡（公與故太尉鄭公爲莫逆之友，不數月相繼薨落，同時葬於吳下，予實被二公獎睠）。吾生知已矣，魂斷武丘傍。

劉敞（1019—1068）有《挽葉翰林》（《公是集》卷十三）。

　　　翰林氣英發，博學起徒步，初射東堂策，已稱濟時具。出入三十歲，差池千一遇。青雲得自致，白眼與俗迕。勁節凌秋旻，玄文匿深霧。尺璧可令毀，堅石難使鑄。董生膠西相，賈子長沙傅。終疑希世才，良用制作誤。銜悲去修門，觙望動行路。落落長松姿，歲晏悴霜露。平生慕高名，邂逅隔清晤。心許千金劍，無由挂君墓。

　　按：劉敞，字原父，或作原甫，新喻（今江西新餘）人。仁宗慶曆六年（1046）進士，以大理評事通判蔡州。皇祐三年（1051），遷太子中允、直集賢院。至和元年（1054），遷右正言、知制誥。二年，奉使契丹。三年，出知揚州。歲餘，遷起居舍人徙知鄆州、兼京東西路安撫使。旋召還糾察在京刑獄。嘉祐四年（1059），知貢舉。五年，以翰林侍讀學士充永興軍路安撫使、兼知永興軍府事。英宗治平三年（1066），改集賢院學士、恒南京留守司御史臺。神宗熙寧元年（1067）卒於官，年五十。有《公是集》七十五卷，已佚。清四庫館臣據《永樂大典》輯成五十四卷。《宋史》卷三一九有傳。

　　十月壬戌，包拯與陝西轉運司議鹽法，提及葉清臣曾知永興軍。

　　《續資治通鑑長編》卷一六七：“（皇祐元年冬十月）壬戌，遣戶部副使工部員外郎包拯與陝西轉運司議鹽法……昨因范祥再有啟請，兼葉清臣曾知永興軍，見其爲患之甚，因乞依范祥擘畫，用通商舊法，令客人於沿邊入納，見錢收糴……”

十一月,鄭戩卒。

按,胡宿(996—1067)爲鄭戩埋銘,其《宋故宣徽北院使奉國軍節度使明州管内觀察處置等使金紫光禄大夫檢校太保使持節明州諸軍事明州刺史兼御史大夫判并州河東路經略安撫使兼并代澤潞麟府嵐石兵馬都部署上柱國滎陽郡開國公食邑二千五百户食實封三百户贈太尉文肅鄭公墓志銘》云:“皇祐五年冬十一月甲子,有宋儒帥宣徽北院使奉國軍節度使鄭公薨於并。天子震嗟,朝不御者二日,以太尉贈册告其第,大鴻臚賵以常典加等官上易名之典,請用文肅。……與故翰林葉道卿夙期相許,心照莫逆,篇章酬寄,别爲一集,以訂元白云。道卿出守河陽,自太原寄詩四十韻,以將篤好,葉復次韻以答,詩成,未幾物故,世傳名句,絶麟於此。公(鄭戩)聞河陽之訃,慟哭不食者數日,力疾捉筆,以銘道卿之墓。才百餘日,相繼薨殞,同時葬於吴下。神反郢質,近時少比,范張款款,復存今日。”(《文恭集》卷三六,北京:中華書局,1985 年,第 440 頁)胡宿《翰林南陽葉公挽詞三首》其三“皋夔遂兩亡”自注亦云:“(葉)公與故太尉鄭公爲莫逆之友,不數月,相繼薨落,同時葬於吴下,予實被二公奬睠。”(《文恭集》卷二)翰林南陽葉公,指葉清臣。可見鄭戩卒於葉清臣去世後不數月,或百餘日。

按,皇祐五年冬十一月甲子,爲公曆 1054 年 1 月 4 日,《宋代文學編年史》認爲,皇祐五年十一月丙寅朔,無甲子日。皇祐五年,疑當作皇祐元年。蓋據《宋會要輯稿》“禮四一”之四三“親臨宗戚大臣喪”載:“鄭戩,皇祐元年十一月,並輟二日。”(劉琳、刁忠民、舒大剛校點本,上海古籍出版社,2014 年 6 月版,第 3 册,第 1631 頁)與鄭戩墓志銘所云月份相同,與墓志銘“朝不御者二日”可互證。《宋會要輯稿》禮四一之五九又云:“英宗治平二年正月十四日,太常禮院言:檢會皇祐元年十二月閣門奏:宣徽北院使、判并州鄭戩薨,輟今月十三日、十四日視朝。當日四更二點關到閣門,尋行告報,已是五更後,朝臣、軍員皆及朝門。欲乞今後非時輟朝,令禮院於前一日未時已前關報,如至未時後即輟次日。看詳閣門所請,全乖禮意。欲自今後凡有文武官薨卒合該輟朝者,令本院實時告報諸司,並輟聞哀之明日。如此則得稱禮情。從之。”又《續資治通鑑長編》卷一六七載,皇祐元年十一月,“壬寅,并州言宣徽北院使、奉國節度使鄭戩卒,贈太尉,謚文肅”。《宋代文學編年史》據此認爲,胡宿《鄭公墓志銘》所署“皇祐五年”當爲“皇祐元年”之誤,並云皇祐元年十一月十三日(甲子),并州奏鄭戩卒於任。(曾棗莊、吴洪澤《宋代文學編年史》,南京:鳳凰出版社,2010 年 4 月版,第 529

頁)又據《宋會要輯稿》儀制十一之八載有葉清臣卒後贈官:"翰林侍讀學士、戶部侍郎(應爲"郎中")葉清臣,皇祐元年六月……以上並贈右諫議大夫。"(《宋會要輯稿》校點本,第2532頁)可知葉清臣逝世最遲當於皇祐元年六月贈官之前,鄭戩卒於葉清臣去世後不數月,或百餘日,當亦在皇祐元年。范仲淹《祭葉翰林文》署"皇祐元年十月",亦可爲佐證,若葉清臣卒於皇祐五年,則此前一年皇祐四年(1052)范仲淹已逝,豈能預爲皇祐五年逝世之葉清臣撰寫祭文!因此,葉清臣應卒於仁宗皇祐元年(1049),生於真宗咸平三年(1000);鄭戩應卒於仁宗皇祐元年(1049),據《文恭集》卷三六《鄭公墓志銘》所載享年六十二推算,其生年應爲端拱元年(988);據《吳郡志》所載享年六十三推算,其生年應爲雍熙四年元年(987)。

宋祁(998—1061)《宣徽太尉鄭公挽詞二首》:"祕幄留高議,雄邊倚茂勛。風流自南國,禮樂得中軍。卧疾初無損,遺忠忍遽聞。寢門今日慟,長作死生分。""誰爲云亡恨,曾無可贖身。江山歸國路,桃李泣蹊人。追册君恩厚,題功史筆新。所嗟經濟事,不及相平津。"(《景文集》卷九)歐陽修(1007—1072)《祭鄭宣徽文》:"謹以清酌庶羞之奠,致祭於宣徽太尉鄭公之靈曰:修曩在場屋,公爲先進,既登館閣,遂獲並游。平生笑言,俯仰今昔。至於勤勞中外,啓沃謀猷,紀德揚功,已著朝廷之論。臨風隕涕,但伸朋舊之私。永訣之情,一觴而已。尚饗!"(《歐陽文忠公集·居士集》卷四十九)

葉清臣天資爽邁,遇事敢行,奏對無所屈。博學工詩文。

宋祁《故光禄卿葉府君墓志銘》稱清臣"工文章,古今多所貫綜。方正持重,能以材自結於上……其嘉謨鯁言在臺閣者,士大夫爭稱道之"(《景文集》卷五九)。

龔明之《中吳紀聞》卷三:"公識度奇拔,議論出人意表,其立朝也,數以忠言鯁論,啓沃上心,而媢忌者衆,竟不果大用。范文正公嘗爲文祭之云:'潛學偉文,發於妙齡。天然清流,不雜渭涇。'又云:'高節莫屈,直言屢静。朝廷風采,搢紳輝映。天子知人,期以輔政。弗諧而去,能不曰命。'數語盡之矣。"

李覯《上葉學士書》稱,清臣"達權利之變",所論誠爲"今日之急務",又稱清臣文"辭典而贍,其意正而通,洋洋乎古人之風"(《盱江集》卷二七)。

曾鞏《隆平集》卷一四:"清臣爲人爽邁,遇事敢言,數言事,皆當世可施用者。"

李燾《續資治通鑑長編》卷一六六:"(皇祐元年三月)清臣天資爽邁,

遇事敢行,奏對無所屈。"

有文集一百六十卷(一説一百五十卷),另《宋史·藝文志》著録其《春秋纂類》十卷,《葉清臣集》十六卷,皆已久佚。

《宋史》卷二九五葉清臣傳:"有文集一百六十卷。"《隆平集》卷一四、《宋史新編》卷九一、《史質》卷四四同。《東都事略》卷六四葉清臣傳謂"有集一百五十卷",《古今紀要》卷一八亦謂"集百五十卷"。《吳興掌故集》卷四:"《葉清臣集》一百二十卷。"

《全宋文》卷五七七收其文一卷,共 24 篇(2006 年版,第 27 册,第 171—194 頁)。

其中賦一篇:《松江秋汛賦》。疏 5 篇:《請弛茶禁疏》《以地震言事疏》《言大臣專政疏》《論陜西形勢疏》《論日蝕疏》。奏 7 篇:《乞於開封府撥田充國子監學糧奏》《論延州鈐轄盧守懃通判計用章之獄不當偏聽奏》《國子監學官於外任縣募職官内舉充奏》《乞遠惡無職田州縣通判知縣任滿四年得替與理爲兩任奏》《請嚴禁銅錢出外界奏》《答詔問延當世急務奏》《轉運使副考績事奏》。策一篇:《上對論備邊之策》。書札 3 篇:《與鄭運使帖》《近遣帖》《大旆帖》。其餘爲《宣城留題詩自序》《述煮茶泉品》《越州蕭山縣昭慶寺夢筆橋記》《華陰縣嶽廟題名》《仙都山銘并序》《御書閣碑》《祭滬瀆龍王文》。

《全宋詩》卷二二六録其詩 11 首(1991 年版,第 4 册,第 2650—2652 頁)。

其中《大慈寺》《國清寺》《先照寺》《題石橋》作於天台,《題溪口廣慈寺》作於會稽。佳句。如"山迴人逢麂,江清客厭魚"(《送餘姚知縣陳最寺丞》),"霜館殘梨曉,風淮水桂秋"(《得請宣城府》),"人閑山鳥靜,風餘岸花落"(《東池詩》),"江水望不極,楊花江面飛"(《送梵才大師歸天台》),"清泉漱白石,霏霧蒙紫芝"(《游攝山栖霞寺》)等,皆寫景如繪,清麗婉轉。

此外,尚有可輯佚者,如《宋文鑑》卷十五收有葉清臣《憫農》《董永》二詩。《東原録》收有寄宋祁、鄭戩詩斷句:"相先一龍首,對立兩螭頭。"

《董永》:"董生少失母,老父鰥且貧。無田事耕稼,客作奉晨昏。朝推鹿車去,大樹爲庭藩。農家乏甘旨,糠粃苟自存。父死不得藏,鬻身奉九原。人道孝爲本,畎畝知所尊。傷嗟世教薄,至行豈足論。廩禄厚妻子,楄柎遺其親。靳吝一抔土,因循三尺墳。空令丘壑間,凛凛懃英魂。"與天聖二年(1024)所作《憫農》一樣,皆頗存興寄。

《全宋詞》第一册收其詞二首。

《賀聖朝·留別》云："滿斟綠醑留君住。莫匆匆歸去。三分春色二分愁，更一分風雨。　花開花謝，都來幾許？且高歌休訴。不知來歲牡丹時，再相逢何處。"是葉清臣傳世唯一完整詞作。《歷代詞人考略》卷七云："葉道卿《賀聖朝》云：'不知來歲牡丹時，再相逢何處。'歐陽永叔《浪淘沙》云：'可惜明年花更好，知與誰同。'皆有不盡之意，而道卿尤以質以淡勝。"薛礪若《宋詞通論》云：詞中"三分春色二分愁，更一分風雨"句，則爲東坡《水龍吟》"一池萍碎，春色三分，二分塵土，一分流水"，及賀方回《青玉案》"一川煙草，滿城風絮，梅子黃時雨"藍本。

《江南好》存斷句云："丞相有才裨造化，聖皇寬詔養疏頑。贏取十年閒。"（見宋王得臣《麈史》卷下）

（作者單位：中國社會科學院文學研究所）

Biographical Chronology of Ye Qingchen (II)

Chen Caizhi

Ye Qingchen was a man of letters and court official of esteemed integrity in the Northern Song dynasty. This article compares the various biographical records of Ye's birth and death years and his birth place and concludes that Ye was born in 1000 CE (the third year of the Xianping era during the reign of Emperor Zhenzong of Song) and died at the age of fifty, between April and May 1049 CE (the first year of the Huangyou era during the reign of Emperor Renzong of Song). Nanyang was the chroronym of Ye's family clan. Wucheng, Huzhou was his domicile of original, and he migrated to Changzhou, Suzhou later. The article also provides Ye's detailed biographical chronology.

Keywords: Ye Qingchen, biographical studies, biography, chronology

徵引書目〔另參見本刊第十四輯〕

1. （清）王昶：《金石萃編》，《續修四庫全書》影印清嘉慶十年刻同治錢寶傳等補修本，第 886—891 冊。〔Qing〕Wang Chang. *Jinshi cui bian* (*Miscellaneous Collection of Metal and Stone*). *Xu xiu sikuquanshu* yingyin Qing Jiaqing shi nian ke Tongzhi Qian Baochuan deng bu xiu ben, Volume 886－891.

2. （明）王洙：《史質 舊宋史目録》，《四庫全書存目叢書》影印明嘉靖刻本，史部第 20 冊。〔Ming〕Wang Zhu. *Shi zhi jiu song shi mulu* (*Supplement: Index of Old History of Song*). *Sikuquanshu cun mu congshu* yingyin Ming Jiajing keben, shi bu Volume 20.

3. （宋）王珪：《華陽集》，文淵閣四庫全書本。〔Song〕Wang Gui. *Huayang ji* (*The Collected Works of Wang Gui*). *Wenyuange sikuquanshu* ben.

4. （宋）王得臣：《麈史》，清知不足齋叢書本；上海：上海古籍出版社，1986 年版。〔Song〕Wang Dechen. *Zhu shi* (*History Told at Leisure*). Qing *zhi buzu zhai congshu* ben. Shanghai Classics Publishing House, 1986.

5. （宋）吕祖謙：《吕祖謙全集》，杭州：浙江古籍出版社，2008 年版。〔Song〕Lu Zuqian. *Lu Zuqian quanji* (*The Complete Works of Lu Zuqian*). Hangzhou: Zhejiang Guji Press, 2008.

6. 朱士嘉：《宋元方志傳記索引》，北京：中華書局，1974 年版。Zhu Shijia. *Song yuan fangzhì zhuanji suoyin* (*Index to Biographies in Song and Yuan Local Gazetteers*). Beijing: Zhonghua Book Company, 1974.

7. 佚名撰. 洪遵輯：《翰苑群書・學士年表》，清知不足齋叢書本。Anonymous. *Hanyuan qunshu: xueshi nian biao* (*Hanlin Academy in All Books: Chronology of Xueshi*). Edited by Hong Zun. Qing *zhi buzu zhai congshu* ben.

8. （清）吳昇：《大觀録》：《續修四庫全書》影印華東師大圖書館藏民國九年武進李氏聖譯廔鉛印本，第 1066 冊，子部。〔Qing〕Wu Sheng. *Daguan lu* (*Record of Great Observations*). *Xu xiu sikuquanshu* yingyin East China Normal University Library cang The Repubic of China jiu nian Wujin Li shi sheng yi lou qianyin ben, Volume 1066, zi bu.

9. 李之亮：《歐陽修集編年箋注》，成都：巴蜀書社，2007 年版。Li Zhiliang. *Ouyang Xiu ji bian nian jianzhu* (*An Annotated Chronicle of Collected Works of Ouyang Xiu*). Chengdu: Bashu Press, 2007.

10. （宋）杜大珪：《名臣碑傳琬琰集》，宋刻元明遞修本。〔Song〕Du Dagui. *Ming chen bbi chuan wan yan ji* (*Collection of Virtue: Famous Ministers' Spirit Tablet Inscriptions and Biographies*). Song ke Yuan Ming di xiu ben.

11. 沈文倬校點：《蘇舜欽集》，上海：上海古籍出版社，1981 年版。Chen Wenzhuo. *Su Shunqin ji* (*Collected Works of Su Shunqin*). Shanghai Classics Publishing House, 1981.

12. 沈治宏、王蓉貴：《中國地方志宋代人物資料索引》，成都：四川辭書出版社，1997 年版。Shen Zhihong, Wang Ronggui. Zhongguo difangzhi songdai renwu ziliao suoyin (*Index to Biographical Materials of Song figures in China Local Gazetteers*). Chengdu: Sichuan Dictionary Press, 1997.

13. 邱小毛、林仲湘:《鐔津文集校注》,成都:巴蜀書社,2011 年版。Qiu Xiaomao, Lin Zhongxiang. *Tanjin wenji jiaozhu* (*Collation and Annotation of Tanjin Prose Collection*). Chengdu:Bashu Press, 2011.

14. 故宫博物院编:《古書畫過眼要録‧晉隋唐五代宋書法》,北京:紫禁城出版社, 2005 年版。Gugong bowuyuan. *Gu shuhua guoyan yao lu‧jin sui tang wudai song shufa* (*Essential Record of Works of Ancient Calligraphy and Painting Viewed by the Author: Calligraphy in Jin, Sui, Tang, the Five Dynasties and Song*). Beijing:Zijincheng Press, 2005.

15. (明) 柯維騏:《宋史新編》,《四庫全書存目叢書》影印明嘉靖刻本,史部第 20—22 册。[Ming] Ke Weiqi. *Song shi xinbian* (*New Edition of the History of the Song*). *Sikuquanshu cun mu congshu* yingyin ming jiajing keben, shi bu Volume 20－22.

16. (清) 范能濬编集. 李勇先、王蓉貴校點:《范仲淹全集》,成都:四川大學出版社, 2002 年版。[Qing] Fan Nengjun edited. *Fan Zhongyan quanji* (*The Complete Works of Fan Zhongyan*). Punctuated and collated by Li Yongxian and Wang Ronggui. Chengdu: Sichuan University Press, 2002.

17. 唐圭璋编纂. 王仲聞参訂. 孔凡禮補輯:《全宋詞》,北京:中華書局,1999 年版。 Tang Guizhang, Wang Zhongwen, Kong Fanli. *Quan songci* (*Complete Ci Poetry of the Song*). Beijing:Zhonghua Book Company,1999.

18. (宋) 馬光祖修. 周應合纂:《景定建康志》,文淵閣四庫全書本。[Song] Ma Guangzu. *Jing ding jiankang zhi* (*Song Jingding Period Local Gazetteer of Jiankang*). Edited by Zhou Yinghe. *Wenyuange sikuquanshu* ben.

19. 張敦頤:《六朝事迹编類》,明古今逸史本。Zhang Dunyi. *Liechao shiji bian lei* (*Categorized records of remants of the Southern Dynasties*). Ming gujin yishi ben.

20. 曹寶麟:《抱瓮集》,北京:文物出版社,2006 年版。Cao Baolin. *Bao weng ji* (*The Collected Works of Cao Baolin*). Beijing:Cultural Relics Publishing House, 2006.

21. (宋) 梅堯臣:《宛陵先生集》,四部叢刊景明萬曆梅氏祠堂本。[Song] Mei Yaochen. *Wanling xiansheng ji* (*The Collected Works of Mei Yaochen*). *Sibucongkan* jingming wanli mei shi citang ben.

22. (清) 畢沅:《關中金石記》,清乾隆經訓堂刻本。[Qing] Bi Yuan. *Guanzhong jinshi ji* (*Inscriptions on Metal and Stone from Guanzhong*). Qing Qianlong jingxuntang keben.

23. (宋) 陳均:《皇朝编年綱目備要》,宋紹定刻本。[Song] Chen Jun. *Huangchao bian nian gangmu beiyao* (*Complete Essentials of the Imperial Court Annals, Outlined and Detailed*). Song Shaoding keben.

24. 傅璇琮主编:《宋才子傳箋注‧葉清臣傳》,沈陽:遼海書社,2011 年版。Fu Xuancong edited. Song caizi zhuan jianzhu‧Ye Qingchen chuan (*Biographies of Talented Men in the Song with Notes and Commentary: Ye Qingchen*). Shenyang:Liaohai Publishing House, 2011.

25. 曾棗莊、吳洪澤:《宋代文學编年史》,南京:鳳凰出版社,2010 年版。Ceng Zaozhuang, Wu Hongze. *Songdai wenxue biannianshi* (*Chronicle of Song Dynasty*

Literature). Nanjing：Fenghuang chuban she，2010.

26. 趙汝愚：《國朝諸臣奏議》，《中華再造善本·唐宋編·史部》.北京：北京圖書館出版社，2004 年版。Zhao Ruyu. *Guo chao zhuchen zouyi. zhonghua zaizao shanben · tang song bian · shi bu*. Beijing：Beijing Library of China Publishing House，2004.

27. （宋）劉敞：《公是集》，文淵閣四庫全書本。〔Song〕Liu Chang. *Gongshi ji*（*The Collected Works of Master Gongshi*）. *Wenyuange sikuquanshu* ben.

28. （宋）蔣堂：《春卿遺稿》，清光緒常州先哲遺書本。〔Song〕Jiang Tang. *Chunqing yigao*（*Posthumous Works of Jiang Tang*）. Qing Guangxu Changzhou xianzhe yishu ben.

青年學者園地

以夏變夷：晚明"天下全圖"的域外知識來源與製圖觀

劉亞惟

【摘　要】曹君義《天下九邊分野人跡路程全圖》爲晚明出現的一種複合型"世界地圖"，它以變形南、北美洲大陸爲海島的繪圖方式爲特徵，雖吸收部分西學地理內容，但該圖並非受利瑪竇地圖直接影響。本文通過比對圖中美、歐、非洲的圖像特徵與文字內容，認爲其參考自傳教士艾儒略的《萬國全圖》，而另一種以諸多小島表現域外國家的製圖方式（如梁輈《乾坤萬國全圖古今人物事跡》），則受利瑪竇地圖影響。因此，依照域外知識來源，可將明清流傳的含有職方國與《山海經》神話之國的世界地圖分爲三類：九邊型全圖、四海五洲型全圖、四海島夷型全圖。這些結合中西地理知識、帶有想象色彩的早期世界地圖，反映了晚明地理製圖由關注"九邊"到"以夏變夷"的一種觀念變化。

【關鍵詞】《天下九邊分野人跡路程全圖》、《萬國全圖》、全圖、《山海經》、華夷之辨

一、前言：晚明地理製圖的"九邊"傳統

明代持續修築長城，設"九邊"關鎮以鞏固邊防。《明史·兵志》言："元人北歸，屢謀興復。永樂遷都北平，三面近塞。正統以後，敵患日多。故終明之世，邊防甚重。東起鴨綠，西抵嘉峪，綿亘萬里，分地守禦。初設遼東、宣府、大同、延綏四鎮，繼設寧夏、甘肅、薊州三鎮，而太原總兵治偏

頭,三邊制府駐固原,亦稱二鎮,是爲九邊。"①

　　晚明時西北防務尤爲社會所關注,展現相關區域地理沿革、時務近況的興圖亟待更新,"九邊"因此成爲當時地圖製作的主要關注點。嘉靖三年(1524)兵部職方司鄭曉(1499—1566)撰《九邊圖志》,編繪方式爲分鎮繪製,未有總覽圖。嘉靖十三年(1534)兵部主事許論(1487—1559)制《九邊圖論》,是首次官繪本"九邊圖"②。

　　"九邊"亦成爲晚明地圖的特徵之一,其製圖者多出於兵部職方司,反映著官方的視野與觀點。明嘉靖《皇明九邊考》(1541)中,職方司主事魏焕撰引言:

　　　　兵部職方清吏司掌天下地圖、城隍、鎮戍、烽燧之政。其要害重大者莫如九邊,而事之不可臆度者亦莫如九邊。本兵之在朝廷九邊之樞也,其機自職方始。③

同書兵部董策跋語云:

　　　　方今承平日久,武備方殷,留心家國者得是集而考之,則内外華夷之辨,古今形勝之詳,封守險要之樞,國計虚實之故,夷情之順逆,謀慮之淺深,可達觀矣。④

此處提及"古今形勝",或與同時期喻時(1506—1571)所作《古今形勝圖》有關,史載喻時曾任南京兵部侍郎,《古今形勝圖》亦重在表現九邊防務⑤。

---

① 張廷玉等《明史》,北京: 中華書局 1974 年版,第 2235 頁。
② 參見趙現海《第一幅長城地圖〈九邊圖説〉殘卷: 兼論〈九邊圖論〉的圖版改繪與版本源流》,載於《史學史研究》第一百三十九期(2010 年第 3 期),第 84—95 頁。
③ 魏焕《皇明九邊考》,王有立主編《中華文史叢書》第十五册,臺北: 華文書局,1968 年,第 7 頁。
④ 魏焕《皇明九邊考》,第 448 頁。
⑤ 金國平先生認爲《千頃堂書目》卷六所載"喻時古今形勝圖",與現存《古今形勝之圖》(1555)非同圖,後者編輯者應爲甘宫。他考證敖文禎(1545—1602)《薛荔山房藏稿·塘湖甘公傳》記"塘湖甘公宫者虔之,信豐人也……作九邊圖説、古今形勝圖",與圖中題記相符,故認爲甘宫爲作者。金國平《關於〈古今形勝之圖〉作者的新認識》,載於《文化雜誌》第九十三期(2014 年冬季刊),第 149—162 頁。不過,甘宫生平與《九邊圖説》或"九邊圖"體系之關聯不詳。該圖涉及内容非個人之力可完成,或許爲喻時圖或某種"九邊圖"的仿本。另有學者認爲題記爲本爲江西人的喻時在江西信豐北宫山一地初次刊刻,故記"信豐北宫"。後在福建海滄金沙書院重刻。參見徐曉望《林希元、喻時及金沙書院〈古今形勝之圖〉的刊刻》,載於《福建論壇·人文社會科學版》(2014 年第 3 期),第 75—80 頁。

　　隆慶初年，兵部尚書霍冀（1516—1575）主持編纂《九邊圖説》（1569），以圖像的方式分別介紹了各個關鎮。這些由兵部編纂的輿地圖，均將製圖重點放在邊防九鎮。

　　而自萬曆年間傳教士利瑪竇（1552—1610）呈《坤輿萬國全圖》（1602，以下簡稱《坤輿》），天啓三年（1623）又有艾儒略（1582—1649）《職方外紀》《萬國全圖》，西學地理知識與觀念始進入晚明士人視野。《坤輿》與《職方外紀》皆爲宮廷製作，職方司自然成爲早期閱圖者。這也使得他們的製圖視野從"九邊"，延伸到職方之外的"天下"。

　　崇禎年間主持編修《皇明職方地圖》（1636）的兵部職方司主事陳組綬（？—1637？）在序中陳述原有地圖的不足，云："舊圖於邊墙，圖其內不繪其外。所以圖以内易見，而圖以外難知。九邊之要全在謹備于外。故外夷出没，不可不詳。"[①]

　　這種思想或許與晚明出現的一種複合中西地理知識的"全圖"（complete map）[②]有關。它們的共同點是除明代疆域外，更體現了對域外、"天下"的關注。與傳教士譯製世界地圖不同，此類"全圖"採取"以夏變夷"的觀念，將部分早期歐洲地圖地理名稱，吸收進原有的明代繪圖傳統。也因此，域外部分呈現出神話國、朝貢國、西洋地理名稱並列混雜的狀況。

　　本文通過討論此種"天下全圖"中域外地理名稱之來源，試將明清之際出現的中式世界地圖略作梳理、分類，並探討其所代表的一種製圖觀。

二、《萬國全圖》與《天下九邊分野人跡路程全圖》之關係

　　1644 年署名曹君義的《天下九邊分野人跡路程全圖》[③]（以下簡稱《九邊人跡圖》或曹圖），是一種融合了"地理大發現"後的西學地理知識與明代製圖傳統的"世界地圖"。題注名爲《萬國大全圖説》，右側附列 29 個"九

---

① 陳組綬《皇明職方地圖》，明崇禎九年（1636）原刊本，卷上，第 12 頁。
② "全圖"的概念爲卜正民先生提出，指稱這種 17 世紀後中國產生的、中西地理知識複合的世界地圖。參見卜正民《全圖：中國與歐洲之間的地圖學互動》，臺北市："中研院"近代史研究所 2020 年版，第 148—164 頁。
③ 中國國家圖書館藏。該圖可見於卜正民《全圖：中國與歐洲之間的地圖學互動》。

邊”關鎮,左側附列“外國”33 國。相較於此前的宋“華夷圖”或明“九邊圖”
體系,此圖對域外的關注不亞於關内。

　　呈現方式上,該圖以四方海洋爲邊界,雖仍以一塊巨型陸地爲主體,但
四周海域可見被簡化的非洲、歐洲與南北美洲。故其與“九邊圖”體系圖像
的主要差别在於域外部分。本文稱這種以四方海洋與變形四大洲的形式,
呈現“天下”樣貌的地圖爲“四海五洲型全圖”。

　　現有研究多以此圖源於利瑪竇地圖影響而討論①,然而,它的資料來源
應爲艾儒略《萬國全圖》②。艾儒略以利瑪竇圖爲參考本之一,導致了它們
具有部分承繼關係,但《萬國全圖》的影響更爲直接。以下將從圖像與文字
内容,分别比較説明。

（一）圖像對比

　　“四海五洲型全圖”體系中,目前材料以曹氏《九邊人跡圖》爲最早。它
與署名“姑蘇王君甫”的《天下九邊萬國人跡全圖》(以下簡稱《九邊萬國
圖》或王君甫圖)在内容上差異不大,下文圖像暫以後者爲例③。

　　雖然《九邊萬國圖》中“北美洲”經過大幅度變形,但比較河流、地形等
圖像特徵,仍可見其與《萬國全圖》的相似度更高。(圖一)如《坤輿》中的
河道複雜且有寬窄之分,而《九邊萬國圖》簡略的“Y”形河道、南部的兩處
河道走勢,皆與《萬國全圖》更爲相似。再如大陸左側邊緣的褶皺、右側邊
緣的缺口,也體現出《九邊萬國圖》的域外部分仿自《萬國全圖》。

　　“南美”部分也呈現出同樣的流傳關係。(圖二)《九邊萬國圖》改造後
的“南美大陸”有一處“環形”河道和一處“十字形”河道,這與《坤輿》差别
較大,而與《萬國全圖》之繪法幾乎相同。

①　成一農《中國古代輿地圖研究》,北京：中國社會科學出版社 2018 年版,第 33 頁。
②　謝方考證《職方外紀》版本認爲,該書成書於天啓三年(1623),目前可見《天學初函》本與閩刻本
　　兩種。閩本時間或略早,更接近原本,缺點是妄改爲六卷。又據王永傑考證,義大利米蘭昂布羅
　　修圖書館藏本爲初刻本。此孤本尚未公開。不過,收録地圖應無較大差異。考慮清晰度問題,
　　下文圖像取自《天學初函》本,文字内容則以閩本爲主,參見艾儒略著,謝方點校《職方外紀校
　　釋》,北京：中華書局 2000 年版,第 1—11 頁。王永傑《〈職方外紀〉成書過程及版本考》,載於
　　《史林》(2018 年第 3 期),第 100—110 頁。
③　王君甫圖與曹氏圖高度相似,或爲仿本。因便於查閲,故以王君甫圖爲例,文字部分再參照曹
　　圖,如有差異另行標出。王君甫《天下九邊萬國人跡路程全圖》,清康熙二年(1663)蘇州刊,哈
　　佛大學圖書館藏。另有名爲《大明九邊萬國人跡路程全圖》的日本“帝幾書坊梅村彌白”翻
　　刻版。

圖一　南美：《坤輿》、《萬國全圖》、《九邊萬國圖》

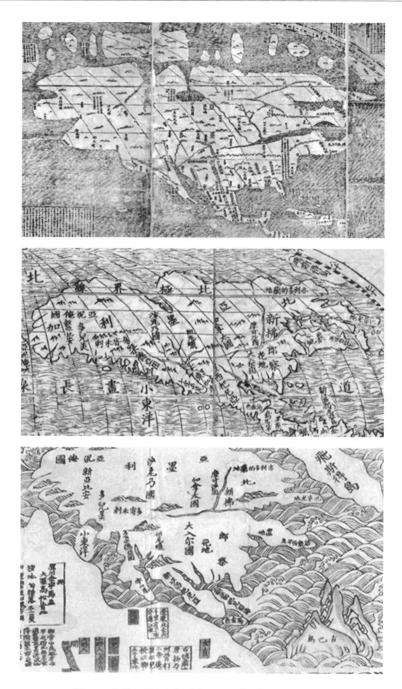

圖二　北美：《坤輿》、《萬國全圖》、《九邊萬國圖》

地圖右上邊緣處的"飛斯得島"，《坤輿》爲"飛私得島"，而《萬國全圖》爲"飛斯得島"。地圖左上邊緣的"卧蘭的亞島"，與《萬國全圖》亦同，《坤輿》則爲"卧蘭的亞大州"。

（二）南北美洲文字內容比較

除圖像相似外，"四海五洲型全圖"之地名與《坤輿》略有差別，但幾乎均可於《萬國全圖》中找到依據。"北美洲"地名對比參見附錄一。因《萬國全圖》亦收於艾儒略《職方外紀》，該書同爲域外諸國之記載，下文也將其納入比較。

對比可見，圖中北美洲地名標注與《萬國全圖》幾乎相同，數目也與《萬國全圖》接近，二者都不到《坤輿》的三分之一。若要從《坤輿》的衆多地名中，提取出與《萬國全圖》幾乎一致的地名，可能性非常低。此外，《坤輿》雖在北美洲注記裡提及農地、花地，但很難將其單獨提出，作爲地名標注。因此，農地、花地也反映了《萬國全圖》應爲此種地圖的直接來源。

《九邊萬國圖》的改動也明顯源自《萬國全圖》而非《坤輿》。唯一較《萬國全圖》缺少的地名爲"東紅海"，或是抄寫遺漏，曹圖是有"東紅海"的。此種標注源於當時的西方世界地圖體系，有將鄰近阿拉伯半島的紅海注爲"西紅海"的作法，故有東、西之別。《萬國全圖》的"西紅海"標注在相鄰陸地上。"四海五洲型全圖"在改造時，或許並未理解這是海洋之稱，而誤將其作爲地名放置在不臨水之陸地。

另一處明顯差異是"寄未刺"，《坤輿》作"祈未蠟"，與其它地名有一定距離。《萬國全圖》將其與"多朶德亞国"放置在較近位置，以至於"四海五洲型全圖"將"寄未刺"誤寫爲"多寄未刺"。

因此，三圖的關係應爲《坤輿》對《萬國全圖》有所影響，而《萬國全圖》又成爲"四海五洲型全圖"改造的參照本。這種關係在南美洲地名也有體現，詳細對比可參見附錄二。比較亦可發現，這種關聯僅存在於地圖之間，同爲艾儒略所作的《職方外紀》內容，並未被製圖者參考。

（三）非洲、歐洲部分文字內容比較

與美洲不同，非、歐洲與亞洲同處一塊大陸而無海洋相隔，因此"四海五洲型全圖"在改造時變形較多。但對比內容，仍可發現其參照本應爲《萬國全圖》，而非《坤輿》。

　　圖左側以非、歐洲爲主的内容表現上,王君甫圖與曹圖差别不大,僅左上角缺少"大茶苔島",以下仍以王君甫《九邊萬國圖》爲例。爲免冗贅,僅將其與《萬國全圖》、《坤輿》差異部分略作舉例,詳見附録三。

　　非洲部分明顯錯誤首先體現在洲名"利未亞"。《萬國全圖》"亞"字在"月山"下,《九邊萬國圖》也在同處出現"亞"字,"利"字在"巴尔巴里亞""把小加"①"小亞非利加"間。不過,《萬國全圖》的"未"字在非洲中部名"怒皮亞"一地附近,而從曹圖起,雖有"皮亞"②,但遺漏"未"字。這使得"利未亞"僅剩"利亞"。此外,《坤輿》的非洲大陸並無"月山""皮亞"。

　　綜上,比對域外部分的細節可知,"四海五洲型全圖"體系的域外知識雖受利瑪竇地圖體系影響,但直接來源是艾儒略的《萬國全圖》。《職方外紀》刊刻時,《萬國全圖》亦收於書中,這使得其相較於畫幅巨大的《坤輿萬國全圖》更易流傳,也更容易爲民間大衆所閱覽。

三、從"九邊"到"萬國"的製圖興趣

　　晚明對於"九邊"的重視,促使地圖關注内容轉向了西北邊疆,故"九邊圖"體系中長城圖像常較爲凸顯,對東南海域的關注度相對較弱,"九邊圖"東南海域標注不多,或選取部分職貢國注於海島,甚或以《山海經》神話之國填補。一方面因爲《山海經》的地理書經典地位,另一方面也是興趣缺乏、未加深究。

　　"萬國"一詞首見於中文地圖,始自利瑪竇,他可能從《易經》等典籍中取用這一詞彙③,亦或是與明代士人的交流中,吸收了這一詞彙與地理觀。明《廣輿圖·廣輿圖叙》云:"昔在黄帝,方制天下,肇建萬國,歷代沿革,厥有九丘,輿地之志,其昉於此乎?"④《廣輿圖》對明代地理圖影響頗多,這種博覽天下的製圖興趣亦有延續。

　　不過,惟有萬曆、天啓年間利瑪竇、艾儒略製圖後,"萬國"纔真正進入

---

① 曹圖作"把尔加",與《萬國全圖》同。
② 曹圖將"怒皮亞"誤寫作"恕皮亞",或爲表現河流,而將"恕"字與"皮亞"隔開一定距離。王君甫圖也沿用了這種作法。
③ 卜正民《全圖:中國與歐洲之間的地圖學互動》,第164頁。
④ 徐九皋《廣輿圖叙》,收於羅洪先《廣輿圖》,明萬曆七年(1579)海虞錢岱刊本。

明代輿圖繪製者視野。《職方外紀》成書的十年後，崇禎年間兵部職方司主事的陳組綬編著的《皇明職方地圖》，反映了面對西學地理學説傳入，官方製圖者的觀念衝突與變化。

（一）崇禎年間西學地理接受觀念的變化

雖然利瑪竇、艾儒略等完成了地圖翻譯、繪製，但能接觸二圖的人並不多。擔負官方製圖職責的陳組綬，既掌握著明代以往的輿圖資料，也是少數可接觸到西學地理的晚明士人，他的製圖觀念當有一定代表性。

陳組綬在《或問》中直言，此書不同於前書之處，在於"廣"："是圖之不同於《廣輿圖》者，何不同？廣也。廣，則窮天亘地，極四維之東西南北。"[1]繼而表達了他對於利瑪竇等傳教士所帶來的西方地圖之看法，他認爲，此前明代繪製地圖缺乏"天下"之體現，使得西洋之説妄加繪製："北不暨和林，南不屆交趾，東不洎日本，西不及織皮，遂使教外別傳詭而披地球以神其説，小中國而大四夷也。嗟乎，此廣輿之過也。"[2]

作爲同時代地理書之代表，《廣輿圖》體系或許關注了邊疆與部分域外內容[3]，但未將職方及其外的天下加以展現。而中國地理傳統中並非没有描述職方之外的記載，這使得《山海經》等典籍進入了新式"全圖"的考察視野。爲抵抗"西學"之説，陳組綬與同志諸友"各以其藏本相質，既考之古載，證之今凡，以明中國宅中圖治之盛，固春秋大一統之遺意也"[4]。故《或問》一篇，先對利瑪竇等人帶來的西學地理知識加以批駁評述：

> 或曰，子以是爲足以盡地之圖乎？泰西氏之言其不足信與。夫西學非小中國也，大地也。地大，則見中國小。因有利瑪竇所進《萬國圖》，故有艾儒略之《職方外紀》。當時有爲之觧者，曰系在職方朝貢附近諸國俱不録，録其絕遠舊未通中國者。故名天下第一大洲曰亞細亞……墨瓦蘭氏之遍遶大地一週，四經赤道之下，歷地三十萬餘里，持之有故，言之成理，而子不以此廣之職方，恐經緯者推步，將以子爲管

---

① 陳組綬《或問》，《皇明職方地圖》，第一頁下。
② 陳組綬《或問》，《皇明職方地圖》，第一頁下、二頁上。
③《廣輿圖》中"九邊圖"部分取自許論《九邊圖論》，僅添加了方格網等標示。成一農《中國古代輿地圖研究》，第 549 頁。
④ 陳組綬《或問》，《皇明職方地圖》，第四頁上。

窺蠡測,不見天地之大也。曰:不然。今天下,太祖高皇帝手闢之天下
也。高皇帝之天下,受之三皇五帝三王,歷萬有三千六百年未之有改。
五大洲之説,何居乎? 以泰西氏之言,而直欲駕之皇古之四海九州也,
我不敢知。①

　　陳組綬雖不接受西學地理觀點,但又以鄒衍、豎亥爲例,認爲可"存而
不論"。甚至認爲五大洲之説可以用地理經典解釋,"歐邏巴"亦不過是"職
方之外"的夷狄之族:

　　　　然則周有鄒衍,衍天下有九大州,而周不以加之職方。夏有豎亥,
　　步天下之東西二萬八千里,南北二萬五千里,而夏不以入之禹貢。西
　　學之來,抑亦聖世之有鄒衍、豎亥者乎? 存而不論可矣。皇明之地圖
　　奚取焉。彼五大洲者有之,中國不加小,四海不加大,總之四大洲環乎
　　中國者也。以中國爲亞西亞,吾聞用夏變夷者,未聞變于夷者也。②

　　他引述"中天下而定四海之民"的觀點,認爲"歐羅巴"在中國西北方,
不外乎西海中。"祖法兒"等西方朝貢國也相距十萬里,因此並無超出原有
知識體系之處。
　　這種思想變化是一種時代性的現象,艾儒略書題名《職方外紀》,定位
便是職方之外,如李之藻(1565—1630)序言:"凡系在職方朝貢附近諸國,
俱不録,録其絶遠舊未通中國者,故名《職方外紀》。"③顯然不排斥將己説
歸於傳統"天下"觀念之中。

(二) 明末地理書對《山海經》的引用

　　陳組綬的製圖觀點的確使《皇明職方地圖》的製圖略有變化。該書將
内容分爲京省、邊鎮、川海三卷,相較前書,書中涉及域外職方之國比重有
所提升,如《皇明大一統地圖》中除朝鮮、日本、安南、交趾等此前地圖常包
含的職方國,還包含爪哇、三佛齊、暹羅、滿剌加、渤泥、真臘、默德那、亦力

①　陳組綬《或問》,《皇明職方地圖》,第四頁。
②　陳組綬《或問》,《皇明職方地圖》,第五頁上。
③　艾儒略著,謝方點校《職方外紀校釋》,第6—7頁。

把力、撒馬爾罕、天竺、大食國。

　　附《皇明貢夷年表》中，"東夷"有朝鮮、日本、大琉球，"南夷"有安南、占城、三佛齊、真臘、爪哇、滿剌加、暹羅、渤泥，"西南夷"有蘇明達剌、古麻剌、蒲耳、古里、瑣里、西洋鎖里、彭亨、蘇禄、百花、覽邦、淡巴、婆羅、須文達那等，"西夷"又有回回、拂林、榜葛剌、于闐、天方等，"西北夷"如赤斤蒙古、罕東曲先、哈密、撒馬爾罕等，"東北夷"如兀良哈、奴兒干。這些地名大致勾勒出明代的"域外"，即由職方國構成的區域範圍。

　　那麼在此範圍之外，即"職方之外"的地理，由《山海經》等經典地理著作與西人之説填補也未嘗不可。明清之際出現的"全圖"體系，可能受同種觀念的影響而產生。

　　《皇明職方地圖》多處體現了對《山海經》的吸收運用，如《河嶽圖》（圖三①）與圖注中均使用《山海經》作地理知識之補充："禹貢道河積石，據《山海經》積石猶在崑崙西南一千五百三十里，則積石遠過崑崙……"②《弱水圖》有注："大禹未分黑南弱西時，《山海經》西域人皆名二者爲河。"③《黑水圖》："二水在《漢書》謂之勞僕，在《山海經》則曰□榮，而自宋程顥疑以爲黑水，至今皆指此爲黑水，其亦未考之耳。"④《西域圖》："《山海經》金山越裳沐邑地界，出犀象。"⑤《朔漠地圖》引《北次二經》：自管嶺至流沙，過流沙至敦題五千六百九十里，是鎩于北海。"⑥

　　不過《皇明職方地圖》爲官方出版，其關注點仍在邊防與職方，所以書中地圖並未涉及職方之外，但陳組綬的製圖觀闡述，當可代表一種時代性的轉變與回應。

　　晚明地圖對《山海經》的引用，於海洋處體現更多，東南海域多見毛人、川心、三首等神話之民。羅洪先（1504—1564）《廣輿圖·東南海夷圖》即以諸多小島的方式來表現東南"諸夷"，其中包括扶桑、黑齒、大漢、大人、毛人、小人等傳説之國⑦。（圖四）

---

① 陳組綬《皇明職方地圖》，卷下，第七頁下。
② 陳組綬《皇明職方地圖》，卷下，第八頁上。
③ 陳組綬《皇明職方地圖》，卷下，第十頁上。
④ 陳組綬《皇明職方地圖》，卷下，第十二頁下。
⑤ 陳組綬《皇明職方地圖》，卷下，第七十頁上。
⑥ 陳組綬《皇明職方地圖》，卷下，第七十一頁下。
⑦ 羅洪先《廣輿圖》，卷二，第八十五、八十六頁。

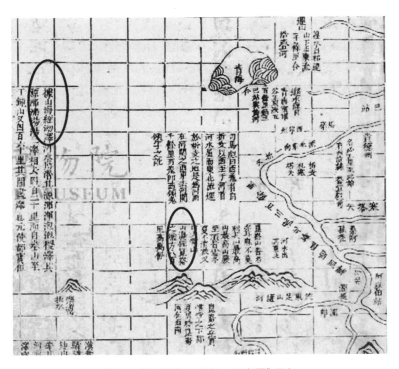

圖三　《皇明職方地圖·河嶽圖》局部

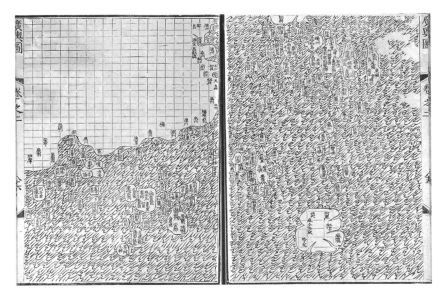

圖四　《廣輿圖·東南海夷總圖》

　　這種傳統一直影響著隨後的明代地圖，如 1645 年的《地圖綜要》："海內有小人、長人、毛人、女人、穿心等多國，不克備列。"①（圖五）這與目前可見的甘宮《古今形勝之圖》的標注相似。

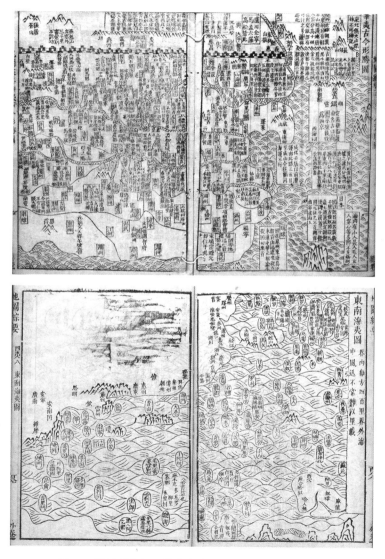

圖五　《地圖綜要·華夷古今形勝圖·東南海夷圖》

① 吳學儼、李釜源等編纂《地圖綜要》，南明弘光元年（1645）朗潤堂藏板。

　　王君甫圖題記《萬國大全圖説》中亦言：“南極、北極、東洋、西洋盡在於四海之中，其道里遠近，皆本然於《一統誌》、《山海經》中考評，祥（按：應爲“詳”）天下四方者，不出户庭而古今了然在目，覽者其自得之云耳。”顯然把《山海經》作爲一種地理記載而參考。

　　明末地理製圖中較爲獨特的“全圖”體系，亦常體現著三種地理知識體系的結合：一爲職方之國，二爲《山海經》等神話之國，三爲利瑪竇、艾儒略等帶來的西方世界地圖中的地理名稱。當時的社會觀念裡，二、三項均在某種程度上被定位爲傳説之國。繪圖者與讀圖者並不期待它們在圖中有實際作用，更多爲博覽、美觀之意，也是對傳統“天下觀”的維護與變通。

　　這種觀念在“四海五洲型全圖”中體現得尤爲明顯。圖中職貢國皆以方形框標記，源自《山海經》等典籍的傳説之國，如三身國、三首國、小人國、毛人國、女人國、川心國則位於小島上，與取自《萬國全圖》的内容一樣皆無外框。

　　清初文獻中亦可見將《山海經》等經典地理紀録，與西洋地理同列入“職方之外”、“大荒之中”的觀念。康熙癸亥（1683）《八紘譯史》序云：

　　　　《譯史》一書，繼《大荒經》而作也。昔伯益繪海圖山，闡自劉歆，注於郭璞，極渺窮幽，無奇不萃矣。然所謂貫胸、聶耳、一目、三身之國，名可得聞，人不可見。等諸誌怪齊諧，無從徵信。求其核而可信者，惟二十一史乎？其所紀玉帛來王者，代有所增。至明《咸賓録》而大備，然猶未盡六合也。又得外編一編，乃西域修士，傳教逺方，得之親歷，皆職方未載者。余取而合之諸史……使閲者廣大見聞，知天地之外別有天地，不徒資泛覽閒觀而已。①

其中認爲，史書所載職方國“有未盡者”，而傳教士帶來的異域見聞，可納入域外知識體系中未詳的“大荒”中。

　　故而明清之際當有一種地理觀念，是以《山海經》爲代表的天下構造來吸收當時傳入的西方地理，即“以夏變夷”。這或許既是《山海經》接受史一部分，也是“天下觀”衝突與變化的一種體現。

─────────

①　陸次雲《序》，《八紘譯史》，王雲五主編《叢書集成簡編》，臺北：臺灣商務印書館 1966 年版。

四、“以夏變夷”：“九邊圖”與
《坤輿萬國全圖》的結合

目前可見的明清複合型“全圖”中，梁輈《乾坤萬國全圖古今人物事跡》是另一種具有代表性的繪製方式①。此圖同樣以晚明流行的“九邊圖”爲原本，不過“職方外”内容則以《坤輿》爲本改造，如題記言：

> ……是以禹貢之書，歷乎九州，職方之載，罄乎四海。班氏因之而作地理志，則圖史之從來久矣，考古證今者所必資也。此圖舊無善版，雖有廣輿圖之刻，亦且掛一而漏萬。故近覩西泰子之圖説，歐邏巴氏之鏤版，白下諸公之翻刻，有六幅者，始知乾坤所包最鉅。故合衆圖而考其成，統中外而歸于一……外而窮荒絶域，北至北極，南越海表，東至汪洋，西極流沙。而荒外山川風土異産，則註於某國某島之傍……則乾坤可羅之一掬，萬國可納之眉睫（按：應爲“睫”），不必梯山航海，而能臥遊六合。

由此可知，雖然該圖將利瑪竇圖改動得“面目全非”，僅憑地名依稀可辨，但它同持吸收西學地理進入原地圖體系之觀點。

梁輈圖署名刊刻於萬曆癸巳（1593）年，然其中引用的利瑪竇地圖内容應不會早於 1593 年出現，故成圖年代存疑。比照所引國名及圖注，其與最爲完善的《坤輿萬國全圖》極爲相似，梁輈撰的圖説，更與李之藻（1565—1630）爲《坤輿萬國全圖》所撰題跋内容相似，如：“輿地舊無善版，近廣輿圖之刻本……亦復有漏”，“彼國歐羅巴原有鏤版”，“梯山航海到處求測”，“此圖白下諸公曾爲翻刻，而幅小未悉，不佞因與同志爲作屏障六幅”，“萬里納之眉睫”。梁輈絶無可能在 1593 年預知，1602 年李之藻等人將利瑪竇地圖製成六幅的形式，更不可能出現諸多語句相似，因此梁輈圖參考的就是《坤輿萬國全圖》。

---

① 圖注記刊刻於 1593 年，然其中引用的利瑪竇地圖内容應不會早於 1593 年出現，故成圖年代存疑。梁輈《乾坤萬國全圖古今人物事跡》，南京，1593.

　　該圖與以曹圖爲代表的"四海五洲型全圖"差異之處,首先在於此圖未採取以變形島嶼表現南、北美洲的做法,而是均以小島方式呈現諸國。這或許是對"島夷圖"形式的一種繼承,本文將其稱爲"四海島夷型全圖"。受這一體系影響的還有《乾隆天下輿地圖》①,該圖雖注明參考梁輈圖與曹圖兩種,但呈現方式以梁輈圖爲主,内容也多繼承自梁輈圖。再者,梁輈圖陸地邊緣部分内容,體現出《坤輿》與"九邊圖"内容的混合交錯,而曹圖的陸地主體與西洋地理知識區隔是較爲清晰、無混雜的。

　　明嘉靖福建金沙書院重刻本《古今形勝之圖》,是目前可見較爲完整的單幅"九邊圖"體系地圖。它或許不是梁輈圖的直接參考本,但是對比内容仍可略見製圖者吸收"九邊圖"與《坤輿》之狀況。因此下文將以此圖爲例比較域外記載内容。

　　首先,梁輈圖上方邊緣的島嶼部分,均出自《坤輿》内容,只是改造、挪用、訛誤頗多。(參見附錄四)比較北方域外内容亦可見,梁輈圖參考自《坤輿》,而《乾隆天下輿地圖》又幾乎取自梁圖的狀況。

　　《乾隆天下輿地圖》圖注亦云,所附户口、賦税與路程分別取自梁氏與曹氏舊圖。檢視首欄"盛京"之記載,既有取梁圖所記北京"府八,屬州一,直隸州二,縣一百一十六。户四十一萬八千七百八十九,口三百四十一萬二千二百五十四,米麥六十萬一千一百五十二石……",又有取自曹圖記北京"至江南二千四百二十五里,至浙江二千三百四十里……",《乾隆天下輿地圖》幾乎僅將名稱替換爲"盛京",並未細緻修改内容。這也導致了該圖下方所列,並非如其他全圖之"兩京"即北京、南京,而爲盛京、南京。人口、賦税、路程等都未修改,"盛京"的數據顯然不具實際意義。一份記載前朝信息的地圖,爲何在清代仍被重製,原因尚不清楚。

　　其次,梁輈圖的北方陸地地名,尤爲體現了該圖將《古今形勝之圖》體系與《坤輿》融合之狀況。如左上角陸地邊緣的"意邈山"②、"莫奕国"出自《坤輿》,作"意貌山"、"莫奕",而"安山"、"禄山"則與《古今形勝之圖》同。具體北方陸地邊緣部分地名對照表,可參見附錄五。略顯特殊的是"亞墨

---

① 該圖原無題,名稱爲後人擬定,推測製圖年代在清乾隆八年(1743)後。大英圖書館藏。

② 爲"Imaus"之漢譯,普林尼(Pliny the Elder)、史特拉波(Strabo)等古希臘羅馬地理學家均提及此名稱。奧特里烏斯(Abraham Ortelius,1527—1598)地圖集《韃靼地圖》(*Tatariae*,1570)中即可見,同時期其他歐洲地圖也有將此山脈繪於亞洲的做法。參見 William Smith, *Dictionary of Greek and Roman Geography*(《希臘羅馬地理學辭典》),London,1854.

利加國"，它位於陸地北端一條河流的左岸，右岸是同樣取自《坤輿萬國全圖》的地名"革利國"。與其他陸地地名不同的是，亞墨利加國被以與海島同樣粗細的筆墨圈出，或許由於此原爲"北亞墨利加"、"南亞墨利加"兩大洲名稱的改造結果，因此製圖者賦予它一個小小標誌。此地下方，即是一段北方民族的介紹："按北胡種落不一，夏曰獯鬻，殷曰鬼方……"學者曾討論該圖的北方邊緣內容，認爲一方面梁輈並未真正理解利瑪竇地圖，另一方面則是參照版本本身較爲粗糙，比如 1584 年肇慶版《山海輿地圖》①。從現存的利瑪竇地圖來看，只有大型地圖纔可能涵蓋解釋地名的圖注，肇慶版作爲利瑪竇的早期地圖版本，不大可能填補進中文文獻的北方地理記載以及諸多圖注。

最後，最能體現域外資訊之混合狀況的是南方島嶼部分：梁輈圖將職方國、《坤輿》所記地理名稱與《山海經》神話國，幾乎不加區別的同繪於南方海洋中。這顯示出製圖者將利瑪竇之西學地理名稱與上古神話之國，同作爲一種域外知識，也正是"以夏變夷"觀念的一種體現。

《古今形勝之圖》的南方島嶼紀錄簡略，此處一併參考以"九邊圖"爲基礎的曹圖，四圖相較可見真臘、三佛齊等國參考自中國記載，而渤泥、馬力肚、滿剌加等參考自《坤輿萬國全圖》之狀況。（參見附錄六）

五、依域外知識構成分類明清之際"天下全圖"

域外地理記載來源的釐清，可幫助分辨圖像流傳脈絡。整理目前可見的明清複合式"天下全圖"，若以域外知識構成爲區別，可將它們分爲三類。

第一類如《古今形勝之圖》《皇明分野輿圖古今人物事跡》，它們以疆域爲主，只選取非常少量的域外地名。其中傳說之民（如小人、三首、川心等）均屬《山海經》等中國神話體系，未有西學之影響。

第二類目前可見最早爲署名曹君義的《九邊人跡圖》。它以海洋爲邊界，其中既有神話之民，也有將西方地圖其餘大洲加以縮小、簡化的變形吸收。此種"全圖"的西學地理內容，是受艾儒略《萬國全圖》影響，儘管改造幅度頗大，但仍保存了"五洲"的形式。

---

① 黃時鑒，龔纓晏《利瑪竇世界地圖研究》，上海：上海古籍出版社 2004 年版，第 26—28 頁。

　　第三類如梁輈圖、《乾隆天下輿地圖》。它們也以疆域爲主、海洋爲邊界①，四周則以諸多小島補充。這些小島將利瑪竇《坤輿》之記載，與職貢國及《山海經》等中國神話體系内容，同作爲創作素材利用。此外，該圖的陸地邊緣區域也體現了中西方地理的融合。

　　以域外知識構成爲分類，整理目前可見的明清複合式"天下全圖"如下表：

類型	名　　稱	標注年代	年　代	署　名	地　點
九邊型	皇明分野輿圖古今人物事跡	崇禎癸未	1643	季明臺	南京
	九州分野輿圖古今人物事跡	□□癸未		季名臺	南京
	□□分野輿圖□□人□□事跡②	康熙己未	1679	吕君翰	北京
	歷代分野之圖古今人物事跡③	寬延三年	1750	桂川甫三重印	日本
四海五洲型	天下九邊分野人跡路程全圖	崇禎甲申	1644	曹君義	金陵（南京）
	天下九邊萬國人跡路程全圖	康熙二年	1663	王君甫	姑蘇（蘇州）
	大明九邊萬國人跡路程全圖④		元禄（1688—1704）末期	梅村彌白重梓版	帝幾書房
四海島夷型	乾坤萬國全圖古今人物事跡	萬曆癸巳⑤	1593	梁輈	無錫（南京吏部四司刻本）
	乾隆天下輿地圖⑥	（推測乾隆年間）			

① 梁輈圖雖未明確繪出左側邊緣海洋，但有注明"西邊盡大海"，故其圖亦爲"四海"之架構。
② 館藏記載題爲《歷代分野輿圖古今人物事跡》。
③ "灰底色"表示此本以上欄地圖爲底本。
④ 王君甫版下方題名"天下京省九邊外國府州縣路程圖"，"梅村彌白重梓版"爲"大明京省……"。
⑤ 該圖製作年代存疑，其引用西方地理名稱爲利瑪竇後期繪製地圖内容，不太可能見於1593年。
⑥ 牛津大學圖書館録名爲"乾隆今古輿地圖"，該圖無題，亦無跋文，名稱爲學者擬定。

　　這些單幅“全圖”中，僅曹君義《九邊人跡圖》仿製了《萬國全圖》的經線與邊緣緯度標注，無論是同體系的王君甫圖，或是標注參考過曹圖的《乾隆天下輿地圖》，均省略了這些內容。

　　“九邊圖”相關內容是清代毀禁書目的重點之一。進入清代後，流傳應日益困難。因此，“以夏變夷”觀念影響下出現的“九邊圖”改造本，或是明清之際“世界地圖”的一種獨特現象。不過，雖然出現了某些思想轉向，此時期對於西學及西方地理知識的態度仍極爲複雜，既有激烈反對者、支持者，亦有中西兼收、另作新解者。

　　有趣的是，與早期世界地圖製圖相關的學者，在明末政壇中也多頗具分量。如較早接觸利氏地圖與地理觀念的徐光啓（1562—1633），在崇禎時得到啓用。製作《坤輿全圖》（約 1639）的傳教士畢方濟（Francesco Sambiasi，1582—1649），甚至參與了南明與清朝的戰爭①。熊明遇（1579—1649）於萬曆、天啓至南明，多次官任兵部尚書。他的《格致草》收錄了與利瑪竇圖同名的《坤輿萬國全圖》。其子熊人霖（1604—1666）又將此圖收錄在他編輯的《地緯》，更名爲《輿地全圖》，注文道：“《輿地圖》原是渾圓，經線俱依南北極爲軸；東西衡貫者，則赤道緯線也。總以天頂爲上，隨人所載履，處處是高，四面處處是下，所謂天地無處非中也。”②這張圖也並非如利瑪竇、艾儒略調整後的將中國放置在地圖中心位置，而採用當時歐洲地圖常見形式，或許是某份西方地圖的直接翻譯版。他們是較爲接受西方地理學説的。

　　“以夏變夷”或許是此時期晚明士人對西學地理接受觀的一種。目前可見的結合明代中西地理知識的複合型地圖，是這種思想影響下的一種體現。

　　雖然我們仍不清楚“全圖”早期製圖者的確切背景，不過，對清初的出版發行者的考察，亦有助於理解此類地圖。季明臺、王君甫、呂君翰三人，均與明末清初江南地區的版畫業有關，此時期的版畫製作技術精美、色彩豐富，能夠承擔複雜的大型製圖，在海內外均有市場③。透過其他蘇州版畫內容，可知此類地圖在清初流傳時，已然進入了民間文化消費範疇，傳播知識的實用價值微乎其微。此類地圖進入商業生產的過程，與出版業的繁盛、知

① 《南明史·畢方濟傳》記載，畢方濟曾於永曆元年前往桂林，製作西洋銃，幫助南明軍隊而大破清兵。錢海岳《南明史》，北京：中華書局 2006 年版，第 3548 頁。
② 黄時鑒、龔纓晏《利瑪竇世界地圖研究》，第 50—56 頁。
③ 參見王正華《清代初中期作爲產業的蘇州版畫與其商業面向》，載於《“中研院”近代史研究所集刊》第九十二期（2016 年 6 月），第 1—54 頁。

識的"下移"、文化消費大衆化均有關聯,或許是可展開討論的另一方向。

六、結　語

晚明始見的一種表現"天下萬國"的"全圖",以中國地理製圖傳統如明代"九邊圖"内容爲主,又於邊緣區域吸收了傳教士帶來的西方地理知識,同時呈現了部分《山海經》等古典神話地理之名稱。這種複雜構成,體現著此時期地理知識中西、新舊的相遇與角力。

複合型的"全圖"即是一種折衷式觀點的反映。面對西學地理,部分製圖者與學者提出"以夏變夷"之方式作爲回應。他們認爲西學地理所述爲"職方外"之内容,並未超出經典地理如《山海經》"四海""大荒"的天下構造。

比較圖中内容可知,複合式"天下全圖"雖均以"九邊圖"爲主體、西洋地圖資料爲輔,仍有參照《萬國全圖》與《坤輿萬國全圖》之區別,如曹君義圖即吸收了前者,而梁輈圖則與後者更爲相關。依據參考地圖系統的區別,可將晚明出現的"世界地圖"分爲九邊型、四海五洲型、四海島夷型三種類型"全圖"。

其中,自"九邊型"已可略見《山海經》體系的神話之國,與職方之國並列呈現。"四海五洲型"則將艾儒略圖變形改造,但内容與原地圖體系區分明顯。"四海島夷型"地圖則體現了更進一步的融合,特別是在北方陸地與南方島嶼中,神話國、職方國、西洋地理記載之國等諸多來源不同的域外國家混合陳列,展現此時期域外想象的豐富、奇幻與多元,爲閲覽者構建出一個奇趣的海外世界。

值得注意的是,17世紀中葉後,朝鮮王國也有與《山海經》關係密切的《天下圖》流傳①。儘管早期世界地圖多有想象、傳説之記載,這種共性現象仍值得注意。此外,神話之國在以往研究中常被忽視,其實它們帶有更明顯的文化辨識度,在流傳脈絡與影響的討論中有其獨特價值。本文並非地圖學或地理學研究,僅以明清之際"天下全圖"中域外諸國内容予以補充,希望對此類地圖的研究有所幫助。

---

① 參見劉宗迪《〈山海經〉與古代朝鮮的世界觀》,載於《中原文化研究》第二十四期(2016年12月),第14—23頁。

附録一

北美洲地名比較			
《九邊萬國圖》	《萬國全圖》	《坤輿萬國全圖》	《職方外紀》
巴革老地	V	V	拔革老
諾龍伯尔瓦	V	V	
農地	V		V
亦利多的蘭地	V	V	
新拂郎察	V	V	V
摩可沙国	V	摩可沙國	
加拿太國	V	加拿大國	V
花地	V		V
大入尓國	V	V	
沙瓦乃國	V	V	
祖尾蠟	V	V	既未蠟
新以西把尼亞	V	新以西把你亞	V
多寄未剌	寄未剌	祈未蠟	寄未利
多朵德亞国	V	多朵德亞國	
	東紅海	東紅海	
字山尾	十字山尾	十字山尾	
多兒美	V	V	
新亞比安	V		新亞比俺
亞泥俺國	V	V	
馬金色	V	V	
新以西把尼亞海	V	新以西把你海	V
古巴島	V	V	V

附録二

南美洲地名比較			
《九邊萬國圖》	《萬國全圖》	《坤輿萬國全圖》	《職方外紀》
金加西蠟	V	V	V
黑漠①	里漠	V	
瓦的馬革	V	V	
阿勒利亞那河②	V	何勒利西那河	
伯西兒	V	V	伯西爾
孛露	V	V	V
故松哥国	故私哥国	故私哥國	
亞古斉亞	亞古齊亞	亞古齊亞	
都古滿	V		
智勒国	智勒國③	祁勒國	
	智加	智里	智加
長人国	長人國	巴大温 即長人國	智加即長人國
白峰	V	V	
南灣	V	V	
地火	V	V	

---

① 曹圖作"里漠"。
② 梅村彌白翻刻版爲"阿勒利亞郡河"。
③ 美國國會圖書館藏明六卷閩刻本圖中,既在南美洲西部標注"智勒國",又在南端"長人國"旁標注"智加"。《天學初函》本僅有"智勒國"。

附録三

非、歐洲部分名稱比較		
《九邊萬國圖》	《萬國全圖》	《坤輿萬國全圖》
泥禄河	∨	泥羅河
濟歷湖	∨	齊歷湖
莫訥木大彼亞	∨	
馬泥工	∨	馬泥工哥
爲匿亞	∨	
門沙	∨	
亞毘心城	亞毘心域	亞毘心域
彼多佞	∨	彼多寧
默勒入登	∨	墨力刻登①
阨祭加馬羅可國	阮祭加/馬邏可国	馬邏可國
奴米弟亞	∨	奴米德
如德亞国	∨	如德亞
諾尓物	∨	諾尓物入亞
匪馬尓亞	匪馬尓如	非馬祁亞/非尓馬勒祈亞
皮帝亞	玻帝亞	波的亞

---

① 位置、語音相似，疑爲同地音譯。

附録四

"北海"群島内容比較		
《乾坤萬國全圖 古今人物事跡》①	《坤輿萬國全圖》	《乾隆天下輿地圖》
亞伯尔耕国,人醇,以皮爲衣,以魚爲業,食蛇蟻諸虫而已。	亞伯尔耕國② 自農地至花地,其方總名曰甘那托兒,然各國有本名。其人醇善,異方人至其國者,雅能厚待。大約以皮爲裘,以魚爲業。其山内餘人,平年相殺戰奪,惟食蛇蟻蜘蛛等虫。	亞得爾耕國,人醇,以皮爲衣,以魚爲業,食蛇蟻諸虫而已。
加拿大国,此係大海中,此以外未有人至。	加拿大國③ 此處以上未有人至,故未審其人物何如。	加拿國,此係大海中,此外未有人至。
夜乂国,穴居皮服,寒凍極甚,水常冰,鑿開取魚。不生五谷,以魚充飢,以大魚骨爲屋居之。	夜乂國④ 此處寒凍極甚,海水成冰。國人以車馬度之,鑿開冰穴,多取大魚。因其地不生五穀,即以魚肉充饑。以魚油點燈,以魚骨造房屋丹車。	夜叉國,穴居皮服,寒凍極甚,水常冰,鑿開取魚。不生五谷,以魚充飢,以大魚骨爲屋居之。
牛蹄突厥国,人身牛足,水曰瓠□⑤河。夏秋冰止厚二尺,冬春時徹底,尽冰以火燒之得飲。	牛蹄突厥 人身牛足,水曰瓠瓤河。夏秋冰厚二尺,春冬冰澈底。常燒器消冰乃得飲。	牛蹄突厥國,人身牛足,水曰瓠瓤河。夏秋冰止厚二尺,冬春時徹底,盡冰以火燒之得飲。
古茶苔島,此方潮頭急甚,雖冬極寒而水亦不成冰。	大茶苔島⑥ 此處潮水甚急,天雖極冷而水不及凝凍。	古茶答島,此方潮頭急甚,雖冬極寒而水亦不成冰。

① 本文參照的是中國國家圖書館 1980 年複製版,除少量字跡模糊,拼貼處内容略損,保存較爲完整。
② 此國原無描述,挪用了相近圖注。
③ 挪用相近注文。
④ 挪用相近注文。
⑤ 據《坤輿》與《乾隆天下輿地圖》,此字應爲"瓤"。
⑥ 地名在島嶼,注文在鄰近海洋處。

續　表

"北海"群島内容比較		
《乾坤萬國全圖古今人物事跡》	《坤輿萬國全圖》	《乾隆天下輿地圖》
此地之北極，北海之外。半年有日光，半年無日光，以魚油點燈代日，寒凍甚。此外人鮮能到，餘未詳。	此地之北極者，半年有日光，半年無日光，故以魚油點燈代日。寒凍極甚，人難到此，所以地之人物未審何如。	同①
鬼國，其鬼夜遊日隱，身剝鹿皮爲衣，耳目鼻與人同，惟口在頂上，噉鹿及蛇虿。	鬼國 其人夜遊晝隱身，身剝鹿皮爲衣，耳目鼻與人同，而口在頂上。噉鹿及蛇。	同
曷剌国，此国父母年老不忍棄之土中，□死聚而食之，以爲腹葬。	曷剌國② 此國俗父母已老，子自殺之而食其肉，以此爲恤雙親之苦勞，而葬之于己腹，不忍棄之于山。	曷剌國
哥兒里国，此国人老，但以鐵鍊掛其身于樹林。	哥兒墨 此國死者不埋，但以鐵鍊掛其尸于樹林。	哥兒里國，此國人老，但以鐵鍊掛其事于樹林上。

附録五

北方陸地邊緣部分内容比較		
《乾坤萬國全圖古今人物事跡》	《坤輿萬國全圖》	《古今形勝之圖》
意邈山 此山極峻，登頂看星竟大。	意貌山 山極高，登此看星覺大。	
莫奕国	莫奕	

---

① 與《乾坤萬國全圖古今人物事跡》圖注同。
② 挪用相近注文。

續　表

北方陸地邊緣部分内容比較		
《乾坤萬國全圖古今人物事跡》	《坤輿萬國全圖》	《古今形勝之圖》
陰山 東西千餘里，匈奴依阻其中，漢武帝克之置縣，唐李靖大破陰山。	陰山	東西千餘里，匈奴 □ 阻□。① 漢武帝克之置縣。唐李青破陰山。
安山		安山 其地有帖□河□思奚德□畢荒敬□。
禄山		禄山 此地有大磧地，號沙陀□□□李□□□智遠□□皆山於此。
狼居胥山		狼居胥山
金微山		韃靼 □匈奴□国有金微山，去塞外□千里。漢耿夔北伐至此。
賀喜河	賀喜河	
金山	東金山	
羅荒野	羅荒野	
羅山	羅山	
區度寐	區度寐	
燕然山		燕然山 出塞外二千里班固刻石。

---

① 參考牛津大學藏《歷代分野輿圖古今人物事跡》圖注，應爲"匈奴依阻其中"。吕君翰《歷代分野輿圖古今人物事跡》，北京，1679。

續　表

北方陸地邊緣部分內容比較		
《乾坤萬國全圖 古今人物事跡》	《坤輿萬國全圖》	《古今形勝之圖》
亞墨利加國	北亞墨利加/南亞墨利加 （美洲）	
革利國	革利國（北美）	
兀良哈		元良哈①
臨潢	臨潢	
大野人		大野人
小野人		小野人
雪山	雪山（北美）	
鮮卑山		契丹世雄朔漠，號東胡。 其國有鮮卑山……②
福餘	福餘	夫餘③
混同江		
測兒吳	測兒吳	
長白山 其山橫亙千里，上有潭，廣 八十里，南流爲鴨緑江，北 流爲混同江。	長白山	長白山 其山橫亙千里，上有潭，周 八十里，南流爲鴨緑江，北 流爲混同。
大室韋國，其人髮長而衣 短，甚輕捷，一跳三丈，又能 □水，並無別畜，止有豬。	大室韋 其人甚長而衣短，只有豬， 無別畜，人輕捷，一跳三丈， 又能浮水。履水浸腰，與陸 走不異④	

① 應爲"兀"。
② 圖説中提及，未標出。
③ 《古今形勝之圖》此處訛誤。福餘爲福餘衛，與朶顔衛、大寧都司相鄰，夫餘多在朝鮮半島附近。
④ 應爲"區度寐"之注文。

續 表

北方陸地邊緣部分內容比較		
《乾坤萬國全圖 古今人物事跡》	《坤輿萬國全圖》	《古今形勝之圖》
狗國	狗國	
西金山	西金山	
襪結子國 其人髦首,披皮爲衣,不鞍 而騎,善射好殺。	襪結子 其人髦首,披皮爲衣,不鞍 而騎,善射,遇人輒殺而生 食其肉。其國三面皆室韋。	
亞泥俺國① 此地大壙,野多生野馬山 牛,背生肉鞍,形如駱駝。	亞泥俺國 此地大壙,故多生野馬山牛 羊,而其牛背上皆有肉鞍, 形如駱駝。	
登都國	登都國	

附錄六

部分南方島嶼內容比較			
《乾坤萬國全圖 古今人物事跡》	《坤輿萬國全圖》	《古今形勝之圖》	《九邊人跡圖》 (曹君義)
西龍蛇＊②			
大浪山＊	大浪山(非洲南端)		
三邈＊			
婆羅國	婆羅剎③		

---

① 挪用相近注文。

② 以"＊"表示圖中用方型邊框標注的地名。

③ "暹羅"注:"古赤土國,又名婆羅剎。"此名位於圖注中,並不明顯,"婆羅國"或非出自此。

續　表

部分南方島嶼內容比較			
《乾坤萬國全圖古今人物事跡》	《坤輿萬國全圖》	《古今形勝之圖》	《九邊人跡圖》（曹君義）
吉里門山*			
馬路古地方，此處无五谷，止有沙姑米樹，其皮生粉可食之。	馬路古地方此地无五谷，只出沙姑米樹，其皮生粉以爲米。		
大泥俺①，出極大之鳥名爲厄蕫。有翅，不去②飛。其足如馬，行甚疾，馬不能及。	大泥，出極大之鳥，名爲厄蕫，有翅不能飛，其足如馬，行最速，馬不能及。羽可爲盔，纓膽亦厚大，可爲杯。孛露國尤多。		
蘇門苔剌，此島古名大波巴那，大四千里，有七王管之，土產獅子、象牙。	蘇門苔剌此島古名大波巴那，周圍共四千里，有七王君之，土產金子象牙，香品甚多。		
麻林永樂十三年貢麒麟。			
浡泥国，地炎熱多風雨，有藥樹煎膏塗身，刀兵不去③傷。無筆札，以刀刻葉爲之。	波尔匿何即浡泥國，地炎熱多風雨，木柵爲城，其甲鑄銅爲筒，穿之于身，有藥樹，煎膏塗身，兵刃不傷。無筆札，刀刻貝多葉行之。俗好事佛。	渤泥，所領十四州。	渤泥国地在西海中，去占城頗近，所領四州。洪武初奉貢，洪□□以後少至④。

---

① 此處應爲"大泥"，"大泥俺"在《坤輿》中位於相近地方，或因此訛誤。

② 或爲"能"的異體字骹。

③ 同前注，或爲"能"。

④ 王君甫《九邊萬國圖》爲"勃泥国，地在西海中，去占城近四川領。洪武初奉，至今未來"。

續　表

部分南方島嶼內容比較			
《乾坤萬國全圖古今人物事跡》	《坤輿萬國全圖》	《古今形勝之圖》	《九邊人跡圖》（曹君義）
大爪哇国,元兵曾到征其国,官吏出入乘象,即占婆娑地,今奉貢。	大爪哇 爪哇,元兵曾到擒其王。其地通商舶極多,甚富饒,金銀、珠寶、珂瑰、瑪瑙、犀角、象牙、木香等俱有。	爪哇 其國民不爲盜,官吏出入乘象,今奉貢。	爪哇 曲右婆之地。在占城南,官吏出入采象,国初奉貢,今鮮至矣。
馬力肚,前無人到,近百年來歐邏巴人至此,外未詳。	瑪力肚 近年有被風浪加西良舶至此,惟言其廣闊無所產。		馬力肚
真臘国,地方七千里,好奉佛,尚華侈。洪武時貢,今不至。	真臘		真臘国 地方七千餘里,在占城南,聚落頗多,好奉佛,尚華侈。洪武初奉貢,今不至。
滿剌加,近占城国,初奉貢。其地常有龍繞樹,長有四五尺,人常射之。有尼白酒,椰酒。	滿剌加,地常有飛龍繞樹,龍身不過四五尺,人常射之。舊港地扼諸蕃之會……有尼白樹酒,比椰酒更佳……		滿剌国 在占城国南。永樂初奉貢,賜封爲王。朝貢由廣東入京師。
三佛齊,與占城爲儕,管十五州。国初貢,今鮮至。	三佛齊 即古干陀利,今爲舊港宣慰司。	三佛齊,其地有十五州。	三佛齊国 本南蛮別種,在占城爲儕。管十五州。国人多姓浦。国初奉貢,今少。
伯旦島	伯旦		
暹羅,此漢赤眉遺種,極氣候不正,尚侵掠,今奉貢。	暹羅 古赤土國,又名婆羅刹。		暹羅,其地乃漢亦眉遺種,在占城極。氣候不正,俗尚侵掠,今奉貢。

續　表

部分南方島嶼内容比較			
《乾坤萬國全圖 古今人物事跡》	《坤輿萬國全圖》	《古今形勝之圖》	《九邊人跡圖》 （曹君義）
占城，即古越裳氏，地在交趾南。貢獻不廢，遇順風半月至瓊州。	占城 即古林邑，產烏木。		占城即古城裳氏，地在交阯南。本泰①時秌色県，漢以後專有其地。唐宋□立之，徙国于占，因号占城②。洪武初稱藩封爲王，今受朝命貢獻不廢。東抵海，西抵雲南，南接真臘，北連安南，至廣東舟行南風半月，至崖州七日可到。
吕宋，其國富饒，各國商舶輳集。每年俱以初夏爲期，交易十日。近年閩廣人常以唐貨至其市者，自漳州府澄海縣納餉，開舟十日可到。	吕宋		
伯亞祁島	伯亞祁③		
麻□扳			麻洮扳＊
此処名爲新入匿，前無人到，近有巴人過此，以外未知其詳。	此地名爲新入匿，因其勢貌利未亞入匿相同。歐邏巴人近方至此，故未審或爲一片相連地方，或爲一島。		

① 字脱，據王君甫本補"泰"字，但按文意應爲"秦"。
② 闕字應爲"擊"。據《東西洋考》："元和初，都護張丹擊走之，徙國於占，占城之名所自始也。"王君甫本記作"技友"，應爲訛誤。張燮著，謝方點校《東西洋考》，北京：中華書局2000年版，第22頁。
③ 在南極大陸。

續　表

部分南方島嶼內容比較			
《乾坤萬國全圖 古今人物事跡》	《坤輿萬國全圖》	《古今形勝之圖》	《九邊人跡圖》 （曹君義）
亞牙勿里,此処無雨,地有温□。①	亞牙勿里 地不下雨,自有溼氣,穄種數倍。		
墨瓦蠟泥加,東南諸國,自古未知,前百年歐羅国人至此。	墨瓦蠟泥加 墨瓦蠟泥係拂郎幾國人姓名。前六十年始過此峽,並至此地。故歐邏巴士以其姓名名峽名海名地。		
左法兒＊②			
乾樵國 山多出銀宝。	乾樵國 此山多銀礦。		
珊瑚樹島,在大海底,色緑質軟,出水面色紅而質堅,夷人以鉄網取之。	珊瑚樹島 珊瑚樹生水底,色緑質軟,生白子。以鐵網取之,出水即堅而紅色。		
孛露国,有巴尔婆摩,樹上生油,以刀取之,塗尸不敗。（同島繪"白峯"。）	孛露,產香名巴尔婆摩,樹上生油,以刀割之油出,塗尸不敗。其刀所割處,周十二時即如故。如德亞國亦有之。		

① 據《乾隆天下輿地圖》或爲"濕氣"。

② 陳組綬《皇明職方地圖‧皇明朝貢島夷圖》及南明《地圖綜要‧東南海濱諸夷國圖》均有"左法兒",故此應參照自"九邊圖"體系,而非《坤輿》。

續　表

部分南方島嶼内容比較			
《乾坤萬國全圖 古今人物事跡》	《坤輿萬國全圖》	《古今形勝之圖》	《九邊人跡圖》 （曹君義）
長人國，人長丈餘。 （同島繪"林峯"。）	巴大温，即長人國。 其國人長不過一 丈，男女以各色畫 面爲飾。		長人國
怕齊那国，有獸，上 似狸，下似猴，腹下 有皮可開可合，生 子皆休息其中。	怕齊那國 此地有獸，上半類 狸，下半類猴，人足 梟耳，腹下有皮，可 張可合，容其所產 之子休息於中。①		
伯西兒国，无房居， 開地爲穴，衣鳥毛， 食獸肉人肉。	伯西兒，此言蘇木。 此國人不作房屋， 開地爲穴以居。好 食人肉，但食男不食 女。以鳥毛織衣。		
比度西山 * 此山甚多銀礦，取 之易得。	比度西山 此山多銀壙②。		
扶桑國			
女人国	女人國 舊有此國，亦有男 子，但多生男即殺 之。今亦爲男子所 併，徒存其名耳。	其海内有小人、長 人、毛人、女人、川 心等國，多不克 盡刻。	女人國

① 挪用鄰注。

② 與"乾樵國"相鄰近，引用相同圖注。

續　表

部分南方島嶼內容比較			
《乾坤萬國全圖古今人物事跡》	《坤輿萬國全圖》	《古今形勝之圖》	《九邊人跡圖》（曹君義）
小人 *			小人國
毛人國			毛人國
川心 *			川心國
			三首國
金齒			金齒國
長臂国			
長腳 *			
白面国			
烏衣			
婆利 *			
馬加大突 *	馬加大突		
羅迦山 *			
□羅 *			
			二身國
			真化 *

（作者單位：北京師範大學）

Re-Mapping the World with Hua-yi Order:
The Sources of Knowledge about the Foreign and
the Cartographic Thought of the *Map under*
the Heaven in the Late Ming Dynasty

Liu Yawei

Cao Junyi's 曹君義 *Tianxia jiubian fenye renji lucheng quantu* 天下九邊
分野人跡路程全圖(Complete Map of the Allotted Fields, Human Traces,
and Routes within and without the Nine Borders under Heaven) is a
composite "world map" in the late Ming dynasty. This map followed Chinese
cartographic tradition to place China in the center and represented North and
South Americas as islands. Although it absorbed some knowledge from
Western geography, it was not directly influenced by the map made by
Matteo Ricci. This article provides comparisons of the map's visual
representations and texts about Americas, Europe, and Africa, and
concludes that its major source of knowledge about the foreign was Jesuit
missionary Giulio Aleni's *Wanguo quantu* 萬國全圖(Complete map of All
Countries), whereas the method of representing foreign countries as small
islands (such as in Liang Zhou's 梁輈 *Qiankun wangguo quantu gujin renwu*
shiji 乾坤萬國全圖古今人物事跡[The Map of the Astronomical Correspondence
of the Nine Regions with a Record of Human Affairs from the Past to the
Present]) was an influence from Ricci's map. Therefore, according to the
source of knowledge about the foreign, the world maps with foreign nations and
mythological states in *Shan hai jing* 山海經(Classic of Mountains and Seas)
widely circulated in the late Ming and early Qing dynasties can be categorized
into three types: nine-border zones version, four-ocean and five-continent
version, four-ocean and maritime foreigners version. These early world maps
show a combination of Chinese and Western geographic knowledge and
imagination of the world. Meanwhile, they reflect a shift of cartographic interest
focusing from the nine-border zones to the Hua-Yi order.

Keywords： *Tianxia jiubian fenye renji lucheng quantu* 天下九邊分野人跡 路程全圖（Complete Map of the Allotted Fields, Human Traces, and Routes within and without the Nine Borders under Heaven）, *Wanguo quantu* 萬國全圖 （Complete Map of All Countries）, *Completed Map*, *Classic of Mountains and Seas*, Hua-Yi order

徵引書目

（一）中文書目

1. 《乾隆天下輿地圖》，清乾隆八年後（1743—），英國大英圖書館藏。*Qianlong tianxia yuditu*（*World Map of Early Qing Qianlong Period*）.1743 -.; British Library.

2. 卜正民：《全圖：中國與歐洲之間的地圖學互動》，臺北市："中研院"近代史研究所，2020 年版。Timothy Brook. *Completing the Map of the World: Cartographic interaction between China and Europe*, Taipei: Institute for Modern History, Academia Sinica, 2020.

3. 王正華：《清代初中期作爲産業的蘇州版畫與其商業面向》，《"中研院"近代史研究所集刊》第 92 期（2016 年 6 月），第 1—54 頁。Wang Cheng-Hua. "Qingdai chuzhongqi zuowei chanye de Suzhou banhua yuqi shangye mianxiang"（Art as Commodity: The Commercial Aspects of Suzhou Single-Sheet Prints in the Early and Middle Qing Dynasty）. *Zhongyang yanjiuyuan jindaishi yanjiusuo jikan*（*Bulletin of the Institute of Modern History Academia Sinica*）92（Jun. 2016）: pp.1 – 54.

4. 王永傑：《〈職方外紀〉成書過程及版本考》，《史林》（2018 年第 3 期），頁 100—110。Wang Yong-jie. "Zhifang waiji chengshu guocheng ji banben kao"（The Creation of Zhifang waiji and Its Editions）. *Shilin*（*Historical Review*）3（Jun. 2018）: pp.100 – 110.

5. 王君甫：《天下九邊萬國人跡路程全圖》，清康熙二年（1663）蘇州刊，哈佛燕京圖書館藏。Wang Junfu. *Tianxia jiubian wanguo renji lucheng quantu*（*Complete map of human vestiges and routes within the nine border zones and the ten thousand countries under Heaven*）. Suzhou, 1663.; Harvard-Yenching Library.

6. 成一農：《中國古代輿地圖研究》，北京：中國社會科學出版社，2018 年版。Cheng Yinong. *Zhongguo gudai yuditu yanjiu*（*A Study of Pre-Modern Chinese Maps*）. Beijing: China Social Sciences Press, 2020.

7. 艾儒略著，謝方點校：《職方外紀校釋》，北京：中華書局，2000 年版。Giulio Aleni. *Zhifang waiji jiaoshi*（*Collated and Annotated Edition of Records of lands beyond the Jurisdiciton of the Imperial Geographer*）. Edited and punctuated by Xie Fang. Beijing: Zhonghua Book Company, 2000.

8. 吳學儼，李釜源等編纂：《地圖綜要》，南明弘光元年（1645）朗潤堂藏板，哈佛燕京圖書館藏。Wu Xueyan, Li Fuyuan et al（eds.）. *Di tu zong yao*（General survey of geographical maps）. 1645.; Harvard-Yenching Library.

9. 吕君翰：《歷代分野輿圖古今人物事跡》，北京，1679 年。Lü Juhan. *Lidai fenye yutu gujin renwu shiji*（*Terrestrial map of astral correspondences through the ages with personages and vestiges of events*）. Beijing, 1679.; Bodleian Libraries, University of Oxford.

10. 金國平：《關於〈古今形勝之圖〉作者的新認識》，《文化雜誌》第 93 期（2014 年冬季刊），頁 149—162。Jin Guo-ping. "Guanyu 'Gujin xingsheng zhitu' zuozhe de xinrenshi"（Who is the Author of 'Map of ancient and current topographical Advantages'）. *Wenhua Zazhi*（*Review of Cuture*）93（2014）: pp.149 – 162.

11. 徐曉望：《林希元、喻時及金沙書院〈古今形勝之圖〉的刊刻》,《福建論壇(人文社會科學版)》(2014 年第 3 期),頁 75—80。Xu Xiaowang. "Lin Xiyuan, Yushi ji Jinsha Shuyuan 'Gujin xingsheng zhitu' de kanke" ("Map of Ancient and Current Topographical Advantages" Engraved and Printed by Lin Xiyuan, Yushi and Jinsha Academy). *Fujian luntan · Renwen shehui kexue ban* (*Fujian tribune · The hummanities & social sciences*) 2014 (3): pp.75 – 80.

12. 張廷玉等撰：《明史》第八冊,北京：中華書局,1974 年版。Zhang Tingyu et al(eds.). *Ming shi* (*History of Ming*). Beijing: Zhonghua Book Company, 1974.

13. 張燮著,謝方點校：《東西洋考》,北京：中華書局,2000 年版。Zhang Xie. *Dongxiyang kao* (*Eastern and Western Studies*). Punctuated by Xie Fang. Beijing: Zhonghua Book Company, 2000.

14. 梁輈：《乾坤萬國全圖古今人物事跡》,南京,1593。Liang Zhou. *Qiankun wanguo gujin renwu shiji* (*Complete Map of the Ten Thousand Countries between Heaven and Earth, with Personages and Vestiges of Events Ancient and Modern*). Nanjing, 1593.

15. 陳組綬：《皇明職方地圖》明崇禎九年(1636)原刊本,臺北故宮博物院藏。Chen Zushou. *Huangming zhifang ditu* (*The Administrative Maps of the Ming Dynasty*). Chang'an, 1636.; Taipei Palace Museum.

16. 陸次雲：《八紘譯史》,王雲五主編：《叢書集成簡編》,臺北：臺灣商務印書館,1966 年版。Lu Ciyun. *Bahong Yishi* (*Translated Accounts of Things within the Eight Corners of the World*). In Congshu Jicheng Jianbian (A Concise Collection of Various Books), Edited by Wang Yunwu et al. Taipei: Taiwan Commercial Press, 1966.

17. 黃時鑒,龔纓晏：《利瑪竇世界地圖研究》,上海：上海古籍出版社,2004 年版。Huang Shijian, Gong Yingyan. *Li Madou shijie ditu yanjiu* (*A Study of Matteo Ricci's World Maps*). Shanghai: Shanghai Classics Publishing House, 2004.

18. 趙現海：《第一幅長城地圖〈九邊圖説〉殘卷：兼論〈九邊圖論〉的圖版改繪與版本源流》,《史學史研究》(2010 年第 3 期),頁 84—95。Zhao Xianhai. "Diyi fu changcheng ditu 'jiuian tushuo' canjuan: jianlun 'jiubian tushuo' de tuban gaihui yu banben yuanliu" (A Study on the Fragments of the First Map of the Great Wall the Jiubian Tushuo——Other Jiubian Tulun' Drawing and Publishing). *Shixue shi Yanjiu* (*Journal of Historiography*) 3(2010): pp.84 – 95.

19. 劉宗迪：《〈山海經〉與古代朝鮮的世界觀》,載於《中原文化研究》第 4 卷第 6 期 (2016 年 12 月),第 14—23 頁。Liu Zongdi. "Shanhaijing yu gudai chaoxian de shijieguan" (*Shan hai jing* and the World Outlook of Ancient Korea). *Zhongyuan wenhua yanjiu* (*The Central Plains Culture Research*) 4.6(Dec. 2016): pp.14 – 23.

20. 錢海岳：《南明史》,北京：中華書局,2006 年版。Qian Haiyue. *Nanming shi* (*History of the Southern Ming*). Beijing: Zhonghua Book Company, 2006.

21. 魏煥：《皇明九邊考》,王有立主編《中華文史叢書》第十五冊,臺北：華文書局,1968 年版。Wei Huan. *Huangming Jiubian Kao* (*Examination of Huangmin's Nine Frontiers*). In Zhonghua wenshi congshu (Chinese literature and history Collectanea), Edited by

Wang Liyou. Taipei：Huawen Shuju，1968.

22. 羅洪先：《廣輿圖》，明萬曆七年（1579）海虞錢岱刊本。Luo Hongxian. *Tushubian* (*The Documentarium*). 1579.

（二）英文書目

1. Smith，William. *Dictionary of Greek and Roman Geography*，London：Walton & Maberly，1854.

《嶺南學報》徵稿啓事

　　本刊是人文學科綜合類學術刊物，由香港嶺南大學中文系主辦，上海古籍出版社出版，每年出版兩期。徵稿不拘一格，國學文史哲諸科不限。學報嚴格遵循雙向匿名審稿的制度，以確保刊物的質量水準。學報的英文名爲 *Lingnan Journal of Chinese Studies*。

　　《嶺南學報》曾是中外聞名的雜誌，於 1929 年創辦，1952 年因嶺南大學解散而閉刊。在這二十多年間，學報刊載了陳寅恪、吳宓、楊樹達、王力、容庚等 20 世紀最著名學者的許多重要文章，成爲他們叱咤風雲、引領學術潮流的論壇。

　　嶺南大學中文系復辦《嶺南學報》，旨在繼承發揚先輩嶺南學者的優秀學術傳統，爲 21 世紀中國學的發展作出貢獻。本刊不僅秉承原《嶺南學報》"賞奇析疑"、追求學問的辦刊宗旨，而且充分利用香港中西文化交流的地緣優勢，努力把先輩"賞奇析疑"的論壇拓展爲中外學者切磋學問的平臺。爲此，本刊與杜克大學出版社出版、由北京大學袁行霈教授和本系蔡宗齊教授共同創辦的英文期刊《中國文學與文化》(*Journal of Chinese Literature and Culture*，簡稱 *JCLC*) 結爲姐妹雜誌。本刊不僅刊載來自漢語世界的學術論文，還發表 *JCLC* 所接受英文論文的中文版，力爭做到同步或接近同步刊行。經過這些努力，本刊冀求不久能成爲展現全球主流中國學研究成果的知名期刊。

　　徵稿具體事項如下：

　　一、懇切歡迎學界同道來稿。本刊發表中文稿件，通常一萬五千字左右。較長篇幅的稿件亦會考慮發表。

　　二、本刊將開闢"青年學者研究成果"專欄，歡迎青年學者踊躍投稿。

　　三、本刊不接受已經發表的稿件，本刊所發論文，重視原創，若涉及知識産權諸問題,應由作者本人負責。

四、來稿請使用繁體字,並提供 Word 和 PDF 兩種文檔。

五、本刊採用規範的匿名評審制度,聘請相關領域之資深專家進行評審。來稿是否採用,會在兩個月之内作出答覆。

六、來稿請注明作者中英文姓名、工作單位,並附通信和電郵地址。來稿刊出之後,即付予稿酬及樣刊。

七、來稿請用電郵附件形式發送至：Ljcs@ ln.edu.hk。

編輯部地址：香港新界屯門　嶺南大學中文系（電話：[852]2616 - 7881）

撰 稿 格 式

一、文稿包括：中英文標題、本文、中文提要、英文提要（限 350 個單詞之內）及中英文關鍵詞各 5 個。

二、請提供繁體字文本，自左至右橫排。正文、注釋使用宋體字，獨立引文使用仿宋體字，全文 1.5 倍行距。

三、獨立引文每行向右移入二格，上下各空一行。

四、請用新式標點。引號用“ ”，書名、報刊名用《》，論文名及篇名亦用《》。書名與篇（章、卷）名連用時，用間隔號表示分界，例如：《史記·孔子世家》。

五、注釋請一律用腳注，每面重新編號。注號使用帶圈字符格式，如①、②、③等。

六、如引用非排印本古籍，須注明朝代、版本。

七、各章節使用序號，依一、（一）、1.、（1）等順序表示，文中舉例的數字標號統一用（1）、（2）、（3）等。

八、引用專書或論文，請依下列格式：

（一）專書和專書章節

甲、一般圖書

1. 楊伯峻《春秋左傳注》，北京：中華書局 1990 年修訂版，第 60 頁。

2. 蔣寅《王夫之詩學的學理依據》，《清代詩學史》第一卷，北京：中國社會科學出版社 2012 年版，第 416—419 頁。

乙、非排印本古籍

1.《韓詩外傳》，清乾隆五十六年（1791）金谿王氏刊《增訂漢魏叢書》本,卷八,第四頁下。

2.《玉臺新詠》,明崇禎三年(1630)寒山趙均小宛堂覆宋陳玉父刻本,卷第六,第四頁(總頁 12)。

(二) 文集論文

1. 裘錫圭《以郭店〈老子〉爲例談談古文字》,載於《中國哲學》(郭店簡與儒學研究專輯)第二十一輯,瀋陽:遼寧教育出版社 2000 年版,第 180—188 頁。

2. 余嘉錫《宋江三十六人考實》,載於《余嘉錫論學雜著》,北京:中華書局 1963 年版,第 386—388 頁。

3. Ray Jackendoff, "A Comparison of Rhythmic Structures in Music and Language", in *Rhythm and Meter*, eds. Paul Kiparsky and Gilbert Youmans (San Diego, California: Academic Press, 1998), pp.15－44.

(三) 期刊論文

1. 李方桂《上古音研究》,載於《清華學報》新九卷一、二合刊(1971),第 43—48 頁。

2. 陳寅恪《梁譯大乘起信論僞智愷序中之真史料》,載於《燕京學報》第三十五期(1948 年 12 月),第 95—99 頁。

3. Patrick Hanan, "The Chinese Vernacular Story", *The Journal of Asian Studies* 40.4 (Aug. 1981): pp.764－765.

(四) 學位論文

1. 吕亭淵《魏晉南北朝文論之物感説》,北京:北京大學學位論文,2013 年,第 65 頁。

2. Hwang Ming-chorng, "Ming-tang: Cosmology, Political Order and Monument in Early China" (Ph.D. diss., Harvard University, 1996), p. 20.

(五) 再次徵引

再次徵引時可僅列出文獻名稱及相關頁碼信息,如:

　　注① 　楊伯峻譯注《論語譯注》,第 13 頁。

　九、注解名詞,注脚號請置於名詞之後;注解整句,則應置於句末標點符號之前;若獨立引文,則應置於標點符號之後。

十、徵引書目，請依以下中英對照格式附於文末：

（一）中文書目，按姓氏筆劃順序排列，中英對照

1. 王力：《漢語詩律學》，增訂本，上海：上海教育出版社，1979 年版。Wang Li. Hanyu shilü xue（A Study of the Metrical Rules of Chinese Poetry）. Revised edition. Shanghai：Shanghai jiaoyu chubanshe，1979.

2. 胡幼峰：《沈德潛對歷代詩體的批評》，《幼獅學誌》第 18 卷第 4 期（1985 年 10 月），頁 110—540。Hu Youfeng."Shen Deqian dui lidai shiti de piping"（Shen Deqian's Criticism of Poetic Forms of Past Dynasties）. Youshi xuekan（The Youth Quarterly）18.4（Oct. 1985）：pp.110－540.

3. 顧炎武著，黃汝成集釋，秦克誠點校：《日知錄集釋》，長沙：岳麓書社，1994 年版。Gu Yanwu. Rizhilu jishi（Collected Commentaries on the Records of Knowledge Accrued Daily）. Edited by Huang Rucheng and punctuated and collated by Qin Kecheng. Changsha：Yuelu chubanshe，1994.

（二）英文書目，按英文順序排列

1. Chao，Yuen Ren. A Grammar of Spoken Chinese. Berkeley：University of California Press，1968.

2. Hanan，Patrick. "The Chinese Vernacular Story." The Journal of Asian Studies 40.4（Aug. 1981）：pp.764－765.

3. Showalter，Elaine，ed. The New Feminist Criticism Essays on Women Literature and Theory. New York：Pantheon Books，1985.

十一、請提供署名及作者單位（包括服務機構及子機構）。

（2022 年 11 月更新）